KNAUR

Von Katja Bohnet ist bereits folgender Titel erschienen:
Messertanz

Über die Autorin:
Katja Bohnet, Jahrgang 1971, studierte Filmwissenschaften und Philosophie, bevor sie ihr Geld mit Fahrradkurier-Fahrten, Porträtfotos und Zeitungsartikeln verdiente. Sie lebte im Südwesten der USA, in Berlin und Paris, arbeitete im Kibbuz und bereiste vier Kontinente. Jahrelang moderierte sie eine Livesendung in der ARD und schrieb als Autorin für den WDR. 2012 verfasste sie ihren ersten Roman. Ihre Erzählungen wurden in Literaturzeitschriften und Anthologien veröffentlicht, u.a. im Rahmen des MDR Literaturwettbewerbs 2013. Heute lebt sie neben vielen Büchern, Platten und Kindern zwischen Frankfurt und Köln.

KATJA BOHNET

KERKERKIND

THRILLER

KNAUR

Besuchen Sie uns im Internet:
www.knaur.de

FSC
www.fsc.org
MIX
Papier aus verantwortungsvollen Quellen
FSC® C083411

Originalausgabe Februar 2018
Knaur Taschenbuch

Ein Imprint der Verlagsgruppe
Droemer Knaur GmbH & Co. KG, München

Redaktion: Ilse Wagner
Covergestaltung: Thierry Wijnberg / totalitalic.com
Coverabbildung: Ozimages / Alamy Stock Photo
Satz: Adobe InDesign im Verlag
Druck und Bindung: CPI books GmbH, Leck
ISBN 978-3-426-52093-2

2 4 5 3 1

Für meine Eltern,
die unsterblich sein sollten.

»Du bist doch der Schriftsteller.
Denk dir was aus.«

David Benioff,
Stadt der Diebe

»Erlösung aber ist die Erkenntnis
der Sinnlosigkeit allen Lebens.«

Robert Schneider,
Schlafes Bruder

Drei tote Jungs
Dazu die Zeile –
»Alles im Griff«

Don Winslow,
Zeit des Zorns

PROLOG

Jemand schnitt ihm die Kleider in Streifen vom Leib. Unfähig, sich zu bewegen, lag er da. Seitlich, die Wange auf den Stein gepresst. Er wollte sich aufraffen, musste sich erheben, aber sein Körper reagierte einfach nicht. Mit der Schere ritzten sie seine Haut. *Nein. Lasst mich.* Die Gedanken bildeten sich in seinem Kopf, doch sie wollten nicht aus seinem Mund hinaus. Jeder seiner Muskeln glich einem schlaffen Seil. Und so dachte er an Lyn und fragte sich im selben Moment, ob es ein schlechtes Zeichen war, an diejenigen zu denken, die man liebte, denn das läutete das Ende ein. Er lebte jedoch noch, befand sich nur in einem Zwischenland. Er hörte das Reißen seiner Kleidung, als helfe jemand nach, damit es schneller ging. Lyn lächelte ihn an. Wie immer etwas schief, weil ihr linker Mundwinkel leicht nach unten hing. Der Wind zerzauste ihr Haar, blies ihr Strähnen ins Gesicht. Mit der Hand winkte sie ihm etwas ungelenk zu. *Komm, komm,* sagte ihr Blick. Das Funkeln in ihren Augen glich einer sexuellen Aufforderung, der er nicht widerstehen konnte. Sommersprossen gruppierten sich um ihre Nase, auch wenn er sie im Gegenlicht nicht deutlich sehen konnte. Lyn, unschuldige, wunderbare Lyn. Das war davor. An das Danach erinnerte er sich nicht gern. Er wollte es nicht, verdrängte es. Jetzt drehte sie sich um. Der Strand erstreckte sich lang und makellos, und der Sand glitzerte. Winzige Wellen plätscherten ans Ufer, ohne Schaum. Bleiern lag das Meer neben ihnen beiden wie ein unendlich großer, glatter Tisch aus Edelstahl, durch regelmäßigen Gebrauch zerkratzt, weshalb er das gleißende Licht nur teilweise reflektierte. Lyn lief von ihm weg. Schief und ungleichmäßig, so gut sie es eben vermochte. Über die Schulter rief sie ihm etwas zu. »Komm, ich zeige dir …«, mehr verstand er nicht. Nur ihr Lachen hörte er. Er wollte ihr nachlaufen, um ihre weiche Haut zu berühren, die Hitze des Sommers an ihr spüren. Er wollte ihr nahe sein, er wollte sie verstehen. Was hatte sie gesagt? Nun war er nackt. Er spürte es. Er erwartete einen Stich in seine Haut. Auf der Oberfläche seiner Hand, wenn sie den Zugang legten. Er fühlte sich unendlich matt. Sein Kopf schmerzte. Auch wenn er sich nicht erinnern konnte, musste es ein Unfall gewesen sein. Vielleicht war sein Auto von der Straße abgekommen, vielleicht hatte ihn auf dem Weg zur Arbeit ein Wagen erfasst, vielleicht war er gestürzt. Ein Unfall, sicherlich. Doch der Nadelstich erfolgte nicht. Es nagte an ihm. Warum konnte er sich nicht an das erinnern, was geschehen war? Jemand zog ihn hoch. Hände griffen unter seine Achseln, richteten ihn auf. Zunächst knickten seine Beine ein, er strauchelte, dann spürte er sie und konnte stehen. Wie nach einem leichten Stromschlag funktionierte seine Wahrnehmung wieder akkurat. Aber schon Stunden später, als er schrie, als Krämpfe an seinen Waden zerrten, Tränen, Speichel und Rotz die Kapuze an sein Gesicht klebten, als er schon längst kaum noch Luft bekam, wünschte er sich nichts sehnlicher, als zurückzukehren ins Zwischenland. In diesem Moment spürte er jedoch den rissigen Boden unter seinen Sohlen, als sei seine Wahrnehmung für feine Details nun geschärft. Er schwankte, allerdings verhinderte jemand mit hartem Griff, dass er fiel. Er wollte sich abstützen, aber es gelang ihm nicht. Seine Hände ließen sich hinter seinem Rücken einfach nicht lösen. Etwas schnitt in seine Handgelenke ein. Der messerscharfe Schmerz schärfte jeden seiner Sinne. Und so stand er schließlich aufrecht da, bemerkte, wie die Kälte sich unerbittlich in jede Pore seines frierenden Körpers fraß. Den Kopf hielt er gesenkt. Stoßweise atmend, wartete er ab. Ein dunkler Stoff hing über seinem Gesicht. Darunter gelangte nur wenig Sauerstoff in seine Lungen. Er roch alten Muff und Feuchtigkeit. Wie in einer Speichertruhe, die seit Jahren keiner geöffnet hatte. Im Gegensatz zu den fallenden Temperaturen um ihn herum war die Luft, die er unter dem Tuch atmete, stickig, heiß und schal. Hektisch bewegte er seine Hände, doch eine Fessel zwang sie unnachgiebig zusammen, bis er die Anstrengungen wieder aufgab. Als er sich endlich getraute, seine Stimme zu erheben, klang sie für ihn fremd. Röchelnd, keuchend, undeutlich unter dem Tuch. Unmöglich, mittels des Schalls die Größe des Raumes zu ermessen. Nach einer Halle klang es nicht. War tatsächlich er es, der da sprach? Zuerst leise, um sich zu vergewissern, weil es so unglaublich schien. Bis er schließlich um Hilfe bat, dann schrie. Laut und verzweifelt, da man ihn hier nackt stehen ließ. Und er nichts sehen konnte und niemand mit ihm sprach, ihm nichts erklärte. Sein Glied hing frei zwischen seinen Beinen, und es machte ihn fast wahnsinnig, wie verwundbar er sich dadurch fühlte. Er zitterte, nein, er schlotterte. Was wollte man von ihm? Warum stand er hier? Wieso blieb es so merkwürdig still? Weshalb waren seine Hände gefesselt? Wo befand er sich? Und was hatte er getan? Er beschloss zu lauschen, auch wenn er seine Körperfunktionen kaum noch unter Kontrolle halten konnte. Zunächst hörte er nichts. Doch das Zittern ebbte ab unter seiner großen Konzentration, und nun vernahm er es: Jemand atmete neben ihm in diesem Raum. Er getraute sich nur, ein, zwei winzige Schritte auf das Geräusch zuzumachen, danach verließ ihn der Mut. Er war blind, und die Angst vor einem schwarzen Schlund, vor einer grausamen Gefahr, machte plötzlich jede Regung unmöglich. Immer wieder suchte er in der Vergangenheit, bis es ihm schwante: Kein Unfall hatte ihn ereilt. Was ihm hier geschah, das war etwas Schlimmeres, Schrecklicheres. Er sollte sein Zeitgefühl verlieren, sogar sich selbst bis zur Unkenntlichkeit seiner Person.

In seinem Kopf verwandelte sich die Schere in ein Messer. Damit hatten sie seine Kleidung von ihm getrennt. Doch wie

sollte er noch wissen, was er glauben konnte? Und wo waren diejenigen, denen er fehlen musste? Warum suchte ihn niemand? Weshalb wurde er nicht befreit? Vielleicht würde das bald geschehen. Die Bilder von Lyn am Strand flackerten in den kommenden Stunden immer wieder vor seinen Augen auf. Ihre weißen Zähne, einer davon schräg, ihr flatterndes weißes Shirt, das der Wind wie eine Fahne bewegte. Er hielt sich an dem Gedanken fest, als plötzlich etwas – vielleicht eine Fingerspitze – über seinen Rücken glitt. Die Berührung traf ihn wie ein Schock, und er bebte derart stark, dass er fast zu Boden ging. Er dachte noch an Lyn, als er sich die Kehle schon längst wund geschrien hatte und außer dem Hall seiner Worte keine Antwort bekam.
»Was wollt ihr von mir? Was soll ich hier? WAS HABE ICH GETAN?« So endlos und so oft, dass er nur noch mechanisch brüllte, rief, sprach und später heiser flüsterte und die Worte für ihn kaum noch einen Sinn ergaben. Niemand schlug ihn, niemand sprach mit ihm, niemand berührte ihn mehr. Niemand befreite ihn. Seine Eltern mussten ihn doch schon vermissen und auch seine Freunde. Nichts geschah. Er hörte keine fremden Atemgeräusche mehr. Zitternd tastete er sich mit den Zehen an der Wand entlang. Bis er nach nur zwei Schritten an eine andere Wand prallte, danach an ein Gitter kam. Ein Raum, eine Zelle bestenfalls. Winzig. Leer. Er dachte an Lyn, um nicht völlig durchzudrehen. Schauer liefen ihm über die Haut, die Kälte fraß sich weiter in ihn hinein, bis er sie irgendwann kaum noch spürte. Er dachte an Lyn, als er schließlich aufgab, sich sein Darm und seine Blase entleerten, es heiß an seinen Beinen hinunterrann. Er dachte an Lyn, als er schon lang nicht mehr schluchzen konnte. Seine Verzweiflung trocknete die Trauer schließlich aus. Er verankerte sich in Gedanken an ihrem Gesicht, als sie ihn rief. Was hatte sie gesagt? Es nicht mehr zu wissen, ließ ihn nicht mehr los. Vielleicht würde er Vergebung erfahren,

wenn es ihm wieder einfiele. Daran klammerte er sich fest. Die Stille wirkte, als habe man ihn in Plastik eingeschweißt. Er stand aber immer noch am selben Ort, schutzlos, bewegungslos, jemandem ausgeliefert, der sich nicht zu erkennen gab. Einem lautlosen, reißenden Tier oder einem überlebensgroßen Golem. Er vermutete, dass das hier nicht sein Ende, sondern der Beginn von etwas Neuem war. Seinem neuen Ich, wie er noch lernen sollte. Lyns Bild verblasste schließlich, seine Beine gaben nach, und er brach vor Erschöpfung zusammen. Als sein Kopf auf den harten Boden aufschlug und er in der stinkenden Pfütze seiner eigenen Exkremente zu liegen kam, blitzte endlich für einen Moment auf, was er nicht verstanden hatte. Damals am Strand. Das hatte Lyn ihm zugerufen, das hatte sie ihm gezeigt: den Fisch an Land, der noch schwach mit der Schwanzflosse zappelte.

BERLIN

1

Die Vergangenheit kann nicht vergangen sein, denn sie holt uns ein. Wie ein Echo kommt sie zurück und wird zur Gegenwart. Viktor Saizews Verhältnis zur Vergangenheit gestaltete sich zwiespältig. Einen Teil davon wollte er zurückerobern. Seinen Job bei der Mordkommission, den Schreibtisch beim LKA Berlin, sein vollständiges Gehör, denn genau zuzuhören, was andere sagten, machte einen Großteil seiner Arbeit aus. Die zurückliegenden Monate wollte Viktor jedoch lieber aus seinem Leben streichen. Diese endlosen Wochen, Tage, Stunden in einem Bett. Zu viel von der Farbe Weiß. Eine weiche Wolke, die man nicht verlassen konnte, nachdem man bereits gestorben war. Streichen. Den Tag, an dem sich seine Mutter das Leben nahm, und den, an dem Rosa Lopez ihr Kind nicht mehr wiederfand. Wie vergangen diese Ereignisse tatsächlich waren, blieb rätselhaft. Eine Grauzone, die das Gestern, Heute und Morgen überlagerte. Denn Viktor stand hier, obwohl es ihm vor Wochen noch unmöglich erschien. Luis, Lopez' Sohn, war wieder aufgetaucht. Allein Viktors Mutter blieb tot, besuchte ihn nur gelegentlich im Traum. Schattenhaft und dennoch ganz real, obwohl er kaum noch Erinnerungen an sie hatte. *Vergänglich wie Rauch*, dachte Viktor. Am Himmel ballte sich der Qualm. Wie eine Säule aus dunklem Marmor stand er über dem Wald. Was da am Boden lag, war tot. Ein Mensch, dessen Geschlecht für Viktor auf Anhieb zunächst nicht zu erkennen war.

»Was siehst du?«, hatte Lopez ihn gefragt. Die Frage war so alt wie ihre gemeinsame Zusammenarbeit beim LKA Berlin. Gewohnheitsmäßig sah Viktor sich um, nahm alle Eindrücke in sich auf. Scannte, zoomte, tastete ab. Die Leiche auf der Lichtung lag da wie inszeniert. Der Arm des Opfers ragte wie ein Hinweisschild in die Luft. Wie ein Schüler, der sich zu Wort meldete. Die Hitze hatte die Muskulatur verkrümmt. Kleidung und Fleisch waren zu einer Lederhaut verschmolzen, rissig und voller Krater, zumindest an den Stellen, an welchen sich das Gewebe noch über die Knochen spannte.

Hätte jemand Viktor nach der Farbe des Todes gefragt, hätte er ohne Zögern geantwortet, sie sei rot. Denn die Anwesenheit von Blut kennzeichnete Viktors Arbeitsplätze wie eine chinesische Stempel-Signatur. Doch heute trug der Tod tatsächlich Schwarz. Die Leiche war zu großen Teilen wie ein Streichholz heruntergebrannt. Der Geruch nach Gegrilltem lag in der Luft. Viktor mochte die Tatsache, dass er es wahrnahm und das Nussaroma hier am Tatort schwach riechen konnte. Die süßliche Note, die menschliches Fleisch stets verbreitete. Oder bildete er sich das nur ein? Hatte sein Gehör auch nachgelassen, war sein Geruchssinn doch wiederhergestellt. Lachse kehrten an ihren Laichplatz zurück, sie fanden über ihre Geruchssensoren den richtigen Weg, überwanden alle Hindernisse nur, um sich fortzupflanzen. Danach starben sie. Nur ein bis zwei Prozent überlebten, um ins Meer zurückzukehren. Viktor gehörte zu den Überlebenden. Zu den ein bis zwei Prozent. *Ich kann wieder etwas riechen. Ich lebe noch,* dachte er.

Viktor gebrauchte seine Nase wie ein Cellist seine Finger, wie ein Maler sein Augenlicht. Er fand es falsch, dass Menschen anderen Menschen das Leben nahmen. Es war ein Unrecht, das er wiedergutzumachen suchte. Dafür setzte er sich ein. Der Geruch des Todes blieb ihm jedoch vertraut. Er lehnte ihn nicht ab, denn er half ihm und gab jedem Mord ein eigenes Gesicht. Aber handelte es sich hier überhaupt um Mord? Eine brennende Zigarette, die weggeworfen wurde, ein Funken, der das ausgedorrte Geäst entzündete, die Ausbreitung begünstigt durch die für die Jahreszeit untypische Trockenheit. Ein Mensch, beim Spaziergang überrascht, vom Feuer eingeschlossen. All diese Dinge waren schon passiert. Dennoch schien ein Zufall ausgeschlossen. Viktor spürte es, er sah es auch. Deshalb ging er auf die Knie, beugte sich über das Opfer und schloss die Augen. Nicht, weil er die Nähe nicht ertragen konnte, sondern weil dadurch eine Wahrnehmung verstärkt wurde. Er schnüffelte, glaubte, das Volatile, Stechende zu erkennen, sogar trotz des alles überlagernden Brandgeruchs. Hatte sich sein Geruchssinn etwa geschärft? Es roch nach Mord.

Er kam wieder hoch und sah sich um. Ein Nachzügler von der Kriminaltechnik fotografierte gerade ein schwarzes, verzogenes Objekt. Da. Viktor konnte es besser erkennen, wenn er die Augen halb zusammenkniff. »Das dort drüben könnte ein Benzinkanister sein«, übersetzte Viktor laut das Bild, das sich ihnen bot.

Rosa Lopez fragte: »Brandbeschleuniger?«

Und Viktor erwiderte: »Die Optik, der Geruch, die schnelle Ausbreitung. Alles spricht dafür. Wer ist der Einsatzleiter der Feuerwehr?«

»So ein Stämmiger mit Geheimratsecken. Ich kümmere mich darum«, antwortete Lopez konzentriert.

Vorab galt jede Theorie nur als Hypothese. Viktors Blick wanderte über das, was von dem Gesicht übrig geblieben war. Ein Schädel, die Nase einfach weggebrannt. Viktor schloss erneut die Augen. Hielt die Zeit kurz an, erinnerte sich an den Moment, an dem er hierhergekommen war. Warum er Tatorte immer wieder aufsuchte wie andere den örtlichen Supermarkt. Weil jemand es tun musste. Weil er seine Arbeit brauchte wie ein Heroinabhängiger den nächsten Schuss. Er öffnete die Augen wieder, atmete ein. *Keine Haare mehr*, stellte Viktor fest. *Völlig verbrannt.* Die Länge, Farbe, die Struktur hätten ihm vielleicht einen Anhaltspunkt gegeben.

»Ich kann das nicht«, hörte er Lopez sagen. Es klang tonlos, fast final. Sie stand neben ihm. Nun drehte sie sich weg. Viktor ahnte, warum. Aber er kannte sie so nicht. »Du musst«, antwortete er schnell. Nicht nur, weil es ihr Job war, den sie nicht einfach ignorieren konnte, sondern weil er sie brauchte. Denn Viktor durfte de facto hier nicht ermitteln, so wie Lopez es tat. Beurlaubt, krankgeschrieben, suspendiert. Viktor hatte alle Zwischenstadien bereits ausgelotet, die einen Polizisten von seiner Arbeit trennen konnten. Warum Lopez mit ihm heute direkt hierhergefahren war, wunderte ihn immer noch. »Eine zweite Meinung«, hatte sie gesagt.

Deshalb überlegte er nicht eine Sekunde lang, als sie ihn am Eingang der Klinik für Physikalische Medizin und Rehabilitation der Charité am Campus Mitte abholte. Der Vormittag brach gerade an. Einige Amseln zwitscherten noch, bevor die Mittagsglut sie zum Schweigen bringen würde. Viktor beschloss, sich auf keinen Fall umzusehen. Zurückzuschauen kam einem schlechten Omen gleich. Stagnation, Versteinerung. Viktor dachte an Lots Frau. Er hatte noch nicht einmal ordnungsgemäß ausgecheckt. Sein Blick saugte sich an einem Schriftzug fest. »Belohnung ausgesetzt.« In roten Lettern stand es auf einem großen Plakat geschrieben. Darunter eine dunkle Zeichnung oder ein altes Foto. Und die Zahl Zwanzigtausend. Dahinter noch ein Eurozeichen. Viktor fragte sich, worum es hier ging. Es handelte sich nicht um eines der Wahlplakate, die sich in der Stadt wie bunte Kaninchen täglich vermehrten, an Pfosten, Ampeln, Litfaßsäulen. Doch bevor er sich vergewissern konnte, sah er, wie die Polizei vorfuhr, die er bereits erwartete.
Behäbig stieg Lopez aus dem Toyota, ihrem gemeinsamen Dienstwagen, den Viktor so sehr verachtete, weil das Vehikel viel zu klein für seinen überdimensionierten Körper war.

Heute stimmte ihn der Anblick des Wagens jedoch fast schon froh, gehörte das Auto doch zu einem Leben, das er vermisste. Lopez blieb neben der offenen Fahrertür stehen, atmete tief durch. Ihr Umfang war enorm. Für einen Augenblick betrachteten sie sich gegenseitig, als habe jemand sie in ein Stillleben verbannt. Hier in der Mitte von Berlin. Menschen liefen an ihnen vorüber, kreuzten ihren Weg. Nur sie beide standen ruhig da. Lopez sagte nichts, sie lächelte. Ein ungewohntes Bild. Lopez hatte schon zu viele Jahre lang nicht mehr gelacht. Doch seitdem sie ihren Sohn gefunden hatte, war sie ein anderer Mensch geworden. Als habe sie endlich den Weg ins Leben zurückgefunden. Dass sie Viktor von der Klinik abholte, löste in ihm eine Flut von Gefühlen aus: Freude, Verwirrung und auch Scham. Hatte er in den vergangenen zehn Jahren immer den Beschützer gemimt – nicht, dass Lopez einen Beschützer gebraucht hätte –, den Fels in der Brandung, den Unerschütterlichen, Starken, war er in den letzten fünf Monaten auf ihre Hilfe angewiesen gewesen. Genauso wie auf die Unterstützung von so vielen anderen. Manche davon kannte er kaum.
Ohne eine Begrüßung ließ Lopez Viktor wissen: »Menschliche Überreste am Wannsee. Ich dachte, das könnte dich vielleicht interessieren.« Pure Fröhlichkeit strahlte aus ihren Augen.
Sie hatte recht. Viktor interessierte das ungemein.
»Ich bin krankgeschrieben«, gab er zu bedenken.
»Beurlaubt. Krankgeschrieben … vor einiger Zeit war dir das noch egal.« Lopez funkelte ihn an, als wolle sie ihn zu einem Bonbondiebstahl in der Speisekammer animieren.
Mit »vor einiger Zeit« meinte sie »vor Entfernung des Hirntumors«. Es kam ihm mittlerweile wie eine Ewigkeit vor. Viktor musste blinzeln. War das noch dieselbe Frau? Die strenge, ernste, richtlinientreue Kollegin, die er kannte? Lopez erwartete ihr drittes Kind. Die Schwangerschaft schien

bereits weit fortgeschritten, und Viktor war überzeugt, dass Lopez' Hormone völlig verrücktspielen mussten. Anders konnte er sich ihre gute Laune nicht erklären. Unwillkürlich blinzelte er. War das hier real? Zu lange hatte er sich darauf nicht mehr verlassen können.

»Begleite mich, Viktor! Ich könnte eine zweite Meinung brauchen.«

Was sollte das werden? Lopez' ganz eigene Vorstellung von Wiedereingliederung? Gunnar würde das nicht gefallen. Aber was gefiel Gunnar schon? Viktor wollte nichts anderes als das: Er wollte mit Lopez diese Leiche sehen. Er wollte ihre zweite Meinung sein. Er kannte nichts anderes, verstand sich nur auf das. »Okay«, antwortete er.

»Toll!«, sagte Lopez. »Darfst du wieder Auto fahren?«

»Vor einiger Zeit war dir das noch egal«, erwiderte Viktor.

»Touché!« Lopez lachte und warf ihm die Schlüssel zu. Viktor fing sie auf, registrierte, dass es ihm mühelos gelang, griff nach seiner Tasche, hängte sie sich über die Schulter und ging auf den Toyota zu. Lopez wechselte zur Beifahrerseite. Im Vorbeigehen fragte sie: »Bereit?«

Viktor nickte, um die absurde Tatsache anzuerkennen, dass er sich zwar auf dem Weg zu einem Tatort, aber wieder einmal offiziell nicht im Dienst befand. Und wenn es dazu kommen würde, roch es nach stufenweiser Wiedereingliederung. Was Viktor jetzt schon mehr anstrengte als jede Schichtarbeit. Erst vier Stunden, dann acht, dann zwölf am Arbeitsplatz. Unmöglich, auf diese Art zu Ergebnissen zu gelangen. Das reichte gerade mal für einen Schreibtischjob. Aber Viktor hinterfragte schon lang nicht mehr, was Gunnar Scholz, sein Chef beim LKA, wusste oder wollte.

Eine zweite Meinung. Ein Gefallen, eine Einschätzung, ein Rat, erinnerte er sich. Lopez hätte Viktor um alles bitten können. Um Geld, um Hilfe, um sein Leben. Und so wieder-

holte er: »Du musst.« Lopez musste weitermachen. Denn nur zusammen mit ihr ergab seine Präsenz hier am Tatort einen Sinn. Wenn sie nicht mehr konnte oder wollte, was sollte er noch hier? Lopez und er saßen in einem Boot. Der eine funktionierte ohne den anderen nicht. Viktor wünschte sich die ehemalige Normalität mit aller Macht zurück.
Lopez schwieg. Sie lauschten den Geräuschen des Waldes, die heute andere waren. Keine Vögel zwitscherten, kein Laub raschelte, keine Blätter rieben sich im Wind aneinander. Es knisterte gelegentlich. An einigen Stellen gab es noch Schwelbrände. Berlin war nicht verbaut. Berlin zeigte sich als Stadt der Parks, Wälder und Grünflächen. An diesem Ort hatte Schwarz jedoch die Farbe Grün weitgehend abgelöst. Die Feuerwehr löschte noch, tief dort im Forst. Der Wannsee lag per Luftlinie nicht weit weg, die Autobahn schlug unhörbar weiter östlich eine Schneise durch das Gebiet. Das hatte die Straße mit dem Feuer gemein. Laut Einsatzleiter bestand jedoch hier keine Gefahr. Dennoch beobachtete Viktor die Umgebung aufmerksam, als könne ihn etwas hinterrücks überfallen. Aber das sollte nur der Wahrheit gelingen. Wenn er sie endlich erkannte. Nicht jetzt. Nein. Jetzt noch nicht.
»Kranke Scheiße. Wer tut so was?«
Viktor erstaunte die Wortwahl. Und es erstaunte ihn, dass Lopez sich so etwas fragte. Genau wie er hatte sie schon alles gesehen. Und darüber hinaus noch mehr. Gehirnmasse an einer Wohnzimmerwand, Organe in der Küchenspüle. Missbrauchte Frauenkörper, bemalt mit ihrem eigenen Blut auf dem Teppich am Fuß eines Doppelbetts. Zerschmetterte Männerkörper, ausgelaufen und verdreht auf dem Asphalt. Überwachsene Kinderknochen, wie Mikadostäbchen ins Unterholz gestreut. Eingefroren, abgehackt, verwest. Viktor war nichts Menschliches fremd. *Der Mensch ist des Menschen Wolf.* Dem hatte Viktor nichts hinzuzufügen.

Lopez' Umfang hatte so drastisch zugenommen, dass Viktor sich fragte, wie sie noch in die Uniform hineinkam. Er selbst trug nie Uniform. Genauso wie er nie eine Waffe mit sich führte, was sein Chef, wenn er es bemerkte, tadelte und abmahnte. Regelmäßig, ohne jeglichen Erfolg. Keiner im LKA Berlin, der sich mit Delikten am Menschen beschäftigte, trug Uniform. Außer Lopez, die daran festhielt wie an einer liebgewordenen veralteten Tradition. Die Uniform hielt Menschen auf Distanz, so wie Lopez selbst es auch tat. Viktor fragte sich außerdem, wie Lopez es in dem dunklen Stoff bei dieser Hitze aushielt. Warum sie überhaupt noch arbeitete.

Berlin ächzte unter den höchsten Temperaturen seit Beginn der Wetteraufzeichnungen. Die allabendlichen Brennpunkt-Sendungen im Fernsehen häuften sich. Der Asphalt auf den Straßen wölbte sich, wurde zäh wie Kaugummi. Der Monat Mai hatte dem Juli den Rang als heißester Monat abgelaufen, obwohl er gerade erst begann. Das Klima spielte völlig verrückt. In der Nähe Moskaus brannte der Torf, Westafrika drohte die größte Dürre seit Jahrzehnten, und in Kalifornien rasten Waldbrände über die Vororte von Kleinstädten hinweg. Schon jetzt am Vormittag maß man in Berlin-Mitte über dreißig Grad. Die Ermittlungen im Berliner Forst erschienen klimatisch vielversprechend. Der Brand relativierte die Situation. *Zuerst brennt eine Leiche,* dachte Viktor, *danach der ganze Wald.* Viktor und Lopez hatten die Hitze der Stadt gegen die Hitze des Feuers getauscht. Viktor schwitzte unmenschlich. Sein Shirt klebte ihm am Körper, obwohl die Sonne sich gnädig hinter der Rauchsäule verbarg.

Lopez seufzte und beugte sich nach vorn. Wegen ihres Bauches musste sie sich auf alle viere hinablassen.

»Wann gehst du in Mutterschutz?«

Lopez zögerte. »In zwei Wochen bin ich weg.«

Viktor bemerkte, dass ihr diese Perspektive nicht behagte.

»Da.« Ihr mit Latex geschützter Finger wies auf den Unterleib der Frau. »Das macht mich ganz krank.«
Viktor betrachtete, was sie ihm zeigen wollte. Sein Blick fokussierte, vergrößerte das Bild, zog es heran. *Alles okay,* ermahnte Viktor sich. *Völlig normal. Ich bin nicht mehr verrückt.* Sein Interesse wich dem Schock, als er die winzigen Knochen sah, als er die Größe zuordnete, die embryonale Form erkannte, als das verzerrte Bild plötzlich einen Sinn ergab.
Lopez fasste in Worte, was er nun verstand: »Das ist eine Frau, die schwanger war. Es handelt sich nicht um eine Leiche, sondern um zwei. Mutter und Kind.«

2

Warum fahren wir dahin?«, wollte Viktor eine Stunde vorher wissen.
»Gunnar hatte so ein Gefühl.«
Viktor sah Lopez überrascht an. Ihr Chef hatte keine Gefühle. Das besagte Viktors Blick. Gunnar entschied rational, nach Auftrags- oder politischer Interessenlage.
Lopez versuchte zu erklären: »Wann ist in Berlin das letzte Mal in freier Natur jemand verbrannt? Gunnar fand, dass eine Unterstützung durch das LKA nicht schaden könnte.«
Viktor schüttelte den Kopf, als verwundere ihn die Ausdrucksweise genauso wie die Idee. Auch Lopez hatte sich gefragt, warum Gunnar die Gunst seiner Behörde freiwillig gewährte.
Sie fuhren nach Charlottenburg, durch Zehlendorf, über den Wannseebadeweg in den Forst, danach holperten sie über unebene Pfade, bis sie in die Nähe des Tatortes gelangten.

Lopez sah in der Ferne noch gelegentliches Blaulicht-Zucken, nahm die Atmosphäre in sich auf. Das gedämpfte Licht, Nadelwald, der sich mit Mischwald abwechselte, und den breiten ungeteerten Pfad.
Lopez bemerkte, dass dies der einzige Platz in Berlin sein musste, an dem die Temperaturen dieses erneut erdrückend heißen Tages erträglich schienen. Aber nun brannte es, und ihre Hoffnungen zerschlugen sich. Doch die Bäume standen nicht eng beieinander, lediglich in einiger Entfernung glommen noch ein paar Astgerippe. Lopez lief mit Viktor über den Waldweg, bis sie eine Lichtung sahen. Groß wie ein Fußballfeld. In ein bis zwei Stunden würde die Sonne, die sich hinter dem schwarzen Qualm verbarg, senkrecht über ihnen stehen. Das Kühle nur noch eine ferne Erinnerung.
Skeptisch runzelte einer der Beamten die Stirn. Das Absperrband hielt er fest in der Hand, als wolle er die Ungestörtheit des Platzes notfalls mit seinem Leben verteidigen. Wenig Personal. Die Kollegen der Schutzpolizei bewachten noch das Areal. Lopez wusste, wo die anderen sich befanden. Sie hatte das mit ihrem Chef geklärt, und Gunnar Scholz zeigte sich ungewohnt verständnisvoll. Die Idee schien ihm sogar einen gewissen Spaß zu bereiten.
Lopez wollte nicht hier sein. Dieser Fall stieß sie ab. Auf eine Art und Weise, die sie von sich nicht kannte. Als verberge er etwas Unheimliches, Böses, das sie zu ignorieren suchte. Aber dadurch würde es nicht verschwinden. Lopez wusste, dass sie sich den Dingen stellen musste, denn sie würden sich nicht in Luft auflösen. Außerdem hielt sie es in ihrer Uniform kaum aus. Sie fühlte sich damit normalerweise wohler als in Zivilkleidung. Die Uniform verschaffte ihr schnellen Respekt. Aber heute hasste sie die Berufskleidung. Es kam ihr vor, als habe jemand sie in den Stoff einlaminiert, das Material mit ihrer Haut verklebt. Sie zückte Marke und Ausweis: Rosa Lopez, Kriminalhauptkommissarin beim

Landeskriminalamt Berlin. Der Kollege kniff kurz die Augen zusammen, um die kleine Schrift lesen zu können, dann nickte er ihr zu. Mit einer Bewegung seines Kopfes deutete er auf Viktor: »Und wer ist er?«

Die Frage klang offensiv und defensiv zugleich. Lopez musterte den jungen Kollegen von der Schutzpolizei. Mittlerer Dienst. Ende zwanzig. Sportlich, engagiert, selbstsicher an der Grenze zur Arroganz. Lopez wusste, dass in seiner Frage mehr steckte als nur der Wunsch nach einer Information. Viktor machte seinen Mitmenschen Angst. Sie fürchteten oder mieden ihn. Er war ein gewaltiger Mann. Breitschultrig und groß mit einem Brustkorb wie ein Bison. Obwohl er Gewicht verloren hatte, strahlte er immer noch etwas Bedrohliches aus. Dass Viktor eine Glatze hatte, trug dazu bei, dass ihn Menschen mieden. Obwohl er ein friedlicher Riese war, schien es zunächst unklar, ob er zu den Guten oder den Bösen gehörte. Eine breite, unregelmäßige Narbe zog sich von seiner Schläfe seitlich über den Schädel bis zu seinem rechten Ohr. Die Narbe leuchtete rot, denn die Eingriffe lagen noch nicht lang zurück. Lopez bemerkte, wie sie alle Kraft zusammennehmen musste, um zu überspielen, wie sehr es sie mitnahm, was Viktor in den vergangenen Monaten ertragen musste. Dass sie ihn fast verloren hätte. Sie hatte schon zu vieles in ihrem Leben verloren geglaubt. *Die einen gingen, andere kamen,* dachte sie. Als sie von ihrer Schwangerschaft erfuhr, schien es ihr gewiss, dass es ein Opfer geben musste. *Die einen kamen, andere gingen,* wusste sie. Doch überraschend war ihr sogar ein Totgeglaubter wieder geschenkt worden: Luis, ihr Sohn. Und dass Viktor trotz schlechter Prognosen nicht gestorben war, kam ihr wie ein Wunder vor. Aber er sah gezeichnet aus. Er funktionierte wie ein leicht defekter Apparat. Besser als in den Zeiten, in denen er ständig zusammengebrochen war, aber schlechter als früher. Vermutlich hörte er nicht mehr gut. Er bewegte sich nicht harmonisch, sprach noch langsamer als bisher. Aber vielleicht fiel nur ihr das auf, weil sie Viktor schon so lange kannte. Viktor Saizew, ihr ehemaliger Ausbilder, ihr Gegenstück beim LKA. Der Mann, dem sie mehr vertraute als irgendjemandem sonst, mit dem sie ihre positive Fallbilanz jedes Jahr aufs Neue steigerte, der Mann, auf den sie einst geschossen hatte.

Sie wusste, was der junge Kollege von der Schutzpolizei vor sich zu sehen glaubte: ein Wrack. Einen Giganten, der seinen Zenit überschritten hatte. Er machte sich nicht die Mühe, genauer hinzuschauen. Ansonsten hätte er Viktors Stärken erkannt, die Ruhe und unendliche Gelassenheit, Risikobereitschaft, kühles Kalkül, Eigensinn, Mut, Loyalität und der unbedingte Wille, die Dinge zu Ende zu bringen. Koste es, was es wolle. Das machte Viktor aus.

»Ausweis? Sonst kann er nicht durch.« Als sei Viktor ein Ding ohne Namen. Der Kollege schaute nur sie auffordernd an, trotzig, als wolle er seine Kräfte mit ihr messen, als sei Viktor gar nicht da. Als vermeide er es bewusst, ihn nochmals anzusehen.

Eine Bewegung Viktors, die Lopez im Augenwinkel wahrnahm, ließ sie kurz zögern. Sie holte noch Luft, als Viktor sich an ihr vorbeidrängte und vor dem Kollegen aufbaute. Auf ihn hinabsah und nur ein- und ausatmete. Seine Brust hob und senkte sich wie ein Blasebalg. Der Polizist wich ein Stück zurück.

Lopez bemerkte, wie Viktor mit den Schultern rollte, wie er seinen Nacken knacken ließ. Was war los mit ihm? Dass sich die Situation so schnell zuspitzte, überraschte und verwirrte sie. »Er gehört zu mir. Viktor Saizew. Er begleitet mich«, beeilte sie sich zu erklären. Beruhigend legte sie Viktor ihre Hand auf den Arm. Und spürte, wie Viktor bebte. Wie er Wut in körperliche Hitze verwandelte. Als bereite sich ein Vulkan auf einen Ausbruch vor.

»Viktor!« Ihre Stimme klang wie von weit entfernt.
Langsam richtete er sich auf, trat zurück und löste seine Fäuste. Das Gesicht des jungen Beamten bekam wieder Farbe. Aber Lopez erkannte die Angst in seinen Augen und dass er sich jetzt erinnerte.
»Ich habe von Ihnen gehört. Es tut … es tut mir leid«, stotterte er. »Ich dachte, Sie liegen noch im …« Er verstummte, doch sie alle wussten, was er sagen wollte. Koma war das Wort, das alle scheuten.
»Ich bin wieder da. Und ich bin befugt«, behauptete Viktor seelenruhig. Er legte eine leichte Betonung auf »befugt«. Fast beiläufig. Als sei es wahr, als habe er nicht gerade einen Kollegen bedroht.
Der Beamte nickte wortlos und hob das Absperrband an. Sie beugten sich darunter hindurch und bewegten sich über verbranntem Grund auf eine Erhebung zu.
»Was war das?« Lopez betrachtete Viktor argwöhnisch.
Viktor zögerte. Nachdenklich antwortete er: »Keine Ahnung, woher das plötzlich kam.«
In seinen Augen erkannte sie die Überraschung darüber, dass er sich so hatte gehenlassen. Sein Gesichtsausdruck wirkte ehrlich. Lopez kannte Viktor in- und auswendig, so gut wie sich selbst, und musste gleichzeitig zugeben, dass er ihr für einen Augenblick fremd geworden war. Sie stellte fest, dass Viktor zwar als geheilt entlassen worden war, sich aber auf dem besten Weg befand, die Kontrolle wieder zu verlieren.

3

»Du musst mitentscheiden. Ihre Leber macht es nicht mehr lang.«
Sie lauschte dem Schweigen in der Leitung.
»Warte kurz!« Sie hielt den Lautsprecher zu, gab Pete zu verstehen, dass es wichtig war, dass sie gleich wiederkommen würde, wandte sich vom Drehort ab, um unter einem Vordach Ruhe und Schatten zu suchen. Ein paar Meter weiter wuselten die Darsteller um Pete herum. Sie holte tief Luft, nahm sich vor, sich nicht aufzuregen, egal, was ihre Schwester von ihr verlangen mochte. »Was hast du gesagt?«
»Wir müssen die Geräte abschalten. Es dauert schon alles viel zu lange.«
Sie lachte kurz auf und fand es lächerlich, dass ausgerechnet ihre Schwester diese Formulierung wählte. Tatsächlich hatte vor allem sie all die Jahre auf einer Vollversorgung bestanden. Evelyn hätte gar nicht sterben können. Selbst wenn sie es gewollt hätte, denn ihre Schwester hatte es einfach nicht erlaubt. Sie konnte den Gedanken nicht ertragen, sie wollte keinen Schlussstrich ziehen. Aber all das sagte sie nicht. »Warum?«, fragte sie stattdessen.
»Ihre Organe versagen. Die Physiotherapie schlägt kaum noch an. Es« – ihre Stimme brach kurz weg –, »es ist schwer mit anzusehen.«
Schwer mit anzusehen. Das war schon immer so. Manche Dinge änderten sich nicht, es sei denn, man änderte sie. Sie seufzte.
»Ich bin mir unsicher, ob sie Schmerzen hat.«
Unsicher. Als hätte sich Evelyn in den vergangenen fünfzehn Jahren je dazu äußern können. Als hätte sie etwas gesagt, gewünscht oder festgestellt. Die Wut, die Verzweiflung, der Hass auf diese Schwester, auf die Welt, darauf, dass sie an

ihnen hing wie an einem Heißluftballon der Ballast, den man nicht abwerfen konnte, der einen am Aufsteigen hinderte. Das war ein Fingerzeig. Es musste sein. Evelyns Körper traf endlich seine eigenen Entscheidungen. Und sie würden nur dabei helfen, sie zu unterstützen. »Du bist die Expertin. Das ist deine Welt, deine Verantwortung. Entscheide du!« Sollte sie doch die große Schwester sein! Sie bekleidete die Rolle par excellence. So wie alles an ihr perfekt wirkte. Jede Geste, jeder Satz und jede Tat. Wie einstudiert und mehrfach geprobt. Sie selbst hielt sich fern von Perfektion, denn die erstickte jegliche Originalität.

Es blieb still, ganz still. Außer ihren gemeinsamen leichten Atemgeräuschen. So setzte sie immer jeden in ihrem Umfeld unter Druck. Sie sagte nichts, wartete ab. Damit erzwang sie alles, was sie wollte.

»Dann stell die Maschinen ab!« Sogar für sie selbst klang es wie ein seelenloser Befehl. Allein das Wort »Maschinen«. Herzlos, grausam, pure Mechanik, unaufhaltsam und präzise. Ohne Gefühl. Es entsprach dem Bild, das alle von ihr besaßen.

Die Stimme am anderen Ende klang verunsichert. »Okay. Wenn du das willst.« Eine Pause. »Opa muss ins Heim.«

Der Tag der schlechten Nachrichten. Was würde jetzt noch kommen? Das Schicksal hatte ihre Familie doch schon auffallend dezimiert. Und so fragte sie das, was von ihr erwartet wurde, auch wenn sie die Antwort weder hören noch verstehen wollte. »Wieso?«

»Er hat mich am Wochenende nicht erkannt. Hat sich wieder verlaufen. Ein Polizist hat ihn zurückgebracht. Er wusste nicht mehr, dass die Marmelade früher im Keller stand, wo der Schlüssel dafür lag oder dass wir überhaupt einen Keller haben.«

Für einen Moment knisterte es in der Leitung wie bei einem Ferngespräch. Pete winkte heftig. Etwas Wichtiges musste geschehen sein. Vielleicht war der Caterer unerwartet zu Tode gekommen. Ein Drama, das das ganze Team betraf, das den reibungslosen Ablauf der Dreharbeiten stören würde. Oder der weiße Schoßhund von Barbarella spielte wieder mal verrückt. Er urinierte einfach überall hin oder bellte so laut, dass jedwede Aufnahme unmöglich wurde. Dieser Hund benahm sich wie ein dreimonatiges Kind mit Koliken. Aber Barbarella vergötterte das Tier. Ein Haustier ersetzte ihr das Goldene Kalb. Und Pete verhielt sich wie der Mitarbeiter, zu dem sie ihn erzogen hatte: Er traf keine eigenen Entscheidungen, weil sie das für sich beanspruchte.

»Wir müssen das besprechen. Nicht am Telefon. Du solltest hierherkommen. Du willst sie doch auch bestimmt noch einmal sehen«, hörte sie ihre Schwester sagen.

Sie wollte nichts besprechen, schon gar nicht von Frau zu Frau. Sie wollte niemanden sehen, schon gar nicht sie, die immer schwieg, nur starrte. Stete Anklage, immerwährende Vergifterin ihrer beider Leben. Und das, obwohl sie noch nicht einmal etwas tat. In ihrer Familie wurde Passivität als Waffe eingesetzt.

Pete winkte. Noch deutlicher, heftiger. Mit den Lippen formte er die Worte »jetzt sofort«. Sie sah auf die Uhr, ärgerte sich, weil sie in Verzug geriet. »Hör zu! Ich stecke gerade mitten in einem Dreh. Es tut mir leid, aber es geht einfach nicht. Ich kann nicht kommen. Aber ich melde mich.«

Sie legte auf. Etwas musste ihre Schwester noch erwidert haben, aber sie verstand es nicht. Nickte Pete kurz zu. Barbarella heulte jetzt laut und lamentierte, der Hund kläffte wie von Sinnen, ein Lieferwagen hupte, und der Lärm eines über sie hinwegfliegenden Motorflugzeugs zerriss für einen Moment jeden anderen Ton. Als andere Geräusche wieder an ihr Ohr drangen, erinnerte sie sich an den Ort, an dem sie damals noch die großen Ferien verbrachten. Pete schrie wieder etwas, hob jetzt hilflos die Arme. Dieser Dreh verkam zur Farce. Vielleicht würde sie es sich doch anders überlegen und dorthin fahren. Es war immerhin nicht weit nach Dänemark.

4

Viktor vernahm noch das Echo von Lopez' Lieblingsfrage.

»Was siehst du?«

Rosa Lopez stellte diese Frage unweigerlich. An jedem neuen Tatort, so sicher, wie die Sonne unterging. So sicher, wie das Klima sich erwärmte, so sicher, wie in der Bundesliga immer nur Bayern München gewann. Die Frage begleitete ihre Arbeit wie der Refrain ein Lied. Diese verlässliche Wiederholung beglückte ihn. Rosa Lopez, seine natürliche Ergänzung, seine Schülerin, jetzt Kollegin, die Frau, die besser schoss als alle anderen beim LKA. Die eine natürliche Begabung besaß, den Dingen auf den Grund zu gehen. Minutiös, akribisch in der Sorgfalt, die sie aufbrachte, um einen Mord aufzuklären. Rosa Lopez, die eine Buchhalterin des Todes war, wenn es darum ging, nach Ursachen zu forschen und diese zu verstehen. Sie übersah nicht ein Detail, nicht eine Zahl, rechnete stets ein korrektes Ergebnis ab. Rosa Lopez, von der ihn jahrelang Welten getrennt hatten, weil nur ein Gedanke sie beseelte: Rache an demjenigen zu üben, der ihr den Sohn genommen hatte. Obwohl sie täglich gemeinsam daran arbeiteten, Unrecht wiedergutzumachen und das Recht durchzusetzen. Sie wahrten höflich Distanz zueinander und standen sich doch näher als manches Ehepaar. Symbiotisch und doch zwei, verschieden und doch gleich. Sie erkannten sich im jeweils anderen.

»Bereit?«, fragte sie zum zweiten Mal an diesem Tag.
War er bereit? Viktor wusste es jetzt nicht mehr genau. Ein kurzes Zittern überkam ihn, das sich bis in seine Fingerspitzen fortsetzte. Aber die ihm so vertraut gewordenen Wahrnehmungsstörungen blieben aus: Farben und Formen veränderten sich nicht. Nichts zerfloss oder dehnte sich, alles blieb im Gleichgewicht. Die Knochen vor ihm sahen genauso schwarz aus wie die Wolke am Himmel. Er schwankte nicht, das Zittern ebbte ab, und Viktor schob die kurze Unsicherheit einfach auf die Nebenwirkungen der Tabletten, deren Einnahme er zu oft vergaß. *Ich bin gesund*, sagte er sich. *Ich bin nicht mehr verrückt.*
»Nehmen wir an, es wäre Mord gewesen.«
Lopez nickte. »Gut. Nehmen wir mal an …« Doch bevor er weitersprechen konnte, fügte sie hinzu: »Ganz ehrlich: Was wären wir ohne Morde? Nutzlos, überflüssig, auf dem Abstellgleis. Wir sind abhängig von Tötungsdelikten. Sonst wären wir arbeitslos.« Lopez seufzte. »Schon mal darüber nachgedacht?«
Viktor hatte diesen Gedanken schon hundertmal gewälzt. Diese Überlegungen gereichten niemandem zur Ehre. Tatsache war: Ermittler brauchten Morde wie ein Bäcker Mehl, um Brot backen zu können. Ohne Opfer keine Ermittlungen. Es war ein trauriger Konflikt. Doch jemand musste sich mit diesen Verbrechen beschäftigen und sie aufklären, die Täter verfolgen. Darin bestand die Berechtigung ihres Berufsstandes. Es erschien Viktor einfach und kompliziert zugleich, weshalb er log und den Kopf schüttelte.
Lopez zog die Augenbrauen zusammen. Sie glaubte ihm kein Wort, deshalb beeilte er sich, zu ergänzen: »Einer muss es schließlich tun. Zum Beispiel du. Zum Beispiel ich.«
Lopez schwieg. Bis sie leise bemerkte: »Früher habe ich mich damit besser gefühlt.«
Viktor versuchte abzulenken. »Handy, Ausweis?«

»Nein. Noch nicht. Vielleicht mit den Leichen verschmolzen oder durch das Feuer zerstört. Aktuell nichts, womit wir arbeiten könnten.«

»Ihr Mann oder ihr Freund«, sagte Viktor nachdenklich. Keine Frage, eine Feststellung.

»Das denke ich auch«, stimmte Lopez zu.

»Sie liegt hier wie ausgestellt.«

»Sie liegen hier wie ausgestellt«, korrigierte sie ihn. Lopez hatte recht. Von zwei Menschen zu sprechen, das fiel Viktor seltsam schwer. »Diese Wut, die Frau und das Kind noch zu verbrennen. Sie auszulöschen bis zur Unkenntlichkeit.«

»Wut oder Hilflosigkeit«, ergänzte Lopez ruhig.

»Gibt es da einen Unterschied?«

Lopez antwortete nicht, weil sie wusste, dass er die Frage rein rhetorisch stellte. Viktor dachte an das Benzin. »Wenn er den Kanister mitgebracht hatte, war es heimtückischer Mord.« Bisher galt jede Theorie nur als Hypothese.

»Wenn es einen Ehemann gibt, wusste er von dem Kind«, warf Lopez ein. Sie sammelten ihre Eindrücke, glichen Wahrnehmungen miteinander ab.

»Warum?«, hakte Viktor nach.

»Bei einem Fötus dieser Größe konnte man bestimmt gut sehen, dass sie schwanger war.«

Viktor akzeptierte diese Theorie zunächst ohne Widerspruch. »In welchem Monat war sie wohl?«

»Sechster bis neunter Monat, würde ich schätzen. Genaueres weiß sicher die Rechtsmedizin.«

Lopez erwartete selbst gerade ein Kind. Für Viktor klang es, als würde eine Expertin sprechen.

»Vielleicht wollte er das Kind nicht haben.« Lopez sah weg. *Des Menschen Wille ist sein Himmelreich,* kam es Viktor in den Sinn. Nicht, dass er das Sprichwort je verstanden hätte.

»Vielleicht war das Kind von einem anderen. Und er wollte zwei Fliegen mit einer Klappe schlagen«, ergänzte er nach-

denklich und wunderte sich über Menschen und Himmelreiche.
»Dann ist es garantiert der Ehemann.« Lopez stellte es fest wie die Pointe eines müden Witzes, über die niemand mehr ernsthaft lachte.
Der Ehemann hatte den Butler und den Gärtner abgelöst. Auch Ermittlungsklischees wandelten sich zeitgemäß. Dennoch garantierte die Annahme laut Statistik eine hohe Trefferquote: Der Täter war tatsächlich häufig der Ehemann.
Ein Surren näherte sich. Der Lärm schwoll zu einem lauten Motorengeräusch an. Ein Flugzeug kreuzte die Rauchsäule und hielt im Tiefflug auf sie zu. Die Lichtung erstreckte sich weitläufig. Das Feuer hatte den Wald zusätzlich gelichtet, so dass Viktor die kleine Propellermaschine früh erkannte. Die Geier kamen schnell näher, wenn das Aas lang genug am Boden lag. Wenn die Meldungen über die sozialen Medien die Runde machten. Ein paar Kiffer hatten die Leiche entdeckt. Der weithin sichtbare Rauch des Feuers zog bald schon weitere Menschen an, obwohl es noch früh am Morgen war. Aber wer schlief bei dieser Hitze schon? Glücklicherweise reagierte die Feuerwehr rasch und sperrte den Brandherd weiträumig ab. Noch waren die Flammen nicht ganz gelöscht. Aber zuvor hatten die Kiffer schon ein paar Selfies mit der verkohlten Leiche gemacht. Der erste Schock wich Übersprungshandlungen. Viktor waren diese Gefühlsausbrüche auch ohne Drogenkonsum vertraut. Nicht selten lachten Zeugen abrupt, wenn der Tod in ihr Leben einbrach. Der Humor widersetzte sich dem Ernst, bis Trauer ihn erstickte. Die Belustigung, die doch alle beschämen sollte, diente als Ventil, mit dem Unbegreiflichen umzugehen. Und das war der Tod immer, wenn er geschah. Unfassbar. Und fremd.
Nun kreisten die Geier wieder, irgendwo auf Twitter, WhatsApp oder Instagram zogen sie ihre Kreise. Dort betrachteten

die Ersten bereits die Schnappschüsse und rätselten, ob sie echt sein konnten, oder kommentierten sie ohne jegliche Skrupel. Je grausamer der Mord, desto schneller die Verbreitung. Meistens kursierten die ersten Beschreibungen, Urteile und Fotos schon, bevor das LKA überhaupt den Tatort erreichte. Die NSA war längst in der Mitte der Gesellschaft angekommen. Jeder betätigte sich als Lauscher, als Voyeur. Nur selten generierte sich daraus Hilfreiches für die Polizeiarbeit. Neugierde tarnte sich als Informationsbedürfnis. Privates und Diskretion wirkten so antiquiert wie Relikte aus der Eisenzeit.

Viktor schirmte seine Augen mit den Händen ab und duckte sich unwillkürlich. Erst kurz vor ihm zog der Pilot das Flugzeug wieder hoch. Viktor bildete sich ein, das Öffnen des Linsenverschlusses hören zu können. Eigentlich unmöglich, und dennoch wusste er, dass es geschah. Klick, klick, klick! Serienaufnahmen. Der scharfe Windzug wirbelte die Asche auf. *Verdammter Idiot*, dachte Viktor, während Aggression erneut in ihm aufwallte. Menschliche Partikel wirbelten über der Leiche in einer feinen Wolke durch die Luft. Er konnte sich die abschätzigen Kommentare von Detlev aus der Kriminaltechnik förmlich vorstellen.

»Erst die Selfie-Idioten, jetzt zieht die Presse nach. In Kürze werden wir bekannter als bunte Hunde sein. Wir sind geliefert, bevor die Ermittlungen überhaupt begonnen haben«, stellte Lopez verärgert fest. Nicht nur das Feuer, auch die Nachrichten verbreiteten sich wie ein Flächenbrand. »Dieser Fall genießt jetzt schon zu viel Aufmerksamkeit!« Sie schirmte ihren Mund vor der Aschewolke ab und trat ein paar Schritte zurück.

Viktor wunderte es, dass Lopez sich so aufregte. Dass sie seinen Ärger spiegelte. Er verstand jedoch, was sie meinte. Weil sie jetzt noch mehr Druck bekommen würde. Nicht nur von Gunnar. Auch von der Öffentlichkeit. Dass sie sich

vielleicht noch mehr als sonst beeilen mussten. Aber Eile machte nachlässig. Nichts fürchteten Ermittler mehr als die eigene Nachlässigkeit. Viktor wischte sich mit dem Handrücken über die feuchte Stirn. Nachdem das Motorengeräusch verklungen war, wog die Stille schwer.
»Wer ist diese Frau?«, murmelte Lopez resigniert.
Viktor konnte nur mit den Schultern zucken. Er hoffte, dass jemand bemerkte, dass sie verschwunden war. Dass jemand sie vermisste. Denn sie hatten keinerlei Anhaltspunkte. Keinen Hinweis, keine Anlaufstelle, nicht mal eine Idee.

5

Er drosselte die Geschwindigkeit des Bandschleifers. Bewegte die Schnittkante des Werkzeuges langsam auf und ab. Das helle Funkeln quälte ihn noch mehr als sonst, weshalb er die Schutzbrille gegen die Sonnenbrille getauscht hatte. Er stoppte den Bandschleifer und kühlte das Metall in einem Wassereimer ab. Das Zischen erinnerte ihn an heißes Fett auf einer Kochplatte. Dampf stieg auf, verdunstete. In einem Winkel von dreißig Grad setzte er die Schneide erneut an, dezimierte sie Millimeter für Millimeter, um sie leistungsfähiger zu machen. Schliff und kühlte, bis er schließlich mit dem Finger die Schärfe orthogonal zur Schnittkante vorsichtig testete. Dennoch riss seine Haut ein wenig ein, ein Tropfen Blut quoll aus seiner Fingerkuppe hervor, was ihn zufrieden stimmte. *Scharf. Sehr scharf,* stellte er fest. Gutes Werkzeug erleichterte ihm seine Aufgaben. Er schaltete den Bandschleifer ab, freute sich, die sprühenden Funken nicht mehr sehen zu müssen. Er mochte Feuer nicht. Den grellen Schein, den es verbreitete. Einzig die Hitze versöhnte ihn mit dem Phänomen. Er wollte nur schlafen, essen und seine Rosen pflegen. Amber Queen, Dame de Cœur, Marie Antoinette. Er betete sie an. Aber am liebsten wollte er gar nichts tun. In Untätigkeit verharren. Und doch musste er seine Arbeit verrichten, auch wenn sie ihn beängstigte. Deshalb kümmerte er sich lieber um seine Pflanzen, denn sie brauchten ihn. Also bemühte er sich. Er folgte seiner Pflicht, dem Zwang. Tat das, was er tun wollte und musste, obwohl sich etwas in ihm dagegen wehrte. Dieser Zwiespalt bedingte das Hungergefühl, das er verspürte. Die Gier, gegen die er nichts auszurichten vermochte, die er stillen musste wie ein Trinker seinen immerwährenden Durst. Er tat es für sie. Er verließ sich stets auf das, was sie sagte. Sie war allwissend, seine Wohltäterin. Sie hatte ihn errettet, als er bereits jede Hoffnung aufgegeben hatte. Als er glaubte, tot zu sein, obwohl er noch lebte. Nun saß er hier dank ihr. Er hatte sich verloren, vergessen. Den Tag, die Zeit, sich selbst.

»Wer bist du?«, hatte sie ihn gefragt.

Doch er konnte sich nicht mehr erinnern. »Niemand«, flüsterte er. Denn derjenige, der er gewesen war, existierte nicht mehr, war völlig ausgelöscht. »Wer bin ich?«, hatte er sie gefragt. Er wusste es einfach nicht mehr.

»Du bist Caliban«, antwortete sie ihm. Seine Mutter, sein Engel, seine Erlöserin.

Er legte das Werkzeug beiseite und setzte die Sonnenbrille wieder auf, weil ihm das Licht wie immer zu grell erschien. Danach dachte er an den Moment, als er sie das erste Mal gesehen hatte und ihr Gesicht erkannte. Als er wiedergeboren wurde, als er von den Toten auferstanden war, aus dem Dunkel ins Licht gelangte, weil sie ihn gefunden hatte. Ein Zittern breitete sich in ihm aus. Eine Dankbarkeit, die über alle anderen Empfindungen hinausging.

Er faltete seine Hände, versuchte, sich zu beruhigen. Atmete ein und aus, nochmals ein und wieder aus. Bemerkte, wie

sich in ihm Ruhe ausbreitete, eine Stille, ein leerer Raum. Dieser Raum gehörte ihm allein. Er hatte ihn gefunden, als er Wärme und Kälte nicht mehr voneinander unterscheiden konnte. Oder die Tage von den Nächten. Tacht und Nag, meute und horgen, Teben und Lod. Wie sich Zustände und Begrifflichkeiten verdrehten und vermischten.
Es musste ein Fieberschub gewesen sein – einer von so vielen –, der ihn zu Boden gezwungen hatte. Damals vor vielen Jahren. Tagelang konnte er sich nicht mehr erheben. In seinen Fieberträumen ertrank er, verbrannte er, fiel er ins Bodenlose. Und hörte nie mehr damit auf. Er kam auf so unendlich viele Arten immer wieder um und starb doch nicht. Seine Tränen waren versiegt, verdunstet, aufgebraucht. Er wähnte sich verrückt. Zu schwach, um sich selbst umzubringen – womit? Er hatte nichts – war aber noch zu stark zum Sterben. Noch, immer noch. Da betrat er zum ersten Mal den Raum. Ein gedeckter Tisch stand dort. Auf ihm ein Braten, Obst und Kuchen. Keine verfaulten Nahrungsreste, Kartoffelschalen, Rinden von verschimmeltem Brot. Er aß. Er trank aus einem Glas, anstatt feuchte Tropfen von der Wand zu lecken. Da hing ein Waschbecken. Er reinigte sich. Niemand spritzte ihn mit einem harten Strahl kalten Wassers ab. Dort fand er Kleider. Er zog sich an. Dort lag keine verlauste Decke, da stand ein Bett. Er legte sich hinein. Dort stand ein Radio. Es ließ nur die Musik spielen, die er hören wollte. Als er den Raum wieder verließ, fühlte er sich erfrischt. Wie ein warmer Mantel umhüllte ihn die Ruhe. Nicht die alles erstickende Tonlosigkeit.
Seine Aufgaben riefen ihn. Dafür lebte er. Darauf hatte er all die Zeit gewartet. Um das Unrecht wiedergutzumachen, dessen die anderen schuldig waren. Er tastete in seiner Jackentasche nach dem Bild, zog es hervor, um es zu betrachten. Tränen der Reue stiegen ihm in die Augen. Was hatten sie nur getan? Mit der Verzweiflung kam der Hunger, der nie auf-

hörte. Er nahm jede Faser seines Seins ein. Er musste etwas essen. Jetzt sofort. Fahrig erhob er sich und räumte die Gerätschaften wieder weg. Goss das Wasser in den Abfluss und wickelte das Werkzeug ein. Dachte an die Mahlzeit, die er zu sich nehmen würde. An Fett, Kohlenhydrate und Kalorien. Nur diese konnten Calibans Angst besänftigen.

6

Sind wir schon da?«, fragte Lopez müde.

Die Ziffern auf dem Armaturenbrett zeigten eine Außentemperatur von neunundreißig Grad. Es war gerade einmal Mittagszeit. Viktor zog den Schlüssel aus dem Zündschloss und machte Anstalten, auszusteigen.

»Warte!«

Viktor löste seine Hand vom Türgriff und sah Lopez fragend an.

Lopez schloss die Augen und lehnte sich nochmals im Sitz zurück. Die Motorkühlung rauschte. »Nur noch für einen Moment die kalte Luft genießen«, murmelte sie.

Viktor wartete auf das, was kommen würde, bis er Lopez' Hand auf seinem Arm verspürte.

»Ich muss dir noch was sagen.«

Viktor bemerkte, wie sich die Luft im Wageninneren unaufhaltsam erhitzte.

»Alle wollten das, und ich mochte die Idee.«

Viktor fand es an der Zeit, nach dem Was und dem Warum zu fragen, aber Lopez fuhr bereits fort: »Ich möchte nicht, dass du dich aufregst. Wir meinen es nur gut.« Jetzt sah sie ihn direkt an, drückte seinen Arm. »Ich bin so froh, dass du wieder da bist. Du glaubst gar nicht, wie glücklich mich das macht.«

Für einen glücklichen Menschen wirkte Lopez übermäßig ernst, stellte Viktor fest. Da er nur einen Bruchteil von dem verstand, was sie sagte, und ihn das, was er begriff, verlegen machte, drehte er sich weg. »Geht mir genauso mit dir«, erwiderte er und musste sich danach räuspern. Damit öffnete er die Fahrertür und wuchtete sich aus dem Sitz. Berlin-Mitte. Die heiße Luft hüllte ihn wie eine weiche Wolke ein. Lopez stieg aus, Viktor betätigte die Fernverriegelung, und sie gingen auf das graue Gebäude zu, das die Abteilung 1 des Landeskriminalamtes beherbergte.

»Ich habe unglaublichen Hunger. Aber es ist einfach zu heiß«, sagte Lopez resigniert.

»Delikte am Menschen« lautet der Überbegriff für verschiedene Spezialgebiete des LKA, die sich mit Tötungen, Brandstiftung, Kunstfehlern, Misshandlung, Erpressung, Entführung und Vermisstenfällen beschäftigten. Manches Delikt wurde in mehreren Abteilungen parallel bearbeitet. Verbrechen am Menschen zeigten sich facettenreich. Über zweihundertfünfzig Menschen bemühten sich beim LKA Berlin um Aufklärung.

»Tu einfach so, als wärst du überrascht«, verlangte Lopez von Viktor, bevor sie das Gebäude betraten.

Bevor er sich genauere Gedanken darüber machen konnte, was sie damit meinte, nahm er wahr, wie der Pförtner ihm hinter seinem Glasfenster fröhlich zuwinkte. Begleitet vom Geruch nach Bohnerwachs und altem Staub, nahmen sie die Treppen, schritten durch den Korridor. Kollegen kamen aus ihren Büros, sie lachten, betrachteten und beklatschten ihn. Wenn Viktor an ihnen vorüberging, machten sie ihm Platz. Viktors massiver Körper schien fast die ganze Breite des Korridors einzunehmen. Lopez lief leicht versetzt voraus. Viktor kam sich vor wie ein Gladiator, der Einzug in die Arena hielt. Als sie ihr Büro im zweiten Stock betraten, fanden sie kaum noch freien Raum. Beifall brandete auf. Über den Köpfen der Anwesenden sah Viktor ein Transparent mit seinem Namen: »Terminator II – Viktor is back!« Das Wort »back« passte kaum noch auf das Blatt. Komprimiert presste es sich gerade noch an den Rand des buntbemalten Papiers. An der Decke baumelten Girlanden und Luftballons. Viktor glaubte sich auf einen Kindergeburtstag versetzt. Er musste nichts vorspielen; er war tatsächlich überrascht. Normalerweise mieden die Kollegen ihn. Jetzt reichte ihm Detlev, der eigens von der Kriminaltechnik am Tempelhofer Damm vorbeigekommen war, ein Glas. Viktor deutete Farbe und Geruch, stellte fest, dass Detlev ihm Sekt gegeben hatte, er aber keinen Alkohol mehr trinken sollte. Um Milch zu bitten, erschien ihm unpassend und fehl am Platz. Hilflos sah er sich nach Lopez um, doch sie schaute ihn entschuldigend an. Und so stand Viktor mit dem Glas in der Hand einfach nur da, bis Gunnar auf Viktors alten Schreibtisch stieg und alle um Ruhe bat.

Der Lärm ebbte ab, und Gunnar hielt eine Rede, von der Viktor nur die Hälfte verstand, weil sein Chef links neben ihm sprach und gestikulierte. Das Wort »Team« kam oft in dem Gesagten vor. Viktor fand es zu auffällig, Gunnar sein funktionierendes Ohr zuzudrehen. Also bewegte er sich nicht und lauschte, so gut er es vermochte, bis alle wieder klatschten und Bravo-Rufe durch den Raum schallten. Die Kollegen stießen mit Viktor an, lächelten und bekundeten, wie willkommen er in seiner alten Abteilung sei. Niemand umarmte ihn. Niemand wagte es, und Viktor begrüßte diese Distanz. Weil man ihn fordernd ansah, nippte er ein-, zweimal an dem Sekt, bemerkte den alkoholischen Geschmack und hoffte, dass es ihn nicht von den Beinen holen würde, wie es zuvor schon oft genug geschehen war. Langsam zerstreuten die Menschen sich wieder, Ruhe kehrte ein, und Lopez nickte Viktor aufmunternd zu.

Gunnar kletterte von seinem Podest herab und schlug Viktor jovial auf die Schulter, was Viktor wie immer irritierte. Gunnar war sogar noch größer als er, wirkte aber kleiner, weil er schlanker war und stets nervös und aufgeregt agierte. »Gehen wir in mein Büro?« Er stellte eine Frage, meinte es aber als Befehl.

Viktor folgte seinem Chef. Er musste sich konzentrieren, um genau zuhören zu können. Gunnar ließ sich nicht leicht täuschen; Viktor wusste das. Erleichtert stellte er das Glas auf Gunnars Schreibtisch direkt neben einem Apfel, der Zwischenmahlzeit, ab. Gunnar zog die Augenbrauen hoch, als befürchte er Wasserränder auf dem Behördenmobiliar. Dann beugte er sich auf seinem Schreibtischstuhl nach vorn, strich sich die blonden Haare aus der Stirn und betrachtete Viktor genau. Sein Blick wanderte über Viktors Gesicht. Mit dem Finger tippte sich Gunnar an den Kopf. »Sieht gut aus. Wie oft haben sie dich operiert?«

Viktor wusste, dass die Narbe nicht gut aussah. Dass er selbst den Blick in den Spiegel lieber vermied, weil der Anblick seines eigenen Gesichts ihn immer noch erschreckte. Er überlegte, ob er Gunnar überhaupt Rechenschaft darüber schuldig war, entschied sich aber für eine Antwort, um ihn für die kommenden Verhandlungen gewogen zu stimmen. »Drei Mal«, sagte er.

Gunnar wackelte wissend mit dem Kopf, als habe er genau mit dieser Zahl gerechnet. »Wie geht es dir?«

»Gut.«

»Was machen die Ausfallerscheinungen?«

»Weg«, antwortete Viktor kurz.

»Ich weiß nicht, Viktor, vielleicht warten wir erst die Dienstfähigkeitsuntersuchung ab.« Seine Überlegung hing im Raum wie eine Dunstwolke, die sich nicht auflösen wollte.

Viktor spürte, wie die Wut in ihm hochkroch wie eine Ratte durch das Fallrohr einer Kloake. Er benötigte eine Entscheidung. Und er benötigte sie möglichst schnell. Eine Frau und ihr Kind lagen verbrannt im Wald. Die grüne Haut des Apfels auf Gunnars Schreibtisch leuchtete. Viktor folgte einem atavistischen Reflex. Er griff danach und streckte den Arm weit aus.

»Was soll das werden, Viktor?«

Doch Viktor antwortete nicht, er presste seine Finger zusammen, ballte die Hand zu einer Faust. Erst langsam, dann mit zunehmender Kraft. Ein Knacken ertönte, erst leise, danach krachte es laut, bis der Apfel schließlich brach. Fruchtfleisch spritzte zwischen Viktors Fingern hindurch, Schale quoll über seine Hand, und Saft tropfte auf den Boden wie Blut aus einer Platzwunde.

»Es geht mir gut. Besser denn je«, stellte Viktor mit ruhiger Stimme klar.

Gunnar klappte den Mund zu und schüttelte den Kopf. »Das war mein Mittagessen. Aber ich habe verstanden, was du mir sagen willst. Glaub bloß nicht, dass diese Kraftmeierei irgendeinen Einfluss auf meine Entscheidung hat.«

Viktor sah allerdings, dass Gunnar ihn anders betrachtete. Wie einen Boxer, der gerade durch k. o. einen Kampf gewonnen hatte. Oder wie einen Verrückten, der zum ersten Mal seinen Freigang nutzte.

»Raimund Harmstorf. Ich glaub das nicht.« Gunnar breitete fassungslos die Hände aus.

Viktor wusste nicht, von wem Gunnar sprach. Es war ihm schlicht egal, weshalb er sich nicht um Aufklärung bemühte. Also warf er die Überreste des Apfels in den Mülleimer und wischte sich die Hand an seiner ohnehin reinigungsbedürftigen Hose ab.

»Nimmst du noch Medikamente?«

Viktor beschloss, nur unbestimmt den Kopf zu schütteln, weil eine offene Lüge ihm nicht geraten schien.

Gunnar zog zweifelnd die Augenbrauen hoch.

»Aspirin zum Blutverdünnen«, lenkte Viktor ein.

»Wenn das alles ist …«, stellte Gunnar fest. In seinen Worten schwang noch Zweifel mit. »Geruchssinn, Gehörsinn, Visus: Alles wiederhergestellt?«

Viktor betrachtete seinen Chef ausdruckslos. »Wäre ich sonst hier?«, wich er, so gut er konnte, aus.

»Du wirst deine Dienstfähigkeit wie alle anderen nachweisen müssen.«

Viktor nickte zustimmend. Er musste eine Hürde nach der anderen nehmen.

»Du fängst also mit sechs Stunden wieder an. Wie klingt das für dich?«

Es klang entsetzlich. Viktor atmete tief durch. »Sechsunddreißig«, sagte er.

Gunnar richtete sich auf. »Bitte, was?«

»Sechsunddreißig Stunden, einen Monat später voll«, formulierte Viktor exakt.

»Du spinnst. Nicht nach … nach alldem. Sechzehn Stunden. Mehr geht wirklich nicht.«

»Zweiunddreißig.«

Gunnar lachte auf. »Viktor! Wir sind hier nicht auf dem Basar.«

»Vierunddreißig.«

»Das ist lächerlich. Andere versuchen, sich zu drücken, und du verlangst nach mehr?«

Viktor schwieg.

»Eine halbe Stelle. Das ist mein letztes Wort.«

»Dreißig.«

»Fünfundzwanzig. Aber nur, wenn der Betriebsrat es absegnet.«

»Okay.« Viktor nickte. »Und jeden Monat jeweils fünf Stunden mehr.«

»Mann, Viktor!« Gunnar seufzte. »Besorg dir endlich mal ein Privatleben! Das hier ist nur ein Job.«

Viktor sagte es nicht, aber er dachte es: *Vielleicht für dich.*

Gunnars Telefon klingelte. Bevor er abnahm, bat er Viktor um Geduld. Viktor hörte die Worte »natürlich«, »eilt« und »werden tun, was wir können«. Gunnar legte auf und seufzte abgrundtief.

»Wusstest du, dass es ein Video von der Leiche gibt? Vor einer Stunde auf YouTube hochgeladen. Hat bereits zwanzigtausend Klicks. Diese …« Gunnar verstummte vor Empörung.

»Kiffer?«, versuchte Viktor auszuhelfen.

Gunnar sah ihn tadelnd an. »In was für einer Welt leben wir eigentlich?«, fügte er hinzu.

In einer grausamen, irrwitzigen, haltlosen Welt, dachte Viktor. Doch er sagte nichts, weil Gunnar keine Antwort von ihm erwartete.

Danach schloss sein Chef wortlos eine Schreibtischschublade auf. Viktors Marke und seinen Ausweis legte er auf die Arbeitsplatte. »Deine Waffe hast du ja immer noch.«

Viktor nickte. Er hatte sie Gunnar nicht zurückgegeben. Warum auch? Er hatte sie ohnehin nie benutzt. Die Ereignisse im vergangenen Winter hatten ihn förmlich überrollt.

Wie einen wichtigen Vertrag schob Gunnar die Zeichen polizeilicher Legitimation zu ihm hinüber. »Willkommen zurück, Viktor!«

Viktor steckte Kriminaldienstmarke und Ausweis ein. »Danke!«, und dann: »Ich kümmere mich um den Wannsee-Fall.«

»Das ist noch gar kein Fall«, wandte Gunnar ein. »Noch ist nicht einmal geklärt, ob die Frau überhaupt ermordet wurde.«

Die Frau und ein Kind, dachte Viktor. *Es sind zwei.* »Warum hast du Lopez dann hingeschickt?«

Gunnar betrachtete Viktor nachdenklich. »Was meinst du damit?«

»Ich meine, dass du einen berechtigten Verdacht hattest. Ich meine außerdem, dass die Indizien dafürsprechen, dass es

Mord sein könnte. Ich würde meine rechte Hand dafür verwetten.«

Gunnar lachte: »Der Einsatz ist hoch. Die Hand brauchst du noch, um Äpfel zu zerquetschen.« Er legte die Fingerspitzen aneinander und dachte nach. »Das Telefonat gerade: Innensenator Groß möchte, dass wir uns offiziell einschalten. Die Öffentlichkeit überschlägt sich schon. Schwangere Frauen, die in Berliner Naherholungsgebieten verbrennen, machen sich in der Presse und auf YouTube nicht besonders gut.«

Viktor wusste, dass Gunnars Zynismus ihrem gewalttätigen Berufsalltag geschuldet war. Im Kern wirkte die Aussage erschreckend akkurat.

»Lopez!«, rief Gunnar unvermittelt laut.

Lopez steckte den Kopf zur Tür herein.

»Deine Meinung zum Wannsee-Fall.«

»Habe ich noch nicht.«

»Handy, Ausweis, irgendein Anhaltspunkt, wer …?«

Lopez unterbrach Gunnar mitten im Satz: »Nein.«

»Schaffst du das überhaupt?«

»Wieso?« Lopez wirkte wirklich überrascht.

Gunnar zeigte auf ihren Bauch. Er verdeutlichte: »Belastet dich der Fall, weil du selbst schwanger bist?«

»Ich bin nur schwanger, nicht psychisch labil.«

»Na gut, ihr zwei«, knurrte Gunnar. »Wir warten auf die Ergebnisse aus der Pathologie. Währenddessen sucht ihr die Vermisstenstelle auf. Mal sehen, ob unser neuer Mann zu etwas taugt. Grünes Licht gebe ich euch aber erst, wenn der Mordverdacht begründet ist.«

Viktor tastete nach seiner Marke. Die erste Hürde hatte er überwunden. Er fühlte sich entspannt und weich.

7

Ein Stuhl flog durch die offene Tür, prallte gegen die Wand und kam wie ein Explosionsopfer im Korridor zum Liegen. Lopez stoppte, griff nach ihrer Waffe, die sie stets bei sich trug. Viktor tippte ihr auf die Schulter und bat sie mit einem Wink, zur Seite zu treten. Lopez drückte sich mit dem Rücken an die Wand, und Viktor ging an ihr vorbei. Auf dem Korridor wurde es ungewöhnlich still. Viktor legte den Zeigefinger dennoch senkrecht an den Mund und bedeutete zwei Kollegen, die mit erstaunten Gesichtern einige Meter vor ihm verharrten, sich in ein Büro zurückzuziehen und die Tür zu schließen. Lopez und er lauschten und hörten, wie jemand flehte, wie etwas zerbrach, wie jemand unterdrückt aufschrie. Viktor verständigte sich mit Lopez durch einen Blick, bevor er kurzerhand den Raum betrat, um die Situation einzuschätzen. Zwei Männer. Einer Türke oder Araber vielleicht. Der andere, ein massiver, gedrungener Mann mit Bürstenschnitt und hochrotem Gesicht, hielt den Hals des anderen umklammert. Der Türke röchelte. Beide starrten Viktor überrascht an, verzweifelt, entsetzt, vielleicht verwirrt. Viktor zögerte nicht lang, weil er Lopez mit der Waffe im Anschlag in seinem Rücken wähnte. Er packte den untersetzten Angreifer an Schulter und Hosenbein. Adrenalin schoss in seine Blutbahn ein, und er hob den Mann wie eine Puppe hoch, ein Spielzeug ohne wahrnehmbares Gewicht. Als der Mann seinen Griff am Hals des Türken löste, weil er selbst nach Halt suchte, riss Viktor ihn herum und warf ihn einfach gegen die Wand. Mit voller Wucht. Es gelang ihm mühelos. Der Kopf des Mannes prallte an einen gerahmten Druck, das Glas zerbrach, dann fiel er mitsamt dem Bild zu Boden. Erst jetzt sah Viktor an der Mauer den hellroten Fleck, den das Kunstwerk verdecken sollte. Die Erkenntnis

kam wie ein Schock: Es handelte sich um Dirk Finders Blut. Ehemaliger Leiter der Vermisstenstelle, Nestbeschmutzer des LKA, korrupter Polizist und Menschenhändler. Genau hier hatte Lopez Finder mit einem Kopfschuss exekutiert, um ihn daran zu hindern, Viktor umzubringen. Vor nur einem halben Jahr. Die plötzliche Enthüllung traf ihn mehr, als er es je vermutet hätte. Angestachelt durch die Bilder aus seiner Vergangenheit, holte er mit dem Fuß aus, doch der Mann am Boden rührte sich nicht mehr, und Lopez' warnender Ruf hinderte ihn daran, seine Kraft weiter an dem Bewusstlosen auszulassen. Er hätte es gewollt, gekonnt. Nur mühsam beherrschte er sich. Lopez steckte die Pistole wieder in das Gürtelholster. Neben Viktor kniete der türkisch aussehende Mann. Er erhob sich, rieb sich den Hals, um Viktor danach die Hand zu reichen.
»Autsch«, meinte er. Und Viktor wusste nicht, ob er seinen geschundenen Hals oder seine blutleeren Finger meinte, die Viktor doch nur leicht gedrückt hatte. Ängstlich sah er jetzt zu Viktor auf. »Sie müssen Viktor Saizew sein.«
»Und wer sind Sie?«, wollte Viktor wissen. Er hatte den kleinen, dunklen jungen Mann mit dem agilen Blick noch nie zuvor gesehen. Er trug Cargo-Hosen und ein gelbes T-Shirt mit einer aufgedruckten Sinalco-Flasche. Viktor fragte sich, ob er überhaupt schon volljährig war.
»Tayfun Acay«, stellte er sich danach mit heiserer Stimme vor. »Neuer Leiter der Vermisstenabteilung.«
Lopez stellte genau die Fragen, die auch Viktor auf der Zunge lagen. »Wer ist der Mann, und was wollte er von dir?«
Acay sah sich um, als müsse er sich vergewissern, dass nicht nur er, sondern auch seine Umwelt noch existierte. Er wirkte desorientiert. Viktor hob den Besucherstuhl auf und bedeutete Lopez, sich hinzusetzen. Danach beugte sich Viktor zu dem Mann am Boden, um ihm den Puls zu fühlen. Mit Erleichterung nahm er zur Kenntnis, dass dieser regelmäßig

pochte. Acay hob mit zitternden Fingern einen Locher, Papiere, sein Smartphone und die Schreibtischlampe vom Boden auf.
Viktor barg aus dem Flur den demolierten Schreibtischstuhl. Als sich langsam wieder die ersten Kollegen auf den Gang hinauswagten, verkündete Viktor: »Kein Problem. Alles okay.« Als sei nichts passiert. »Nicht reinkommen. Nicht stören!«, donnerte Viktors Stimme wie Warnschüsse durch den Korridor.
Er stellte den Stuhl an seinen Platz zurück und schob Acay auf den Sitz. Als der Mann am Boden stöhnte und sich zu bewegen begann, benutzte Viktor Lopez' Handschellen, um dessen Hände hinter seinem Rücken zu fixieren. Er wehrte sich kaum und krümmte sich nur leicht vor Schmerz. Um ihn herum ein Scherbenmeer. Viktor war in seinem Element, jeder Ablauf neu und doch vertraut. *Wie ein Fisch im Wasser*, dachte Viktor. Ihn überraschte das Gefühl. Er schob den lädierten Kunstdruck mit dem Fuß zur Seite. Acay reichte Viktor mit zitternden Fingern ein Tuch, um dem sich am Boden windenden Mann das Blut aus dem Gesicht zu wischen. »Eintüten!«, befahl Viktor Acay.
Der betrachtete verwirrt den blutigen Stoff, bis Lopez ihm eine Plastiktüte reichte und er den Wink verstand. »Braucht er einen Arzt?« Acays Stimme brach.
»Nachher vielleicht. Jetzt nicht. Also noch mal«, sagte Viktor ruhig. »Wer ist der Typ?«
Acay sah zu Lopez hin, als könne sie ihm vielleicht die Antwort vorsagen. Der Mann am Boden wimmerte und wiederholte ständig undeutlich einige Wörter. Jetzt kämpfte er gegen die Handfesseln an.
Acay räusperte sich, bis er endlich antwortete: »Er ist mein Schwager.«
Viktor und Lopez stutzten. »Was wollte er von dir?«, hakte Viktor nach.

»Seine Frau, meine Schwester, ist verschwunden. Das hat er mir erzählt. Ich wusste nichts davon. Ich arbeite doch nur die alten Vermisstenfälle ab, weil ich sie kontrollieren muss. Also habe ich ihm erklärt, dass ich keine Ahnung hatte, nahm seine Anzeige auf, aber er forderte, dass ich etwas unternehme, in Bewegung setze. Ich konnte allerdings im Moment nicht mehr für ihn tun, obwohl ich es wollte – meine Schwester, Mann! – und ich mir doch mindestens genauso große Sorgen mache wie er. Da ist er völlig ausgerastet, hat mich angegriffen und alles hier komplett …«
Viktor unterbrach Acay. »Deine Schwester. Wie heißt sie?«
»Sevim Winter. Und Martin Winter, das ist er.« Damit zeigte er auf seinen Schwager, der jetzt schluchzte und immer lauter die gleichen Worte wiederholte. Der sich am Boden wie ein Aal auf dem Trockenen wand.
»Jetzt seid doch endlich mal still, ihr zwei!«, herrschte Lopez sie an.
Und Viktor verstand mit einem Mal, was sie zu hören versuchte. Martin Winter weinte. Er weinte nicht nur um seine verschwundene Frau, sondern auch um sein Kind. Das gemeinsame Kind, mit dem Sevim schwanger gewesen war.

Gunnar redete auf Viktor ein. Er rang die Hände, gestikulierte, stach Viktor sogar mit dem Zeigefinger gegen die Brust. Viktor atmete tief durch und versuchte, sich nicht aufzuregen und aufmerksam zu wirken, auch wenn er das Treiben und Reden um sich herum nur wie ein Meeresrauschen vernahm. Ein Notarzt und ein Sanitäter versorgten die Platzwunde an Martin Winters Kopf. Tayfun Acay versuchte, Gunnar ins Wort zu fallen, um zumindest eine der Fragen zu beantworten, die dieser ohne Unterlass abfeuerte. Nur Lopez saß nach wie vor auf dem Besucherstuhl und sah nachdenklich und hungrig aus.
»… noch nicht zwei Stunden im LKA, und schon schrillt der

Hausalarm. Wie konnte das geschehen? Der Notarzt muss einen Verletzten versorgen.« Gunnar deutete mit dem Finger in Richtung Winter, dessen Wunde gerade geklammert wurde. »Und dieser Mann vermisst ausgerechnet auch noch seine schwangere Frau?!«

Viktor holte Luft, doch zu mehr kam er nicht.

»Du bist dafür verantwortlich!«, beschuldigte Gunnar ihn direkt.

»Nein.« Viktor schüttelte den Kopf.

»Was? Nein?«, fragte Gunnar fassungslos.

»Winter hat randaliert. Acay kann von Glück sagen, dass Lopez und ich hier waren, um einzugreifen. Winter hätte ihn sonst vielleicht erwürgt.«

Tayfun Acay suchte nach Worten, während Gunnar sich weiter aufregte: »Viktor! Das war rohe Gewalt. Sieh dir den Mann an! Der wiegt mindestens neunzig Kilogramm. Was ist nur wieder los mit dir?« Gunnar fasste sich mit den Händen an den Kopf. »Und jetzt liegen vielleicht seine Frau und sein Kind dort verbrannt im Wald?«, flüsterte er wie im Wahn.

Viktor fand es überflüssig, Gunnar die hohe Wahrscheinlichkeit dieser Schlussfolgerung zu erläutern.

Acay stotterte: »Wie bitte? … Was?«

»Ich werde noch verrückt. Weiß Winter das überhaupt schon?«

Offenkundig nicht, denn niemand hatte es ihm bisher gesagt.

»Das Video«, faselte Acay. »Das war sie?«

Nur Viktor nahm von ihm Notiz, denn er verstand, was Acay damit meinte. Was es für ihn bedeutete.

»Wir sollten das wirklich mal überstreichen lassen!«, verkündete Lopez unmotiviert und deutete auf den Fleck an der Wand.

»Was?«, fauchte Gunnar, als habe Lopez ihn völlig aus dem Konzept gebracht.

Viktor versuchte, Gunnar zu bremsen: »Gunnar, Acay ist …«

Aber Gunnar ließ sich nicht stoppen, war außer Rand und Band. »Wie soll ich das dem Innensenator erklären? Oder der Presse? Oder irgendwem?!« Gunnar wirkte, als habe die Verzweiflung ihn bereits vor Jahren übermannt. Wie eine überforderte Diva, die kurz vor der hysterischen Ohnmacht stand.

Acay sank neben ihnen zu Boden und rang nach Luft. Bis er laut schrie. So laut, dass der Notarzt sich besorgt umschaute. Gunnar verstummte, und Viktor kam endlich dazu, es ihm zu erklären: »Acay ist Sevim Winters Bruder. Du hast ihm gerade die Todesnachricht von seiner Schwester überbracht.«

»O Gott!« Gunnars Gesicht verlor alle Farbe. »Das ... das tut mir wahnsinnig leid.«

Viktor bemitleidete Acay und seinen Chef gleichermaßen. Die Lage präsentierte sich als vertrackt. Also versuchte er, Gunnars drastische Schilderung der Situation abzumildern. »Wir hatten keine Spur. Jetzt haben wir endlich einen Faden in der Hand. Und den ersten Verdächtigen sogar direkt im Haus. Den Lebensgefährten der verbrannten Frau. Mit an Sicherheit grenzender Wahrscheinlichkeit. Wir können ihn sogar wegen Bedrohung eines Polizeibeamten festhalten. Besser geht es nicht.« Die Situation war entweder ein Glücksfall oder ein Wink des Schicksals. So sah Viktor das.

»Besser geht es nicht?!«, wiederholte Gunnar stumpf. »Du kannst froh sein, wenn sich die Interne nicht direkt an deinem ersten Arbeitstag mit dir befasst.« Gunnars Stimme kippte fast.

Leere Drohungen. So sah Viktor das. Er wedelte mit der Plastiktüte, in der sich das rot befleckte Tuch befand. »Und wir haben seine DNA.« Er kam sich vor wie jemand, der ein schreiendes Kind mit einer Süßigkeit beruhigen wollte.

Gunnar rollte mit den Augen und fuhr fort, die Ausweglosigkeit der Situation sowie Viktors Anteil daran zu beklagen. Ein Klingelton unterbrach seinen Wortschwall, und Viktor hob kurz die Hand, bevor er nach dem Handy griff, um es an sein rechtes Ohr zu pressen. Für einen kurzen Augenblick befürchtete er, seine Babuschka könne wieder aus dem Seniorenheim ausgerissen sein. Das passierte immer in den ungünstigsten Momenten. Und war es das nicht aktuell: ein ungünstiger Moment? »Saizew«, meldete er sich. Er lauschte der Stimme, die er in den vergangenen Monaten so häufig gehört und gut kennengelernt hatte. Er antwortete nur kurz und legte auf. Das Schicksal hatte ihm einen rettenden Engel geschickt. Gott existierte nicht, aber Engel tarnten sich gelegentlich in Menschengestalt. Daran glaubte zumindest Mila, seine Großmutter. »Ich muss weg.«

»Du kannst jetzt nicht gehen«, stieß Gunnar herrisch hervor.

»Doch. Ich muss. Ich habe einen Arzttermin.«

Gunnar hielt kurz inne. »Das ist das Vernünftigste, was ich heute aus deinem Mund gehört habe. Und wenn du schon dabei bist: Ich brauche ein Attest von dir.«

Aber Viktor befand sich bereits auf dem Weg zur Tür. Er war froh, den hellroten Fleck an der Wand nicht mehr sehen zu müssen. Er erinnerte ihn an seine eigene Sterblichkeit. »Lopez!«, rief er seiner Kollegin noch zu. »Wir sehen uns heute gegen fünf in der Rechtsmedizin.«

Sie nickte müde. Fünf Uhr. Leichen auf Stahltischen. Ihr Job.

8

Viktor stieg am Wittenbergplatz in die U-Bahn-Linie 2 Richtung Pankow und nickte ein. An der Endhaltestelle fuhr er hoch, strebte zum Ausgang, nahm den Bus; danach ging er zu Fuß. Er war froh, die stickige U-Bahn verlassen zu haben. Nicht einmal mehr unter der Erde war es kühl.

Der Bus glich einem Hamam; das Gefährt hatte sich in ein türkisches Schwitzbad verwandelt. Immerhin blieb der Platz neben ihm trotz vieler Fahrgäste, die im Gang standen, frei. Man mied ihn, Viktor kannte das. Während er durch Pankow schlenderte, brannte die Sonne auf seinen Kopf. Viktor fühlte sich ungewöhnlich leicht und unbeschwert. Der Himmel leuchtete hellblau oder weiß. Im gleißenden Licht erkannte es Viktor nicht genau. Ein Mal verlief er sich, störte sich trotz der Hitze nicht daran, weil er das Leben in dieser Stadt so sehr genoss. Er verspürte kurz großen Durst, bis er das Schild »Stille Straße« sah. Der Name gefiel ihm, denn er entsprach der Ruhe um ihn herum. Er suchte nach der Nummer, die er sich absichtlich nicht notiert, nur gemerkt hatte. Tägliches Gedächtnistraining, auch das hatten sie ihm in der Reha beigebracht. Die Straße lag breit vor ihm. Er traf niemanden. Die Gegend wirkte wie ausgestorben. Zwischen gepflastertem Bürgersteig und der Fahrbahn fand sogar noch ein kleiner Grünstreifen Platz, auf dem alte Eichen wuchsen. Auch hier fand Viktor wieder an einem Baum zwischen Wahlplakaten den Schriftzug: »Besser spät als nie«. *Leben, atmen oder lieben?*, fragte Viktor sich. Er nahm sich vor, dieses Plakat später genauer zu studieren, denn wofür lobte jemand zwanzigtausend Euro aus? Viktor wunderte sich außerdem, wo wohl all die teuren SUVs und Cabrios parkten. Niemand in dieser Gegend gab sich noch mit Kleinwagen ab. Der Randstreifen: leer auch ohne sichtbares Parkverbot. Wie eine stille Absprache, der jeder folgte. Die Diebstahlraten des Viertels waren ihm leider nicht bekannt. Carports sah Viktor kaum. Vielleicht gab es Tiefgaragen. Einige Neubauten füllten alte Grundstückslücken. Hauptsächlich Villen, alte und neue säumten den Weg, alarmgesichert und videoüberwacht. Eine asiatische Botschaft verbarg sich hinter hohen Gittern und Stacheldraht. Hier zeigte sich Berlin nicht mehr als geschäftige Großstadt, sondern als weitläufi-

ges Revier der Besserverdienenden, die ihre Anwesen wie Burgen schützten. Erich Mielke, ehemaliger Minister für Staatssicherheit, hatte einst hier gelebt. Nun nutzten Senioren sein ehemaliges Heim für ihren Lebensabend.
Viktor stoppte vor einem verzinkten Zaun, dessen aufwendige Verzierungen mehr gekostet haben mussten, als Viktor in einem Jahr verdiente. Ein Kameraauge wachte über den Eingang wie ein technischer Zyklop. Viktor klingelte und blickte hoch, beobachtete, wie ein Objektiv zoomte, der Verschluss klickte, danach öffnete sich die Tür mit einem leisen Geräusch. Auf seinem Weg die breite Auffahrt hinauf zu der mit Schnitzereien verzierten Holztür nahm Viktor den akkurat geschnittenen Rasen wahr, die perfekt getrimmten Büsche und Bäume, deren ausladende Äste Schatten spendeten. Ein gedrungener Mann in grüner Arbeitshose, dunkle Sonnenbrille im Gesicht, zupfte Blätter ab. Kurz sah er auf und winkte Viktor mit der Gartenschere zu. Rosenduft lag wie eine Betäubung in der Luft. Das Grundstück verlief weitläufig und schien gepflegt, das alte Gebäude kostspielig saniert. Nur eine moderne Doppelgarage war angegliedert worden. Viktor kam gar nicht dazu, den nahtlos in die Wand eingelassenen, silbernen Klingelknopf zu drücken, denn die Tür öffnete sich von selbst.
»Sie wollen zu meiner Frau.«
Viktor konnte keine Frage erkennen, also bemühte er sich nicht um eine Antwort.
Der Mann war hochgewachsen, fast zwei Meter groß und schlank. Er musterte Viktor kurz. Über einem hellblauen Hemd trug er einen grauen Sommeranzug, der wie eine Londoner Maßanfertigung aussah. Eine elegante schwarze Brille lag vor seinen Augen wie ein dunkler Strich. Die Haare trug er glatt nach hinten gegelt. Die Gesichtszüge jungenhaft und weich. Viktor witterte Überheblichkeit, wie ein Hund eine neue Spur aufnahm. Designer, Geschäftsmann, Anwalt –

Viktor vermochte es nicht zu sagen. Einen Moment lang sahen sie sich ausdruckslos an, bis der Mann laut einen Namen rief. Viktor kannte diesen Namen. Er war ihm sehr vertraut. Danach schritt der Mann wortlos zur Garage, als habe er Viktor nicht einmal bemerkt.

Viktor trat ein. Er wollte die Tür schließen, aber sie fiel nicht sofort ins Schloss. Viktor widerstand dem Drang, sich das technische Problem näher anzusehen, und drückte die Tür energisch zu. Der Eingangsbereich war riesig, maß vielleicht sechs auf zehn Meter. Eine blankpolierte Holztreppe schraubte sich mit breiten Stufen hinauf in ein höheres Geschoss. Eine lederne Reisetasche stand fertig gepackt mitten im Weg. Viktor genoss die kühle Luft. Er hörte ihre Schritte nicht, weil sie sich barfuß auf ihn zubewegte. Aber er sah sie sofort.

»Hallo«, sagte sie schlicht. Sie presste ein Tuch auf ihr Gesicht.

Viktor grüßte zurück und kam nicht umhin, mit einem Wink zur Tür zu fragen: »Sie schließt nicht gut.«

»Weil der Rahmen durch die hohen Temperaturen leicht verzogen ist. Aber mit etwas Gewalt …«, erklärte sie.

Viktor sehnte sich nach einem Werkzeugkasten. Er verscheuchte den Gedanken. »Wer war das?«, wollte Viktor wissen.

»Oh. Das war Leander, mein Mann.« Schnell fügte sie hinzu: »Sie sind spät dran. Ich muss gleich verreisen und habe leider nicht viel Zeit.« Obwohl sie in Eile war, strahlte sie Ruhe aus.

Dr. Nowak trug Weiß. Ein elegantes, leichtes Sommerkleid. Der Stoff durchbrochen wie die alte Tischtuchspitze, die Viktors Großmutter Mila so sehr liebte. Er kannte seine Ärztin nur in Weiß, da sie in der Charité stets einen Kittel trug. Selbst in ihrer Berufskleidung wirkte sie fast ätherisch elegant. Ihre langen, glatten Haare schienen leicht in Unord-

nung geraten zu sein. Nur etwas leuchtete nicht weiß an ihr. Als sie das Taschentuch von ihrer Wange löste, sah Viktor, dass ihre Lippe blutete.
»Woher kannten Sie die Adresse? Ich kam vorhin nicht mehr dazu, sie Ihnen mitzuteilen«, erkundigte sich Dr. Nowak.
»Es gibt Adressverzeichnisse«, versuchte Viktor zu erklären.
»Da stehen wir nicht drin.«
»In der Datenbank des Landeskriminalamtes schon.«
»Aha. Gute Polizeiarbeit. Ist das überhaupt erlaubt?« Sie lächelte und verzog daraufhin schmerzhaft das Gesicht.
»Was ist passiert?«, wollte Viktor wissen. Damit wich er gleichzeitig ihrer Frage aus.
»Ach, nichts. Ausgerutscht, gefallen. Wenn man es mal eilig hat. Ich musste Sie leider hierherbestellen.« Entschuldigend breitete sie leicht die Hände aus. »Im Krankenhaus hätten Sie mich nicht mehr erwischt.« Mit ihren langen Fingern strich sie den Rock des Kleides glatt. »Aber kommen Sie doch kurz rein.« Sie bat ihn mit einem Wink, ihr zu folgen. Als sei es nicht sonderbar, dass sie in ihrem eigenen Zuhause einen Patienten traf. Als sei dieses Treffen insgeheim geplant. Als sei sie wie Viktor erleichtert darüber, dass es endlich stattfand.
Die Küche war keine Küche. Sie war ein Palast. Ein Monoblock in der Mitte, die Fronten aus Edelstahl ohne einen sichtbaren Griff. Die Wände in einem Eisblau wie aus der Farbskala russischer Suprematisten gestrichen. Viktor dachte an Malewitschs »Weißes Quadrat auf weißem Grund«. Geniestreich der bildenden Kunst. Banal in seiner Reduktion wie eine Kinderzeichnung und damit perfekt. Farbe, Form und Aussage in perfekter Kongruenz. Viktors Babuschka hatte ihm die Werke der russischen Avantgarde damals in einer Ausstellung der Eremitage gezeigt. St. Petersburg. Die Stadt, in der er geboren worden war. Vergoldete Dächer der Paläste und schiefe, schmutziggraue Häuser, in

denen mehrere Großfamilien in einer *kommunalka* lebten. So wie seine Babuschka, so wie er. Kurz zog es ihn in Gedanken dorthin, an die Newa, den Fluss, der durch das Venedig des Nordens floss, wo es heute bestimmt kühler war.

Die Küchenfenster waren mit Ornamenten aus Naturstein eingefasst, und um den massiven Holztisch standen gelbe Schalenstühle, denen Viktor sein Gewicht nicht anvertrauen wollte. Formvollendet lehnte Dr. Nowak vor einem Großküchenwasserhahn. Wie eine Filmdiva aus einer anderen Zeit. Sie wechselte von Standbein zu Spielbein, die Nägel ihrer Zehen waren perlmuttfarben lackiert. Viktor kam nicht umhin zu bewundern, wie sich ihre schlanke, helle Silhouette vor dem umgekehrten U aus Stahl abhob. Wieder presste sie das Tuch auf ihren Mund und betrachtete es nachdenklich. Viktor verspürte Durst und bat um Milch. Kurz darauf stand ein Glas mit weißem Inhalt vor ihm auf dem Tisch. Als habe er nicht etwas Seltsames verlangt. Erinnerte sie sich an seine Gewohnheiten?

Ob er sich setzen wolle, fragte sie.

Viktor verneinte und trank mit großen Schlucken das Glas bis auf den letzten Tropfen aus.

»Sie haben sich heute Morgen selbst entlassen. Warum?«

Viktor überlegte, wie er ihr verschweigen konnte, dass ihm der Abschied von ihr schwergefallen war. Dr. Nowak hatte Dr. Mehringer, seinen Operateur, unterstützt. Irgendwann übernahm sie seine Behandlung ganz. Sie in ihrem Privathaus zu treffen, fühlte sich verboten und gleichzeitig zwingend an. Wie eine Prophezeiung, die sich endlich erfüllte. Ärztin, Patient. Die zwangsläufige Beziehungsdynamik irritierte und faszinierte ihn. »Es war an der Zeit, zu gehen«, erklärte er halbherzig.

Dr. Nowak betrachtete ihn. »Ihr gutes Recht.« Sie griff nach etwas, das raschelte. »Hier ist Ihr Abschlussbefund.« Ihre Worte klangen wie der Schlussstrich unter einem Roman. Sie

reichte ihm einen Briefumschlag, der unbeschriftet war. Der Grund ihres Anrufes als Manifest. Jetzt kam sie auf ihn zu. Viktor wich nicht aus, weil er sich an ihre Berührung gewöhnt hatte, wie auch an die Tatsache, dass Lopez immer eine Waffe trug. Es vermittelte ihm Sicherheit. Er kannte nicht viele Menschen, die sich getrauten, ihn anzufassen. Lopez, seine Babuschka und Siska vor nicht allzu langer Zeit. Obwohl Dr. Marita Nowak ihm schon so oft nahe gewesen war, konnte er ihre Augenfarbe nicht ergründen. Grün, blau oder grau. Als wechselten ihre Augen die Farbe wie ein Abendhimmel die Schattierungen.
»Sie riechen nach Rauch«, bemerkte sie wie nebenbei.
Und nach Schweiß und Tod wahrscheinlich auch, dachte Viktor. Vermutlich verbat es ihr die Höflichkeit, ihn mit dem Aussprechen des Offensichtlichen in Verlegenheit zu bringen. »Warum?«, fragte sie interessiert.
»Das versuche ich noch herauszufinden.«
»Ihre Antworten sind entweder kryptisch oder ausweichend.«
Viktor zögerte. »Eine Frau verbrannte im Wannsee-Forst.«
Dr. Nowak öffnete den Mund, um etwas zu sagen, schien es sich dann aber doch anders zu überlegen. Sie runzelte leicht die Stirn. Die Stille lag zwischen ihnen wie Überdruck, der entweichen musste. Viktor fühlte sich gezwungen, etwas zu sagen, tat es aber nicht, weil er sich nicht gern zwingen ließ. Endlich betastete sie seine Narben. Er vermisste die gemurmelten Worte »gut verheilt«. Sie forderte ihn auf, den Kopf zu drehen. »Kopfschmerzen?«
»Nicht mehr. Nein.«
Sie sah sich um, als suche sie etwas. »Den Blutdruck hätte ich gern kontrolliert.«
Viktor war froh, dass sie gerade kein Messgerät zur Hand hatte. Sein aktueller Blutdruck hätte vermutlich die Manschette gesprengt, was Dr. Nowak nicht gefallen würde.
Sie sah ihm in die Augen, danach bat sie um seine Hände. Er

sollte gegen ihre Finger Druck ausüben. Sie erschienen ihm im Vergleich zu seinen eigenen winzig klein. Er presste mit seinen Handflächen nach oben, nach unten, dann nach außen. Er kannte das Prozedere bereits.
»Ich brauche ein Attest«, sagte er ein wenig zu laut.
Kurz ging sie um ihn herum. Er verfolgte sie mit den Augen, und ihre Lippen bewegten sich, aber er verstand sie kaum.
»Wie bitte?«, fragte er.
»Wofür?«, wiederholte sie nun deutlich und klar.
»Wiedereingliederung. Ich hatte heute meinen ersten Arbeitstag.«
Spöttisch sah sie ihn an. »Sie verlieren keine Zeit.«
Viktor deutete auf seine Schläfe. »Seit Sie zusammen mit Dr. Mehringer meinen Schädel aufgebohrt haben, beschleicht mich das Gefühl, ich hätte keine mehr.«
Sie setzte sich direkt neben ihn und schaute zu ihm auf. Auf Viktor wirkte sie jetzt wie ein Kind, ein schwedisches Mädchen in einem großen, alten Haus. Weiß auf Gelb, nur ein roter Riss an ihrem Mund, der bereits verschorfte. Ein leichter Bluterguss breitete sich auf ihrer rechten Wange aus.
»Wie geht es Ihnen heute?«, fragte sie ihn.
Viktor zuckte mit den Schultern und stellte fest, dass er die Frage an diesem Tag schon mehrmals mit dem gleichen Wort quittierte. »Gut.«
»Keinerlei Probleme?«
»Kaum. Ich habe einen Mann gegen eine Wand geworfen. So dass er bewusstlos wurde.« Warum er es ihr verriet, verstand er selbst nicht ganz genau. Es war ihm einfach so herausgerutscht.
Dr. Nowak blinzelte. »Wut?«
»Was geht Sie das an?«, fuhr er sie unvermittelt an.
»Als Ihre Ärztin eine Menge, denke ich.« Sie formulierte es kühl, professionell und distanziert. So kannte er sie aus der Charité.

»Was wissen Sie schon davon?« Viktor ärgerte sich einen Moment lang, dass er überhaupt zu ihrem Haus gekommen war. Hätte, würde, könnte. Nun stand er hier.
Sie zögerte, als ginge es bei seiner Frage eigentlich um etwas anderes. Kurz huschte etwas über ihr symmetrisches Gesicht. Eine Erkenntnis oder eine Erinnerung. Sie presste die Lippen aufeinander. Ihr Mund glich einem dünnen Strich. »Was ich davon verstehe? Vielleicht mehr, als Sie denken. Vielleicht mehr als Sie, Viktor.« Es war das erste Mal, dass sie ihn beim Vornamen nannte. Einfach so. »Also. Was ist mit Wut?«
Viktor wollte ihr glauben und antwortete unwillkürlich schnell: »Jede Menge davon, andauernd. Und es wird mehr.«
»Sie hören außerdem schlecht«, stellte sie fest, indem sie seine Antwort ignorierte.
Viktor bemerkte, dass er ihr nichts vormachen konnte. Sie erinnerte ihn an Siska Mohn, die ebenfalls Ärztin war. Diese Frauen funktionierten besser als Lügendetektoren. Ihnen entging einfach nichts. »Was bedeutet das?« Ein hilfloses Manöver, weil er nichts Schlaues zu erwidern wusste.
»Nehmen Sie Ihre Medikamente?«, antwortete sie mit einer Gegenfrage.
Viktor sah weg. »Gelegentlich.« Seine Unterhaltungen folgten der ewigen Wiederkehr.
Nun stand sie auf. »Frontallappen-Tumore können auch noch nach ihrer Entfernung zu Persönlichkeitsveränderungen führen. Aufmerksamkeitsdefizite. Erinnerungslücken. Schwierigkeiten beim Schlussfolgern und Kombinieren. Kontrollverlust. Dafür nehmen Sie Tabletten ein. Wenn Sie die Einnahme unterbrechen, hilft das nicht. Die Aggression, die Sie verspüren, ist vielleicht eine Konsequenz davon.«
»Vielleicht«, echote Viktor zynisch.
»Sie sollten wegen Ihres Gehörs zu einem Spezialisten gehen. Vielleicht verbessert sich Ihr Hörvermögen mit der Zeit

wieder.« Es klang nicht so, als ob sie das für wahrscheinlich hielt. »Gerade läuft übrigens eine klinische Studie.«
Viktor fragte sich, was das für ihn bedeutete. Handelte es sich noch um seine Schwerhörigkeit? Hatte er etwas verpasst? Es schien um etwas anderes zu gehen.
»Sie wären der ideale Proband gewesen«, sagte sie und betrachtete ihn eindringlich.
Viktor bemerkte die Verwendung von Vergangenheitsform und Konjunktiv.
»Das Medikament ist mehr als vielversprechend bei Stirnhirndefekten.«
Stirnhirndefekte, wiederholte Viktor innerlich. Das Wort traf ihn zum ersten Mal, obwohl er es schon häufiger aus ihrem Mund gehört hatte. Es klang nach einem Schaden, der irreparabel war, nach einem Radio, das nicht mehr auf allen Frequenzen sendete, das nicht mehr alle Wellen empfing.
»Warum erzählen Sie mir das?«, fragte er.
»Weil es noch Jahre dauern kann, bis dieses Arzneimittel auf den Markt kommen wird.«
»Wer betreut diese Studie?«
Marita Nowak lächelte leicht, weil er die richtige Frage stellte. Viktor wartete. Sie sagte: »Ich.«
Schweigend sahen sie sich an. Viktor verstand die stille Aufforderung. Er zögerte, bis er sich schließlich überwand. »Ich möchte, dass es aufhört. Diese Wut.«
Marita Nowak nickte. Kurz wandte sie den Kopf ab, nachdenklich. »Kommen Sie!«, forderte sie ihn auf.
Ein Zimmer weiter – der Stuck, die Tapeten, die gerahmten Fotografien, das Leuchtkonzept, das ausgewählte Mobiliar, der gesamte Prunk wirkte auf Viktor fast obszön – stellte sie ein paar Rezepte und Bescheinigungen aus. Apotheke, Überweisung, Arbeitgeber, Krankenkasse. Viktor versuchte, sich möglichst viel davon zu merken.
Sie reichte ihm drei Tablettenpackungen, die ein schwarzer

Schriftzug über einem grünen Stich zierte. Sie nannte ihm eine Anzahl und die Häufigkeit der Einnahme der Tabletten und riet zu Wasser, nicht zu Milch. Sie mahnte regelmäßige Kontrollen an. Nannte ihm einen baldigen Termin. »Sie sollten noch nicht arbeiten. Auf keinen Fall. Sie müssen sich ausruhen. Kehren Sie langsam wieder in Ihr altes Leben zurück! Vermeiden Sie Aufregung, Stress, zu starke Fremdimpulse und« – sie sah ihn durchdringend an – »direkte körperliche Konfrontation.«

»Warten und ausruhen liegt mir nicht.«

»Niemand verlangt, dass Sie sofort wieder loslegen«, formulierte sie. Viktor kam es vor, als wolle sie etwas beschwören. Ihn?

»Ich verlange es von mir«, antwortete Viktor, sich der eigenen gedanklichen Verdopplung bewusst.

Dr. Nowak seufzte. Jetzt wirkten ihre Augen grau. »Behandeln Sie Ihren Kopf wenigstens vorsichtig! Ich habe Sie in den vergangenen Wochen mit aller Sorgfalt repariert. Sie konnten nicht mehr sprechen. Nicht mehr gehen. Denken Sie daran!«

Viktor wollte auf keinen Fall daran denken. Das war vorbei. Er musste sich auf das konzentrieren, was vor ihm lag. Nur Lots Frau sah zurück. Nicht er. Er nicht. Mit den Papieren in der Hand ging er zur Tür. Er wollte bleiben, gleichzeitig wollte er gehen, weglaufen, und verharrte, weil er sich nicht entscheiden konnte.

»Passen Sie gut auf sich auf!« Mittlerweile leuchtete Dr. Nowaks Wange bläulich. Etwas in ihrer leisen, weichen Stimme ließ Viktor kurz zweifeln. An ihm selbst, an ihr, an ihrer gemeinsamen Situation.

»Tun Sie das ebenfalls!«, gab Viktor zurück. Er drehte sich nochmals um. »Und wenn Ihr Mann Sie noch ein Mal schlagen sollte« – Viktor zog die Pause bewusst in die Länge –, »rufen Sie mich an!«

Dr. Nowak betrachtete ihn ernst und strich sich eine Strähne ihres blonden Haares zurück. »Paranoia«, klang es fest aus ihrem Mund. »Könnte auch eine Spätfolge sein.«
Viktor fühlte sich unbehaglich, als habe sie ihm eine schlechte Zukunft vorausgesagt. Plötzlich fiel ihm die Entscheidung leicht: Eilig verließ er das Haus.

9

Sie standen auf den Stufen vor dem Eingang ihrer Behörde. Die Außentemperatur betrug nur noch zweiunddreißig Grad. Lopez schaute auf die Uhr. »Freitagabend, zwanzig Uhr. Drei Stunden zu spät«, stellte sie fest. »Ein langer Tag. Schaffst du das noch?«, fragte sie ihn.
Viktor sah Lopez nur an, versuchte, sich auf diese Frage hin nicht wie ein alter, kranker Mann zu fühlen, und erwiderte: »Und du?«
»Idiot! Ich meine das wirklich ernst.«
»Ich auch. Hast du was gegessen?«
Lopez zog die Augenbrauen zusammen. »Und du? Schon deine Medikamente eingenommen?«
Patt. Keiner von ihnen hatte Lust, diese Unterhaltung fortzusetzen. Viktor kannte seine Kollegin so schnell reizbar nicht.
»Sie haben die Leichen aus dem Forst vorgezogen«, leitete Lopez den Themenwechsel ein.
Und andere dafür liegen lassen, dachte Viktor.
Viktor ahnte natürlich, was mittlerweile geschehen war. Weshalb die Rechtsmedizin so schnell tätig werden musste. Jemand von der Presse hatte jemanden angerufen und einem anderen Jemand ein paar neugierige, vielleicht unbequeme

Fragen gestellt. Daraufhin rief dieser einen anderen an, der nach weiteren Telefonaten Gunnar kontaktierte. Jetzt beschleunigten sich die Dinge wie von selbst. Dazu Martin Winters »Besuch« auf der Vermisstenstelle und die naheliegenden Schlussfolgerungen, die daraus resultierten. Die Leiche einer türkischen Frau und ihres Kindes. Jetzt sah es nach Ehrenmord oder einer rechtsradikalen Gewalttat aus. Innensenator Henning Groß war bekannt dafür, ein ungeduldiger Mann zu sein. So liefen die Dinge im LKA, wenn Druck von ganz oben kam.

»Brandbeschleuniger. Das bestätigt der Einsatzleiter der Feuerwehr.«

»Und was genau?«, bohrte Viktor nach.

»Rasenmäher-Benzin.«

»Wie kommt er darauf?«

»Ein besonderes Gemisch. Für sogenannte Viertakter.«

Das klang nach Schnelligkeit und Potenz. Viktor stellte fest, dass er von Rasenmähern genauso wenig wie von Autos verstand.

»Ich fahre.« Viktor versuchte, Tatsachen zu schaffen.

»Na gut«, willigte Lopez ein. »Übrigens: Siska hat heute Dienst«, fügte sie noch hinzu. »Nur, falls du es wissen willst.«

Viktor wollte es wissen, obwohl ihn die Nachricht mit Unbehagen erfüllte. Franziska Mohn. Sie hatten sich lange nicht mehr gesehen. Die Autoschlüssel steckten noch in seiner Hosentasche. Es handelte sich um eine Dienstfahrt, ganz offiziell, also betätigte er die Fernbedienung des Toyotas. »Moabit?«

»Wenn die nicht heute Morgen unangekündigt mitsamt ihrer kalten Kundschaft nach Treptow umgezogen sind …«

Viktor mochte Lopez' Humor.

Sie manövrierte sich auf den Beifahrersitz, schlug die Tür zu und zog den Gurt straff über ihren Bauch. Als die Schnalle einschnappte, seufzte sie. »Und jetzt mach endlich die Klimaanlage an!«

Nach dem Vormittag in einem schwarz verbrannten Wald erschienen Viktor die rosafarbenen Außenwände des Landesinstituts für gerichtliche Medizin wie der Besuch auf einer Neugeborenenstation. Lopez wies sich aus und erklärte dem Pförtner, dass sie bereits erwartet wurden. Die Nachtschicht, ein kurzsichtiger, grauhaariger Mann, begrüßte Viktor mit Namen. »Freut mich, Herr Saizew, Sie noch mal wiederzusehen.« Es klang für Viktor wie ein Nachruf in der Rubrik der Todeskleinanzeigen. Es klang nach »nicht damit gerechnet, aber doch geschafft«. Er bedankte sich dennoch und grüßte zurück. Viktor kannte den Namen des Pförtners nicht, konnte sich nicht an ihn erinnern. Nachdem dieser Viktors Schädel eingehend gemustert hatte, nickte er ihm bedeutsam zu und winkte ihn danach durch. Viktor brauchte hier keinen Ausweis mehr.
»Geh du schon mal vor!« Lopez sah auf die Uhr an ihrem Handgelenk. »Ich muss Bernhard Bescheid geben, dass es später wird.« Damit drehte sie sich weg und suchte nach ihrem Telefon. Lopez' Mann Bernhard kannte diese Anrufe. Sie nicht regelmäßig zu erhalten, das hätte ihn ernsthaft überrascht.
Viktor nahm den Aufzug ins Untergeschoss und verfolgte die rote Leuchtanzeige, die die Stockwerke zählte. In der Rundumverspiegelung des Aufzuges betrachtete er sich eingehend, weil es nicht zu vermeiden war. Egal, wo er hinsah, er sah nur sich, vollständig und doch in Teilen, fragmentarisch, endlos in ihrer Spiegelung. Die schweren, alten Schuhe in Größe 48, die aussahen, als hätten sie eine wichtige Rolle in einem anderen Jahrzehnt gespielt. Die ausgeleierte Hose aus einem groben Stoff, die an seinen Oberschenkeln spannte. Das zu weite, olivgrüne Shirt mit einem Aufdruck, der kaum noch zu lesen war. Die behaarten Unterarme, die aus den kurzen Ärmeln wie Baumstämme herausragten. Daran übergroße Werkzeuge, die seine Hände waren. Die Spiege-

lungen zeigten viele kahle Köpfe, die eine unregelmäßige, laute und grellrote Linie zierte. Schiefe Nasen, darunter breite Münder. Er suchte sich ein Paar Augen aus und schaute direkt in sie hinein. Durch diese sah ihn seine Mutter an, denn es war ihr Erbe, das sich in seinen Augen manifestierte. *Nicht verrückt! Nur ein Aufflackern der Vergangenheit*, ermahnte Viktor sich.

Ein Klingeln ertönte. Er verließ den Aufzug und bog intuitiv rechts ab. Die kühle Kellerluft erfrischte ihn. Er erwartete wie gewöhnlich, wenn Franziska Mohn in einem der Sektionssäle arbeitete, das Pulsieren der Bässe bereits im Korridor zu hören. Tatsächlich drang unterdrückter Lärm an sein Ohr. Siska hörte immer laute Musik. Möglichst elektronische. Verzerrte Rhythmen, dynamische, gebrochene Beats. Viktor kannte nicht einen einzigen Namen der Bands, die sie liebte. Er spürte, wie freudige Erwartung sich seiner bemächtigte, obwohl es dazu keinen Grund mehr gab. Kurz versicherte er sich, dass er sich allein im Korridor befand, dann drückte er sein gesundes Ohr an die Tür, lauschte, fühlte und dachte an Siska Mohn. An ihren kleinen, drahtigen Körper, an ihren Übermut und Ehrgeiz, ihren Hang dazu, alles zu spüren und diese Gefühle auch zu zeigen. Niemand verhielt sich so direkt wie sie. Unbekümmert, vorlaut und leicht. Er dachte an ihre Gestik, an ihre Mimik, wechselhaft wie das Wetter im April, daran, wie ihre blauen Augen leuchteten, wenn sie ihm begegnete. Er spürte ihre kleinen Brüste noch in seinen Händen, ihre weiche Haut auf seiner Haut, als sei es erst gestern gewesen, dass sie in sämtlichen Zimmern ihrer Wohnung miteinander geschlafen hatten. Monate waren seitdem vergangen. Eine Ewigkeit.

Siskas Gesicht war das Letzte vor dem Wegdämmern und das Erste nach dem Aufwachen, was er gesehen hatte. War es nach der ersten oder vor der dritten Operation gewesen? Es hatte ihn beruhigt, beglückt und überrascht, noch jemanden zu finden, der ihn nach all den Jahren des Alleinlebens zu akzeptieren schien. Der ihn vielleicht sogar liebte. Siska hatte ihn angesprochen, ein glücklich erregtes Lächeln im Gesicht, und er hatte ihr etwas antworten wollen, doch das, was er formulierte, erreichte seinen Mund nicht mehr. Viktor erinnerte sich an seine Verwirrung, den ersten und den zehnten Versuch, bis er begriff, dass nichts mehr stimmte, dass seine rechte Seite komplett verschwunden war. Siskas Gesichtsausdruck erstarrte, als er nur unverständliche Laute ausstieß, bis er mit dem einen Arm, der ihm geblieben war, um sich schlug, bis sie ihn sedierten und er zurück in eine konturlose Watte fiel, in der Siskas Gesicht in ihren eigenen Tränen zerfloss.

Ihre Tochter Trixi nahm den Platz der Mutter ein. Siska kam nur noch selten, und sie blieb nicht lang, selbst als es ihm wieder besserging. Trixi, ein Teenager von vierzehn Jahren, die Viktor eigentlich nur mit Missachtung strafte, stellte sich in seinem Krankenzimmer ein wie ein unbequemer Gast, der plötzlich für immer bleiben wollte. Sie las, sie hielt Zwiesprache mit ihrem Smartphone oder Monologe über die Ungerechtigkeit der Welt im Allgemeinen und über die ihrer Mutter im Besonderen. Weil Viktor nur eingeschränkt reagieren konnte, erzählte sie ihm alles. Dass die Jungs sie nervten, dass sie in der Schule rausgeflogen war, weil sie sich in den Computer des Direktors gehackt hatte. Dass sie absichtlich Spuren hinterließ, die jeder Idiot finden musste, weil sie die Schule satthatte. Dass Siska ihr einen Strich durch die Rechnung gemacht hatte, weil ihre Mutter sie auf eine andere Schule geschickt hatte. Dass sie jetzt jeden Morgen von Friedrichshain nach Pankow fahren musste, um mit anderen neureichen Spinnern eine Privatschule zu besuchen, die zudem noch ein Vermögen kostete. Wie sie Chinesisch und Kreatives Gestalten hasste. Und die Jungs dort, die genau die gleichen Blödmänner waren wie vormals in Friedrichshain. Die Empörung über ihr Dasein vermittelte Viktor das Gefühl, dass er bewegungs- und sprachlos in einem Bett das bessere Los gezogen hatte. Als ihre Wut darüber langsam verrauchte, konzentrierte Trixi sich ganz auf ihn. Mal beschimpfte sie ihn, mal stachelte sie ihn an. Wenn er nicht wusste, wie er aufstehen sollte, wenn seine Hand auf keinen Befehl reagierte, wenn er die richtigen Sätze minutenlang suchte und einfach nicht fand.

Nie würde er ihre Worte vergessen: »Los, Viktor! Streng dich an! Du kannst nicht einfach an einem Wintertag in unser Leben reinschneien, bei uns einziehen, meine Mutter vögeln, bis sie den Verstand verliert, und sie ein paar Tage später einfach verlassen. Bloß wegen einem blöden Hirntumor! Streng! Dich! An! Ich will, dass du meine Mutter glücklich machst!«

Viktor hatte sich angestrengt. Wegen Trixi, wegen Siska, Lopez und Mila, seiner Babuschka. Viktor hätte alles für diese Frauen getan. Selbst in Momenten, in denen er nur schlafen, aufgeben, dem Vergessen nachgeben oder tot sein wollte.

Plötzlich wurde es still. Viktor bemerkte kein Dröhnen mehr. Er löste seine Hände und seine Wange von der Oberfläche der Tür und atmete tief ein, versuchte, Haltung anzunehmen. Auch wenn er nicht wusste, welche oder wie.

Als er eintrat, präsentierte sich der Sektionssaal so, wie er ihn kannte. Der geflieste Boden, die Tische aus Edelstahl, die weißen Schränke, die grellen Deckenleuchten, das gelbe Warnzeichen an der gegenüberliegenden Tür, die blauen Müllsäcke und übergroßen Organwaagen. Nur auf einem Tisch lag ein Leichnam, schwarzbraun und verkrümmt. Sevim Winter und ihr Kind, die Wannsee-Opfer. Sie mussten es sein. Sogar dieser Anblick schien Viktor vertraut. Aber etwas passte nicht in das Bild. Es traf Viktor mitten ins Herz, wie ein wohlplazierter Degenstich. Franziska Mohn hatte tatsächlich Dienst, trug auch die blaue Berufskleidung, aber sie arbeitete nicht. Sie saß auf dem Boden, hatte den Kopf in die Hände sinken lassen und weinte. Hinter ihr baumelte an einer Schnur der Telefonhörer des altmodischen Festnetzapparats. Hin und her, hin und her. Sie hatte ihn einfach nicht mehr aufgelegt.

Siska sah auf. Sie betrachtete Viktors Hand, die er ihr hinstreckte, als sei sie ein Flugobjekt aus einer fernen Galaxie. Sie schniefte laut und wischte sich mit den Handrücken über das Gesicht. »Viktor! Was machst du denn hier?«, fragte sie erstaunt. »Ich dachte, du kommst erst in drei Wochen raus.«
Viktor registrierte, dass sie sich diese Information zumindest gemerkt hatte, auch wenn es klang, als ob er Zeit in der Geschlossenen verbracht hätte. *Sie hat einen anderen*, dachte er. Er wusste es.
»Darfst du schon wieder … ich meine, kannst du schon wieder …? Ist das hier offiziell?«, stotterte sie.
Viktor hoffte, dass sie seine Hand endlich nehmen würde. Auch wenn ihn die plötzliche Erkenntnis leicht erzittern ließ. Als habe er ihr gedanklich den richtigen Impuls geschickt, griff sie nach seinem Handgelenk; er zog sie hoch. Als sie sich berührten, fand die übliche elektrische Übertragung statt. Ein emotionaler Funkenschlag, nur innerlich, der sie beide nach all diesen Wochen immer noch verband. Ein Aufflackern wie bei einer Glühbirne, bevor der Glühdraht riss.
Siska zog ihre Hand schnell wieder zurück. Nervös steckte sie ein paar Strähnen unter ihre Haube. »Hast du mal ein …?«
Viktor hielt ihr bereits Taschentücher hin, die er gewohnheitsmäßig bei sich trug. Menschen starben, andere Menschen weinten um sie. So wie Mütter Windeln für ihre Kinder benötigten, hatte Viktor stets Taschentücher für Zeugen und Angehörige parat.
»Danke!« Siska schneuzte sich ausgiebig. Hinter ihr baumel-

te immer noch der Hörer wie ein Springer an einem Bungee-Seil. Als Siska ihn endlich bemerkte, quollen ihr erneut Tränen aus den Augen. »Scheiße, scheiße, scheiße!«, murmelte sie. Endlich griff sie danach und legte ihn klappernd auf.
Viktor fragte sich, wie das schwarze Telefon, ein Relikt aus einer anderen Zeit, inmitten der schimmernden Neuausstattung der Rechtsmedizin hatte überleben können. Und warum dieser oder das, was er übermittelt hatte, Siska so unglücklich machte. Nun schluchzte sie wieder, unterdrückt, und er und Siska standen sich bewegungslos gegenüber, obwohl Viktor sie doch nur in den Arm nehmen wollte. Aber etwas an ihrer Art hielt ihn ab, den ersten Schritt zu tun. Und als er sich durchgerungen hatte, diesen trotzdem zu unternehmen, weil sie wie ein Häufchen Elend vor ihm stand, streckte sie plötzlich ihre Hände abwehrend aus, als müsse sie verhindern, überhaupt mit ihm in Kontakt zu treten. Sie ging an ihm vorbei, wusch sich Hände und Gesicht, trocknete sich ab und holte zitternd Luft, während Viktor diese Abläufe wie in Zeitlupe beobachtete und sich fragte, was er überhaupt hier gewollt hatte. Sie musste einen anderen lieben. Wie sonst erklärte sich die Situation?
Siska streifte sich Gummihandschuhe über und stellte sich neben die Leiche. Ernst blickte sie ihn mit geröteten Augen an. Viktor hätte es schulterzuckend akzeptiert, da Siskas Gefühlswelt sehr wechselhaft war, und wenn er nicht geahnt, ja, sicher gewusst hätte, dass etwas mit ihr nicht stimmte, dass etwas sie quälte, was sie nicht mit ihm teilen wollte oder konnte. Dass nicht nur er ihr, sondern auch sie ihm fremd geworden war.
»Ich habe mich selbst entlassen«, sagte Viktor, weil jemand etwas sagen musste.
»Wann?«, fragte Siska einsilbig, fast desinteressiert, als erkundige sie sich nur aus Höflichkeit.
»Heute Morgen.«

»Und jetzt arbeitest du schon an dem Wannsee-Fall?« Siska wirkte ungläubig. Als versuche jemand, ihr faules Gemüse anzudrehen. Als habe sie gehofft, ja, fest darauf gezählt, dass seine Anwesenheit hier am Institut noch in weiter Ferne lag.
»Warum nicht?«, antwortete Viktor mit einer Gegenfrage.
»Allein?« Siska wich einer Antwort aus.
»Lopez müsste jeden Augenblick hier aufschlagen.«
»Okay«, sagte Siska auf eine Art, als verstehe sie rein gar nichts mehr. Konzentriert blickte sie auf die schwarzen, menschlichen Überreste, bis Viktor sich fragte, wie lange sie hier noch schweigend herumstehen würden.
»Zunächst«, begann Siska, als ob sie dozieren wollte, »wird sich das sicherlich noch ein forensischer Anthropologe ansehen. Ich bin also nur die Vorhut, gebe ein erstes Urteil ab.«
Es klopfte, die Tür öffnete sich, und Lopez betrat den Raum.
»Hallo, Siska! Na, alles klar?«, rief sie ihnen fröhlich zu.
Viktor vermutete mindestens zwei oder drei Schokoriegel.
Siskas Begrüßung fiel kurz aus, und Lopez runzelte die Stirn.
»Ungewöhnlich still hier. Warum läuft keine Musik?«
Siska biss sich auf die Unterlippe. Viktor wartete nur darauf, dass die Zeit endlich verging.
»Alles in Ordnung bei euch?«, erkundigte sich Lopez zögerlich.
Weder Siska noch Viktor antworteten darauf.
»Okay. Hast du was für uns?« Lopez schien sich unsicher zu sein, was von der Situation zu halten war.
»Bevor ihr danach fragt: Wenn sie einen Ausweis hatte, ist er verbrannt. Gefunden habe ich das.« Siska zeigte auf einen verkohlten Gegenstand, der flach und halb geschmolzen in einer Plastiktüte ruhte.
»Was ist das?«, fragte Lopez interessiert.
»Das, was von ihrem Handy noch übrig ist.«
»Irgendetwas daran noch zu retten?«
»Die Kriminaltechnik sagt: unmöglich. Nein.«

»Wie sind die beiden umgekommen?«, wollte Lopez wissen. Siska holte Luft. »Der Fötus wurde getötet durch Stiche in den Unterleib. Das Erfreuliche: Die Temperaturen des Feuers betrugen deutlich weniger als achthundert Grad. Die Knochen sind also noch intakt. Hier.« Viktor und Lopez beugten sich über den Körper, um Siskas Fingerzeig zu folgen. Zwei unscheinbare Kerben an den verrußten Gebeinen hätten für Viktor alles und nichts sein können.

»Wie alt war das Kind?«, fragte Lopez.

»Neunundzwanzigste Woche, soweit ich das anhand der Ausbildung und Größe des Körpers sagen kann.«

»Wir sollten Winter fragen«, dachte Viktor laut.

Lopez nickte, und Siska fuhr fort: »Die Kleidungsrückstände der Mutter waren mit Benzin getränkt. Eine Probe liegt in der KT.« Sie schluckte kurz. »Und nun zu ihr.« Mit einer vagen Handbewegung bezeichnete sie den Frauenleib. »Die Messerstiche haben sie nicht getötet, nur verletzt.«

Viktor fragte sich, was es noch brauchte, um ein Leben zu beenden. Er hätte sich in den Überlegungen verlieren können.

»Todeszeitpunkt heute zwischen sechs und sieben Uhr, wenn der Mord kurz vor dem Ausbrechen des Feuers geschehen war. Wenn ...« Siska forderte ihn und Lopez auf, sie zu einem unförmigen, kleinen Objekt zu begleiten, das auf einer Waage lag. »Ich habe die Lungen seziert oder das wenige, was davon übrig war. Die Untersuchungsergebnisse sind vorhin zurückgekommen.«

Dieses Tempo. Von Siska kannte Viktor nichts anderes, aber er ahnte, dass das Kriminaltechnische Labor von den geforderten Schnelluntersuchungen vermutlich nicht begeistert war.

»Rußpartikel in den Lungen.« Siska stellte es unverrückbar fest.

Lopez seufzte, und Viktor wurde klar, dass sich das bestätigte, was sie alle bereits vermutet hatten.

»Als die Frau angezündet wurde, hat sie noch gelebt.«

10

Unschlüssig starrten sie einander an.

»Heißt das, dass du heute Nacht wieder zurückkommst?« Siska bezog sich auf ihre Wohnung. Sie meinte das Zimmer, das Viktor bei ihr gemietet hatte. Das er nicht länger als eine Woche bewohnte, bevor er … bevor … davor.

»Ich wollte dich anrufen. Ich hätte es dir noch gesagt.«

Siska wollte, dass er sie anrief. Dass er mit ihr sprach. Seit Wochen schon.

»Ist es dir recht?«, wollte er jetzt wissen.

Was sollte sie schon sagen? Etwa nein? Das Zimmer gehörte ihm. Zumindest laut Untermietvertrag. Die Schlüssel besaß er immer noch. Also beeilte sie sich zu sagen: »Natürlich. Das Zimmer gehört dir.« Es klang nicht besonders einladend. Eher wie die Klärung rechtlicher Besitzverhältnisse.

»Ich könnte mir etwas anderes suchen …«, bot er an. In seinen dunklen Augen erkannte sie, wie ratlos er war. Wie sehr ihn die Situation verunsicherte. Sie vermisste ihn. Wie er sie ansah, wie er sie erkannte und begehrte.

»Nein. Schon gut.« Sein Angebot, sich zurückzuziehen, zwang sie, das zu sagen, was sie nicht sagen wollte. Er ließ ihr keine Wahl. Ihre Situation gestaltete sich ausweglos. Sie wusste nicht, wie sie ihm allein gegenübertreten sollte. »Es wird heute Abend spät werden«, erklärte sie zögerlich und schaute dabei zur Seite. Er sollte nicht in ihre Augen sehen. Vielleicht schlief er schon, und sie konnte ein Zusammentreffen so vermeiden. Aber morgen, Samstag, würde sie eine Konfrontation nicht mehr umgehen können. Allein die Vorstellung verursachte ihr Schmerzen. Etwas bohrte sich in ihr Herz, in ihren Kopf. Sie wusste nicht, wie sie es ihm mitteilen sollte. Sie wusste nur, dass sie es ihm auf keinen Fall offen sagen konnte.

»Siska …«, hob er an. Mit einer Hand hielt er die andere fest, als wolle er sie daran hindern, etwas zu tun. Sie liebte seine Hände und wie er sie berührte.
Gehetzt fiel sie ihm ins Wort: »Ich muss jetzt dringend weiterarbeiten. Gunnar anrufen. Er hat es eilig gemacht. Und, na ja, es erspart euch auch ein Telefonat.«
Lopez schaute zwischen ihnen beiden hin und her.
»Wir sehen uns«, stieß Siska verzweifelt hervor und drehte sich geschäftig um, unterdrückte die Tränen und suchte irgendetwas, das ihre Hände beschäftigen würde. Da. Die Instrumente. Sterilisiert und unbenutzt, lagen sie glänzend vor ihr. Sie brauchte diese Werkzeuge gerade nicht – nichts konnte sie weniger gebrauchen –, aber da lagen sie, und nun würde sie diese wegräumen. Irgendwohin, von links nach rechts. Es würde ihr etwas zu tun geben, bis Viktor endlich verschwunden war.
Der Schnitt war tief. Zuerst sah sie das Blut, danach erst kam der Schmerz. Sie schrie auf, als der Stahl mit einem klirrenden Geräusch auf die Fliesen fiel. Siska meinte, die Spitze des Skalpells abbrechen zu sehen. Wie ein silberner Funke tanzte das Bruchstück durch die Luft. Viktor machte einen Schritt auf sie zu, aber sie fuhr ihn an: »Lass mich!«
Viktor rührte sich nicht mehr, und Lopez fragte völlig konsterniert: »Was ist eigentlich mit euch beiden los?«
Viktor sah zu Boden, und Siska bemerkte, wie Blut warm über ihre Finger floss. Wie Tropfen für Tropfen zu Boden fiel und dort ein rotes Muster bildeten. Tropfen, die nach dem Auftreffen winzig kleine Tröpfchen um sich herum gebaren. Sie wollte nicht schon wieder weinen, aber es geschah unweigerlich.
Lopez riss einige Papiertücher aus dem Spender an der Wand. »Du musst den Handschuh ausziehen!«, sagte Lopez und wollte Siska helfen.
»Es ist nichts«, wiegelte Siska schluchzend ab und wickelte

die Tücher um ihre Hand. »Und jetzt haut bitte endlich ab!«, flüsterte sie.

Viktor riss die Eingangstür auf wie ein Freitaucher, der die Wasseroberfläche durchbrach und nichts dringender als Sauerstoff benötigte. Lopez kam langsam hinter ihm her und betrachtete ihn. Es war immer noch hell, und der Tag schien keine Anstalten zu machen, je zu Ende zu gehen. Lopez setzte zum Sprechen an.
»Frag nicht!«, befahl Viktor ihr.
Lopez hatte nicht vor, etwas zu fragen. Sie erkannte Beziehungsstreitigkeiten, wenn sie sich vor ihren Augen abspielten wie in einer Theateraufführung von Macbeth. Also schwieg sie und wartete, bis Viktor sich beruhigt hatte. »Da ich ohnehin nicht mehr pünktlich nach Hause komme«, sagte sie, »könnten wir etwas essen gehen. Hier um die Ecke gibt's einen ziemlich guten Döner-Laden.«
Viktor sah auf die Uhr. »Wir sollten Winter befragen.«
»Ich befrage heute Abend überhaupt niemanden mehr«, stellte Lopez klar.
»In zehn Minuten hängt Gunnar am Telefon und schreit Mord.« Viktor hätte jede Wette darauf abgeschlossen.
Lopez lächelte. »Na, dann los. Zehn Minuten bleiben uns zum Essen.«
Sie hatten sich gerade in Bewegung gesetzt, als Viktors Handy klingelte. Lopez ließ die Arme hängen und seufzte: »Ich schwöre, das ist kein Job, das ist Leibeigenschaft.«
Doch Viktor ahnte, befürchtete, dass es etwas ganz anderes war. Vergleichbar und dennoch verschieden. Als er das Gespräch annahm, fühlte er sich zutiefst erschöpft, mehr, als ein anstrengender Arbeitstag ihn je zu ermüden vermochte. »Mila!«, begrüßte er seine Babuschka. »Was gibt's?«
Er lauschte dem, was sie ihm erklärte. Danach beschwichtigte er sie: »Ich komme. Und bitte, bitte! Geh nicht wieder weg.«

»Lass mich raten ...«, sagte Lopez nur.
Viktor antwortete nonverbal, denn sein Blick erklärte alles, was Lopez wissen musste.
»Essen fällt aus, denke ich mal.« Sie sagte es eher amüsiert als resigniert. Als habe sie sich schon längst mit den Gegebenheiten arrangiert.
Sie machten beide kehrt und gingen zum Auto zurück. Lopez hatte es schon zu oft gehört, gesehen und erlebt. Viktor musste ihr nicht erklären, dass seine Großmutter wieder einmal ausgerissen war, so, wie sie es regelmäßig tat. Einfach nur, weil Viktors Babuschka nicht anders konnte, weil ihr Freiheitsdrang größer als das Areal des Altenheimes, größer als ganz Charlottenburg war, weil sie die Aufmerksamkeit genoss, die ihr Verschwinden verursachte, weil es für sie keine Rolle spielte, wie Viktors Ruf beim LKA darunter litt, wenn Kollegen sie erkannten, aufgriffen und Viktor zu jeder Tages- und Nachtzeit verständigten, damit er sie wieder zurückbrachte in die Seniorenresidenz, die sie ablehnte wie ein Kind bittere Medizin.
»Wo ist sie?«, erkundigte Lopez sich.
»Vor der Charité. Sie wollte mir einen Besuch abstatten.« Viktor schüttelte den Kopf. Seine Babuschka und ihre weiten Reisen zu Fuß durch diese große Stadt.
»Ist doch nett«, sagte Lopez süffisant.
Viktor betrachtete innerlich kurz diesen Tag: die verbrannte Frau samt Kind, den Wald, die Stadt; den Empfang beim LKA; Martin Winter, der wie Tayfun Acay wahrscheinlich immer noch weinte, aber nicht mehr am Boden lag; Marita Nowak, die jetzt auf Reisen oder schon angekommen war; und Siska, die ihre Zeit lieber mit ihren schweigenden Patienten als mit ihm verbrachte, weil sie etwas vor ihm verbarg so wie alle, mit denen er heute in Kontakt gekommen war. Schlagartig wurde es ihm klar, und Dr. Nowak hatte es ihm bereits nahegelegt. »Ich hätte dort bleiben sollen.«

»Wo? In der Reha?«
Viktor nickte schicksalsergeben.
»Du hast dich gelangweilt«, versuchte Lopez zu erklären. »Genauso wie Mila sich in diesem Heim langweilt.«
Viktor missfiel der Vergleich. Er wollte nicht, dass Lopez recht behielt. Er wollte anders und nicht ein Opfer genetischer Prozesse sein.

Viktor riss ihr die Zigarette aus der Hand. Er warf sie auf den Boden und trat sie unter seiner Sohle aus, als gälte es, ein giftiges Tier zu vernichten. »Du rauchst«, stellte er fest.
»Jetzt nicht mehr.« Mila stemmte die Hände in die Hüften. »Was fällt dir ein?!«
Viktor wusste nicht, wo er anfangen sollte. »Du bist nicht Bette Davis«, sagte er. »Dieses Zeug bringt dich um.«
»Ich wundere mich, was wohl tödlicher ist? Nikotin oder ein Hirntumor?«, fragte Mila schnippisch.
Viktor konnte die Totschlag-Argumente seiner Babuschka nicht mehr hören. Weder in Aussage- noch in Frageform. Sie trank, jetzt rauchte sie. Als beanspruchte sie für sich, was er tun könnte, wenn er sich gehenließ, wenn er etwas riskierte. Für Viktor nahm sich das Zusammenleben mit einem Kleinkind plötzlich paradiesisch aus. Die Vergleichsmöglichkeiten fehlten ihm jedoch.
»Mila, Sie sehen phantastisch aus!« Lopez hingegen schien begeistert zu sein.
Mila sah an sich hinab und kommentierte das gelbe Leinenkleid: »Coco Chanel hätte der Schnitt wahrscheinlich nicht gefallen.« Sie lachte. »Aber ich brauche dringend neue Schuhe«, ergänzte sie nachdenklich.
Zwei Dinge machten Milas Markenzeichen aus: Die neonfarbenen Nike-Sneaker und das schlohweiße Haar. Bei ihren unerlaubten Exkursionen durch die Stadt leuchtete beides schon von fern. Es verschaffte Viktor bei der Suche nach ihr

oft den entscheidenden Vorteil, den er doch nie zu haben glaubte. Die Sportschuhe hatten sich bereits über unzählige Kilometer durch Berlin bewährt. Die Exemplare, die Mila jetzt trug, wiesen einen Riss und Flecken auf. Sie waren völlig abgelaufen. Viktor fand es lächerlich, hier vor der Klinik über Schuh-Neuanschaffungen seiner Großmutter zu diskutieren.

»Wo warst du eigentlich?«, unterbrach sie seine Gedanken.

»Arbeit«, antwortete Viktor einsilbig.

Mila zog die Augenbrauen hoch. »Nehmen die dich noch?«

Erschöpft stieß Viktor die Luft aus. »Das müssen sie. Es ist mein Job.«

Die Pause währte vielleicht dreißig Sekunden, in welchen Viktor Mila müde betrachtete, während Lopez lächelnd zu Boden sah und Mila schließlich mit einem Wink zur Klinik sagte: »Der Kaffee hier ließ ohnehin stark zu wünschen übrig. Manche Orte sollte man besser hinter sich lassen.«

Viktor erinnerte sich, dass sie den letzten Satz einmal in Verbindung mit ihrem Aufenthalt in einem Konzentrationslager erwähnt hatte. Milas Gedankengänge waren ihm fremd. Ihre Weltsicht fand er oft brutal. Aber er verstand es, dass sie über ihrem Leben zynisch geworden war. Und er wusste, dass gerade er entscheidend dazu beigetragen hatte: Als er sie zwang, ihre Heimat St. Petersburg zu verlassen. Ihre Stadt, ihre *Kommunalka,* die Mitbewohner, Freunde und Kolleginnen. Als Mila ihre gemeinsame Flucht nach Deutschland für die letzte Rettung hielt, obwohl sie gerade dieses Land so hasste.

Es war das Pfund, mit dem sie stets wucherte, die Verantwortung, die ihn wie eine unsichtbare Fessel zwang. *Sie hat alles für mich aufgegeben,* dachte Viktor. Er fragte sich im gleichen Atemzug, ob er es wert gewesen war, ob sie es bereute und ob Schuld eine Altlast darstellte, die sich von Generation zu Generation übertrug. Viktor war selten einer

Meinung mit seiner Großmutter, aber er liebte sie auf eine ausschließliche, definitive und unverrückbare Weise, die ihn oft selbst überraschte. Seine eigene Mutter existierte nur noch in seiner Erinnerung oder in seiner Phantasie, da sie sich zu früh das Leben genommen hatte. An ihrer statt hatte Mila ihn liebkost, gescholten und beschützt, wenn er sich wieder einmal mit anderen Kindern schlagen musste. Wenn etwas in ihm von ihm verlangte, dass er seine Kräfte maß, dass er allen zeigte, wozu er in der Lage war, damit er seinen Schmerz über die fehlende Mutter vergaß. Viktors Vater verschwand kurz nach Viktors Geburt. Wenn er in den Spiegel sah, begegnete Viktor demjenigen, der ihn verlassen hatte. Er glich seinem Vater aufs Haar, wie Mila gern betonte, wenn ihr etwas an ihrem Enkel nicht gefiel. Manche Familien wurden zu Zweckgemeinschaften. Mila und er hielten sich gegenseitig vom sicheren Absturz ab. Darin bestand ihr stillschweigender Pakt. Ohne seine Großmutter wäre Viktor entweder kriminell geworden oder bereits tot. Und Mila … Mila wäre ihrer Tochter vielleicht gefolgt.

»Steig ein! Wir bringen dich nach Hause«, bot Viktor etwas milder an.

»Russland. Ist das nicht zu weit?« Mila stichelte, und Viktor konnte es nicht überhören.

Die Unterbringung in der Charlottenburger Seniorenresidenz St. Kamillus kostete mehr, als Viktor je für den Alterruhesitz seiner Babuschka hatte berappen wollen. Dennoch benahm sich Mila bis zum heutigen Tag so, als habe Viktor sie gegen ihren Willen in ein Internat gesteckt. Keine Spur von Dankbarkeit.

»Entschuldigen Sie«, hörte er sie sagen. »Hätten Sie noch eine für mich?«

Ein junger Mann im Rollstuhl sog an einer Kippe, als ob es sich um seinen letzten Atemzug handelte. Den Stengel im Mundwinkel, hielt er Mila eine rote Packung hin. Mit ihren

krummen, dünnen Fingern zog Mila eine Zigarette heraus und beugte sich vor, um sich Feuer geben zu lassen.
Viktor sah, wie sie tief inhalierte, so dass die Spitze hell aufglühte.
»Danke«, sagte sie.
Viktor holte Luft.
»Und wage es nicht, noch mal Hand an mich zu legen!«, erklärte Mila ihm. Sie blinzelte hinter dem Rauch her, den sie mit erhobenem Kopf langsam ausblies.
Qualm kennzeichnete Viktors Tag. Rauchzeichen, die er zunehmend weniger verstand. Er seufzte und wandte sich zum Gehen.
Lopez lachte leise.
»Hey!«, rief ihm seine Großmutter nach. »Und was ist mit mir?«
»Wenn ich das nur wüsste«, murmelte Viktor leise.
Im Auto wartete er schweigend mit Lopez, bei geöffneter Tür, bis Mila ihre Zigarette wie einen kleinen Kometen auf die Straße warf. Es war bereits nach zweiundzwanzig Uhr. Viktor empfand die Dunkelheit als ein Geschenk, über das er sich mehr als alles andere freute.
Mila stieg auf den Rücksitz und schlug die Tür zu. Danach betätigte sie den Fensterheber. Auch Viktor und Lopez ließen die Scheiben herunter. Viktor fuhr los und fädelte sich in den spärlichen Verkehr auf der Luisenstraße ein. Die warme Nachtluft legte sich auf sein Gesicht. Nur das Funkgerät knisterte gelegentlich. Sie schwiegen, und Viktor gab sich dieser Nacht hin. Ihrer Ruhe und gemächlichen Geschwindigkeit, ihrem leisen Säuseln, den Geräuschen dieser großen Stadt, die für Viktor wie eine Beschwörung klangen, sich mit allen Menschen, mit Mördern und Opfern, mit Lebendigen und Toten auszusöhnen.

11

Das Bild. Siehst du das Bild?
Ja, er kannte es genau. Jeden Punkt, jeden Schatten, jedes Gesicht.
»Nimm das Bild!«, verlangte sie von ihm. »Hältst du es in der Hand?«
»Ja!«, sagte er, doch es stimmte nicht. Er wollte es nicht.
Ein schwacher Versuch, sich ihr zu widersetzen. Nur ein wenig, um sich zu schonen. Um sich nicht damit zu konfrontieren. Sie schwieg und lauschte, ob er noch etwas sagte. Die Stille währte eine Ewigkeit, so schien es ihm. Damit erpresste sie ihn. Machte ihn wehrlos. Wehrloser, als er ohnehin schon war. Für sie war er ein Glas, transparent und leer, das sie mit ihren Überzeugungen gefüllt hatte. In manchen Momenten sah er es deutlich, doch er brauchte das Gefühl. Die Sicherheit, die es ihm gab.
»Nein!«, ihre Stimme klang nun scharf. »Ich will, dass du es ansiehst. Los!«
Sie durchschaute ihn, obwohl sie sich Hunderte von Kilometern entfernt befand.
Seine Finger, die das Telefon hielten, schwitzten. Mit der freien Hand tastete er nach dem Foto, das er immer in seiner Jackentasche bei sich trug. Er entfaltete es und flüsterte: »Ich sehe es.« Es zu betrachten, war wie eine Prügelstrafe. Wie unendlich viele Hiebe, zu denen er immer wieder verdammt wurde. Wenn er in die Gesichter sah, traf ihn der Schock. Ganz körperlich, als breite sich ein stechender Schmerz in ihm aus. Als befände sich sein Inneres in Auflösung, als weiche die Vernunft, die ihm noch geblieben war, langsam auf. Demütigung und Scham: diese Überzeugung, diese Gewissheit würden nie vergehen. Der Ursprung aller Qual. So wie die Erinnerung an die Einsamkeit, die Kälte,

den Hunger und den Durst. Ein Strom der Vergangenheit, der ihn mitriss und unter Wasser zog, so dass er nicht mehr atmen konnte.

»Was ist mit ihm?«, wollte sie wissen.

»Es geht jetzt nicht. Er ist nicht zu Hause«, antwortete er erstickt.

»Dann finde ihn!« Jetzt klang ihre Stimme schmeichelnd und schön. Die Stimme, die ihn zurückgerufen hatte, als er sich im Dunkel bereits verloren hatte. Die Stimme, die ihm seinen Namen zurückgegeben hatte, als er nicht mehr wusste, wer er war. Die Stimme, die ihm sagte, was er tun musste, die seinem Leben wieder einen Sinn gegeben hatte. Wiedergutmachung.

Er hatte diesen Keller gegen einen anderen getauscht. Und dennoch war dieser karge Raum, den er jetzt bewohnte, das Paradies. Tageslicht blendete ihn seitdem. Jetzt umhüllte sanfte Dunkelheit ihn. Ein Bett, ein Stuhl, ein Tisch. Decken, Kissen, weich und warm. Eine alte Stehlampe, die schwaches Licht verbreitete. Im Winter strahlte warme Luft aus dem benachbarten Heizraum ab. Ihr Mann wusste vermutlich, dass er hier lebte. Aber er kam nicht oft in dieses Haus. Er reiste viel. Dennoch ging er ihm lieber aus dem Weg. So wie er alle Menschen lieber mied. Niemand würde ihn mehr erkennen. Heute. Jetzt. Doch die Dinge spitzten sich zu. Er nahm die Vorzeichen des Schicksals wahr, wenn es ihn umwehte. Er begrüßte es, weil es ihm Erlösung bringen würde.

»Sie ist so gut wie tot. Und jetzt geh, Caliban!«

Er spürte, wie ihm die Tränen in die Augen stiegen. Das hätte sie nicht sagen dürfen. Sie durfte das Unglück nicht benennen in all seiner Endgültigkeit. Sollte es wirklich zu Ende gehen? Als habe das Schicksal den letzten bitteren Schlag sorgsam für ihn aufbewahrt. Seine Hände zitterten. Er musste etwas essen. Nur das würde den Tremor kontrollieren können.

»Iss etwas!«, sagte sie, als könne sie Gedanken lesen. »Und danach tu, was du tun musst.«
Um Vergebung zu erhalten, dachte er.

12

Martin Winters Hände ruhten auf dem Tisch. Gegenüber lag die Akte, die seinen Namen trug. Viktor wusste, dass sie Winters persönliche Daten, seine Fingerabdrücke und Polizeifotos barg. Er öffnete das Fenster und realisierte wie immer im letzten Moment, dass man es nur kippen konnte. Zusammen mit dem Sicherheitsglas beugte dies Suiziden vor.
»Befragung des Zeugen.« Viktor richtete Aufnahmegerät und Kamera aus. Er nannte ihre beiden Namen, den Ort, den Fall, um den es ging, die genaue Zeit. Dreiundzwanzig Uhr. Für Viktor keine ungewöhnliche Arbeitszeit. Der Raum maß vier auf fünf Meter, er war nur spärlich möbliert. Ein Tisch, zwei Stühle von stabiler Konstruktion. Die Sitzkissen alt, fleckig und durchgesessen. Die Hitze des Tages stand immer noch im Raum. An der Decke spendeten verdeckte Leuchten milchiges Licht. Zu hell, um diskret zu sein, zu dunkel, um etwas präzise erkennen zu können. Viktor fühlte sich von dem Licht gestört, dessen neonartiges Strahlen dem Verhörraum den Charakter eines Bunkers verlieh. Wieder einmal arbeitete er allein. Mila und Lopez hatte er verabschiedet.

Lopez hielt mit den Händen ihren Bauch, der unter dem hellblauen, kurzärmeligen Hemd spannte. Mitten in der Nacht standen sie am Straßenrand vor dem LKA.

»Alles in Ordnung?«, fragte Viktor sie.
»Hart wie Stein«, erwiderte Lopez nachdenklich.
Mila sah gelangweilt aus dem Fenster des parkenden Wagens hinaus, als bemerke sie die beiden nicht.
»Ich fahre dich und Mila jetzt heim.«
»Nein.« Lopez schüttelte den Kopf. »Wir machen einen Deal.«
Viktor wartete. Die Zeit stand still.
Endlich fuhr Lopez fort: »Ich bringe Mila zurück. Martin Winter befragst du.«
»Okay«, antwortete Viktor, da ihm die Aufgabenteilung zusagte und er wusste, dass Lopez dies ebenfalls so sah. Doch weil sie im Schmerz den Mund ein wenig verzog, fügte er hinzu: »Sicher, dass es dir gutgeht?«
Lopez lächelte und schwieg, bis Viktor begann, sich ernsthaft Sorgen zu machen. »Alles gut«, antwortete Lopez leise. »Da. Schau!«
Viktor starrte auf Lopez' Bauch, der sich an einer Stelle ausbeulte.
»Nachtaktiv«, stellte Lopez fest. »Hoffentlich ändert sich das noch.« Jetzt strahlte sie, und Viktor musste sich eingestehen, dass er sie noch nie so glücklich gesehen hatte.
Viktor hatte sie noch nicht gefragt und wunderte sich im selben Moment, wie er das so lange versäumen hatte können. »Weißt du schon, was es wird?«
»Ein Kind. Alles andere interessiert mich nicht.«
Viktor überlegte, womit er gerechnet hatte. Insgeheim hatte er sich für Lopez und Bernhard einen Jungen gewünscht. Als Ersatz für den Sohn, den sie acht Jahre lang verloren glaubten. Als Ersatz für Luis, der jetzt Petja hieß, weil dies der neue Namen war, den seine Adoptiveltern ihm gegeben hatten. Weil er immer noch in Moskau lebte, weil seine leiblichen Eltern es nicht über das Herz gebracht hatten, ihn von seinen russischen Eltern zurückzufordern. Weil sie ihn nicht

erneut entwurzeln wollten, weil sie Tatjana Sukova und Oleg Sukov nicht berauben, nicht quälen wollten. Weil sie selbst zu genau wussten, wie es sich anfühlte, ein Kind zu verlieren, das man liebte. Viktor wusste nicht, ob sie sich bisher die Mühe gemacht hatten, die rechtliche Situation zu klären. Welche Handhabe sie überhaupt hatten, Petja wiederzubekommen. Es überforderte Lopez und Bernhard gleichermaßen. Und so blieb das Verlangen nach dem eigenen Kind, das in der Ferne lebte. Gab es dafür überhaupt einen Ersatz?

»Morgen möchte ich, dass du mich abholst«, bat Lopez ihn.

Stirnrunzelnd fragte Viktor: »Wieso?«

»Überraschung. Neun Uhr bei uns?« Lopez zwinkerte ihm zu. Sie wirkte wie eine Fünfjährige, die sich auf ihren Geburtstag freute. Lopez' Geburtstag war längst vorbei. Sie hatte ihn mit Viktor an seinem Krankenbett verbracht. Zwei Stück Torte aus der Cafeteria der Charité, bei deren Verzehr Lopez Viktor helfen musste. Nur ungern dachte er daran zurück.

Viktor würde pünktlich vor Lopez' Tür stehen, aber ihre maßlos gute Laune verwirrte ihn zunehmend. »Was ist eigentlich mit dir los?«

Ernst sah sie ihn an. »Das Leben. Das ist mit mir los. An manchen Tagen siegt es über den Tod.«

Viktor sah, wie sie zur Fahrertür ging, kurz winkte und in den Wagen stieg. Viktor hatte keine Kinder. Zumindest keine, von denen er etwas wusste. Er würde in absehbarer Zeit auch keine Kinder zeugen, er würde selbst nie ein Kind in sich tragen oder gebären können. Jetzt, hier in diesem Moment, unter dem gnädigen Straßenlampenlicht auf dem Pflaster vor dem LKA, erschien es ihm wie ein Verlust von gigantischen Ausmaßen, so groß, dass es ihn fast körperlich schmerzte, von diesem Wunder genetisch ausgeschlossen zu sein. Lediglich eine Ahnung von diesem Glück zu haben, kam ihm plötzlich wie ewiger Hunger vor. Er schaute dem

Toyota nach, wartete, bis das Gefühl abebbte, bis die Stahlfaust in seiner Brust sich löste. Während er das Gebäude betrat, überlegte er, welchen Nachtbus er später, nach Mitternacht, in Richtung Friedrichshain wohl noch nehmen konnte.

»Ich war es nicht.« Ausdruckslos sah Martin Winter Viktor aus blutunterlaufenen Augen an.
Viktor hatte noch nichts gesagt, noch nichts gefragt. Er betrachtete den Zeugen, der aussah, als ob er überfahren worden sei. Die Platzwunde wurde von hellen Klebestreifen zusammengehalten, außen herum leuchtete auf seiner Stirn ein tief dunkelblauer Hof. Viktor beeindruckten Winters Worte nicht. Zu viele Ehemänner hatten schon in diesem Zimmer behauptet, es nicht gewesen zu sein. Ihre Frau nicht mit der flachen Hand ins Gesicht geschlagen zu haben, sie nicht die Treppe hinuntergetreten, nicht mit dem Kopf gegen die Wand gestoßen oder gewürgt zu haben. Die Starken obsiegten über die Schwachen. Manchmal genügte Darwins Evolutionstheorie, um die Welt zu verstehen. Die eine Grundlage, auf die jeder Ermittler täglich zurückgeworfen wurde.
»Sie haben sie gefunden.« Winter fixierte Viktor. Es war seine Frau Sevim, die er meinte.
»Wir wissen es noch nicht genau«, entgegnete Viktor, obwohl sie beide ahnten, wussten, dass Sevim Winters Tod eine Tatsache war, die nur noch durch den DNA-Abgleich bestätigt werden musste. Martin Winters Blut, sein Erbmaterial in dem Kind, das seine Frau erwartete. Aber die Art, wie Martin Winter seiner Gewissheit Ausdruck verlieh, ließ Viktor vermuten, dass er es mit einem überdurchschnittlich intelligenten Menschen zu tun hatte. Winter mochte primitiv aussehen und sich auch so verhalten, aber er war es nicht. Was verheimlichte er vor Viktor und dem Rest der Welt?
»Sie ist tot. Das ist Ihnen klar«, flüsterte er heiser.

»Woher wollen Sie das wissen?«, fragte Viktor, ohne auf Winters Unterstellung zu reagieren.
»Ich spüre es.«
Viktor kannte die Formulierung. Er hatte sie schon häufig gehört. Mütter, die ihre Kinder seit Tagen vermissten, gebrauchten sie, wenn der Kontakt abgerissen war. Der Kontakt zu ihrem Kind. Wenn sie intuitiv erahnten, dass ein geliebter Mensch nicht mehr am Leben war, es aber nicht wahrhaben wollten. Einige erlangten irgendwann schreckliche Gewissheit darüber. Andere nie. *Ich spüre es.* Dieser Martin Winter war kein schlichter Typ.
»Wie weit war sie schon?«
Winter verstand die Frage sofort, so wie es alle werdenden Eltern taten. »Neunundzwanzigste Woche.«
Anfang des achten Monats, überschlug Viktor. Siska hatte wieder einmal ins Schwarze getroffen. Sie war und blieb ein Ass.
»Wann haben Sie Sevim das letzte Mal gesehen?« Viktor stand hinter seinem Stuhl, stützte sich mit den Händen auf der Lehne ab.
»Gestern.« Martin Winter stockte kurz und sah auf seine Armbanduhr, um sich zu vergewissern, ob bereits ein neuer Tag angebrochen war. »Gestern Morgen«, wiederholte er.
Kurz erhaschte Viktor einen Blick auf das Fabrikat: eine Breitling. Viktor vermutete, dass die schwere Golduhr entweder ein kostspieliges Plagiat oder ein noch teureres Original sein musste. Mit einem Blick forderte er Winter auf, weiterzuerzählen.
»Sie ging gern spazieren, seitdem sie schwanger war.« Winters Stimme klang rauh. Mit der Hand wischte er sich über die Augen.
Unsichtbare Tränen, dachte Viktor. *Keiner sieht sie, und doch sind sie da.*
»Sie konnte nicht mehr gut schlafen. Der große Bauch, das

Kind, das sich viel bewegte, dazu die Hitze in den vergangenen Tagen.«
In ihren letzten Tagen, stellte Viktor fest.
»Ich habe sie heute Morgen um sechs zum See gebracht.«
Viktor bemerkte, dass Siska auch mit dem Todeszeitpunkt richtiglag.
»Es war schon hell, noch nicht zu warm«, fügte er hinzu.
Martin Winter dachte nach. »›Ich brauche die frische Luft‹, hat sie gesagt. Bewegung täte ihr gut. Sie kannte den Weg, mochte den Wannsee und den Wald. Ein paar Jogger waren unterwegs, eine Frau mit ihrem Hund. Auf dem Rückweg wollte sie die U-Bahn nehmen.« Als wolle er betonen, wie friedlich und ungefährlich die Szenerie sich präsentiert hatte.
»Wir haben uns noch geküsst. Ich fuhr zur Arbeit nach Charlottenburg. Danach habe ich sie nicht mehr gesehen. Nicht mehr gehört. Sie ging nicht mehr an ihr Handy.«
»Wann fangen Sie mit der Arbeit an?«
»Um halb acht.«
Viktor rechnete kurz nach. »Wer hat Sie zwischen sechs und acht gesehen?«
»Niemand. Ich fuhr in die Stadt. Viel Verkehr. Sonst nichts.«
»Sie hätten sie töten und trotzdem pünktlich zur Arbeit fahren können. Das hätten Sie geschafft.«
Mit gepresster Stimme antwortete Winter: »Habe ich aber nicht.«
Für Viktor bedeutete das: kein Alibi. Er wollte weiterfragen, aber das war nicht mehr nötig, denn Winter sprach, ohne dazu aufgefordert zu werden. Wie ein Schlafwandler bewegte er sich durch Sevims letzten Tag. Er wollte es sich von der Seele reden, und Viktor musste nur noch dem Strom seiner Gedanken folgen.
»Ich weiß nicht, wie viele Nachrichten ich auf ihrer Mailbox hinterlassen habe.« Winter strich sich nervös durch die kurzen Haare, als durchflösse ihn elektrischer Strom. Er zitterte

leicht und schwitzte. Unter seinen Achseln zeichneten sich auf dem Hemd dunkle Flecken ab. Er berichtete, wie er Sevims Eltern kontaktiert hatte. Wie diese ihn beruhigten, dass Sevim vielleicht bei einer Freundin sei. Früher hatte sie das oft gemacht. Am Abend rief Winter alle Freundinnen von Sevim an, die er kannte. Doch keine hatte mit seiner Frau gesprochen oder sie gesehen. Gegen zwei Uhr fiel er in einen unruhigen Schlaf. Am nächsten Morgen sagte er die Arbeit ab. Er arbeitete als Gabelstaplerfahrer in einer metallverarbeitenden Fabrik. Nach dem Telefonat suchte er Sevims Eltern nochmals auf. Jetzt weinte die Mutter, und der Vater beriet sich mit ihm.

»Was ist mit den Acays? Wie standen sie zu Ihrer Frau?«

Winter legte seine Hände wieder auf die braune Tischplatte. »Sevim war ihre jüngste Tochter. Sie haben sie geliebt.« Winter stellte es ganz ruhig fest.

»Dass Sevim ein Kind von Ihnen erwartete, haben die Acays unterstützt?«

Winter blinzelte zweimal. Tonlos sagte er: »Voll und ganz.« Viktor zog die Augenbrauen hoch. Winter war nicht dumm, nur vorsichtig. Langsam ging Viktor zum Fenster, danach wieder zurück. Er wartete ab, dachte laut nach: »Vielleicht gefiel es jemandem nicht, dass eine Türkin mit einem Deutschen zusammen war.«

»Halb Kreuzberg würde diesem Jemand nicht gefallen.«

»Rechtsradikale«, warf Viktor ein. »Nationaldemokraten, Patrioten, Islamisierungsgegner. ›Vaterland‹. Sagt Ihnen das etwas?«

Winter sah zu Boden, und Viktor bemerkte, dass er überlegte. *Nicht dumm. Nur vorsichtig.* Viktor schlug die Akte auf. Obenauf lag die Kopie eines Zeitungsberichtes. Unter der Bildunterschrift »Wieder Aufmärsche« zeigte ein Foto Demonstranten, die Transparente trugen. Auf einem davon der zweideutige Schriftzug »Zurück ins Vaterland«. Die Menschenmenge bewegte sich auf die Kamera zu. Mit Filzstift hatte jemand aus der Dokumentation einen Kopf rot eingekreist. Martin Winters Kopf. Viktor schob den Artikel über den Tisch und deutete mit dem Finger darauf.

Martin Winter betrachtete die Schrift und das Bild, dann sah er auf. »Ich bin dort Mitglied. Na und?«

»Ich hab da ein Problem. Meine Ärztin würde es Paranoia nennen«, sagte Viktor nachdenklich. »Und deshalb frage ich mich, was Ihre Kumpels von ›Vaterland‹ dazu sagen würden, dass Sie eine Türkin schwängern.«

Winter schwieg, atmete deutlich hörbar tief durch. »Ihre Ärztin hat wahrscheinlich recht.«

Viktor ließ sich Zeit, ignorierte die Provokation, zu der er selbst die Steilvorlage geliefert hatte. »Sie schlafen mit einer Muslima. Sie leben mit ihr. Hat das die Herzen Ihrer Pegida-Brüder höherschlagen lassen?«

»Mit Pegida hat das nichts zu tun.«

»Was haben sie dazu gesagt?« Viktor erhob seine Stimme, aber er blieb freundlich, betonte jedes einzelne Wort.

»Vielleicht wussten diese Leute es nicht.«

»Und wenn doch?«

Viktor glaubte, Winters Zähne knirschen zu hören. Aber vielleicht bildete er sich das auch nur ein.

»Wieso? Nichts.« Winters gerötete Augen schwammen in Tränenflüssigkeit wie hellblaue Glasperlen in einem roten See.

Viktor bewunderte gute Lügner, wenn er sie traf, denn im Laufe seiner Tätigkeit für das LKA hatte er nur wenige davon kennengelernt. Jeder log, meistens jedoch erbärmlich schlecht. Er steckte in einer Sackgasse und musste schleunigst wenden. Viktor betrachtete das grobschlächtige Gesicht – das drahtige, blonde Haar, die flache Nase, die kleinen, hellen Augen, den dicken Hals – und fragte sich, was Sevim Acay wohl in Martin Winter gesehen haben mochte.

Einen Versorger und Beschützer? Den starken, tatkräftigen Mann, der alles tun würde, um eine Familie zu ernähren? Oder den typischen Deutschen, der anders als jeder aus ihrer Familie war?

»Ich werde verfolgt.«

»Wie bitte?«, fragte Viktor, den die Bemerkung abrupt aus seinen Gedanken riss.

»Seit Jahren schon.«

Viktor hörte einfach nur zu.

»Einmal schnitt man mir die Bremsschläuche durch. Ich sah einen Mann, der mir in einem Wagen folgte. Die Nummernschilder wechselten.«

Für Viktor klang das paranoider, als er jemals werden konnte.

»Ich erstattete Anzeige wegen Nötigung, als ich fast von der Straße abgedrängt wurde. Jemand stahl meine Post.«

Viktor blätterte in der Handakte. »Hat die Polizei das dokumentiert?«

Winter schüttelte den Kopf. »Die Polizei dachte genauso wie Sie. Sie hielt mich für nicht ganz dicht.«

»Und dann?«, fragte Viktor ruhig, ohne auf den Vorwurf einzugehen.

»Dann lag meine Katze tot vor der Tür. Zuerst der Kopf. Danach der Schwanz. Etwas später fand ich den Körper auf der Fußmatte.« Winter knetete seine Hände, als entfalte die Erinnerung eine unheimliche Energie.

»Wann hat das aufgehört?«

»Nie.«

Viktor dachte nach. Unvermittelt fragte er: »Sind Sie fremdgegangen?«

Martin Winter schwieg und senkte den Blick. Kurz krümmte er die Finger, danach streckte er sie. Er antwortete etwas, doch Viktor konnte es nicht verstehen.

»Wie bitte?«, hakte Viktor nach.

»Nein.« Nur ein Wort. Winter flüsterte.

»Haben Sie Sevim geschlagen? Hatten Sie Streit?«
Viktor wusste, was er damit bei Winter bewirkte. Er hatte diese Macht. *Warum tue ich das?*, fragte er sich. Und: *Gunnar wird mich umbringen. Er hätte jedes Recht dazu.* Doch er wollte eine Reaktion, er wollte Winters Verteidigungslinie durchbrechen, wollte, dass er seine Deckung aufgab. Er dachte an das Mobiliar, das Winter am Morgen durch den Raum geworfen hatte. An Winters Hände, die um Tayfun Acays Hals lagen und ihm die Luft abdrückten. An sein rot angelaufenes, verzerrtes Gesicht.
»Wie kommen Sie darauf?« Jetzt sah Winter Viktor direkt an.
»Ich muss es wissen! Deshalb frage ich.«
Die Stille im Raum dehnte sich aus wie Löschschaum. Winter schien nie mehr antworten zu wollen, als hingen sie beide in einer Zeitschleife fest. Viktor hätte gern das Fenster geöffnet, bemerkte aber, dass er es bereits geöffnet hatte. Er vermisste Sauerstoff. »Haben Sie Ihre Frau umgebracht?« Nun stellte er die Frage doch.
Winters rechte Augenbraue zuckte, danach sein linker Mundwinkel. »Ich habe es nicht getan.« Er wiederholte das, was er Viktor glauben lassen wollte. Seine Stimme klang jetzt ruhig und klar. Fast wie ein Priester, der nach dem Segen das Amen sprach.
Martin Winters Wut traf Viktor nicht unerwartet, da sie ihm vertraut war. Er hatte sie provoziert – vorhersagbar wie eine Mondfinsternis –, und nun entlud sie sich, bahnte sich ihren Weg. Sie äußerte sich wie ein Donnerschlag. Der Tisch kippte um, zuerst rutschte das Aufnahmegerät, danach die Kamera, dann Winters Polizeiakte. Die Apparate fielen polternd zu Boden, die Papiere verteilten sich. Der Stuhl, auf den Viktor sich gerade noch aufgestützt hatte, flog durch die Luft, bis die Schwerkraft ihn zu Boden zog. Viktor erinnerte sich an das, was auf der Vermisstenstelle geschehen war. Wie

die Bilder sich doch glichen. Etwas schepperte – wahrscheinlich die Kamera –, Metallbeine ragten wie die gebrochenen Läufe eines Rehs in die Luft, und Martin Winter brüllte, als habe ihn jeder gute Geist verlassen. Viktor hatte sich noch nicht gerührt, weil sich die Gewalt nicht gegen ihn richtete. In dem Chaos stand er wie ein Fels und versuchte zu verstehen, was Martin Winter sagte, während dieser mit dem eigenen Stuhl weiter auf die Wand eindrosch. Viktor griff nicht ein, weil er endlich etwas Sinnvolles in dem Gebrüll vernahm. Putz spritzte von der Wand. Gunnar würde das nicht gefallen, und Viktor befand sich wie so oft in Erklärungsnot. Unmenschlicher Lärm. Zwei Beamte stürmten in den Raum, und Viktor nickte kurz. Während sie mit Winter rangen, ihn schließlich zu fassen bekamen, auf den Boden warfen und ihn überwältigten, lehnte sich Viktor kurz an die Fensterbank, atmete die Nachtluft ein und fragte sich, was Wut von einem Orkan unterschied. Warum Wut als leise Böe begann, danach auffrischte, bevor sie alles zerstörte, was ihr begegnete. Kühl spürte er den Schweiß auf seiner Stirn. Winter lag wieder einmal auf dem Boden, die Arme schmerzhaft hinter dem Rücken abgeknickt. Er stöhnte, doch er bewegte sich nicht mehr. Ein Beamter kniete auf seinen Beinen, der andere hielt seine Schultern fest. Jetzt lag Winter still. Nur sein Atem rasselte stoßweise. Das Aufnahmegerät ratterte abgehackt hinter ihnen.

Viktor ging zu Winter, beugte sich zu ihm hinab. »Was haben Sie gesagt?«

Die Handschellen schlossen sich um Martin Winters Handgelenke, doch er reagierte nicht. Viktor sah, wie Winters Pupillen wegrutschten, sich danach wieder zentrierten.

»Winter! Was haben Sie gesagt?«, forderte Viktor eindringlich.

Winter schnappte nach Luft, zog den Atem mit einem Zischen ein, röchelte.

»Dreht ihn sofort um!«, befahl Viktor.
Winter suchte nach Luft, und Viktor bellte: »Wo? Winter! Wo?«
Hektisch tastete er Winters Kleidung ab. Dessen Gesicht leuchtete kreidebleich, sein Mund stand offen wie ein Loch, die Beine zuckten.
»Wo?« Viktor spürte, wie eine große Ruhe ihn überkam. Das geschah, wenn Panik nach ihm griff, wenn sich etwas Unkontrollierbares ereignete, wenn es um ein Menschenleben ging.
Ein Beamter schloss die Handschellen wieder auf. Sie rollten Winter auf den Rücken. Zwischen den abgehackten, kurzen Atemzügen stieß dieser kaum verständlich das Wort »Hose« hervor.
Noch während Winter am Boden lag und zuckte, griff Viktor zuerst in dessen rechte, danach in die linke Hosentasche. Seine Finger umschlossen zwei Gegenstände, zogen sie heraus. Er schüttelte das Spray – Winters Hände lagen mittlerweile an seinem Hals, seine Lider flatterten –, legte es an Winters Lippen, die sich reflexartig um das Mundstück schlossen. Zweimal betätigte Viktor den Mechanismus. Sie alle hörten, wie das Gas entwich, wie Winters Gliedmaßen schlaff wurden, wie er rasselnd die Luft einsog, wie seine Hände kraftlos nach Viktors Arm griffen, dann zu Boden glitten, wie er sich nicht mehr bewegte und die Augen schloss.
Viktor bemerkte, wie sich Winters Brustkorb wieder hob und senkte, wie die zwei Beamten erleichtert seufzten und sich zurücklehnten, wie einer von beiden aufstand und den Raum verließ. Viktor hielt das andere Objekt aus Winters Hosentasche ins Licht. Der mit Gold eingefasste Stein schimmerte. Viktor betrachtete den Ring, der zu klein für einen Mann, aber groß genug für eine Frauenhand erschien. Er dachte an Cut, Color, Clarity und Carat.

»Der war für sie«, flüsterte Winter. Er lag reglos inmitten all der Verwüstung. Leise wiederholte er, was Viktor schon vorher verstanden hatte, als sein Verdächtiger einen weiteren Stuhl an der Wand des LKA zertrümmerte. Genau das hatte er gebrüllt: »Ich habe sie geliebt.«

13

Viktor betrachtete sein altes Zimmer wie ein Fremder eine neue Unterkunft. Siskas Zuhause in Friedrichshain: Wie viele Nächte hatte er hier verbracht? Drei? Oder vier? Die Wohnung schien verlassen. Siska machte wohl mehr als ein paar Überstunden. Sie tauchte auch in der Nacht nicht mehr auf. Viktor duschte in dem Palast aus schwarzem Schiefer. Danach nahm er sich ein Bierglas und füllte es mit Milch. Er trank es aus, suchte nach etwas Essbarem, fand zwei Äpfel und Nudelreste, die angetrocknet wirkten. Er aß allein an dem übergroßen Küchentisch und sinnierte darüber nach, was aus dieser Idee einer Wohngemeinschaft geworden war. Als er sich die Hände waschen wollte, bemerkte er, dass in der Spüle Wasser stand. Kurz erwog er, das Problem zu ignorieren, erinnerte sich daran, wie sehr er jede Art von handwerklicher Arbeit liebte, wie ihn jede Art von Reparatur befriedigte, wie seine Finger über Holz oder Metall glitten und deren Funktionsweisen intuitiv zu verstehen schienen, was so viel klarer als die menschliche Natur zu ihm sprach. Er suchte nach Werkzeug, fand es unten in einem Küchenschrank, drehte mit der Rohrzange den Siphon ab, löste den Pfropfen, sah zu, wie die Flüssigkeit in eine silberne Schüssel abfloss, die Siska sicherlich für bessere Zwecke nutzte, schraubte zusammen, was wieder verbunden werden

musste, um tadellos zu funktionieren. Ein Kinderspiel. Drehte das Wasser auf und beobachtete voller Befriedigung, wie es zügig in den Abfluss rann. Er reinigte seinen Arbeitsplatz, wusch sich die Hände und ging gegen halb vier Uhr am Morgen zu Bett. Sein Kopf schmerzte, er spürte jeden Stich, der seine Kopfhaut zusammenhielt. Gegen vier glaubte er, schemenhaft Siskas Tochter Trixi neben seinem Bett zu sehen. Sie sagte etwas, doch er lag auf dem Ohr, mit dem er es hätte hören können. Sie lächelte, bevor sie aus seinem Gesichtsfeld verschwand.
Viktor fiel in einen kurzen, unruhigen Schlaf, in dem es ihm vorkam, als ob jemand aus seinem Kopf das Hirn entnahm, es von allen Seiten betrachtete und wog. Er hörte seine eigene Stimme, die darum bat, ihm sein Gehirn zurückzugeben, doch niemand reagierte. Er wollte aufstehen und gehen, aber er fühlte sich schwach und leer. Als er mit den Fingern die Kanten seines offenen Schädels berührte, um ihn wieder zuzuklappen, schüttelte eine kleine, blonde Frau vehement den Kopf. Sie wedelte mit einem blutigen Skalpell, weil sie gerade ein Stück aus Viktors Gehirn herausschnitt, um es zu untersuchen. Er selbst lag auf einem blanken Edelstahltisch und fror. Kurz bevor er endlich aufwachte, erkannte er, dass die Frau Siska war.
Viktor wankte ins Bad, um dem fast unerträglichen Harndrang nachzugeben. Er bemerkte, dass er schwitzte, empfand das Tageslicht als zu hell und dennoch als Erleichterung. Er wusch sich das Gesicht, ließ Wasser über Nacken und Brustkorb laufen. Jemand klopfte; er öffnete die Tür.
Trixi sah ihn verschlafen an und blinzelte. Ihre kurzen, dunklen Haare standen in alle Richtungen ab. Ihre Gliedmaßen ragten zart und dünn aus dem weißen Shirt heraus. Alles an ihr erinnerte Viktor an ein Elfenkind. Er erwartete, dass sie ihn beschimpfen oder seinen sofortigen Auszug fordern würde.

»Hier. Ich dachte, die brauchst du vielleicht.«
Viktor nahm die noch verpackte Zahnbürste und bedankte sich lahm.
Trixi nickte und zog an dem zu weiten Stoff. Keiner sprach, und Viktor begann, sich zu genieren, weil er nur eine Unterhose trug. Weil er sich immer noch für sein entstelltes Gesicht schämte, obwohl Trixi ihn nicht zum ersten Mal so sah. Aber sie schaute an ihm vorbei.
»Der Abfluss ist nicht mehr verstopft«, sagte Viktor, da er dachte, dass seine Reparaturerfolge sie erfreuen würden.
Sie wirkte nachdenklich. Kurz überlegte sie und erklärte: »Ich hatte mich schon fast daran gewöhnt.«
Viktor bedauerte seine Einmischung für einen Augenblick. Danach fragte sie ihn: »Weißt du, wo Mama ist?«
Die Bezeichnung »Mama« blieb, obwohl Trixi mittlerweile wusste, dass Siska nicht ihre leibliche Mutter war. Es freute Viktor, dass diese Tatsache für sie mittlerweile keinen Unterschied mehr zu machen schien. Die Suche nach ihren leiblichen Eltern, die man in Russland vermutete, dauerte immer noch an. Trixi und Siska hatten sich darüber fast entzweit. Aber ob Trixis Eltern überhaupt noch lebten, blieb weiterhin unklar. Nicht nur diese ehemalige illegale Adoption schlug Wellen bis in die Gegenwart.
»Sie wollte länger arbeiten«, antwortete er.
»Bis jetzt?«, fragte Trixi skeptisch, als ahne sie bereits Schlimmeres.
Viktor konnte nur mit den Schultern zucken.
Unvermittelt erklärte sie: »Mama spinnt in letzter Zeit. Weißt du, was sie hat?« Jetzt sah sie Viktor mit ihren grünen Augen direkt an.
»Nein«, antwortete er und hoffte, dass sie nicht weiter insistieren würde.
»Scheiße!« Sie verzog den Mund, als spüre sie den Geschmack des Wortes auf der Zungenspitze. Dann drehte sie

sich um. Viktor sah, wie sie den Flur hinunter zu ihrem Zimmer ging. Als er die Badezimmertür wieder schließen wollte, hörte er, wie sie seinen Namen rief.

»Was ist?«

Sie rieb sich die Augen. Danach bemerkte sie: »Im Kühlschrank ist noch Milch.«

»Okay.« Viktor wusste nicht, was er sagen sollte. Er wollte ihr etwas Versöhnliches, etwas Heilendes oder Beruhigendes mitgeben, aber zu lange suchte er nach den richtigen Worten, und als er sie endlich fand, konnte er diese nicht über die Lippen bringen. Er sah und hörte, wie sie die Tür schloss, und fühlte sich wider Erwarten so, als sei er zu Hause angekommen.

Viktor betrachtete die Schatten auf dem Asphalt. Dass sie sich so klar abzeichneten, erschien ihm widernatürlich zu dieser frühen Zeit. Kurz vor neun an einem neuen Tag. Befand er sich in Berlin oder in einer Kleinstadt in Apulien? Viktor kannte Italien nicht, hatte es noch nie bereist. Aber das Wort Apulien klang nach Sonnenlicht auf weißen Häuserwänden. Die Hitze entstand wie ein noch nicht voll entwickeltes Polaroid, und Viktor vermisste seine Morgendusche wie eine ferne Kindheitserinnerung. Er nickte jemandem zu, trat einen Schritt zur Seite und bemerkte, wie sich die Tür der Apotheke hinter seinem Rücken erneut öffnete. Er ging nach rechts und bog in die Rigaer Straße ein. Das gutbürgerliche Haus, in dem sich Lopez' Wohnung befand, lag noch auf der Schattenseite, was Viktor sehr begrüßte. Auf dem Bürgersteig mit den breiten Quadern sah er die Familie schon von weitem: Bernhard, Lopez' Mann, trug wie immer Schwarz. Wie ein fröhlicher Bestattungsunternehmer winkte er Viktor zu. Bernhard schrieb historische Romane, die sich eher schleppend auf dem nationalen Markt verkauften. Er kochte besser als ein Sternekoch und war trotz aller Schicksalsschläge, die er hatte hinnehmen müssen, stets entspannt und ausgelassen. Als sei Heiterkeit eine Lebenshaltung, die es mit Würde zu wahren galt. Lopez trug eine dunkelblaue Hose, die ihrer Uniformhose ähnelte, dazu eine weiße Bluse, die festlich leuchtete. Für Viktor sah es nicht nach einer weiteren Überraschungsparty aus, was ihn erleichterte. Eher nach einem Kirchgang, was neue Fragen aufwarf.

Tessa rannte auf ihn zu. Sie hatte die hellen Haare ihres Vaters geerbt, die sich in Locken um ihr Gesicht kringelten. Im Gegensatz zu dessen dunkler Kleidung steckte sie in einem weiten weißen Sommerkleid, das Viktor an Marita Nowak erinnerte. Gern hätte er in Gedanken bei ihr, seiner Ärztin, verweilt. Doch sie war verreist. Dass er an sie denken musste, verwirrte Viktor. Er sah Dr. Nowak nackt, obwohl er das nicht wollte. Wie eine Fata Morgana wehte das weiße Spitzenkleid hinter ihr an einer Wäscheleine. *Hoffentlich keine Hochzeit!*, dachte Viktor, der plötzlich wieder Lopez' weiße Bluse vor sich erblickte. *Warum auch und von wem?*, beruhigte er sich. Seine Gedanken führten ein Eigenleben, das sich nicht mehr nennenswert von der Zeit mit dem Hirntumor unterschied. Lopez hatte ihm nicht verraten, warum sie sich überhaupt hier trafen.

Tessa stoppte, kurz bevor Viktor sie auffangen konnte. Mit großen Augen sah sie ihn an: »Viktor. Was ist mit deinem Kopf passiert?«

Viktor tippte sich mit dem Finger an die Stirn. »Das hier?«, fragte er Tessa. »Kennst du Frankenstein?«

Tessa schüttelte den Kopf, und Viktor fragte sich, was Kinder heute mit zwölf Jahren wohl sahen, lasen oder wussten. »Ich hatte einen Untermieter, der nicht mehr ausziehen wollte. Jetzt ist er weg, und mein Kopf gehört wieder mir«, erklärte er.

»Dein Untermieter. Wo ist er jetzt?«

»Umgezogen oder vielleicht verreist.«

»Hat das weh getan?«
»Nein«, log Viktor. »Ich habe davon überhaupt nichts mitgekriegt.« Irgendwie stimmte das.
Zusammen gingen sie zu Bernhard und Lopez, die warteten.
»Viktor!« Bernhards Augen strahlten. »Ich freue mich riesig, dich zu sehen.« Er streckte ihm seine Hand zur Begrüßung hin. »Los! Zerquetsch sie!«, forderte er ihn auf. »Sie gehört ganz dir.«
Viktor verstand den Humor, nahm Bernhards Hand, drückte diese zum ersten Mal besonders sanft und schüttelte sie vielleicht einen Augenblick länger, als er es normalerweise tat. Sie beide verband das Wissen um Lopez' dunkelste Stunden. Viktor hatte diese Mitwisserschaft mit einer Schusswunde bezahlt, und Bernhards Dankbarkeit dafür, dass Viktor sich diese Kugel an Lopez' Stelle eingefangen hatte, ging über jegliche Vernunft hinaus.
»Steigt schon mal ein!«, forderte Lopez Bernhard und Tessa auf.
Bernhard entriegelte einen knallroten VW Touran. Viktor erkannte wie immer nur das Platzproblem, das ihn unweigerlich ereilen würde.
»Und?«, fragte Lopez ungeduldig, als sich die Autotüren schlossen. Ihre gute Stimmung vom Vortag schien ruiniert.
Viktor wusste, dass sie sich nach der Vernehmung erkundigte. Dass sie wissen wollte, was er von Martin Winter erfahren hatte und ob sich in dem Fall etwas bewegte.
»Es bewegt sich etwas«, teilte Viktor mit. »Winter lügt. Aber warum, das weiß ich noch nicht.«
»Was hat er dir erzählt?«
»Er war es nicht.«
»Sagt er oder sagst du?«
»Sagt er. Obwohl er lügt, glaube ich ihm.«
Viktor konnte nicht sagen, ob Lopez an seinem Allgemeinbefinden oder an seinem Verstand zweifelte.

Sie runzelte die Stirn. »Deine Medikamente«, sagte sie nur.
»Was ist damit?«, fragte er ausdruckslos.
»Hast du sie heute schon genommen?«
Er klopfte auf seine Jacke, die er trotz der Hitze ständig trug. Einer Tasche entnahm er drei Packungen, las kurz die aufgeklebten Etiketten, drückte drei verschiedenfarbige Pillen heraus und warf sie sich in den Mund. Mühsam schluckte er. Fast hätte er gewürgt.
»Das gilt wohl als ein Ja.« Lopez sah ihn kopfschüttelnd an.
»Zurück zu Winter«, forderte sie ihn auf, als traue sie ihm erst jetzt eine kompetente Meinung zu.
»Jemand verfolgte und bedrohte ihn.«
»Behauptet er?«, fügte Lopez hinzu.
Viktor nickte. »Angeblich gibt es einen polizeilichen Bericht. Außerdem ist er Mitglied in einer rechtsnationalen Vereinigung. Ob seine Mitstreiter von seinem Verhältnis zu Sevim wussten, ist unklar.«
»Das lässt sich überprüfen«, sagte Lopez.
»Falls es der Sache dient«, gab Viktor zu bedenken.
»Was meinst du damit? Winter ist nicht ganz dicht. Er hätte auf der Vermisstenstelle alles kurz und klein geschlagen.«
Hätte?, dachte Viktor. Der Konjunktiv galt nicht mehr.
»Vielleicht hat er das auch mit seiner Frau getan.«
»Er behauptet, sie geliebt zu haben.«
»Das habe ich schon zu oft gehört«, stieß Lopez verächtlich hervor.
»Vielleicht war es nichts Persönliches.«
Lopez sah Viktor wütend an, und Viktor verstand nicht, warum. »Es ist immer etwas Persönliches«, widersprach sie ihm. Als sei das die eine unverrückbare Tatsache bei Mordermittlungen, auf die sie immer zählen konnten. Viktor bedachte, dass diese Hülse zuerst mit Beweisen und Fakten gefüllt werden wollte.
Viktors Handy klingelte. Er erkannte Gunnars Nummer, ent-

schied sich nach kurzem Zaudern, lieber jetzt zu hören, was sich ohnehin nicht vermeiden ließ. »Saizew!«, meldete er sich.

Gunnar eröffnete das Gespräch mit einer Sinnfrage: »Bist du wahnsinnig?«

Viktor überlegte und hätte fast mit Ja geantwortet, weil er sich seit längerem so fühlte, aber Gunnar fuhr bereits fort, sich über die Verwüstung des Verhörraumes zu beklagen. Man habe ihn zu Hause informiert. Sein Wochenende sei ruiniert, dank Viktor könne er jetzt Überstunden machen. Der Wannsee-Fall entpuppe sich dank seiner Einflussnahme als Zumutung und als Fiasko ohnehin.

Lopez lauschte, weil Gunnar so laut sprach, dass sie es durch den Hörer mitbekam.

»Winter benimmt sich wie ein Psychopath!«, klagte Gunnar. »Ich will, dass du ihn festhältst, aber nicht weiter befragst.«

Viktor horchte auf. »Warum das?«

Gunnar seufzte. »Ich wurde angerufen.«

Wer nicht? In dieser kommunikativen Welt … dachte Viktor. Er schwieg und wartete darauf, dass sein Chef sich erklären würde.

»Erwarte von mir keine weiteren Erklärungen!«, tat Gunnar großspurig kund.

Lopez warf Viktor einen beredten Blick zu. Martin Winter hatte einflussreiche Freunde. So viel verriet Gunnar ihnen, auch wenn er sich bedeckt halten wollte.

»Ich werde gleich selbst mit Winter sprechen!«, sagte Gunnar jetzt.

Viktor zog die Augenbrauen hoch. Das war ein Novum. Seit wann befragte Gunnar Verdächtige? »Das geht nicht«, sagte Viktor ruhig. Ein Sturm zog auf, Viktor wappnete sich.

»Warum?«, fragte Gunnar nach.

»Weil ich ihn freigelassen habe.«

»Du hast was?!«, riefen Gunnar und Lopez gleichzeitig aus.

»Warum?«, hakte Gunnar nach. Verständnis- und fassungslos.
»Weil ich keinen Grund mehr sah, ihn festzuhalten«, erklärte Viktor seinem Chef.
»Das ist keine Schlussfolgerung, nicht mal eine Begründung. Das ist höchstens geschmäcklerisch«, bemängelte Gunnar spitz.
Viktor fand es eindeutig und klar.
»Lass mich das noch mal zusammenfassen«, brüllte Gunnar jetzt.
Viktor hielt den Hörer etwas weiter von sich weg.
»Als Martin Winter ein zweites Mal die Einrichtung des Landeskriminalamtes demolierte – Gott weiß, wer das wieder bezahlt! –, hast du, ohne einzugreifen, zugesehen, wobei er fast erstickte«, fuhr Gunnar fort. Manchmal brach die Verbindung ab, es raschelte, als sei die Technik Gunnars Empörung nicht mehr gewachsen.
»Schweres Asthma«, warf Viktor ein. »Nicht meine Schuld.«
»Danach hast du ihn auf freien Fuß gesetzt«, regte sich Gunnar weiter auf. »Einen gewaltbereiten, emotional aufgewühlten Mann. Mensch, Viktor, mit deinem Urteilsvermögen stimmt etwas nicht!«
Nichts anderes hatte Marita Nowak vorausgesagt. Viktor beeilte sich zu sagen: »Leider muss ich jetzt dringend weg.«
»Das geht nicht«, erwiderte Gunnar kategorisch. »Und wohin überhaupt?«, fügte er hinzu.
»Keine Ahnung«, gab Viktor zu. »Sollte es sich als relevant für die Ermittlungen herausstellen, melde ich mich bei dir.«
Gunnars empörte Replik schnitt Viktor ab, indem er das Gespräch beendete.
Ein Halbstarker kickte eine Dose über den Bürgersteig. Das Scheppern entfernte sich.
»Winter freizulassen, war völlig verantwortungslos«, sagte Lopez knapp. »Was ist, wenn er es wieder tut?«

»Er war es nicht«, wiederholte Viktor, auch wenn es niemand hören oder glauben wollte.
»Können wir jetzt fahren?«, fragte sie gereizt.
»Wohin?«, fragte Viktor, weil er es immer noch nicht wusste. Die Fahrt in diesem Auto widerstrebte ihm.
»Steig du vorn ein!«, forderte Lopez ihn auf, da sie seinen Blick richtig deutete.
Aber Viktor schüttelte den Kopf. »Nein. Du.« Denn Lopez brauchte mittlerweile genauso viel Platz wie er.
Seitlich auf der Rückbank eingeklemmt, befestigte Viktor Tessas Gurt, danach seinen. Sein Kopf berührte das Autodach, der Ellbogen lag auf der Fensterkante auf. »Wo fahren wir jetzt hin?«, insistierte er.
»Zum Flughafen«, antwortete Lopez einsilbig.
Bernhard lächelte Viktor durch den Rückspiegel zu. »Sie hat es dir noch nicht gesagt«, bemerkte er. »Rosa ist heute sehr nervös.«
Viktor sah ihn nur fragend an, bis Tessa stellvertretend seine wortlose Frage beantwortete: »Wir holen Petja ab.«
Viktor blinzelte kurz und versuchte zu verstehen, was er nach über acht Jahren Agonie, Verzweiflung und Hoffnungslosigkeit kaum glauben konnte.

14

Sag das noch mal«, forderte Lopez und bedeutete Bernhard, das Radio leiser zu stellen. Lopez beugte sich gespannt nach vorn, das Handy an ihr Ohr gepresst. Tessa spielte mit einem Zipfel ihres Kleides, dessen Saum sie zu einer Kordel drehte. Petjas Finger glitten über sein iPhone. *Ein Spiel*, dachte Viktor, *sicherlich keine Kommunikation.*

Offen betrachtete er Lopez' Sohn, der sie alle keines Blickes würdigte. Viktor erschien es immer noch völlig unglaublich, dass dieses Kind nun neben ihm hier in diesem Auto saß. Acht Jahre hatte sein Verschwinden alle fast wahnsinnig gemacht. Die Unsicherheit, ob er noch leben würde. Die Gewissheit, dass er eigentlich schon tot sein musste. Die unendliche Sehnsucht nach einem Kind, das plötzlich verschwunden war. Nun saß er hier im engen Zwiegespräch mit seinem Mobiltelefon. War einfach da, als habe es nie Zweifel an seiner Existenz gegeben.

Von dem Moment an, in dem ihn seine Begleitperson bei den Arrival-Terminals übergeben hatte, bewegte er das Handy in der Hand. Petja war mit dem Privatjet seiner Eltern in Berlin-Tegel angereist. Ein schöner Junge mit dunklen Augen und pechschwarzem Haar. Während Tessa Bernhard glich, war Petja Lopez' Ebenbild. Er wirkte wie ein Kind, das sich langweilte. Ein arroganter Zug spielte um seinen Mund. Viktor taxierte Petjas Kleidung. Markennamen schrien laut von Shirt und Jeans. Qualität und Kosten waren nicht zu übersehen. Petjas Moskauer Eltern gehörten zu den oberen Zehntausend der russischen Bevölkerung. Oleg Sukov, ein Immobilienmagnat, der sich zudem noch in zahlreichen anderen Geschäftsfeldern tummelte. Oleg und Tatjana Sukov waren reich, unfassbar reich. Es wunderte Viktor, dass die beiden ihren Adoptivsohn überhaupt verreisen ließen. Eine Woche, das hatte sich Lopez bei ihrem Besuch in Moskau vor fünf Monaten ausbedungen, als sie ihr Kind das erste Mal nach acht Jahren wiedersah. Nur eine Woche, in der sie sich hier in Berlin neu kennenlernen konnten. Nach einem langen E-Mail-Wechsel hatten die Sukovs zugestimmt. So verschlossen, wie Petja nun neben ihnen saß, fragte sich Viktor, ob seine Adoptiveltern nicht vielleicht erleichtert waren. Das Kind ignorierte sie, reichte keinem von ihnen die Hand. Viktor sah, wie verunsichert Lopez war. Wie gern sie Petja umarmt hätte, doch seine distanzierte Art hielt sie davon ab. Als sie ihn ansprach, schaute er sie nur fragend an. Sie versuchte es auf Englisch, aber Petja schien nichts zu verstehen. Hilfesuchend huschte ihr Blick zu Viktor, der Petja auf Russisch kurz begrüßte: *»Dobro pozhalowat!«* Petja nickte, doch er antwortete nicht. Bernhard lachte und stellte sie alle vor, aber Petja schien ausschließlich an seinem Handy interessiert zu sein. Nur seine Schwester Tessa musterte er mit mildem Interesse. Zögerlich verharrten sie inmitten des bunten Treibens am Flughafen. Ein Gong ertönte. Eine Frau mit einem roten Schalenkoffer suchte nach denjenigen, die sie abholen sollten. Lautsprecherdurchsagen baten einen Passagier dringend zu einem Gate. Viktor glaubte, das Wort »Boarding« innerhalb einer Minute mindestens zehn Mal aufgeschnappt zu haben, und erkannte mit einem Blick auf Lopez' verschlossenes Gesicht, dass Wiedersehen nie so ausfielen, wie man sie sich vorstellte.

»Das glaube ich nicht«, sagte Lopez jetzt.
Viktors Neugierde war geweckt, obwohl ihn die Hitze im Auto fast sedierte. Die Klimaanlage bemühte sich lautstark, die warme Luft zu entfeuchten.
»Wir kommen sofort«, tat Lopez kund und signalisierte Viktor damit, dass etwas Dramatisches geschehen war.
»Paul-Lincke-Ufer. Lässt du uns da raus?«, fragte Lopez ihren Mann.
»Heute ist Samstag«, sagte Bernhard, ohne die Frage zu beantworten. Ein Vorwurf schwang in seiner Stimme mit.
»Ich wünschte, Menschen würden nur von Montag bis Freitag umgebracht«, erwiderte Lopez leicht gereizt.
»Schon gut«, antwortete Bernhard, als habe er sein Schicksal längst akzeptiert. Tessa beobachtete ihre Eltern interessiert, als folge sie einer Dramaturgie, die sie genau kannte.
»Tut mir leid«, sagte Lopez. Unklar blieb, an wen dies ge-

richtet war. Bernhard, Tessa oder Petja, der von seiner neuen Umwelt ohnehin nichts wahrzunehmen schien.
»Wer?«, fragte Viktor.
Vorwurfsvoll sah Lopez ihn über die Lehne hinweg an. »Du hättest ihn nicht laufenlassen sollen.«
Lopez klang wie Gunnars Papagei, und Viktor fragte sich, ob er sich geirrt hatte. Es widersprach allem, wovon Viktor überzeugt war. Sollte Martin Winter innerhalb kürzester Zeit ein weiteres Mal getötet haben?

Martin Winter hatte niemanden getötet, sondern jemand ihn. Sein Kopf lag auf den Briefkästen. Acht Stück reihten sich aneinander. Weißlackiertes Metall. Darunter nochmals eine Reihe: acht. In einem Schlitz steckte ein gefaltetes Werbeblatt. Über die Kante unter dem Kopf lief Blut. Es bildete eine kleine Lache auf den grauen Altbaufliesen. Das Weiß heller als weiß, das Rot wie das Rot reifer Sauerkirschen. Blitzlicht erleuchtete das Szenario. *Halloween mitten im Mai*, stellte Viktor fest. Die Tür schloss sich hinter ihm mit einem deutlichen Klacken. Kurz vor dem Treppenaufgang standen sie beengt beieinander, um den Fund zu beäugen.
Viktor mochte das Paul-Lincke-Ufer mit seinen lauschigen Cafés. Kreuzberg schien hier bürgerlich und ruhig. Die Autos parkten schräg am Ufer des Landwehrkanals. Die Straße war großzügig angelegt und kleinteilig gepflastert worden. Trauerweiden kitzelten mit ihren Zweigen fast den Bürgersteig. Kollegen von der Schutzpolizei befragten Anwohner und suchten den Seitenstreifen ab. Der Eingang zur Nr. 54 wurde abgesperrt. Martin Winter lebte hier, wie Viktor bereits wusste. Nun war er tot. Erst ein paar Stunden zuvor hatte Viktor ihn vor dem Erstickungstod bewahrt. Jetzt starrte er in dessen lebloses, wachsweißes Gesicht. Dem Tod konnte man kein Schnippchen schlagen, zäh verfolgte er sein Ziel.

Siska stand vor den körperlichen Überresten und warnte sie alle, zu nahe heranzutreten, obwohl sie die blauen Plastiküberzieher über ihren Schuhen trugen. Die Spurensicherung arbeitete noch. Lopez grüßte die Kollegen in ihren weißen Papieranzügen, die leise raschelten. Siska schwitzte unter ihrer Schutzkleidung. Schweiß glänzte auf ihrer Stirn, feuchte Strähnen ragten aus der Kapuze, und Viktor erkannte an den Schatten unter den Augen, dass sie übernächtigt war. Doch wer in Berlin war das bei dieser Hitzewelle nicht? Wer schlief eigentlich noch in dieser kochenden Stadt?
Du schon wieder, besagte Siskas Blick.
Viktor dachte resigniert: *Ich. Immer wieder ich. Einfach nicht totzukriegen. Aber wie lange noch?*
»Gunnar ist nicht erfreut«, sagte Lopez nachdenklich.
Was erfreute Gunnar schon? Er leitete eine Mordkommission, und trotzdem irritierte ihn jeder Mord. Ob sich auch der Müllmann an dem Müll störte, den er zu entsorgen hatte? Hasste der Postbote die Post, die er auslieferte?
Lopez hielt ihren Kopf schief. »Sagt mal, ist der frisiert?«
Siska und Viktor folgten ihrem Fingerzeig. Das kurze Haar auf Martin Winters Kopf schien makellos gekämmt. Seine Augenlider waren halb geschlossen. Der Gesichtsausdruck sandte eine zwiespältige Botschaft aus: schläfrig, ja, auch gerissen.
Siska bestätigte: »Für einen abgehackten Kopf wirkt die Frisur sehr ordentlich.«
»Wurde er überhaupt abgehackt?«, wollte Lopez wissen.
Siska kniff die Augen zusammen, blickte hoch und beugte sich nach vorn, bis ihre Nase fast die Metallkästen berührte. »Nicht ausgefranst. Sieht nach einer glatten Schnittkante aus.«
»Wo ist der Rest?«, wollte Viktor wissen.
»Keine Ahnung. Wir warten noch auf den Schlüsseldienst. Sein Kopf ist alles, was wir haben.«
Ein Kopf war besser als ein Fuß. Eine Hand war besser als ein

Kopf. Gut für Fingerabdrücke. Diese erhielt man schnell. Für Viktor lag der Kopf im oberen Mittelfeld erfreulicher Leichenteilfunde. Es gab Zähne, das war gut. Wenn die Identität des Opfers bekannt war, konnte das Zahnschema abgeglichen werden. Aber Zweifel gab es in diesem Fall wohl nicht.

»Darf ich?«, fragte Siska einen Techniker, der bestätigte, dass er fertig war und dass sie den Kopf bewegen durfte. Er richtete den Scheinwerfer, der die Wand erleuchtete, nochmals aus. Lopez und Viktor rückten zu den Briefkästen vor. Im Hauseingang staute sich die Wärme. Es roch nach Kompost und abgestandener Luft. Eine süßliche Note. Das Blut. Keine Fäulnisgase. Martin Winter war noch nicht lange tot.

Siska redete monoton, während sie Winters Kopf ein Stück anhob: »Todeszeitpunkt: Vermutlich heute Morgen zwischen halb drei und vier. Ein Hausbewohner traf Winter gegen zwei im Flur. Eine andere Nachbarin arbeitet in einer Bäckerei. Verlässt das Haus immer gegen halb fünf. Noch kein Kopf auf den Briefkästen um diese Zeit. Wusste sie, weil sie Werbung herauszog, die sie gestern ignoriert hatte. Sie wohnt übrigens im zweiten Stock links. Neben Winter. Der wohnte rechts.«

Viktor nickte. Siska merkte sich jedes Detail, sogar die Einzelheiten, die ihre eigentliche Arbeit nicht betrafen.

»Korrekt. Und der Nachtschwärmer lebt im dritten Stock. War sehr redselig, obwohl er auf euch warten sollte«, warf der Techniker ein, der nun das Haus verließ. Viktor genoss die Luftbewegung, die das Öffnen der Haustür verursachte. Kurz danach spürte er, wie ein Rinnsal seinen Rücken hinunterlief. Der starke Scheinwerfer erhitzte die wenigen Quadratmeter zusätzlich.

»Wurde nicht hier umgebracht. Dafür gibt es zu wenig Blut.« Fundort nicht gleich Tatort, sagte sie damit. Jetzt hielt Siska den Kopf in die Höhe wie einen Pokal. Von unten betrachtete sie die Schnittkante. »Trocken. Mein erster Eindruck: Beil oder Axt. Das wirkt sauber und wie mit einem Hieb abgetrennt. Später mehr.«

»Tod durch Kopfverlust«, merkte Lopez an.

»Nein.« Jetzt drehte Siska Winters Kopf, ihre Hand umfasste das Kinn. »Strangulationsmale. Hier.«

»Erwürgt und dann Kopf ab?«, fragte Viktor ungläubig.

»Nicht unbedingt erwürgt. Vielleicht nur gewürgt, bis er bewusstlos wurde.«

»Warum?«

»Weil dann sein Herz noch schlug und beim Abtrennen des Kopfes Blut hinauspumpte. Aber gib mir etwas mehr Zeit mit ihm, okay?« Siska sah ihn vorwurfsvoll an. Sie sprach von Martin Winters Kopf wie von einem alten Freund. »So. Wer tütet mir den jetzt ein?« Siska schaute sich um. Sie schien mit sich selbst zu sprechen, denn weder Viktor noch Lopez besaßen diese Kompetenz.

Lopez öffnete einen Knopf ihrer Bluse. »Ich muss hier raus.«

»Geh nur!«, sagte Viktor.

»Und du?«

»Ich bleibe hier.«

»Wütende Freunde von Vaterland?« Lopez sondierte bereits Verdächtige.

»Vielleicht. Gunnar will bestimmt, dass wir die Acays noch befragen«, überlegte Viktor laut.

»Tayfun. Ihren Bruder auch? Wir würden gegen unseren eigenen Mann ermitteln.«

»Wäre nicht das erste Mal.«

»Gunnar ist verwirrt, wenn du mich fragst.«

»Zwei Morde in so kurzer Zeit. Mich verwirrt das auch«, gab Viktor zu. »Chaotische Verhältnisse. Kein Muster, kein System.«

»Zu viele unterschiedliche Mordwaffen.«

Und Viktor summierte: »Messer, Feuer, ein Band oder Seil und noch ein Beil.«

»Fehlt nur noch, dass wir eine Kugel in seinem Schädel finden.« Lopez' Sarkasmus traf den Kern. »Muss es denn derselbe Täter sein?«, fragte sie nachdenklich.

»Nein.« Dennoch bedeuteten diese Überlegungen nicht mehr als ein Gedankenspiel. Es hieß, dass sie allen Entwicklungen gegenüber offen blieben. Nicht mehr und nicht weniger.

»Die ganze Familie. Mutter, Vater und Kind sind tot.«

»Hatten wir schon mal«, erinnerte Viktor sie. »Vor nicht allzu langer Zeit.«

Sie schwiegen kurz. Jan Lassarev war tot und begraben. Er konnte nicht mehr morden, sofern er nicht wiederauferstanden war.

»Bewohner befragen?« Lopez schien schon allein die Vorstellung zu erschöpfen.

»Noch nicht. Zuerst muss der Körper von Martin Winter her.«

»Und wo fängst du mit der Suche an?«

Viktor sah nach oben. »Zweiter Stock, rechts.«

Lopez seufzte. »Ich warte auf den Schlüsseldienst.«

15

Nackt rannte sie über den Strand, genoss den lauen Wind, der an ihrem Körper leckte. Sie hatte den letzten Flug nach Kopenhagen genommen, ein Vermögen dafür ausgegeben, ihre Treffen am Wochenende abgesagt, nahm mitten in der Nacht den Zug nach Klampenborg, weil sie Autofahrten immer vermied, stieg nach einer halben Stunde am Bahnhof aus und ging das letzte Stück zu Fuß den Strandvejen entlang. Links lagen die Villen im Dunkel, rechts der Strand.

Kurz nach ein Uhr erreichte sie das Gebäude, das Teile ihrer Kindheit mit all ihren Erinnerungen barg. Es handelte sich nicht um ein Haus, sondern um eine Villa, für deren Dekadenz sie sich seit Jahren schämte. Doch in Berlin wusste niemand von diesem Teil ihrer Geschichte. Es war besser so. Sie wollte vor der Hitzewelle fliehen, die den Norden Deutschlands quälte und Berlin zu einem unerträglichen Aufenthaltsort degenerierte. Der Anruf ihrer Schwester lieferte den Anlass dazu. In geringer Entfernung von Kopenhagen war es nicht minder heiß, aber der Wind, der über den Öresund wehte, brachte deutliche Erleichterung. Nicht umsonst hieß der Strand Bellevue: Schweden befand sich keine zehn Kilometer entfernt dort im Dunst. Die Weite und das Nahe daran berührten ihr Herz, machten es weich. Sie musste sich milde stimmen für das, was nun folgen würde. Ihre Schwestern und der Großvater erwarteten sie dort.
Sie lief an den Umkleidekabinen vorbei, die Arne Jacobsen Anfang der dreißiger Jahre des vergangenen Jahrhunderts entworfen hatte. Ein Jogger kam ihr entgegen und musterte sie beiläufig. Sie widerstand dem Bedürfnis, sich sofort hier am Strand selbst zu befriedigen, genoss für einen Augenblick das Verlangen, das in ihr aufwallte, wusste aber, dass sie nie den Mut dazu aufbringen würde. Sie lief ins Meer, das Wasser spritzte um sie herum auf, tauchte unter, erlebte den kühlen Schock, der ihr Herz schneller schlagen ließ, und machte unter Wasser drei oder vier Schwimmzüge. Sie tauchte auf, schüttelte den Kopf und schwamm in einem Bogen zurück zum Strand. Als sie dem Wasser entstieg, dachte sie an Ursula Andress und »007 jagt Dr. No«. Kurz legte sie sich auf den Sand und wartete, bis die Strahlen der Morgensonne ihre feuchte Haut getrocknet hatten. Sie erhob sich, wischte sich Sandkörner von der Haut und machte sich auf den Weg zu der ersten Villa hinter dem Strand. Vor dem alten Badehaus verlangsamte sie ihre Schritte. Das letzte Stück ihres Weges

ging sie langsam und bewusst, spürte den Sand zwischen ihren Zehen, die laue Luft, atmete den Geruch des Meeres tief ein, schmeckte Salz, blinzelte in das helle Himmelsblau. Die aus alten Backsteinen gebaute Mauer, die den öffentlichen Strand von dem Grundstück der Villa trennte, erhob sich mannshoch. Jemand hatte sie genauso weiß wie die Jacobsen-Häuser gestrichen. Fast alles hier am Strandvejen leuchtete weiß. Das nordische Klischee, das Reinheit simulierte. Sie gab einen Code auf dem Tastenfeld ein. Jemand hatte mit einem schwarzen Stift einen lauten Schriftzug über das Gerät gemalt. Der Graffiti-Tag erinnerte sie an Berlin. Zwei Herzen schlugen, ach, in ihrer Brust: für Kopenhagen und Berlin.
Ein leises Geräusch bedeutete, dass die gusseiserne Tür sich jetzt öffnen ließ. Sie achtete darauf, diese sorgfältig zu schließen, bevor Touristen glaubten, das Privatgrundstück sei für Besichtigungen freigegeben. Sie hielt kurz inne und schaute über den Rasen, der sich wie das Grün eines Golfplatzes bis zur Villa hinaufzog. Schon wieder Jacobsen. Damals hatte auch ihr Großvater dessen Potenzial erkannt. Halbrund thronte der ovale, weiße Bau über dem Öresund. Eine Terrassentür der breiten Fensterfront stand offen. Neuerdings hing darüber ein großes Sonnensegel; einziges Zugeständnis an die moderne Zeit. Eine zeitgeistliche Marotte, obwohl Arne Jacobsens Architektur doch als zeitlos galt. Rotraut hasste das Design, das Abgehobene daran. Doch ihre Herkunft ließ sich nicht verleugnen. Der Reichtum, die Ästhetik waren ihr sehr vertraut, auch wenn sie es zu vergessen, zu verdrängen suchte.
Marita betrat die Terrasse, legte die Hand über ihre Augen und sah zu, wie sie näher kam. Missbilligend verzog sich ihr Mund. Aber Rotraut hatte sich daran gewöhnt, es ihr nicht recht machen zu können. Marita in ihrem geraden, weißen Kleid mit ihrem exakt gekämmten, blonden Haar. Zur Un-

terschiedlichkeit verdammt, so kam es Rotraut vor. »Was ist das?« Mit ihrem Finger zeigte sie auf Maritas Mund, den blauen Fleck, den roten Riss.
»Nichts«, antwortete ihre Schwester.
»Du weißt, dass das nicht stimmt«, sagte Rotraut ruhig.
»Ist es dafür nicht zu kühl?«, lenkte Marita, die Augenbrauen hochgezogen, ab. Prüfend musterte sie Rotrauts nackte Brüste und ihre Scham.
»Ist es dafür nicht zu heiß?«, fragte Rotraut mit Blick auf Maritas Kleid.
Gekränkt drehte Marita sich um. »Zieh dir etwas an«, befahl sie Rotraut. »Großvater sollte dich nicht so sehen. Evelyn auch nicht, wenn du mich fragst.«
»Wieso nicht?«, gab Rotraut zurück.
Doch Marita war bereits verschwunden. Als würden ihr Großvater oder ihre Schwester noch irgendetwas bemerken. Als würden sie sich an ihrer Nacktheit stören. Oder an irgendetwas anderem, das sie selbst betraf.

Der Bodenbelag bestand aus Nussbaumholz, geölt und nicht lackiert. Ihr Bett parkte vor dem Panoramafenster wie ein Raumschiff, das auf dem falschen Planeten gestrandet war. Normalerweise trennte nur ein weißer Paravent den Bereich ihrer Schwester ab. Heute hatte Marita ihn zur Seite gerückt, so dass sie ihr Frühstück neben dem Krankenbett Evelyns einnehmen konnten. »Sie gehört zu uns«, sagte Marita gern. In diesen Momenten mochte Rotraut sie, weil Marita, die Unterkühlte, die Analytische, Akribische, Verantwortungsvolle, die Menschen doch liebte und ihnen ihr Tun und Leben widmete. Marita lebte den Widerspruch, doch nur Rotraut schien ihn zu bemerken. Diese Eifersucht unter Schwestern begleitete sie schon seit Ewigkeiten.
»Soll ich Marmelade aus dem Keller holen?«, erkundigte sich Rotraut aus reiner Höflichkeit.

»Nein«, antwortete Marita schnell. »Der Schlüssel ist seit Ewigkeiten nicht auffindbar. Ich kümmere mich darum.«
Rotraut fiel auf, dass ihre Schwester alles an sich riss. Sie würde sie immer wie ein Kind behandeln, nie wie eine Gleichberechtigte. Der Keller, Maritas Zimmer, all das war für sie stets tabu gewesen. Rotraut hatte geduscht und trug jetzt knappe Shorts und ein enges, gelbes Shirt. Sie besaß lange Beine, feste Brüste und betonte diese gern. Marita winkte sie heran. Bestimmt wartete sie bereits ungeduldig. Nie ging es ihr schnell genug.
Evelyn zu sehen, das war ein Anblick, an den sie sich nie gewöhnen würde. Der offene Mund, der Oberkiefer unnatürlich exponiert wie vorgeschoben, die teigige, schlaffe Haut, die heute von zu viel Creme glänzte, die wasserblauen Augen, die stets in die Ferne schauten, auch wenn sie gelegentlich zur Seite wanderten. Früher werteten sie jede Bewegung als einen Hoffnungsschimmer. Damals, als es noch Hoffnung gab.
Rotraut steckte die Hände in die Taschen, damit sie etwas festhalten konnte, auch wenn es nur der Stoff ihrer Hose war. Unter Evelyns Kopf, der schief auf dem Kissen ruhte, lag ein Handtuch, falls Speichel an ihrem Kinn hinunterrann. Ihre Extremitäten waren gelähmt: Tetraspastik nannte sich das Phänomen. Marita war die Ärztin, doch das Fachvokabular hatte auch Rotraut verinnerlicht. Nach all den Monaten, Jahren, in denen niemand über etwas anderes redete. Evelyn atmete selbständig, konnte schlucken, sie schlief, sie war wach. Doch sie konnte sich nicht selbst ernähren, nicht bewegen oder sprechen. Sie hatte keine Kontrolle über ihre Blase oder ihren Darm. Sie nahm nichts mehr bewusst wahr, auch wenn es an guten Tagen anders wirkte. Evelyns Großhirn war schwer geschädigt. Über fünfzehn Jahre mussten vergangen sein, seit Evelyn in das Wachkoma gefallen war. Syndrom reaktionsloser Wachheit hieß es neuerdings. Doch

sie fassten es nicht mehr in Worte, weil mittlerweile keine von ihnen mehr darüber sprechen wollte. Als komme allein die Benennung einem schlechten Omen gleich. Aber konnte die Situation noch schlechter werden, als es sich aktuell präsentierte? Rotraut fiel auf, dass ihre jüngere Schwester schwer atmete.

»Ich hoffe, dass sie keine Lungenentzündung bekommt. Das konnten wir bisher immer umschiffen«, sagte Marita leise.

Umschiffen. Rotraut gefiel der Begriff, weil er sie an die Seefahrt erinnerte und nicht an Krankheit und Tod.

»Der Eingang für die Sonde ist entzündet. Ich verabreiche ihr seit gestern ein Antibiotikum.«

Rotraut hörte zu, wie man den Bericht über einen Unfall am Seitenstreifen der Landstraße aufnahm. Strandvejen, der Uferweg nach Klampenborg. Ein Unfall. Die Erinnerung. Vergangenheit. Mehr war das alles nicht.

»Ihre Nieren können versagen, ihr Herz arbeitet nicht mehr gut.« Marita griff nach Evelyns schlaffer, gekrümmter Hand.

Versagen, Arbeit, Herz. Der Wind blähte die weißen Vorhänge. Rotraut dachte an die Segel eines Schiffes, damit die Situation für sie erträglich wurde.

»Sie hat schon so lange überlebt.«

Marita hatte recht. Die kleine Evelyn war eine Überlebenskünstlerin. Evelyn röchelte, bis sie die Luft wieder einsog.

»Es sieht aus, als ob sie sich quälen würde.«

»Ich unterstütze sie vielleicht mit Sauerstoff«, überlegte Marita ruhig.

So wie mit allem anderen, dachte Rotraut. Was war noch übrig von dem, das einmal ihre Schwester gewesen war? Sie wusste, dass sie sich diese Frage immer wieder stellen würden, ohne je eine Antwort darauf zu erhalten. Frage, Antwort, ein Kreisverkehr.

»Du könntest sie auch einfach sterben lassen«, schlug Rotraut vor. Grausame Worte, die sie nicht sagen wollte, sagen sollte. Dennoch erschienen sie ihr zutiefst human. Evelyn! Was war nur aus ihrer wunderbaren, kleinen Schwester geworden, die in ihren letzten Zügen lag? Wofür bestrafte das Leben sie eigentlich?

»Ja. Das könnte ich. Wir könnten das entscheiden.« Maritas Stimme klang noch nach.

Sie spielten Gott. Seit Jahren schon. Erhielten ein Leben, das schon lange keines mehr war. Weil sie ihre Schwester liebten, weil jede Art von Leben besser als der Tod sein musste. Daran hatten sie einst geglaubt. Doch ihre Schwester hatte sie verlassen, schon vor langer Zeit. Damals an diesem Straßenrand. Damals in dieser Nacht. Zu spät. Sie klammerten sich an etwas fest, das schon lange nicht mehr existierte.

Rotraut hörte Schritte und sah sich um. Großvater stand am Frühstückstisch und betrachtete sie eingehend. Sein schlohweißes Haar leuchtete. Noch immer war es voll und glatt. Er trug ein Hemd und nestelte mit den Fingern an dem Stoff herum. Rotraut sah, dass er es verkehrt herum angezogen hatte und die Knopfleiste sich auf seinem Rücken befand.

»Großvater!«, grüßte sie ihn und lächelte ihm zu.

Er kniff die Augen zusammen und schien nachdenklich.

»Soll ich dir helfen?«, fragte sie, ging auf ihn zu und zeigte auf das karierte Hemd.

»Womit?«, fragte er.

Marita seufzte, und Rotraut hörte es. Großvater betrachtete Marita mit gefurchter Stirn und fragte: »Evelyn! Wer ist diese rothaarige Frau?«

Rotraut stand ganz still und versuchte zu verstehen, was ihr Großvater da äußerte.

»Ich bin nicht Evelyn, Großvater. Evelyn liegt hier in diesem Bett. Ich bin Marita. Und das ist Rotraut, meine Schwester, deine Enkelin.«

Großvater wich nun hinter den Tisch zurück.

»Rotraut. Großvater, weißt du noch? Deine rote Zora. Das Buch hast du mir vorgelesen, weißt du noch?« Rotraut bemerkte, wie verzweifelt ihre Stimme klang. Weil sie wollte, dass ihr Großvater sie nicht vergessen hatte. Zu viele Familienmitglieder hatte das Schicksal schon geschluckt.
Doch Großvater nahm ein Butterbrotmesser, als wolle er sich bewaffnen gegen einen unsichtbaren Feind.
Marita forderte ihn auf: »Jetzt leg doch bitte das Messer weg!«
Aber er duckte sich hinter den Tisch. Nur seine Stimme ließ sich noch vernehmen: »Ich kenne diese Frau nicht. Sie soll verschwinden.«
Rotraut spürte, wie ihr die Tränen in die Augen schossen, und Marita flüsterte: »Ich habe es dir ja gesagt.«

16

Lopez saß breitbeinig auf dem Küchenstuhl und sagte abwesend: »Unser Hauptverdächtiger ist tot.« Es klang gleichzeitig verärgert und resigniert.
»Unser *einziger* Verdächtiger ist tot.« Martin Winters Körper lag auf dem Boden vor dem Herd, die Gliedmaßen weit von sich gestreckt. Viktor war froh, dass er Winter so schnell gefunden hatte. Weißes Klebeband umrahmte seinen Leib. Ein Techniker riss gerade den letzten Streifen von einem Abroller. Danach richtete er sich auf. »Wird gleich abgeholt«, sagte er.
»Landesinstitut für gerichtliche Medizin«, warf Lopez ein. Viktor erinnerte sich, dass eine Leiche schon einmal in der Pathologie in Köpenick gelandet war. Erst Stunden später wurde der Verbleib geklärt.

Der Techniker nickte. »Schon klar.« Er sammelte seine Utensilien ein und stieg über Winters Leichnam. »Feierabend! Bis demnächst«, rief er ihnen zu.
»Könnte schon heute Abend sein«, sagte Viktor nachdenklich.
»Sag mal, habt ihr eigentlich kein Zuhause?« Der Techniker schüttelte den Kopf.
Lopez öffnete den Mund, aber sie sagte nichts. Sie hörten, wie die Tür hinter dem Kollegen ins Schloss fiel.
Sie hatten ein Zuhause, aber sie sahen es nicht oft. Viktor und Lopez hielten sich häufiger in den Wohnungen von Mordopfern oder Zeugen auf. In ihrem Büro und auf der Straße ebenso. Ihr Zuhause war Berlin. Zuhause war in Viktors Augen ohnehin ein relativer Begriff.
Martin Winter – zumindest ein großer Teil von ihm – trug noch dasselbe Hemd. Um den Hals hatte sich eine unregelmäßige, weitläufige Blutlache gebildet. Gewürgt, nicht erwürgt, so, wie Siska es vermutet hatte. Nur der Kopf fehlte. Siska bewahrte ihn jetzt in einer Tüte auf.
»Warum wird in Küchen so gern gemordet?«, fragte Lopez laut, als sei das die entscheidende Frage bei einem Fernsehquiz.
In Winters Wohnung war es kühl. Eine Jalousie hing halb geschlossen vor dem Küchenfenster, das nach Norden zeigte. Viktor wunderte sich, einen starken Mann wie Winter nur noch auf dem Boden ausgestreckt zu sehen. Zweimal im LKA und jetzt hier. Das nächste Mal auf einem Edelstahltisch in der Rechtsmedizin. Wer einmal zu liegen kam, stand so leicht nicht mehr auf. Viktor wusste, dass ihm selbst Glück beschieden war. »Was ist mit Wohnzimmern?«, fragte er. Bäder eigneten sich für Selbstmorde. So viel hatte die Erfahrung ihn gelehrt.
»Da muss es doch eine Statistik geben«, konstatierte Lopez überzeugt.

Während sie auf den Abtransport warteten, nutzten sie die Zeit für ein dringend notwendiges Gespräch.
»Mir geht das zu schnell«, stellte Lopez fest.
Viktor ging es ebenso. Zwei Morde in so kurzer Zeit, zwischen denen sicher ein Zusammenhang bestand. Etwas anderes zu vermuten verbot sich von selbst.
»Kommt da noch mehr?«, fragte Lopez ihn.
»Die Familie Winter ist ausgelöscht, zumindest Mutter, Vater und Kind.« Möglich erschien es Viktor schon. Wen gab es noch? Eltern, Geschwister, wer befand sich noch in Gefahr? Oder lagen sie völlig falsch und übersahen etwas Entscheidendes? »Ich weiß es nicht.«
»Wir brauchen mehr Informationen. Wer war Martin Winter überhaupt?«
»Und was wollte er verbergen?«, warf Viktor ein.
Lopez nickte. »Ich gehe zu Acay. Wenn die Familie sich rächen wollte, muss er etwas wissen.«
»Die Vermisstenstelle. Macht dir das nichts mehr aus?«
»Warum sollte es? Ich vermisse niemanden«, blaffte Lopez ihn an. Sie verbarg die Verzweiflung, die sie mit dieser Abteilung verband. Viktor verstand die zynischen Worte als das, was sie waren: ein Ventil.
»Gott, ist das heiß! Ich habe Durst«, stieß sie entnervt hervor.
»Stimmungsschwankungen?«, fragte Viktor.
»Du kannst mich mal!« Kühl schaute Lopez ihn an.
Wortlos ging Viktor zur Spüle, suchte in den Schubladen nach einem Glas. Hängeschränke gab es nicht. Jede Schublade, jede Tür bewegte sich lautlos wie geschmiert. Viktors Hände glitten über Echtholz, Griffe aus Edelstahl und glänzend lackierte Fronten. Noch immer trug er Handschuhe. Viktor vermutete, dass jedes Modul maßangefertigt war. Die ganze Wohnung war mit Möbeln ausstaffiert, deren Designernamen Viktor nicht alle kannte. Er füllte das Glas aus

einem übergroßen Wasserhahn, der auf einen Infrarot-Sensor reagierte. Ob Marita Nowak etwas Derartiges ebenfalls besaß? Ihre Familie war wohlhabend. Doch woher nahm Martin Winter das Geld? Viktor wollte nicht an Dr. Nowak oder Siska denken, die auf dem Weg zum Institut vielleicht schon wieder weinte. Er stellte das Glas vor Lopez auf den Glastisch, wo sich das weiße Magnetpulver noch abzeichnete, mit dem Abdrücke gesichert worden waren. Lopez quittierte Viktors Geste mit einem kurzen Dank.

»Winter fuhr Gabelstapler«, sagte er.

Lopez trank, stieß laut ein langes »Ahhh!« aus, als habe sie sich gerade in einem Waldsee erfrischt. Sie spiegelte Viktors Gedanken. »Woher bekam er so viel Geld?«

»Vielleicht hat er geerbt«, schlug Viktor vor. Halbherzig, weil er es selbst nicht glauben konnte.

Verächtlich stieß Lopez die Luft aus. »Oder in der Lotterie gewonnen«, antwortete sie mit nicht zu überhörender Ironie.

Sie folgte mit den Augen Viktors Fingerzeig auf Winters Handgelenk und bestätigte: »Ich weiß. Die Uhr. Eine Breitling kostet ein Vermögen. Bernhard möchte eine haben. So viele Bücher kann er im Leben nicht verkaufen.«

Viktor wusste, dass zumindest Bernhards Vater Einfluss und Geld besaß. Er unterstützte seinen Sohn, wenn es finanziell klemmte. Lopez gefiel die Tatsache nicht, aber sie akzeptierte sie. Bernhards Vater hatte auch ihr schon ausgeholfen: mit einer großen Wohnung. Und vor nur einem halben Jahr mit einem Eilvisum, das Lopez dringend benötigte, um nach Russland einzureisen. Der Arm von Bernhards Vater reichte weit. »Vielleicht kannte Winter jemanden, der ihn unterstützte.« Viktor überlegte, wer dafür in Frage kam.

Lopez' Handy klingelte. Sie sah auf das Display, seufzte und wartete, bis das Klingeln endete.

Viktor schaute sie fragend an.

»Gunnar läuft Amok. Das ist schon der zweite Anruf. Zusätzlich zu den drei SMS. Fünfzigtausend Klicks für das Video. YouTube will es nicht entfernen lassen. Innensenator Groß steht neben Gunnar im Büro. Er möchte endlich Ergebnisse sehen.«

Das wollte Viktor auch. Aber wer bekam immer, was er wollte?

»Ich verstehe die Drohkulisse nicht«, sagte Lopez. »Groß hat sich noch nie so ins Zeug gelegt.«

Viktor fragte sich, wer gerade auf eine Wiederwahl hoffte. Die ersten Plakate hingen schon. Gesichter, Parteien, Farben.

»Die Wahlen sind erst in drei Wochen. Wen interessiert dann noch dieser Fall?«, überlegte Lopez laut.

»Wahrscheinlich wollte Groß das Wochenende in Dänemark verbringen«, versuchte Viktor zu erklären. War Dänemark das neue Sylt?

»Ich wäre auch lieber in seinem Landhaus in Dänemark. Oder irgendwo anders, nur nicht hier.« Ständig sah Lopez auf die Uhr. Ihr verlangte nach ihrem Sohn, auch wenn er sich nicht für sie zu interessieren schien. Jahrelang hatte sie auf seine Wiederkehr gehofft.

Sie drehten sich im Kreis, wie Viktor wusste. Freie Wochenenden bedeuteten ein seltenes Privileg.

Er hatte auf die Frage gewartet, und jetzt stellte Lopez sie: »Was siehst du?«

Viktor sah sich um, ging nochmals in das Wohnzimmer, das mit Stäbchenparkett, einem schwarzen Ledersofa und selbstgebauten Boxentürmen spartanisch ausgestattet war. Er inspizierte eine flache Musik- und Medienanlage samt Flachbildschirm von Bang & Olufsen auf einem kubischen Sideboard. Im Kopf überschlug Viktor Anschaffungspreise, die ihn schwindelig machten. Abgesehen von einem überlebensgroßen Lumas-Fotodruck, einer überstrahlten, weißen Landschaft, in der nur einige bunte Tupfen leuchteten, nahm Viktor vier Fotos in Augenschein, die in silbernen Metallrahmen auf dem Sideboard standen. Auf einem Foto sah man zwei junge Männer an einem weißen Strand. Die Sonne stand tief. Die Arme hatten sie sich um die Schultern gelegt. Auf den drei anderen Fotos war eine junge, lachende Frau mit dunklem, langem Haar in einem Park zu sehen, auch in der exotischen Kulisse eines südländischen Bazars und dann mit gefalteten Händen vor dem gewölbten Bauch in einem Café. Ob diese Frau Sevim Winter war? Viktor zögerte und entschied sich, das Bild mit den zwei Männern aus dem Rahmen herauszulösen. Auch ein Foto von Sevim Winter nahm er mit. Sie musste es sein. Danach wechselte er ins Schlafzimmer, ausgestattet mit Bett, Kommode und Schrank aus einem weiß lasierten Tropenholz. Alles war bereits ergebnislos durchsucht worden. Das Tageslichtbad schien mit ausgesuchten Materialien edel saniert. Für einen Staplerfahrer musste Martin Winter auf erstaunliche finanzielle Ressourcen zurückgreifen können. Viktor ging wieder in die Küche. Lopez sah ihn an, als erwarte sie von ihm, dass er den Fall mit nur einem Satz lösen könne.

»Nicht viel«, antwortete Viktor. »Sehr sauber, ordentlich und schick. Verdächtig schick.«

»Wir sollten seine finanziellen Verhältnisse überprüfen.«

»Wer wohl die zwei Männer sind?«, fragte Viktor, während er auf das Foto blickte.

»Habe ich mich auch schon gefragt.«

»Wir könnten es in der Tagespresse bringen und um Hinweise bitten.«

»Zusammen mit Winters Polizeifotos von seiner Festnahme.«

»Ich erkundige mich bei Gunnar, was er davon hält.« Er steckte die Fotos ein, aber etwas anderes beschäftigte Viktor noch mehr als das. »Keine Mordwaffe weit und breit.« Kein

Beil, keine Axt. Nicht hier, nicht in der Umgebung, bis dato nirgendwo.
Lopez sah Viktor an. Sie grübelte.
»Vielleicht wird damit jetzt wieder Holz gehackt.« Viktor dachte an Kanada und rustikale Hütten. An undurchdringliche Natur.
»Wie groß ist eine Axt? Vielleicht so?« Lopez deutete mit den Händen die Spanne von etwa einem halben Meter an. »Und damit rennt einer durch die halbe Stadt?«
»Es gibt Rucksäcke und Taschen«, sagte Viktor. »Golfbags gibt es auch.«
Lopez nickte. »Stimmt«, erwiderte sie nachdenklich. Wie damals als Polizeischülerin kaute sie auf ihrer Unterlippe. »Aber warum nimmt er sie wieder mit?«, überlegte sie laut.
»Um seine Spuren zu beseitigen?«
Lopez legte den Kopf in den Nacken und stöhnte demonstrativ. »Oder er hat einen anderen Grund.«
Viktor sah weg, denn das, was Lopez damit andeutete, bedrückte ihn genauso wie sie: »Weil er die Axt noch einmal braucht.«

Mit einem leichten Ziehen fing es an. Noch dachte sie sich nichts dabei. Auf dem Treppenabsatz blieb sie stehen. Viktor ging vor, die Stufen quietschten unter seinem Gewicht. Wie immer nahm sein Körper ihr jedes Licht. *Nichts Besonderes*, dachte sie, bis sie sich krümmen musste. Das Ziehen verwandelte sich in Messerstiche, die ihren Unterleib perforierten. So fühlte es sich an. Stoßartig atmete sie ein und wieder aus. Sie griff nach dem Treppengeländer, weil sie ohne Halt nicht mehr stehen konnte.
Viktor kam die Stufen wieder hoch, ging vor ihr in die Knie. »Was ist?«, fragte er sie.
Doch sie konnte nur noch stöhnen, ihre Hand lag auf ihrem Bauch. Die Krämpfe machten ihn hart, zogen an der Musku-

latur. Lopez dachte an das Kind. Die Last, die es bedeutet hatte, als es sich in ihr formte. Weil Petja verschwunden war. Weil sie sich deshalb immer schuldig fühlen würde, weil sie die Verantwortung für ein Kind nie mehr tragen wollte. Aber Petja lebte. Seine Existenz nahm ihr die Schuld. So schien es, bis er sie in Berlin besuchte. Jetzt befand er sich hier, ganz nah bei ihr. In ihrer Stadt, in ihrer Wohnung, ihrem Haus. Ihr eigen Fleisch und Blut. Der Junge, den sie mehr als alles andere vermisst hatte. Den sie mehr lieben musste als jeden anderen Menschen auf der Welt, weil sie zugelassen hatte, dass er ihr genommen wurde. Weil sie versagt hatte, sich um ihn zu kümmern, als er schutzbedürftig und auf sie angewiesen war. Weil sie ihn tot wähnte und doch ahnte, dass er es nicht sein konnte. Weil die Vorstellung von seinem kleinen Gesicht sie acht Jahre lang fast in den Wahnsinn getrieben hatte. Weil dieses Gefühl heute noch lebendig war und an die Oberfläche trieb wie eine Wasserleiche, die gefunden werden wollte, obwohl ein Mühlstein sie nach unten zog.

Viktor verlangte, dass sie sich setzte, aber sie wollte nicht. Der Schmerz nahm ihr die Luft. Das Kind, das in ihr gewachsen war. Jetzt begriff sie es als Geschenk. Als das Wunder, das es auch war. Doch sie wusste, dass Glück sich bei ihr nur auf der Durchreise befand. Zu viele Jahre hatte sie in der Dunkelkammer ihrer Schuld verbracht. Andere amüsierten sich, verbrachten eine gute Zeit. Andere, nicht sie.

»Was ist das, Lopez?«, hörte sie Viktor fragen.

»Lass mich!«, hörte sie sich antworten. Sie wollte nicht mehr, konnte nicht mehr. Das Schicksal gönnte ihr einfach nichts. Sollte sie tatsächlich auf das süße Versprechen dieses Kindes hereingefallen sein? Jetzt erst spürte sie, wie es warm an ihren Beinen hinunterrann.

»Scheiße, Lopez! Das ist Blut.«

Viktors Stimme klang ganz ruhig, als er sie fragte, ob sie gehen könne. Sie schüttelte den Kopf, denn ihre Beine zitterten. Sie wollte schreien, aber sie musste einen kühlen Kopf bewahren. Das Kind. Sie wollte Viktor bitten, einen Krankenwagen zu rufen, doch er hob sie einfach hoch. Ihr »Nein« ignorierte er und trug sie die Treppen hinunter. Noch nie war sie ihm so nahe gewesen. Lopez sah in Viktors ernstes Gesicht. Er lief zügig, aber sie spürte, wie sicher er sich bewegte, vorbei an den Briefkästen, auf denen kein abgehackter Kopf mehr stand, und an einem Kollegen, dem Viktor etwas zurief, das sie nicht genau verstand. Wie Viktor einhändig nach der Klinke griff, unaufhaltsam wie ein Gigant mit langen Schritten über die Straße zu einem Auto eilte, wie der Kollege im weißen Schutzanzug sie überholte und einen dunkelblauen Wagen aufschloss und die hintere Tür für sie öffnete. Kurz setzte Viktor sie vorsichtig ab. Sie lehnte sich an ihn.

»Leg dich hin!«, befahl er ihr.

Froh, dass er ihr sagte, was sie tun sollte, streckte sie sich mit seiner Hilfe auf dem Rücksitz aus. Dann zog sie die Beine wieder an, weil der Schmerz sie dazu zwang. Immer noch lief etwas unkontrolliert aus ihr heraus. Mit der Hand tastete sie danach, betrachtete wie abwesend ihre roten Fingerspitzen. »Ich habe Angst.« Sie flüsterte, doch Viktor schien sie trotzdem zu hören. Vielleicht erriet er, was sie sagte.

Er startete den Wagen und parkte aus. »Ich weiß«, sagte er. Das alarmierte Gesicht des Technikers blitzte noch kurz durch die Scheibe auf.

Sie sah, wie Viktor das Blaulicht durch das offene Fenster auf das Dach knallte, nahm wahr, wie er das Einsatzhorn aktivierte, sah die blauen Reflexe, bildete es sich bei dem hellen Sonnenschein vielleicht auch nur ein, sah, wie Häuserfronten vor dem Fenster vorbeiflogen, und spürte, wie Viktor die Geschwindigkeit erhöhte, wie der Wagen über Bodenwellen hüpfte und schlingernd um die Ecken bog. Sie hörte lautes

Hupen und dass Bremsbacken quietschten. Der Geruch nach verbranntem Gummi floss durch die Lüftung zu ihr. Viktor hingegen beschleunigte. Hochtourig röhrte der Motor. Rote Ampellichter zogen gedehnt vorbei. Einmal glaubte Lopez, dass der Wagen in einer scharfen Kurve schwamm, dahinglitt wie auf Eis. Danach griffen die Reifen wieder nach dem Asphalt. Unzählige verzerrte Fassaden später stoppte Viktor abrupt.

Jemand öffnete die Wagentür und zog sie heraus. Jemand sprach sie an. Sie nannte ihren Namen, vielleicht verzögert, dann zu laut. »Rosa Lopez«, sagte sie und: »Retten Sie das Kind!«, das sie doch längst verloren glaubte. Was der Mann in Weiß sagte, beschleunigte die Situation. Sie griff nach Viktors Hand, der neben der Liege herlief, auf der sie über den Gang geschoben wurde. Auf Viktors Oberteil leuchtete Blut. Ihr Blut. Rote Farbe kennzeichnete ihren Weg. Mord und Tod befanden sich überall, wohin sie sah. Ihre Begleiter, seit Jahren schon. Das Neonlicht blendete sie, weshalb sie die Augen schloss.

»Sie müssen hierbleiben. Sie können da nicht rein«, hörte sie eine weibliche Stimme sagen.

»Nein«, antwortete Viktor fest.

Lopez zwang sich, aufzusehen. »Viktor, lass!«, bat sie ihn.

Viktor schaute sie an.

»Warte hier auf mich«, sagte sie.

»Gut.« Viktor drückte ihre Hand. Sie sah in sein entstelltes Gesicht. Es vermittelte ihr Zuversicht. Wunder geschahen immer dann, wenn niemand mehr damit rechnete. Nur ein Gedanke quälte sie noch. »Versprich mir etwas!«

»Was?«

»Bitte sag Bernhard nichts.«

Noch während sie durch eine weitere Tür in einen grünen Raum geschoben wurde, hörte sie Viktors beruhigendes »Okay«.

17

Viktor tigerte vor der Tür der Notfall-Ambulanz auf und ab. Jemand bat ihn, endlich im Wartebereich Platz zu nehmen, was er auch tat. Zweimal erkundigte er sich an der Rezeption, wie der Stand der Dinge war. Eine Blondine mit drallem Dekolleté suchte minutenlang auf ihrem Bildschirm eine Information, danach telefonierte sie. Ihr starrer Gesichtsausdruck kam Viktor bekannt vor, aber er konnte den Namen auf ihrem Namensschild nicht zuordnen. Einmal erhielt er keine brauchbare Information, weil diese Suse nichts Genaues wusste, beim zweiten Mal fiel das Wort OP. Jetzt erinnerte er sich an ihr Gesicht. Wie auch vor ein paar Monaten geizte sie mit Informationen. Viktor überlegte kurz, wen er schlagen oder welches Mobiliar er zu Kleinholz verarbeiten konnte. Wie so oft in den vergangenen Tagen war ihm danach. Die meisten Möbel waren festgeschraubt, die Stühle, sogar der Tisch. Das Kinderspielzeug sowie die Zeitschriften im Wartebereich eigneten sich nicht. Er erinnerte sich an seine Babuschka, die nicht wollte, dass er sich der rohen Gewalt hingab, die in ihm lauerte. Weil sie wegen einer Schlägerei zwischen ihm und einem Psychopathen aus St. Petersburg fliehen mussten.

Also machte er Suse deutlich und klar, dass er baldigst über jede neue Entwicklung informiert werden wollte. Suse nickte und murmelte, sie kenne das. Zusätzlich zückte Viktor seinen Polizeiausweis, was die andere altjüngferliche Krankenschwester an der Anmeldung nur mit einem müden Nicken zur Kenntnis nahm, als habe sie für ein Leben schon zu viele Ausweise, zu viele aufgeregte Menschen gesehen, die ihr persönliches Drama für das einzig Wichtige hielten. Aus Katastrophen bestand ihr tägliches Brot. Zwei Stunden später informierte Suse ihn, wo er Lopez finden konnte: Rahel-

Hirsch-Weg, neues Gebäude, neues Glück. Viktor folgte der Beschilderung »Gynäkologie«. Er fuhr mit dem Aufzug drei Stockwerke nach oben. Die Räumlichkeiten kamen ihm mittlerweile vertrauter als Siskas Wohnung vor. *Mein Zuhause ist die Charité*, dachte er. Zimmer 369. Das Diabolische der Zahl irritierte Viktor kurz. Ein Einzelzimmer, die Ausstattung weiß und vertraut. Die Klimaanlage musste laufen: Viktor empfand die Temperatur als angenehm, vielleicht etwas zu kühl. Lopez lag im Bett und blinzelte ihn an. Jemand hatte endlich ihren Zopf gelöst; wie ein Strahlenkranz lagen die braunen Strähnen auf dem Kissen um ihren Kopf herum. Viktor ließ die Jalousien herunter, weil das Licht Lopez blendete. Danach nahm er neben ihr Platz auf dem einzigen Stuhl im Raum.

»Und?«, fragte er.

»Placenta praevia.«

Viktor verstand kein Wort. »Was?«

»Der Mutterkuchen liegt zu nah am Geburtskanal.«

»Und jetzt?«, fragte Viktor wie ein Zuschauer bei einem absurden Theaterstück, der sich nach einem Happy End sehnte.

»Wehenhemmende Mittel. Cortison zur Lungenreifung, falls das Baby früher kommen sollte.«

Viktor starrte Lopez einfach nur an. »Wie geht es dem Kind?«, fragte er mit leichter Verzögerung.

»Könnte nicht besser sein.«

»Und dir?«

Lopez überlegte kurz, schien bei sich nachzufühlen. »Ich denke mal, ganz gut.«

»Aber das viele Blut«, warf Viktor ein. Gleichzeitig sahen sie beide auf sein Oberteil, auf dem Lopez' Blut noch immer dunkle Inseln bildete.

»Ich habe ja noch genug davon.«

Viktor nahm es zur Kenntnis wie ein Zugunglück in Indien. Schockiert und dennoch distanziert.

»Blutungen sind nicht ungewöhnlich vor der Geburt«, fügte sie hinzu.
»Wie soll es weitergehen?«, fragte Viktor. Den Blick nach vorn gerichtet.
»Die wollen mich ein paar Tage hierbehalten. Aber morgen checke ich aus.« Viktor wollte ihr ins Wort fallen, doch Lopez sprach weiter, als habe er es gar nicht versucht: »Geh zu Bernhard und erzähl ihm irgendwas. Denk dir was aus! Morgen komme ich nach Hause, als ob nichts gewesen wäre.«
»Das klingt nach einer echten Scheißidee«, tat er kund. Er fand die Reaktion irrational, unverständlich und ungesund. Aber Lopez blieb stur, presste die hellen Lippen zu einem schmalen Strich zusammen, der sich kaum von ihrem blutleeren Gesicht unterschied. »Bernhard würde durchdrehen«, gab sie zu bedenken. »Ich habe schon ganz andere Sachen für dich gemacht«, erinnerte Lopez ihn.
Viktor musste sich eingestehen, dass das stimmte. »Was ist mit dir?«, fragte er.
»Ich komm schon klar!«
Viktor wusste, dass sie recht hatte. Lopez hatte schon schwierigere Situationen durchgestanden. Lopez war hart im Nehmen.
»Brauchst du noch was?«, fragte er verhalten, weil er wusste, dass sie nichts von ihm verlangen würde. Lopez kam mit minimalem Aufwand aus.
»Mehr von dem intravenösen Zeug, das sie mir hier verabreichen, um dieses Leben zu ertragen.«
»So viel haben die gar nicht, wie es dafür brauchte«, sagte Viktor. Er wusste, wovon er sprach. Lopez sah müde aus, am Ende ihrer Kraft. »Ich geh dann mal.« Damit erhob er sich. »Dein Kind schafft das. Deine Kinder sind Überlebenskünstler so wie du.«
Lopez lächelte gequält. »Du musst es ja wissen.« Sie gähnte unterdrückt. »Und jetzt hau endlich ab!«

Viktor stellte den Wagen vor der Kriminaltechnik am Tempelhofer Damm im Halteverbot ab, weil er sogar am Wochenende keinen freien Parkplatz fand. Er beschrieb ein DIN-A4-Blatt, das er im Handschuhfach fand, mit krakeliger Schrift, notierte darauf in Großbuchstaben »KT«, den Namen des Kollegen und das Kennzeichen. Dann wickelte er den Schlüssel in das Papier und faltete es an den Enden zu. Das kleine Päckchen warf er in den Briefkastenschlitz und dachte, dass er Briefkästen nie mehr würde benutzen können, ohne einen abgehackten Kopf darauf zu sehen. Kurz telefonierte er mit seiner Babuschka, nur um zu überprüfen, ob sie sich noch in ihrem Zimmer befand. Er traf sie tatsächlich an, worüber er sich wunderte, weil sie doch stets über die Straßen Berlins flanierte.
Sie tauschten sich aus. Viktor entschied, Lopez nicht zu erwähnen, weil Mila sich um sie sorgen würde. Sie sprachen über das Wetter – schrecklich, diese Hitze, mörderisch! –, bis seine Großmutter ihn fragte, wann er sie besuchen käme. Er vertröstete sie auf Sonntagnachmittag und legte auf – und wunderte sich, dass sie sich nicht darüber beschwerte. Danach schaltete er sein Handy aus und stellte sich vor, wie Gunnar still und heimlich Amok lief. *Nicht erreichbar.* Warum sollte das nur für andere gelten? An den ersten beiden Tagen nach der Wiedereingliederung hatte er schon mehr Überstunden produziert, als der Betriebsrat nachvollziehen könnte. Viktors Leben setzte sich aus Überstunden und wenig Schlaf zusammen. Es machte ihm nichts aus. Die einzige Freiheit, die er sich schon immer herausgenommen hatte, bestand darin, genau dann nicht erreichbar zu sein, wenn er nachdenken oder allein sein wollte. Wenn er sich auch wie ein Leibeigener verhielt, dann doch wie einer mit einem eigenen Kopf. Er stieg in die U 6 und wechselte an der Friedrichstraße in die U 5, verließ die U-Bahn an der Samariterstraße und stand kurz danach vor Lopez' Haus in Friedrichshain.

Sein Leben verlief im Kreis. Heute Morgen erst hatte er sich hier eingefunden. Nun war es sechs Uhr am Abend, und die Sonne machte keine Anstalten unterzugehen. Noch lange nicht. Viktor vermisste die kühlen Gänge der Charité. Seine Kleidung klebte an ihm wie eine zweite Haut. Flüssigkeit floss aus ihm heraus, später wieder in ihn hinein, durch ihn hindurch. Überall Kreisläufe, wohin er auch sah. Er klingelte, hörte das Summen und drückte gegen die Eingangstür. Bernhard erwartete ihn nicht direkt, aber er rief ihm etwas Unverständliches aus der Küche zu. Viktor kannte die Wohnung gut, insbesondere diesen fensterlosen Raum im Inneren, den er nun betrat, in dem sich die Hitze staute, als habe sie es auf ihn abgesehen. Bernhard rührte in einem Topf; er stand am Herd. Ein typisches Bild. Tessa saß am Tisch und malte, Petja saß ihr schräg gegenüber, als wollte er größtmöglichen Abstand wahren, und spielte mit seinem Smartphone. Bernhard winkte Viktor mit dem Kochlöffel herein. Viktor sah keinen Laptop auf dem Tisch, was ihn wunderte, weil Bernhard dort immer seine Manuskripte schrieb. »Wie läuft es?«, fragte er.

Bernhard rührte im Topf und schien zu überlegen, ob Viktor das Kochen, Leben oder Schreiben meinte. »Mittelmäßig. Ich habe keine Idee. Nicht mal ein Thema, auch keine Figur.«

»Was ist aus Richard III. geworden?« Bernhards letztes Projekt, an das sich Viktor noch erinnerte. Ein historischer Roman.

Bernhard seufzte. »Starke Frauenfiguren. Meine Agentin sagt, das wird jetzt gesucht.«

Viktor sah ihn fragend an.

»Jeanne d'Arc, Mutter Teresa, Maggie Thatcher. So in dieser Art.«

Viktor überlegte, ob er über eine dieser Frauen ein Buch schreiben oder lesen wollte, und kam zu einem eindeutigen

Schluss. Er las nicht viel, außer gelegentlich die Fußballergebnisse oder Schlagzeilen, wenn jemand in der U-Bahn oder im Wartebereich des LKA eine Zeitschrift vergaß.
»Was ist mit Hello Kitty?«, wollte Tessa wissen.
»Das ist eine Katze, keine Frau.«
»Aber zumindest eine Figur.«
Viktor musste zugeben, dass daran nicht zu deuteln war.
Tessa hob das Bild, das sie gemalt hatte, hoch in die Luft. Viktor bewunderte es ausgiebig, während Bernhard Nudelwasser in den Abfluss goss und, in den Dampf gehüllt, hustete. Aus einem anderen Topf fügte er Sauce hinzu und plazierte die Mischung auf dem Tisch. Murrend schob Tessa ihre Utensilien zur Seite und stellte Teller und Besteck bereit. Petja sah nicht auf, selbst als Bernhard ihn mit Handzeichen fragte, ob er mitessen wolle. Petja schüttelte den Kopf. Bernhard lachte nur leicht auf, als mache es ihm nichts aus. Doch Viktor bemerkte den enttäuschten Ausdruck auf seinem Gesicht. Viktor wandte sich ab, weil es ihm weh tat, Bernhard so zu sehen. Bernhard, der sich selbst wie ein kleiner Junge verhielt, obwohl er stets Schwarz wie ein Pfarrer trug. Sein Kind, das er Jahre zuvor in Gedanken so unendlich oft zu Grabe getragen hatte, weil es einfach unauffindbar blieb, Petja, sein eigener Sohn, strafte ihn nur mit Missachtung. Sein Vater verstand ihn noch nicht einmal, weil Petja nur Russisch sprach. Viktor verspürte Verärgerung über die Ungerechtigkeit der Welt. Er vermochte Petja keinen Vorwurf zu machen. Kinder verhielten sich oft selbstgerecht, egoistisch und brutal. Viktor selbst hatte seiner Großmutter während seiner Kindheit und Jugend nicht nur Freude gemacht. Unbeholfen, unfertig und ungeschickt, weil Kinder sich nicht wie Diplomaten verhalten mussten.
Dass Milch über seine Hände lief, bemerkte Viktor erst, als sich der Tetra Pak in seiner Hand wie eine geknickte Blume bog. Als Viktor die weiße Pfütze auf dem Fliesenboden sah,

hatte sie die Farbe bereits gewechselt. Aus Weiß war Rot geworden, aus Milch sein Blut. Mit der anderen Hand berührte er seine Brust, wo ihn Lopez' Kugel damals getroffen hatte. Hier neben dem Kühlschrank war es geschehen. Viktor spürte, wie er hektisch atmete, er hörte, wie Bernhard ihn ansprach und ihm die Milch abnahm. Wie dieser den Rest in ein Glas einschenkte und für Viktor einen Stuhl vom Tisch zurückschob wie für einen alten Mann, und Tessa mit einem Lappen durch die Pfütze zu seinen Füßen wischte, die jetzt wieder weiße Farbe anzunehmen schien. Während Viktor noch überlegte, ob er sich setzen sollte oder nicht, fragte er sich, wie er Bernhard erklären konnte, warum seine Frau heute Nacht nicht nach Hause kommen würde.

18

Morgen.« Bernhard meinte Lopez' Rückkehr.
Viktor nickte und wandte sich zum Gehen.
»Warum?«
Viktor drehte sich nochmals um. »Die Antwort würde dir nicht gefallen. Besser, du fragst mich nicht danach.«
»Viktor. Was läuft hier eigentlich?«
Viktor schwieg, bis die Stille zwischen ihm und Bernhard sich zu lange dehnte. »Etwas, das mir genauso wenig gefällt wie dir.«
»Liegt es an mir?«
»Nein.«
»Woran liegt es dann?«
»Hör auf, Bernhard!« Viktor würde sich nicht um Kopf und Kragen reden. »Vertrau mir, okay?«, verlangte er und wusste, dass Bernhard das kaum vermochte.

Der Duft des Abendessens zog aus der Küche bis auf den Flur. »Habe ich eine andere Wahl?« Bernhard lächelte schief, aber es sah wie eine Grimasse aus.
Viktor sagte: »Nein.«
Bernhard machte den Eindruck, als wolle er gleich zu weinen anfangen. Seine Mundwinkel zuckten, und Viktor wusste, dass die Sorge um seine Frau ihn verwirrte und ängstigte. Dass die Situation ihn überforderte. Entschlossen schob er Bernhard an die Wand, um zurück in die Küche zu gehen.
»Vstavay!« Viktor forderte Petja zum Aufstehen auf.
Petja legte sein Handy auf den Tisch und sah Viktor an. Viktor bedeutete ihm mit einer Handbewegung, aufzustehen. Petja folgte zögerlich.
»Idi sjuda! – Komm her!« Als Petja nach dem Handy greifen wollte, hob Viktor den Zeigefinger. »Njet! Das bleibt hier!« Verunsichert schaute Petja zu seinem Vater, der laut fragte, was Viktor da tat.
»Vertrau mir!«, wiederholte Viktor, während er Petja zur Tür dirigierte. Dessen Blick saugte sich an seinem Telefon fest, als müsse er das Letzte, was ihm noch etwas bedeutete, zurücklassen. Erst im Korridor verstellte ihm die Wand die Sicht. Viktor sah kurz auf die Uhr: Es war fast neun.
»Aber …?« Bernhard breitete hilflos die Arme aus.
»Er schläft heute Nacht bei mir.«
Bernhards verwirrter Blick sagte: Du nimmst mir Lopez und jetzt auch noch mein Kind.
Viktor tat das Richtige. Einer musste es ja tun. Für einen Moment zumindest war er davon fest überzeugt. »Nur für eine Nacht«, sagte er. Bernhard war von der Situation überfordert. Verantwortlich für einen totgeglaubten Sohn, der ihn wie Luft behandelte. Dazu kam die Sorge um seine Frau, die Viktor teilte. Viktor nahm ihm nur etwas ab, linderte die Last, die Bernhard schultern musste. Zumindest wollte er glauben, dass er das tat.

Bernhard faltete die Hände wie zum Gebet, dann sah er weg. »Nach acht Jahren fällt das wohl nicht mehr ins Gewicht.«
Viktor wusste nicht, was er darauf antworten sollte. Also schob er Petja vor sich her und schloss hinter sich die Tür.

Sie standen im Flur. Siska flüsterte. »Wer ist das?«
»Petja. Lopez' Sohn.«
Siska riss die Augen auf. »Ist das Luis?«
»Seine Adoptiveltern haben ihn Petja genannt. So heißt er jetzt.«
Petjas Blick wanderte zwischen Siska und Viktor hin und her.
»Was macht er hier?«
»Besuch«, erklärte Viktor kurz.
»Aber …«, entgegnete Siska, die in diesem Moment genauso fassungslos wie Bernhard klang.
»Ist nur für diese Nacht.«
»Ja. Natürlich. Kein Problem.«
Für Viktor klang es wie das Gegenteil. Er bedeutete Petja, vorzugehen. Danach drängte Viktor sich an Siska vorbei, aber sie legte ihm kurz die Hand auf den Arm. »Ich …«, stotterte sie, »ich muss dir etwas sagen.«
Viktor überlegte, wie viele Eröffnungen er an diesem Tag noch ertragen konnte. Er wartete.
Siska schlug die Augen nieder.
Viktor fand sie fast unerträglich schön. Etwas in ihm schrie unnatürlich laut nach Normalität, nach Siskas Körper, nach der gemeinsamen, unbeschwerten Zeit.
Sie suchte nach Worten und fand sie zunächst nicht. Dann sah sie wieder auf, entschlossen, als hänge mehr als die Fortsetzung eines Gespräches davon ab, und sagte fest: »Winters Blut. Ich konnte Protein im Fötus sicherstellen. Ich fand tatsächlich noch DNA, weil die Kerntemperatur des Feuers hundert Grad im Inneren der Leiche nicht überstieg. Die Tests besagen klar, dass das Kind von ihm stammte.«

Viktor dachte nach. Er hatte mit etwas Dramatischem gerechnet. Mit etwas Persönlichem, das ihn treffen würde. Vielleicht mit einem Rausschmiss, vielleicht mit einem anderen Mann. Diese Nachricht wirkte normal.
Unsicher sahen sie sich an. Viktor wünschte sich mehr von der lauten Musik, die Siska normalerweise hörte, um die Unerträglichkeit des Moments zu lindern. Aber es blieb still, abendlich still, die Hitze lag im Gang wie eine träge Schlange, die auf ihr Opfer warten konnte. Und weil Viktor glaubte, etwas unternehmen zu müssen, etwas Großes, was keinen Zweifel zulassen würde, etwas, das deutlicher wäre als ein helles Lichtsignal, griff er nach Siskas Schulter und zog sie zu sich heran, beugte sich zu ihrem winzigen Gesicht vor, wo seine Lippen bereits ihre suchten. Aber er berührte nur ihre Wange, die nach Zitrone roch, denn sie hatte sich bereits weggedreht. Den Satz, den Siska sagte, kannte Viktor aus einem Film oder aus mehreren.
»Ich kann nicht«, sagte sie.
Damit entwand sie sich seinem Griff. Sie sah so hilflos aus, wie er sich fühlte. Viktor stand noch einen Augenblick im Gang und schaute ihr nach, wie sie in ihrem Zimmer verschwand. Er spürte sein Gewicht, das ihn zu Boden zog, noch über die Schwerkraft hinaus. Seine Isolation in dieser Welt. In dieser Stadt, in diesem Flur. Wie im Weltraum sah er sich davonschweben in die Unendlichkeit. Ohne Luft und ohne Ziel.
Nach diesem Moment der Orientierungslosigkeit trottete er in die Küche. Eine andere Küche und doch das gleiche Bild. Trixi, Siskas Tochter, saß normalerweise vor einem Bildschirm. Laut Siska verbrachte sie mehr Zeit im Netz als in der Realität. Viktor wusste mit dem Begriff Realität schon seit geraumer Zeit nicht mehr viel anzufangen. Aber jetzt hatte Trixi Petja Platz gemacht. Seine Finger glitten über die Tasten. Er wirkte abwesend und hochkonzentriert. Der Ton

des Laptops war leise gestellt. Viktor vermutete, dass sein Hörverlust die Qualität zusätzlich schmälerte. Aber etwas verstand er, weil er das Geräusch aus der Polizeipraxis kannte: Schüsse, die knallten, hallten, allerdings blechern, leise, wie gedimmt. Es klang nach einem Ballerspiel. Viktor trat hinter die beiden, um zu erkennen, was sich auf dem Bildschirm abspielte. Der Header besagte »Evil Doom«, der Schriftzug »final round« leuchtete in Intervallen auf. Ein muskulöser, nackter Mann bewegte sich blutüberströmt mit einer vollautomatischen Waffe, die wie eine AK 74 aussah, durch Gänge und Räume aus Beton, die an einen Bunker erinnerten. Wesen, deren eigenes Fleisch lose an ihren Skeletten hing, deren zerschmetterte und entstellte Fratzen grinsten, rasten mit apokalyptischer Geschwindigkeit auf den Schützen zu. Manchmal rannten sie, gelegentlich ritten sie ein blutgieriges Fabeltier, mal krochen sie an den Wänden oder der Decke entlang. Doch der Schütze blieb ruhig, richtete die Waffe aus und traf jedes Mal. Zielstrebig watete er durch ein Meer von Blut, das den Beton rot bemalte, stieg über Leichen wie ein Wanderer über sich auftürmendes Geröll.

Petja vermochte das, wonach es Viktor gerade noch mehr als alles andere verlangte: Er kannte seinen Platz, bewegte sich selbstsicher durch das Fremde und traf jedes Ziel. Ein Zähler tickte, und mit jedem Opfer addierte sich das Ergebnis zu einer absurd hohen, mehrstelligen Zahl.

Trixi stand jetzt auf, als halte die Aufregung sie kaum noch auf ihrem Stuhl. Mit leuchtenden Augen sah sie Viktor an. »Keine Ahnung, wer der Kleine hier ist. Aber er schießt unglaublich gut.«

Viktor dachte: *Wie die Mutter, so der Sohn.*

19

Warum halten wir an etwas fest, das bereits verloren ist? *Weil wir nicht verlieren können*, dachte sie. Sie hielt ihre Hand und streichelte sie.

Evelyn sah an ihr vorbei, an die Decke, durch diese hindurch ins Nirgendwo. Sie zwang sich, nicht über Muskelschwund und Ausscheidungen ihrer Schwester nachzudenken, sondern zu spüren, wie glatt und weich Evelyns Haut sich anfühlte. Für Evelyn stand die Zeit still. Seit fünfzehn Jahren, seit dieser Nacht am Straßenrand. Als habe dieses Ereignis sie konserviert. Für Tausende, Millionen, Milliarden von Menschen eine ganz normale Nacht, in der sie Radio hörten, lasen, feierten oder schliefen. Sie hatte sich oft gefragt, was von Evelyn außer ihrem Körper noch hier bei ihr geblieben war. Manchmal spürte sie Evelyn wie einen Geist, der sie begleitete und alles sah und überprüfte, was sie tat. Es beruhigte sie in Zeiten von Zweifel, Angst und Wut. Sogar in Berlin, wenn Hunderte von Kilometern sie von ihr trennten, wenn die Pflegerin sich um Evelyn kümmerte, schien etwas von ihrer Schwester mitzureisen. An die leise surrenden Apparate neben Evelyns Bett hatte sie sich längst gewöhnt. Sie gehörten zu ihrer Arbeit und ihrem Privatleben wie ein Herzschrittmacher zu einem kranken Herz. Evelyns Zunge bewegte sich leicht in ihrem Mund. Ihr Atem rasselte. Sie bekam schlecht Luft.

»Wie geht es dir?«, flüsterte Marita ihr ins Ohr.

Evelyn schwieg, weil sie – wie Marita wusste – erst nach Worten suchen musste. Doch sie antwortete, hörbar nur für sie, doch wie immer eindringlich und klar: »Ich sterbe«, sagte Evelyn, und Marita drückte ihr die Hand. Geister existierten. Dass Evelyn mit ihr sprach, obwohl sie seit Jahren kein Wort mehr sagen konnte, war der Beweis dafür.

»Aber warum?«, fragte Marita sie, weil sie nicht wollte, dass Evelyn sie verließ.
»Ich hätte schon damals gehen müssen.«
»Weshalb hast du es nicht getan?« Marita wusste, dass sie dieses Gespräch wiederholen mussten bis in alle Ewigkeit. Sie hatten es schon zu oft geführt, wälzten den Stein hinauf, bis er wieder hinunterrollte.
»Weil du mich nicht gehen lassen wolltest.«
»Als hätte ich die Macht dazu gehabt.«
»Du musst die Dinge akzeptieren, wie sie sind!«
»Das kann ich nicht.« Marita würde sich immer gegen das Schicksal auflehnen. Weil es schlicht und einfach unerträglich war, es nicht zu tun.
»Du musst Abschied nehmen. Ich helfe dir dabei«, flüsterte sie.
»Wie?«, fragte Marita. Die Angst erzeugte das Gefühl von Frost in ihrer Brust.
»Komm!«, forderte Evelyn sie mit ihrer weichen, alterslosen Stimme dazu auf. »Erinnern wir uns noch ein letztes Mal.« Evelyn hatte nicht mehr viele Wünsche, weshalb Marita sie gewähren ließ. Sie schloss die Augen, blendete das Krankenhausbett, die Wand, die Vorhänge, das helle Weiß einfach aus.

Evelyn hatte gegen zehn das Haus verlassen. Marita wollte sie aufhalten, aber ihre kleine Schwester hörte nicht auf sie. Etwas in ihrem Gesicht leuchtete. Marita kannte dieses Leuchten nur von Rotraut, wenn sie sich verliebt hatte. Rotraut war ständig verliebt, ein Dauerzustand, bei dem lediglich das Objekt wechselte. Sie sah Evelyn nach, wie sie den Strand hinunterging, etwas schief, als wolle sie jeden zweiten Schritt betonen. Fast rhythmisch wie ein Schiff, das auf den Wellen schaukelte. Marita kannte ihren Gang. Evelyn war seit ihrer Geburt körperlich eingeschränkt. In der Schule kam sie nicht gut mit, obwohl sie alles genau verstand. Evelyn war eine Träumerin. Sie glaubte, dass Feen den Strand bewohnten, dass böse Trolle existierten und Meerjungfrauen dort im Sund schwammen. Wenn Evelyn sprach, vergaß sie den einen oder anderen Laut. Hatten sie Evelyn vielleicht vernachlässigt? Seitdem ihre Eltern ... seitdem. Marita fiel jeder Gedanke dazu schwer, eine glatte Wand aus Eis, die es mit bloßen Händen zu erklimmen galt. Seit dem Autounfall ihrer Eltern hier an der Küstenstraße, nur einige Kilometer von dem Haus entfernt, kümmerte sich Marita zusammen mit Großvater darum, dass Evelyn und Rotraut nicht nur trauerten. Schon immer hatte sie als Älteste die Mutterrolle übernommen. Diese zu ihrer Pflicht gemacht. Ohne Alternativen, als gäbe es nur diesen einen Weg. Sie hatte sich nie ernsthaft dagegen gewehrt.

Jenen Sommer hatten sie alle wie immer mit der Clique verbracht. Mit den Freunden, die sie schon seit Jahren kannten. Jungen und Mädchen, bei denen das Alter keine Rolle spielte; sogar kleine Geschwister tollten tagsüber mit den Älteren herum. Deren Eltern wohnten ebenfalls am Strand oder in der Nähe und verbrachten ihren Urlaub hier. Seit jeher zog Dänemark die Deutschen an. Sie liebten die Strände, die Atmosphäre und die Lebensart. Doch nun neigten sich die Ferien dem Ende zu. In zwei Tagen würden sie nach Hause fahren.

Evelyn sah sich um und winkte Marita, die oben am Fenster stand und sich trotz ihrer Bedenken freute, dass ihre kleine Schwester sich so selbstbestimmt benahm. Es war ihr gutes Recht, ein eigenes Leben zu führen. Marita wurde sich ihrer Rolle als Beschützerin bewusst und auch, dass sie davon Abstand nehmen musste.

Sie selbst hatte am späten Abend ferngesehen, das dünne Trägerkleid wegen der Hitze bis an die Hüften hinaufgeschoben. In dieser Nacht kühlte sich die Luft nicht ab. Die

Gardinen hingen schlaff vor den weit geöffneten Fenstern, durch die kein Lufthauch drang. Großvater schlich leise aus dem Zimmer, um ins Bett zu gehen. Im Halbschlaf nahm Marita wahr, wie auch Rotraut sich erhob und in ihr Zimmer wankte. Es musste weit nach Mitternacht gewesen sein, als ein Klingeln Marita weckte. Eine Motte flog gegen den Fernseher, auf dem sich schwarz-weiße Figuren bewegten. Immer wieder knackte es, wenn der Mottenkörper eine statische Verbindung mit dem Bildschirm einging. Marita erhob sich träge, starrte wie gebannt auf Nosferatu in Großaufnahme, suchte nach der Fernbedienung, fand sie nicht und stolperte zum Telefon, das noch eindringlicher zu klingeln schien. Marita befand sich im Halbschlaf, in einem Zwischenland, in dem Realität und Traum nah beieinanderlagen. Sie dachte an nichts Böses, als sie nach dem Hörer griff.
Erinnern wir uns noch ein letztes Mal!
Evelyn. Ihre Stimme knallte durch die Leitung wie ein einziger Schrei. Sie schluchzte, weinte, und Marita war mit einem Schlag hellwach. Wie ein angezündetes Streichholz überrollte eine Hitzewelle sie. So kündigte sich das Unglück an. Marita kannte das Gefühl, das zur Gewissheit wurde, denn der Anruf der Polizisten nach dem Unfall ihrer Eltern klang noch in ihr nach wie das Echo unter Tage in einem endlosen Schacht.
Sie fragte, wie? Und wo genau? Und was? Sie bat Evelyn, zu erklären. Langsam, weil Evelyn so hysterisch weinte. Sie bemerkte, wie ihr der Hörer fast aus der Hand rutschen wollte, weil Angstschweiß an ihr hinunterrann. Als sie endlich begriff, was mit ihrer kleinen Schwester geschehen war. Evelyn schrie nur: »Komm, komm und hole mich hier weg!« Ihre Stimme überschlug sich fast.
»Ich komme, Evelyn. Ich bin gleich da!« Marita wollte den Hörer auflegen, sah sich schon zum Auto rennen.
Erinnern wir uns noch ein letztes Mal!

Mitten im Satz tat es einen lauten Knall, als sei die Verbindung mit Gewalt getrennt. Marita presste den Hörer nochmals mit aller Macht an ihr Ohr und rief: »Evelyn! Hörst du mich? Evelyn?!«
Sie vernahm noch das Aufheulen eines Motors, denn so klang das Geräusch für sie, danach blieb es außer einem leisen Quietschen völlig still.
Im Nachhinein erklärte Marita sich das alles, so gut sie es vermochte. Ein Großteil von Evelyns Gehirn funktionierte zu diesem Zeitpunkt wahrscheinlich schon nicht mehr. Sie lag am Straßenrand mit massiven Blutungen. Der Hörer, den sie festgehalten hatte, baumelte immer noch an dem Telefonkabel hin und her. Die Verbindung riss erst ab, als die Gesprächszeit überschritten war, als die letzte Krone in den Münzbehälter fiel.
Marita dachte an diese letzten Gegenstände, die Evelyn berührt hatte. Der Hörer und eine Münze, darauf ein Fingerabdruck. Ein Auto musste weggefahren sein. Fahrerflucht. Man fand Bremsspuren am Tatort, doch den Täter fand man nicht.

Marita hielt Evelyns Hand. Sie sagte, was sie nie hatte denken, geschweige denn formulieren können: »Wenn du gehen musst: Geh!« Jetzt waren sie beide frei.
Evelyn flüsterte ihr noch etwas zu, Geheimnisse, die nur die Geister kannten. Sie nahm Maritas Verzweiflung, ihre Wut, die heiße Lohe in sich auf. Ihre Schwester wollte sie beschwichtigen, friedfertiger Engel, der sie war.
Die Apparate piepsten schneller, laut, fast unkontrolliert. Marita konnte die Vergangenheit nicht ungeschehen machen. Aber sie konnte das Schicksal wenden. Sie erhob sich, drückte zwei Knöpfe, bis der Alarm erlosch, zog eine Spritze auf, beobachtete, wie ein paar Tröpfchen aus der Spitze herausperlten, verabreichte den Inhalt intravenös und stellte

fest, dass sich der Atem ihrer Schwester nach einigen Minuten wieder stabilisierte. Sie sah in die weit geöffneten Augen, die doch nie zurückschauten, strich mit den Fingerspitzen über die stets leicht geöffneten Lippen, griff nochmals nach der gekrümmten Hand. Sie wusste es, weil sie sich schon längst entschieden hatte. Deshalb sagte sie es laut: »Alles wird wieder gut.«

20

Sonntagabend. Viktor stand, das Handy ans Ohr gepresst, vor seiner Stammkneipe in Friedrichshain.
»Hier wird gerade eine kleine Wohnung frei.«
»Ich ziehe doch nicht in ein Altersheim.«
»Was spricht dagegen, wenn es mit deiner Freundin gerade nicht gut läuft?«
Viktor stellte fest, dass er in den Augen seiner Großmutter immer der kleine Junge sein würde, mit dessen Freunden es gerade nicht gut lief.
Danach fügte sie hinzu: »Ich muss schließlich auch hier wohnen.« Als sei das ein Verbrechen, als ergebe das, was sie sagte, irgendeinen Sinn.
»Das ist etwas anderes«, entgegnete Viktor.
»Wieso?«
Viktor seufzte.
»Ich sterbe vor Langeweile.«
»Lies ein Buch, spiele etwas mit deinen Freundinnen!«
Viktor erwischte sich dabei, dass er seine Großmutter selbst wie ein kleines Kind behandelte.
»Ich bin doch kein Kleinkind mehr«, erwiderte sie prompt.
»Vielleicht schaffe ich mir mal einen Hausfreund an, nur da-

mit ich mich zur Abwechslung mit ihm streiten kann«, fügte sie provozierend hinzu.
Viktor vermochte sich die Konsequenzen nicht auszumalen. Babuschka benahm sich wie ein pubertierendes Kind. Immerhin konnte er Verhütung als Thema ausklammern.
Dann sagte sie vorwurfsvoll: »Du hast mich heute nicht besucht.«
»Ich hatte selbst einen Gast. Ich habe es nicht geschafft.«
»Wer hat *dich* denn besucht?« Mila klang ungläubig. Als habe sie mit allem gerechnet, aber damit nicht.
»Mila. Ich habe jetzt wirklich keine Zeit.«
»Was hast du an einem Sonntag schon Wichtiges zu tun?«
Viktor mochte es nicht, wenn seine Babuschka ihn ständig hinterfragte. »Du könntest bei uns Verdächtige verhören«, sagte er spitz.
»Mache ich sofort, den Job.«
»Ich kann jetzt nicht. Ich muss jetzt los«, sagte Viktor schnell, bevor er sich um Kopf und Kragen redete.
»Wohin?«
»Mach's gut, Babuschka!«
»Viktor?«
»Was ist?«
»Obwohl du mich sträflich vernachlässigst: Ich liebe dich.«
Viktor schwieg und überlegte, wie er »ich auch« sagen konnte, ohne dieselben Worte zu benutzen. Der Motor eines Wagens rauschte, jemand schloss ein Fenster mit einem Knall, irgendwo wurde Fleisch geschmort.
»Du könntest es ruhig auch mal wieder aussprechen«, murrte Mila gekränkt. Als sei er ihr Ehemann und sie seine geschundene, vernachlässigte Frau. Diese verdrehten Rollen, die sie seit Jahren spielten.
»Mila?«
»Was?«
Viktor fasste sich ein Herz. »Ich liebe dich.«

»Danke.« Sie klang milde. So milde und weich wie damals, als er ein Kind war und sie ihn streichelte, wenn er nachts zu ihr ins Bett gekrochen kam. »Dir einen schönen Abend noch.«
»Dir auch!« Viktor hörte, wie Mila auflegte. Er konnte sich nicht erinnern, wann er das letzte Mal ein Gespräch mit seiner Großmutter so harmonisch hatte beenden können.

Im Gegensatz dazu stank der Abfall am Straßenrand bestialisch. Am nächsten Morgen würden die Restmülltonnen geleert werden, die die Bürgersteige säumten. Vor einer halben Stunde hatte Viktor noch geduscht. Jetzt zeigten sich auf seinem T-Shirt bereits dunkle Flecken. Viktor fühlte sich krank. Er schwitzte, ein inneres Zittern beunruhigte ihn. Als sei er aus dem Takt geraten. Viktor zwang sich, tief einzuatmen. Vielleicht wurde er wetterfühlig. Die Hitze war an allem schuld. Es stand in den Zeitungen, alle unterhielten sich darüber, in Bus und Bahn. Die Glocke eines Eiswagens bimmelte träge. Petja, der gelangweilt an der Hauswand lehnte, betrachtete das Logo mit drei bunten Kugeln sehnsüchtig, aber Viktor reagierte nicht schnell genug. Das Fahrzeug fuhr gemächlich an ihnen vorbei. Kein Luftzug regte sich. An einigen Stellen flimmerte der Asphalt. Die Hitze lag wie ein Sedativum über der Stadt.
»Warte da!«, rief Viktor Petja zu, da er selbst bereits die Straße überquerte. An einer Litfaßsäule hingen die allgegenwärtigen Wahlplakate neben einer übergroßen Werbung für eine Kunstinstallation, die halb überklebt worden war. Die Veranstaltung schien blutig zu sein, denn rote Farbe lief über ein Kreuz. Sie fand statt im *Fern und Weh*, einem Club, der eine Erinnerung bei Viktor aktivierte. Foma Lassarev war dort niedergestochen worden, vor nicht allzu langer Zeit. Der Name eines Künstlers wurde jedoch verdeckt von dem Plakat, dessen Beschriftung Viktor schon seit längerem zu ergründen suchte. Wieder las er die rote Zahl. Zwanzigtausend

Euro wurden ausgelobt für jemanden, der Hinweise auf eine vermisste Person geben konnte. Viktor studierte den unscharfen, schwarzweißen Bildausschnitt, auf dem ein Junge zu sehen war, ein Teenager, vielleicht sechzehn Jahre alt. Kurzes Haar, ein gutmütiges Gesicht, aus welchem dem Betrachter ein vorsichtiges Lächeln entgegensah. Ob die aktuelle Wetterlage den Eindruck verstärkte, vermochte Viktor nicht zu sagen, aber etwas im Hintergrund des Fotos leuchtete. Er wechselte zum Text, der, in Serifen-Schrift schräg aufgedruckt, unter dem Foto zu lesen war. Josef Bauer wurde vermisst. Seit über fünfzehn Jahren suchten seine Eltern ihn. Viktor starrte auf die grob gepixelte Vergrößerung. Etwas nagte an ihm, aber was es auch sein mochte, es wollte ihm nicht einfallen. Unter dem Text stand eine Telefonnummer, die, wiederholt in Reihe geschrieben, wie einzelne Teppichfransen abgetrennt werden konnte. Viktor riss einen der Zettel ab und steckte ihn in seine Hosentasche. Er dachte an Tayfun Acay und ob dieser wohl etwas über das Verschwinden dieses Jungen wusste? Die Sonne blendete ihn, als er die Straße wieder überquerte. Schemenhaft zeichnete sich Petjas Körper im Gegenlicht ab.
Ein paar Halbstarke fuhren mit BMX-Bikes auf Viktor zu. Kurz vor ihm streckte einer von ihnen den Fuß aus und versetzte einem der Müllbehälter einen Tritt. Mit einem lauten Poltern fiel die Tonne um. Nur einen Meter neben Viktor ergoss sich der Inhalt auf den Bürgersteig. Petja, der danebenstand, wich an die Hauswand zurück. Über das Pflaster wimmelten zwischen dem Müll weiße Maden, Hunderte, die sich im hellen Tageslicht krümmten.
Die Jungen lachten und johlten, als sie mit ihren Rädern um die Ecke bogen. Viktor dachte kurz über eine Verfolgung nach, der er sich nicht im Entferntesten gewachsen fühlte, weil sein Herz schon jetzt heftig schlug, weshalb er sich entschloss, nur die Tonne wieder aufzurichten, eingehüllt von

dem überwältigenden Zersetzungsgestank. Er konnte sich jedoch nicht dazu durchringen, die aufgeplatzten Tüten einzusammeln. *Der endlose Müll dieser Stadt!,* dachte Viktor. Die Maden suchten unter den Abfällen Schutz, als scheuten sie das Licht. Wie lange sie wohl überleben würden?, fragte sich Viktor. Dann drehte er sich um und stemmte sich gegen die Tür.

»Fanta?«
»Nein. Milch. Zweimal!«
Ronny suchte im Kühlschrank, entnahm ihm einen Tetra Pak, füllte zwei Gläser und stellte diese so fest auf dem Tresen ab, dass es wie zwei Schüsse knallte. Die Milch schwappte bis hoch an den Rand, aber kein Tropfen lief über, als habe Ronny als Barkeeper das exakte Verhältnis zwischen Masse und Geschwindigkeit verinnerlicht. Viktor schob ein Glas Petja zu, der den Inhalt angeekelt betrachtete.
»Lange nicht gesehen.« Ronny deutete auf Viktors Kopf.
»So was wie Urlaub«, antwortete Viktor.
Skeptisch zog Ronny die Augenbrauen zusammen. »Sieht eher nach so was wie Ärger aus«, antwortete er und stemmte seine breiten Hände auf den Tresen. Hinter ihm flackerte das Licht, das zwei zerbeulte Blechtrichter als Lampenersatz verteilten. Staubpartikel glitzerten in dem matten Strahl. »Als du das letzte Mal hier warst, gab es eine Riesensauerei«, stellte Ronny nachdenklich fest.
Er erinnerte sich, wie sehnsüchtig er Viktors Auftauchen damals erwartet hatte, weil die Situation bedrohlich zu werden schien. Tack, tack, tack. Das Messer tanzte zwischen den Fingern hin und her. Tatsächlich hatte Viktors Eintreffen die Situation verschlimmert. Bis das Unausweichliche zur Gewissheit wurde. Ronny erinnerte sich an das Messer, das in einer Hand auf dem Tresen steckte. In der Hand einer dunkelhaarigen Frau. Aus ihrer Hand lief Blut. Er erinnerte sich

an das weiße Geschirrhandtuch, das die Farbe wechselte und aus dem es rot auf den Boden tropfte. Er erinnerte sich, wie sie ihn mit ihren grünen Augen anstarrte. Bis heute klang ihre Stimme in ihm nach: tief, verheißungsvoll und dennoch eine Absage an alle Hoffnungen. Ronny fragte sich, ob sie noch lebte, und wenn ja, wo sie sich wohl befand.

Wenn Viktor einen Raum betrat, verdunkelte sich das Licht. In Ronnys Kneipe machte das jedoch kaum einen Unterschied. Viktor besaß eine körperliche Präsenz, die Ronny normalerweise beruhigend fand. Viktors Anwesenheit signalisierte ihm, dass die Kavallerie angekommen war. Aber Viktor hatte sich rargemacht. Ronny hatte ihn seit Ewigkeiten nicht gesehen. Genau genommen seit dem Tag, an dem die dunkelhaarige Walküre sich das Messer in die Hand gerammt hatte. Unwillkürlich schaute Ronny zu der Kerbe hin, die auf dem Tresen immer noch zu sehen war: rohe Splitter aus Eichenholz, zwischen denen sich Staub und Krümel angesammelt hatten, umgeben von dunkelbraunem Lack.

Viktor befand sich an seinem gewohnten Platz, doch diesmal saß neben ihm keine Frau, sondern ein Junge. Ronny fragte sich, wie Viktor zu einem Kind gekommen war. Er sah nicht wie ein Vater oder Großvater aus. Er sah nicht aus, als verstehe er überhaupt etwas von Kindern. Ronny gehörte nicht zu den Menschen, die darüber urteilten, wie andere ihren Nachwuchs zu erziehen hatten, aber es war schon spät, und ein Junge in diesem Alter gehörte irgendwann ins Bett, auch wenn die Zeiten sich geändert hatten, auch wenn niemand in dieser Stadt bei dieser Hitze schlafen konnte.

Ronny hatte einen außerehelichen Sohn, was aber keiner seiner Gäste wusste. Nicht einmal Mr. Em, der sein Arbeitgeber war. Ronnys Sohn hieß Lutz, war volljährig und machte eine Ausbildung zum Kfz-Mechatroniker. Lutz war mit einer farblosen, dünnen Drogeriefachverkäuferin aus dem Wedding liiert, mit der er seinen Vater an jedem vierten

Samstag im Monat besuchte. Während der Saison schauten sie gemeinsam Sportschau auf der ARD, ansonsten blätterten sie in alten Fotoalben und sprachen darüber, wie es Lutz' Mutter ging, oder schwiegen zur Musik alter Paul-Kuhn-Platten.

Der Junge sah Viktor nicht ähnlich. Er wirkte wie jemand, der sich aus einem anderen Viertel der Stadt hierher verlaufen hatte. Mitte oder Ku'damm, eine der Ecken Berlins, die das Kapital beheimateten. Viktor sah wie immer abgerissen aus. Die Kleidung abgetragen, verschwitzt und ramponiert. Dazu Viktors vernarbter Kopf, der Ronnys Blick anzog wie ein Verbotsschild. Viktor wirkte ruhig, und Ronny fragte sich, was wohl heute in Anwesenheit dieses Bullen passieren würde, denn die Stadt kochte, schwitzte, und die Menschen benahmen sich unter diesen Umständen nicht normal. Die Jukebox gehörte Mr. Em, dem Besitzer der Bar. Er nannte sie sein Lieblingsstück. Gerade spielte ein alter Bob-Marley-Song, in dem Bob ein Geständnis machte, weil jemand getötet worden war, als zwei Männer den Schankraum betraten. Etwas in Ronnys Magen zog sich zusammen, ein kurzes Wetterleuchten zuckte wie eine Warnung über sein Gesicht. Viktor folgte Ronnys Blick und drehte sich langsam um.

Der eine Mann wirkte alterslos mit seiner weichen, glatten Haut, die sich über seinen Körper spannte wie ein Laken aus Satin. Der andere hatte einen dünnen Zopf und einen Dreitagebart, der einen Teil der Aknenarben im Gesicht verbarg. Beide trugen schwarze Hemden, schwarze Hosen und dunkle, schwere Stiefel. An den Gürteln baumelten Schlagstock, Taschenlampe und Handschellen. Für einen Augenblick stellten die wenigen Gäste ihre Gespräche ein. Es wurde ruhig, und der Reggae-Beat dröhnte durch den Raum.

»Alles okay?«, rief der eine mit dröhnender Stimme Ronny zu.

»Warum nicht?« Ronny wischte mit einem Küchentuch über den Tresen, als bemerke er erst jetzt den Reinigungsbedarf. Die beiden prüften jeden Gast mit einem Blick. Der Dünne kam auf Viktor zu und betrachtete ihn eindringlich. »Ausweis dabei?«
Viktor überlegte kurz. Danach drehte er sich auf dem Barhocker. »Wer will das wissen?«
»Vaterland.«
»Du heißt Vaterland? Was ist das für ein lächerlicher Name für einen Mann?«
Der Dünne schloss den Mund, öffnete ihn wieder, ein, zwei Mal, bis er eine Antwort fand: »Kameradschaft Vaterland. Wir machen die Gegend sicherer.« Er griff nach seinem Schlagstock, als wäre er bereit, seinen Worten Nachdruck zu verleihen.
Viktor wartete auf die Wut, aber sie kam nicht, was ihn überraschte. Also erhob er sich, dehnte seinen Brustkorb und sah auf den Dünnen hinab. »Sicherer als ich ganz sicher nicht.« Viktor hielt den Blick des Dünnen fest, der hin- und herzuckte wie ein defektes Fernsehbild.
»Hast du 'ne Aufenthaltsgenehmigung?«, erkundigte sich der Dicke jetzt.
»Was geht dich das an?«, fragte Viktor ruhig. Zum ersten Mal betonte er seinen russischen Akzent.
Der Dünne löste seinen Blick von Viktors Gesicht. »Deine Visage merke ich mir.«
»Ist sicher 'ne Herausforderung für dich«, sagte Viktor, während er sich vorbeugte, nur Zentimeter vom Gesicht seines Gegenübers entfernt.
Petja sah Viktor interessiert an, doch der bemerkte ihn gar nicht.
Ronny wischte weiter, als gelte seine ganze Konzentration jedem noch so kleinen Fleck.
»Wenn der hier Ärger macht«, rief der Dünne Ronny mit

einem Blick auf Viktor zu, »rufst du uns an! Die Nummer hast du ja.«
Der Dicke gab seinem Begleiter einen Wink. Mit einer Mischung aus Verunsicherung und Wut läutete er den Rückzug ein. Ronny nickte wortlos und hob kurz die Hand zum Gruß, als die beiden gingen. Die Gäste nahmen ihre Gespräche wieder auf.
»Was war denn das?«, wollte Viktor wissen.
»Berlins private Bürgerwehr. Seit neuestem tingeln sie auch in Friedrichshain.«
»Gegen was müssen wir uns hier denn wehren?«
»Keine Ahnung«, sagte Ronny. »Ich kam bisher ganz gut allein zurecht. Und wenn mal was war, dann hatten wir ja immer noch die Polizei.«
Viktor lächelte. Dass jemand sich auf die Polizei verließ, gab Raum für Hoffnungen. »Vaterland.« Das Wort stand wie ein Monolith im Raum. Fremd, dunkel und mysteriös. Viktor befand sich wieder einmal auf einer Pilgerfahrt, die neue Erkenntnisse bringen musste. »Was weißt du über die?«
Ronny hielt inne, dachte kurz nach. Er machte seinen Job. Er mochte ihn nicht besonders, lehnte ihn aber auch nicht grundsätzlich ab. Ronny wirkte wie jemand, der sich mit dem Unvermeidlichen abgefunden hatte und nicht mehr die Kraft besaß, über Veränderungen nachzudenken, die nur neue Mühsal bedeuteten. Auf Ronnys hoher Stirn glänzte Schweiß. Doch jetzt schien nicht mehr Nervosität, sondern die Hitze ihm zuzusetzen. Hinter ihm stand ein Ventilator im Regal, der auf höchster Stufe rotierte, die Luftbewegungen streiften Ronny gelegentlich. Er runzelte die Stirn, produzierte drei oder vier horizontale Falten, dann erklärte er: »Nicht viel. Sie spielen Hilfssheriffs. Es geht um Sicherheit. Nicht dass es bisher unsicher gewesen wäre. Aber jetzt läuft die schwarze Schwadron durch unsere Straßen, und ich weiß nicht, worüber ich mir mehr Gedanken machen soll.«

Viktor wusste nicht, ob die offenkundige Dummheit dieser Rassisten ihn beruhigen oder in Sorge versetzen sollte. Danach dachte er an Martin Winter und dass er Teil dieses Vereins gewesen war. »Wer finanziert die überhaupt?«, fragte Viktor.

Ronny hielt kurz inne. »Woher soll ich das wissen?«

»Ist das alles, was du weißt?«

Ronny seufzte. »Ist wohl eine Bullenkrankheit, immer diese Fragerei.« Er wartete auf Viktors Reaktion auf diese Beleidigung, doch die blieb aus. »Jedes Mal, wenn diese Pegida-Aufmärsche stattfinden, wenn die Angst umgeht vor dem Islam, vor den Fremden in unserer Stadt, sehe ich auch die Mitläufer von ›Vaterland‹.«

Viktor dachte an Sevim Winter und daran, dass es ausreichte, aus einem anderen Land zu stammen oder eine andere Religion zu leben, um mit Verachtung gestraft oder mit dem Tod bedroht zu werden. Was war Ronny eigentlich: Viktors Gastwirt oder sein Informant, fragte Viktor sich. Viktor sagte: »Auch ich bin fremd. Russischer Einwanderer. Was ist mit mir?«

Ronny zuckte mit den Schultern. »Ich halte dich nicht für eine Gefahr.« Er zeigte auf das Glas. »Gefährliche Menschen trinken keine Milch.«

Viktor nickte zustimmend, denn im Ergebnis hatte Ronny recht. »Die Nummer hätte ich noch gern.«

»Welche?«

»Die von der Kameradschaft ›Vaterland‹. Nur zur Sicherheit, falls ich mich mal bedroht fühle.«

Ronny ignorierte Viktors Sarkasmus, oder er verstand ihn nicht, notierte ein paar Ziffern auf einem Block, riss das Blatt ab, um es ihm zu reichen. »Von mir hast du das nicht.«

»Ich kenne dich nicht mal«, erwiderte Viktor und steckte die zweite Telefonnummer an diesem Tag zu der anderen in seine Hosentasche. Er trank das Glas Milch in einem Zug aus,

legte vier Euro auf den Tresen und sagte: »Danke! Stimmt so«, und bedeutete Petja, ihm zu folgen.
Ronny kassierte die Münzen ein, griff nach den Gläsern und bedankte sich mit einem gutturalen Geräusch. Mit dem Handtuch wischte er weiter über alle Oberflächen, als gelte es, alle Spuren von Viktors Anwesenheit rückstandslos zu beseitigen.

21

Und das ist Ihr bester Mann?« Henning Groß sah Viktor prüfend an.
Gunnar wand sich förmlich auf seinem Stuhl. »Viktor Saizew.« Sein Lächeln wirkte bemüht. »Erst seit kurzem wieder mit an Bord.«
»Ich hörte davon«, sagte Groß.
Viktor fragte sich, was genau der Innensenator damit meinte. Und ob es gut war oder schlecht.
»Erstaunliche Leistung, die Sie da erbracht haben.«
Meinte er Viktors letzte Ermittlungserfolge oder seine Rückkehr nach der Entfernung des Tumors? Groß' Hang, mehrdeutig zu formulieren, irritierte Viktor.
Groß nickte anerkennend. »Guter Mann.«
Viktor folgte einem Impuls und machte einen Schritt auf den Innensenator zu, streckte seine Hand aus. Umstandslos reichte Groß ihm die Hand zum Gruß. Viktor ergriff sie und drückte kurz zu, hart und unerbittlich, bis er ein Knacken hörte. Groß verzog schmerzhaft das Gesicht, aber Viktor hielt seinen Blick fest, und Groß wollte sich keine Blöße geben. Als Viktor seinen Griff löste, bemerkte er, wie sein Gegenüber leise stöhnte und Gunnar ihn zornig anfunkelte.

Viktor setzte sich ruhig auf den Besucherstuhl, während Groß noch stand und seine Finger prüfend bewegte. »Mit diesen Händen brauchen Sie wohl keine Dienstwaffe.«
Gunnar lachte auf. Leicht gequält, wie es Viktor erschien.
»Komme auch ohne klar«, antwortete Viktor kurz.
»Darauf wette ich.«
»Welche Ergebnisse haben wir?«, unterbrach Gunnar, als ob er die Fortsetzung des privaten Wortwechsels fürchtete. Sein Gesicht wirkte angespannt.
»Lopez spricht gerade mit Acay«, informierte Viktor ihn.
Groß betrachtete ihn mit gefurchter Stirn, und Viktor fragte sich, ob er dessen Dutzendgesicht auf der Straße wiedererkennen würde. Natürlich kannte er es von den Plakaten in der Stadt. Der Anzug grau, genauso wie die Krawatte auf dem weißen Hemd. Eine fliehende Stirn, die Haare grau wie die Gesichtsfarbe, wie Asche, die von einem Feuer übrig blieb, das Gesicht glattrasiert und oval, symmetrisch ohne jeden Anhaltspunkt.
»Tayfun Acay ist der Bruder der verbrannten Frau«, erklärte Viktor Groß, dessen Stirn sich bei der Information entspannte.
»Die Befragung. Warum ist das nicht längst passiert?«, erkundigte sich Groß.
Gunnar warf Viktor einen flehenden Blick zu, holte Luft, um ihm zuvorzukommen, doch Viktor ließ es nicht zu. »Weil der Tag nur vierundzwanzig Stunden hat. Weil der Mörder in dieser Zeitspanne zwei Leichen hinterließ. Weil wir es uns nicht leisten können, etwas zu übersehen.«
»Könnten es nicht zwei unterschiedliche Täter sein?«, fragte Groß.
Man konnte diese Frage stellen, musste es jedoch nicht. »Möglich, aber unwahrscheinlich«, sagte Viktor ruhig.
»Am Wochenende stehen uns nicht alle Ressourcen zur Verfügung«, wandte Gunnar ein.

Groß schnaubte. »Das ist Berlin. Alle Behörden sind rund um die Uhr besetzt.«
»Aber nicht mit Personal. Nicht nach der Einsparungswelle im vergangenen Jahr«, fügte Gunnar leise hinzu.
»Überstunden. Rechnen Sie es ab, berufen Sie sich auf mich!«, schlug Groß vor. »Wir sind eine ausländerfreundliche Stadt. Ich möchte, dass das auch so bleibt.«
Obwohl der Innensenator sich unerwartet verständnisvoll und verbindlich gab, obwohl er exakt die richtigen Worte wählte, war Viktor erbost. Dass Groß nicht ins gleiche Horn stieß wie die rechte Opposition, schien nur richtig und gut. Aber Viktor glaubte seinem Chef nicht. Viktor glaubte Politikern nie. Ein archaischer Instinkt, vielleicht Erbe seines Geburtslandes. In Russland war Politik gleichbedeutend mit Korruption. Worüber regte er sich auf? Dass Groß lediglich eigene Interessen vertrat? Viktor hatte seine Tabletten eingenommen, aber vielleicht verzögerte sich der Effekt. Es fiel ihm schwer, seine Emotionen einzuordnen: Empfand er echte Wut, oder war dieses Gefühl eine Spätfolge des Tumors? Viktor ertrug die Verunsicherung nur schlecht, aber seine Gedanken arbeiteten sich automatisch an dem Gegenüber ab: Groß spielte sich auf wie Gott. An der Küste Italiens ertranken Menschen, weil sie in Europa leben wollten. Hier in Berlin entdeckte Groß auf einmal sein Herz für diejenigen, denen es gelungen war, in Berlin zu leben. Dreißig Prozent der Wähler in Berlin hatten einen Migrationshintergrund. Ein Pfund, mit dem sich in Wahlzeiten wuchern ließ. Besonders in Zeiten einer toten, schwangeren, türkischen Frau. Die Wähler wünschten sich einen starken Mann. Wer fragte da noch nach einer glaubwürdigen Position?
»Herr Saizew, was ist Ihr nächster Schritt?«
»Ich kümmere mich um Martin Winters Hintergrund. Familie, Arbeit, seine Interessen.«
Gunnar schaltete sich ein, indem er mit einer Zeitung wedelte,

die auf seinem Schreibtisch lag. »Die Berliner Zeitung bringt heute Fotos von Martin Winter. Wir bitten um Hinweise.«
»Zeigen Sie mal her!« Groß griff nach dem Blatt und strich es mit beiden Händen glatt. Viktor kannte die Bilder, weshalb er sich nicht rührte. Groß las konzentriert.
»Wir nutzen alle Kanäle, um diese Morde aufzuklären.« Gunnar wirkte nicht wie jemand, der einen Orden erwartete.
»Na ja. Hoffentlich melden sich da nicht nur Spinner«, sagte Groß nachdenklich.
Viktor fürchtete etwas ganz anderes: »Hoffentlich meldet sich überhaupt jemand.«
»Vorrang haben aber die Ermittlungen an dem Mord der türkischen Frau«, antwortete Groß schnell und bestimmt. *Sevim Winter*, dachte Viktor. Auch Tote trugen Namen. Groß ordnete Prioritäten an, was Viktor nicht gefiel. Er stand für seine eigenen Ermittlungen, ohne Einmischung, frei von jeglicher Einflussnahme. Dennoch arbeitete Viktor weisungsgebunden. Das war die Realität. Groß hätte verlangen können, dass Viktor für ihn Samba tanzte. Dass er es im Sommer schneien ließ. Technisch gesehen, blieb Groß Viktors oberster Dienstherr, was auch Feldherr bedeuten konnte. Es klang wie aus einer anderen Zeit. Viktor spürte, wie die Wut sich ausbreitete, überkochte, wie die heiße Welle ihn unweigerlich überspülte. Als gäbe es nur diesen einen Mord, als habe der andere nichts damit zu tun. Als seien Tote, Opfer, nur Mittel zum Zweck. Eine Wahlkampfmasse, die es richtig einzusetzen galt. Mord verkam in der Hauptstadt zur Zweiklassengesellschaft.
Viktor sagte nichts. Weil er es nicht konnte. Weil sich alles in seinem Gehirn überschlug und er nicht in der Lage war, das Chaos einzudämmen. Er zwang sich, einzuatmen, dann wieder auszuatmen. Er durfte sich nicht gehenlassen. Nie mehr, und schon gar nicht hier.
»Geht es Ihnen gut?«, fragte Groß besorgt.

»Ich habe schon deutlich schlechtere Tage erlebt. Vor circa einem halben Jahr«, entgegnete Viktor scharf.
Groß sah Viktor direkt an. »Wollte Ihnen nicht zu nahe treten. Wie gesagt: Ich kenne wenige, die zu solchen Leistungen fähig sind.«
Nicht käuflich, dachte Viktor nur. *Ich nicht.*
Gunnar fuhr sich wieder einmal durch das Haar, nervös. Groß thronte über ihm wie jemand, der es sich leisten konnte, zu fordern, dass die Dinge so liefen, wie es ihm gefiel. Zum ersten Mal seit langem empfand Viktor für Gunnar Mitgefühl. Gestalteten sich Hierarchien doch stets gleich. Unten und oben. Jeder litt darunter, jeder führte seinen Kampf. Viktor hielt sich an einer Frage fest, die wie ein Strohhalm aus dem Sumpf seiner Gedanken herausragte: Wem mochte Henning Groß wohl Rechenschaft ablegen müssen? Wer stand noch über ihm?
Die Tür öffnete sich, und Lopez steckte den Kopf herein. Drei Männer schauten zeitgleich auf. Lopez' Gesicht leuchtete vor Aufregung. Sie klang, als habe sie mehrere Treppenstufen auf einmal genommen. »Verzeihung!«, sagte sie in die Runde mit einem gehetzten Blick. »Viktor, du musst kommen. Das glaubst du nicht!«

»Sie ist tot.«
Er hörte ihren Atem, und er spürte, wie seine Brust sich hob und senkte. Er legte die Rosenschere vorsichtig auf die antike Kommode und wischte sich die schmutzige Hand an der Arbeitshose ab. Er ging mit dem Mobilteil in die Küche, weil er neben dem Kühlschrank stehen wollte. In der Nähe der Schubladen mit all den Verpackungen und Dosen, Tüten, Tetra Paks und Flaschen. Die Nahrung zog ihn magisch an. Er hatte Appetit auf Brot und Nudeln, auf Sahne, Käse und Wurst. Danach würde er Schokolade essen, zwei Tafeln mindestens. Dazu süße Limonade trinken. Er spürte schon das

Gefühl der Erleichterung, wenn er die ersten Bissen kaute. Wenn das kohlensäurehaltige Getränk seine Kehle hinunterrann. Wie sich die Wärme als neue Energie in ihm ausbreitete. Er sagte: »Nein«, weil es ihm unvorstellbar erschien, obwohl er diese Nachricht bereits seit Jahren fürchtete und erwartete.

»Doch.« Ihre Stimme klang erstickt. Noch nie hatte sie in seiner Gegenwart geweint, auch wenn er ihr Schluchzen schon oft vernommen hatte, sobald ihr Mann wütend das Haus verließ. Göttinnen weinten nicht. Sie gestattete es sich nicht, weil sie stark sein musste. Für sich, für ihn, für ihren Sohn. Auf ihn wirkte sie immer ruhig und kontrolliert, als gäbe es nichts, was sie aus der Ruhe bringen könnte. Als wüsste sie immer, was zu tun war. Er bewunderte ihre Art, nicht nur, weil sie ihn gerettet hatte.

»Ich werde heute Abend nach Hause kommen, weil ich Urlaub nehmen muss.« Eine Auszeit von ihrer Arbeit, die sie liebte.

»Kann ich sie …?« Er wagte nicht, den Satz auszusprechen.

»Nein.«

Ihr Nein klang so hart und kurz, als habe sie ihn ins Gesicht geschlagen. Er durfte sie nicht mehr sehen. Hektisch suchten seine Finger auf dem Esstisch nach einer Struktur, doch die Tischplatte war glatt und makellos. »Bitte!«, flüsterte er, weil er hoffte, es könne seine Schuld mindern. Nur um ein Grad, eine Winzigkeit, ein µ.

»Ich würde dich nie mehr in ihre Nähe lassen. Wie könnte ich?«

Er schloss die Augen und begriff den Hunger, die Verzweiflung, das Verlangen als die Strafe, die ihm auferlegt worden war.

»Ich habe die Beerdigung organisiert. Mitte der Woche reise ich wieder zurück. Großvater bringe ich mit. Er hat schon einen Platz in einem Heim.«

Er hörte ihre Worte wie von weit entfernt. Als spräche sie über einen Canyon hinweg mit ihm. Als trüge der Wind ihm ihre Stimme zu. Er bemerkte, wie er die Nachricht von ihrem Tod begriff. Wie ihm das letzte Stück von dem genommen wurde, um das er sich schon längst selbst gebracht hatte. Wie die letzte Scherbe in ihm zerbrach. Wie er am ganzen Körper zitterte, wie er sich nackt fühlte, obwohl er doch angezogen war. Wie die Leere des Hauses näher rückte, als wollten die Wände ihn erdrücken. Wie er sich nach dem freien Himmel, nach dem Garten sehnte, nach den Blumen, die ihn brauchten. Wie er am ganzen Körper zitterte, wie sie ihre Hand durch den Hörer ausstreckte nach ihm, wie ihre Fingerspitzen seine Genitalien berührten, das, was davon übrig geblieben war. Wie ein Schrei aus ihm hinausdrängte, er ihn aber unterdrücken musste, weil er nicht schreien durfte. Wenn er schrie, musste er noch länger hungern. Was er noch weniger aushielt als das, was nicht auszuhalten war.

»Ich habe deine Aktivitäten in den Nachrichten verfolgt. Das hast du gut gemacht.«

Jetzt klang ihre Stimme wieder ganz normal. Er wollte die Augen öffnen, konnte es aber nicht. Seine Muskulatur war erstarrt. »Alle?«, hörte er sich fragen.

»Natürlich alle, denn sie haben es verdient.«

Alle, hatte sie gesagt. Sie wusste allerdings nicht, dass er seine Aufgabe noch nicht beendet hatte. Ihr Wunsch war sein Befehl. Daran hielt er sich. Jeder sollte seine Strafe finden, so wie er die seine schon gefunden hatte. Dennoch würden seine Qualen nie mehr enden. Schweiß lief an ihm hinab, die Kleidung klebte an ihm fest wie seine Schuld. Er fühlte sich entblößt.

»Iss etwas, Caliban!«, hörte er sie sagen.

Sie musste ihn doch lieben, andernfalls würde ihr sein Hunger sicher nichts bedeuten. Schluchzen schwoll in ihm an. Er wollte ihr sagen, wie er sie schätzte und verehrte, nur damit

sie verstand, wie sehr er seine Taten bereute. Er hatte sich ihr unterworfen. Mit Haut und Haar. Doch er war in all den Jahren stumm geworden, konnte nicht darüber sprechen. Er hatte es verlernt.
Sie legte auf, ohne sich zu verabschieden. Er hörte den nicht enden wollenden Ton in der Leitung, der von der getrennten Verbindung kündete. Das Telefon glitt ihm aus der Hand. Er hörte, wie es auf dem Boden aufschlug und zerbrach. Er wartete. Er verharrte an seinem Platz, weil es das Einzige war, was er noch leisten konnte. Das Zittern ebbte ab, ebenso sein Schluchzen. Er öffnete die Augen und sah an sich hinab. Er stand in seinem eigenen Urin und wusste nicht, wie er die Kraft aufbringen sollte, den Bannkreis zu verlassen.

22

Was machst du hier?«, zischte Viktor Lopez an. Sie standen auf dem Korridor vor der Vermisstenstelle. Viktor sprach leise, weil er nicht wollte, dass jemand mitbekam, was er seiner Kollegin mitteilte.
»Ich arbeite«, entgegnete sie kühl.
»Du solltest zu Hause bleiben. Für ein paar Tage wenigstens.«
»So wie du?« Sie provozierte ihn.
Viktor stieß entnervt die Luft aus. »Das ist etwas anderes. Ich bin nicht krank.«
»Ich auch nicht«, sagte Lopez nachdrücklich.
»So habe ich das nicht gemeint.«
»Wie hast du es denn gemeint, Viktor?«
»Du könntest das Kind verlieren.« Die Worte verließen Vik-

tors Mund schneller, als er sie zu kontrollieren vermochte. Kind und Verlust in einem Satz auszusprechen, das erschien ihm die Grenzen des Erlaubten weit zu überschreiten. Lopez würde das nicht tolerieren. War doch ein großer Teil ihrer gemeinsamen Laufbahn bereits überschattet von Verlust. Seit diesem Tag auf einem Spielplatz in Friedrichshain, wo es geschehen war. Luis, der jetzt einen anderen Namen trug und damit auch ein anderer geworden war. Unweigerlich drängten sich die Bilder in seinen Kopf, auf welchen Lopez eine Waffe auf sich richtete, danach andere Bilder, auf welchen Blut aus seiner eigenen Brust pulsierte und Lopez ihm tatenlos gegenübersaß.

Aber Lopez schrie ihn nicht an, sie regte sich nicht auf, verteidigte sich nicht. Sie sah ihn voller Mitleid an. »Viktor! Was ist eigentlich los mit dir?« Es klang, als fände sie keine Antwort mehr darauf.

Viktor schluckte trocken, weil er es nicht kannte, dass sie ihn so betrachtete. Weil es ihn verunsicherte. Weil er im Zentrum des Gespräches stand. Wieder bemerkte er den Schmerz in seiner Brust.

Lopez schaute an ihm vorbei, als sie sagte: »Es geht mir gut. Das hier ist mein letzter Fall, und solange ich noch gerade stehen kann, kümmere ich mich darum.«

»Es werden noch viele Fälle kommen«, antwortete Viktor lahm.

Lopez' Blick nagelte ihn fest. »Du willst mich nicht verstehen. Ich höre auf.«

Die Zeit stand für einen Moment still. Kein Bild, kein Ton. Die Uhrzeiger rührten sich nicht mehr, die ganze Welt fror ein, und nichts bewegte sich.

»Was?« Viktor nahm überdeutlich wahr, wie sich seine Lider hoben und senkten. Wie der Flügelschlag eines Schmetterlings in Zeitlupe.

Lopez antwortete: »Wie soll das gehen? Ein Baby und ich

bei der Mordkommission? Tessa kennt mich kaum noch, weil Bernhard sich immer um sie gekümmert hat. Ich wollte nur arbeiten.«

»Was ist mit Petja?«

»Ich habe Luis verloren und einen Petja wiederbekommen. Für Petja bin ich eine fremde Frau. Er will nichts mit mir zu schaffen haben. Bald reist er wieder ab.«

Viktor sah, wie sich Tränen in Lopez' Augen sammelten. »Du weißt, dass das so nicht stimmt.«

»Du weißt, dass du mich nur trösten willst. Bernhard und ich, wir verstehen dieses Kind noch nicht einmal. Wir hätten ihn nicht einladen sollen. Es macht alles nur noch schlimmer. Er gehört einfach nicht mehr hierher, weil sein Zuhause irgendwo in Russland ist.«

Viktors Zunge klebte am Gaumen fest.

»Ich muss mich mehr um meine Kinder kümmern. Zumindest um die, die mir geblieben sind.«

»Du kannst nicht aufhören. Wie ... wie soll das gehen?« Viktor fiel auf, dass er stotterte. »Ohne dich?«

»Jeder ist ersetzbar.«

»Du nicht. Nicht für mich.« Viktor spürte, wie das Blut sich in seinen Wangen sammelte, wie es jede Zelle seines Gesichtes füllte.

»Hör auf, mich so anzusehen!«

Viktor sah weg.

»Ich bin ersetzbar. Wir sind ein Team. Sagt Gunnar jeden Tag.« Lopez räusperte sich. »Ich hätte es dir früher mitteilen sollen. Ich konnte es nicht. Wegen dir.« Kaum hörbar fügte sie hinzu: »Mir fällt das auch nicht leicht.«

Viktor schwieg und hoffte, dass etwas Dramatisches passieren würde. Ein Sturm, ein Erdbeben, eine Invasion fremder Armeen. Doch nichts davon geschah.

»Aber jetzt haben wir noch einen Fall.« Lopez wandte sich ab, um in Acays Büro zu gehen.

Mechanisch setzte sich Viktor in Bewegung. Jede Faser in ihm wollte glauben, er habe diese Unterhaltung nur geträumt.
Was war nur los mit seinem Herz? Aber es war taghell und heiß und nicht von der Hand zu weisen, dass er sich wie jemand fühlte, der gerade verlassen worden war.

Das Büro von Tayfun Acay sah wie eine Baustelle aus. Eine dünne Plastikfolie bedeckte das Mobiliar. Nur Schreibtisch und Stühle hatte man frei gelassen. Überall klebte Abdeckband. An der Wand stand ein Eimer weiße Farbe, in dem ein Plastikgitter steckte. Daneben lagen auf einem Stück Pappe zwei Pinsel, einer groß, rund und breit, einer klein, flach und schmal, sowie eine weiß getränkte Malerrolle. Finders Blut an der Wand war halb übermalt, als habe den Anstreicher plötzlich das Grauen gepackt. Als ob er habe fliehen müssen. Lopez lehnte am Türrahmen und winkte Viktor herein. Acay saß hinter seinem Schreibtisch wie ein Statist. Er wirkte ernst, besorgt. Viktor musterte das Ehepaar, das auf den Besucherstühlen Platz genommen hatte. Der Mann in dem gut gebügelten Polo-Shirt sah aus wie Robert Redford, der in die Jahre gekommen war. Sehnige Arme, die Haare an den Schläfen leicht ergraut.
Die Hand seiner Frau lag wie zur Beruhigung auf seinem Oberschenkel. Sie trug das weiße Haar zu einer Hochfrisur gekämmt und ein bunt bedrucktes, teures Sommerkleid, dazu passende Sandaletten. Eines ihrer Beine wippte nervös auf und ab. Das Paar schien auf den ersten Blick gebildet und solvent, der Inbegriff des gehobenen Bürgertums. Beide begrüßten Viktor höflich, als überrasche sie sein Eintreffen nicht. Wenn sein Anblick sie abschreckte, ließen sie sich zumindest nichts anmerken. Acay stellte Viktor vor: »Das ist Hauptkommissar Viktor Saizew, der den Fall Winter bearbeitet. Und das« – Acay wies mit einer Handbewegung auf

die Besucher – »sind Herr und Frau Bauer. Ihr Sohn Josef wird seit fünfzehn Jahren vermisst.«
Viktor sah die vergilbte Laufakte auf Acays Tisch.
Jetzt schlug Acay diese auf.
Viktor fragte: »Wo ist der Zusammenhang?«
Bauer senior entfaltete die Zeitung, die auf seinem Schoß ruhte. »Das Bild aus der Presse. Wir kennen es.«
Viktor runzelte die Stirn und folgte Bauers Fingerzeig zum Foto der zwei Jungen. »Das ist Martin Winter. Und das ist« – Bauer korrigierte sich –, »das war unser Sohn.«
Viktor spürte, wie sich seine Gedanken überschlugen, wie er in seiner Erinnerung suchte, das Bruchstück schließlich fand, und wie er parallel dazu in seiner Hosentasche danach suchte. Kurz verglich er die beiden Telefonnummern, zog eine davon heraus und legte sie den Eltern vor, die sich interessiert darüberbeugten. »Kennen Sie die?«
Frau Bauer sah Viktor überrascht an. »Das ist unsere.«
Lopez schob Viktor zur Seite, um die Nummer ebenfalls zu inspizieren.
Viktor erklärte: »Sie haben überall Plakate angebracht. Und eine Belohnung versprochen für denjenigen, der Hinweise auf den Verbleib Ihres Sohnes geben kann.«
»Es hat sich jahrelang nichts getan«, sagte Bauer. Halb klagte er an, halb erklärte er sich.
Viktor warf Lopez einen Blick zu, weil er ahnte, wie sie sich fühlen musste. Ihre eigene Geschichte entrollte sich gerade noch einmal. Manche Geschichten endeten nie.
»Wir waren von der polizeilichen Arbeit enttäuscht. Wir wollten selbst tätig werden. Nach all den Jahren, nach all dem Hoffen, Warten und Verzweifeln«, sagte Frau Bauer vorwurfsvoll, was alle schweigend akzeptierten. Man konnte vieles tun, und es war dennoch nie genug.
»Nicht, dass wir noch Hoffnung hätten, aber Josefs Ausbildungsversicherung sammelte hohe Beträge an.«

»Zwanzigtausend Euro«, warf Viktor ein.
Acay äußerte ein leises »Wow«.
»Wir wollten, dass das Geld ihm noch irgendwie zugutekommt.«
Betreten sahen sich alle an. Dieser Raum akkumulierte enttäuschte Hoffnungen wie ein schwarzes Loch.
»Haben Sie noch andere Kinder?« Viktor rechnete damit, dass Josef Bauer Einzelkind sein musste.
»Fünf.«
Lopez schaute auf, weil sie mit dieser Zahl nicht gerechnet hatte.
»Wir wollten immer viele Kinder haben«, beantwortete Frau Bauer die Frage, die keiner zu stellen wagte. »Martin war ein Sandwich-Kind.«
Lopez dachte an Petja, der bald ein Sandwich-Kind sein würde, und daran, was er jetzt wohl tat. Das Display seines Smartphones betrachten? Regungslos an ihrem Küchentisch sitzen? Oder seinem Vater auf Schritt und Tritt folgen? Ihr Sohn wirkte völlig antriebslos. »Die Kinder in der Mitte haben es bekanntlich schwer«, stellte Lopez fest.
»Gilt das nicht auch für die Ältesten? Und für Einzelkinder sowieso?« Herr Bauer lächelte schief.
»Nein, nein. Sie haben schon recht«, fiel ihm seine Frau ins Wort. »Josef wuchs praktisch bei meiner Schwester auf.«
»Warum?«, fragte Acay, weil einer die Frage stellen musste.
»Die beiden mochten sich. Meine Schwester konnte keine Kinder bekommen, und da akzeptierten wir, dass Josef ihre Nähe suchte.«
»Sie wollte unbedingt ein Kind«, sagte Herr Bauer. Als ob sich keiner diesem Wunsch widersetzen konnte. Oder sollte. Aber seine Frau lenkte ein: »Ich denke, dass sie füreinander etwas Besonderes waren.« Es klang nach Versöhnung, nach Hilflosigkeit und nach dem Strohhalm, den man ergriff, wenn man sonst keinen Halt mehr fand.

Viktor stellte fest, dass in diesen Zeilen mehr Andeutungen und Erklärungen lagen, als Frau Bauer in Worte zu fassen vermochte. Eine Frau zog das Kind ihrer Schwester groß. Viktor fand das rührend und unheimlich zugleich. »Wie heißt Ihre Schwester, und wann können wir mit ihr sprechen?«

Frau Bauer holte tief Luft. »Gar nicht mehr, denn sie ist seit bereits fünf Jahren tot.«

Sackgasse. Viktor und Lopez wechselten einen kurzen Blick.

»Und jetzt ist auch noch Martin tot. So jung. Woher kommt nur all diese Gewalt?« Frau Bauer sah sie ratlos an.

Viktor wusste, dass es auf diese Frage keine Antwort gab. Oder zu viele Antworten, die sich gegenseitig widersprachen. Er dachte laut nach. »Das Foto auf dem Plakat. Es handelt sich um einen vergrößerten Ausschnitt des Bildes, das wir bei Martin Winter fanden. Es zeigt Ihren Sohn.«

»Aber wenn Sie das wussten ...«, wendete der Vater verärgert ein.

»Nein«, fiel Viktor ihm ins Wort, »ich habe es eben erst erkannt. Die Auflösung auf dem Plakat ist schlecht und die Vergrößerung unscharf. Hätte ich den Zusammenhang schon früher verstanden, säße ich jetzt bei Ihnen zu Hause und nicht Sie hier.«

»Als wir das Foto in der Zeitung sahen, sind wir sofort hergekommen. Wissen Sie vielleicht etwas Neues über unseren Sohn?« Frau Bauers Gesicht wirkte animiert, als habe jemand einen Scheinwerfer auf sie gerichtet. Und als setzte allein der Gedanke sie unter Strom, wippte ihr Fuß auf und ab.

»Moment«, unterbrach Lopez aufgeregt. »Martin Winter und Ihr Sohn kannten sich?«

»Sie waren Schulfreunde.«

»Wo wurde dieses Foto aufgenommen?«

Frau Bauer seufzte. »Vor fünfzehn Jahren bei einer Freizeit in Dänemark.«

23

»Alle Wege führen nach Dänemark.« Viktor hatte Dänemark noch nie bereist. Dänemark, Schweden und die Niederlande erschienen ihm wie eine eigene nordische Nation. Blonde Menschen, die alle fließend Englisch sprachen, weiße Strände, fortschrittliche soziale Sicherungssysteme und kostspielige Lebenshaltungskosten formten sich in seinem Kopf zu einem großen Klischee. »Warst du schon mal dort?«, fragte er Lopez.

»Wir haben da mal Urlaub gemacht, als Tessa noch ein Säugling war. Rehe kamen ganz nah ans Haus. Der Strand erstreckte sich bei Ebbe über Hunderte von Metern zum Meer.«

Viktor hatte seine freie Zeit nach der Flucht aus Russland in Marzahn verbracht, bis er später ganz Berlin erkundete. Es hatte ihn nie hinaus in die Welt gezogen, selbst Deutschland kannte er nicht gut. In Bielefeld und München hatte er mal Fortbildungen absolviert. Städte, die er wie ein Durchreisender erlebte, die keinen bleibenden Eindruck bei ihm hinterließen. Viktor reizten fremde Städte oder Länder nicht.

Lopez saß hinter ihrem Schreibtisch, der seinem gegenüberstand. Jemand hatte die Jalousien vor dem Fenster heruntergelassen, um die Sonne abzuwehren. Im Halbdunkel versuchte Viktor, auf Lopez' Bildschirm zu erkennen, wo genau sich Josef Bauer aufgehalten hatte, bevor er verschwand. Die Eltern hatten ihm Jahr und Monat genannt, als Josef seine Ferien in Dänemark verbrachte. Fünfzehn Jahre war das her und das neue Jahrtausend gerade frisch geboren. Jetzt zoomte Lopez näher heran. Google Maps. Viktor beobachtete wie aus einem Raumschiff heraus fasziniert das Manöver. Da erschienen die Umrisse des europäischen Kontinents, danach Skandinavien, dessen Landmasse einem Pudel ähnelte, dann

Dänemark und plötzlich eine Stadt. Viktor las den Schriftzug »Kopenhagen« neben einem roten Punkt; er erkannte das Symbol für einen Flughafen und das Meer. Die Nähe zu Malmö erstaunte ihn. Schweden schien im Vergleich zu Dänemark ein unverhältnismäßig großes Land zu sein. Wie ein Hund, der an einem kleinen Knochen schnupperte.

Lopez lehnte sich zurück, missmutig fuhr sie mit der Maus hin und her. Der Cursor sauste ziellos über den Bildschirm. »Verdammt. Wir werden Amtshilfe beantragen müssen. Dänemark!« Als trüge das Land allein die Verantwortung für ihre Unannehmlichkeit.

Gunnar würde das nicht gefallen, denn Amtshilfe bedeutete immer Verzögerung. Viktor hingegen verspürte Nervosität, weil sie endlich eine brauchbare Spur verfolgten. Etwas fiel ihm ein: »Vielleicht hat unser Innensenator Groß gute Verbindungen, wenn er dort ein Haus besitzt.« Sein Telefon klingelte. Nicht die Amtsleitung, sondern das Handy, das er in der Tasche trug. »Viktor Saizew«, meldete er sich, da die Nummer ihm nichts sagte. Er lauschte kurz, versuchte, den Anrufer zu unterbrechen. Er setzte mehrmals an, kam aber nicht zu Wort. Lopez hörte, wie er jemanden bat, sich zu beruhigen, wie er sich erkundigte, wo er ihn antreffen könne, wie er versprach, sofort dorthin zu kommen. Viktor legte auf, während er sich bereits auf dem Weg zur Tür befand.

»Hey«, rief Lopez ihm nach, »wo gehst du hin?«

Viktor überlegte, was er ihr antworten konnte. »Es gibt ein Problem.«

»Das ist ja mal was Neues!«, stichelte Lopez aggressiv.

»Rufst du die dänischen Kollegen an?«, fragte Viktor, ohne auf ihre Frage einzugehen.

»Da du mal wieder beschäftigt bist, die Welt zu retten, muss ich das wohl.«

»Nicht die Welt«, sagte Viktor, als sei das wirklich zu viel verlangt.

Lopez verzog gequält den Mund. »Bitte nicht schon wieder eine Frau.«
Viktor verließ ihr Büro, weil es ihn frustrierte, dass Lopez ihn genauer durchschaute als ein Sicherheitsscanner Reisende am Flughafen.
»Du benimmst dich wie das fleischgewordene Klischee!«, rief sie hinter ihm her. Er hätte es gern vermieden, aber selbst auf dem Korridor hörte er ihre Stimme noch: »Verdammt noch mal, Viktor! Wir haben einen Fall!«
Viktor dachte nur: *Wem sagst du das?*

Er nahm den Toyota, die Zeit drängte. Er schaltete Blaulicht und Martinshorn ein. Die Häuser der Stadt zogen wie auf Zelluloid Bild für Bild an ihm vorbei. Viktor trat auf das Gaspedal, bis der Motor röhrte. An einer Ampel sprangen zwei Fußgänger zurück, und Viktor musste abrupt bremsen, als eine alte Frau plötzlich mitten auf der Straße stehen blieb. In Pankow bemaß er kurz den schnellsten Weg und bog fünf Minuten später in die Stille Straße ein. Nichts rührte sich. Viktor vermutete, dass die Straße nur als Filmkulisse diente, weil er hier noch nie einen Passanten angetroffen hatte. Als er vor dem Anwesen stoppte, drehte sich nur noch das Blaulicht auf dem Autodach. Die Sirene erstarb. Viktor öffnete die Fahrertür und sah sich um. Der Gärtner der Nowaks stand am Zaun und öffnete ihm mit ernstem Gesicht das Tor, als ob er ihn bereits erwartete. Viktor dankte ihm und lief die Einfahrt hinauf. Er drehte sich nach dem untersetzten Mann um, damit er ihm nochmals die Haustür öffnete, aber er sah ihn nicht mehr. Als habe der Erdboden ihn verschluckt. Viktor schlug mit der Faust gegen das Holz. Kurz lauschte er. Im Inneren vernahm er Lärm. Er drückte auf den Klingelknopf, rüttelte an der Tür, die schließlich aufgerissen wurde.
Leander Nowak atmete abgehackt. Strähnen seines schwarzen Haares hingen ihm in die Stirn. Aus zusammengekniffe-

nen Augen funkelte er Viktor an. »Was wollen Sie schon wieder hier?!«
Viktor schaute an ihm vorbei und versuchte, in dem dunklen Vorraum etwas zu erkennen. Jemand wimmerte. Ohne Leander Nowak weiter zu beachten, schob er ihn zur Seite und ging mit langen Schritten in die Richtung, aus der er das Geräusch vernahm. Am Treppenaufgang stand ein alter Mann, der murmelnd etwas an seinen Fingern abzählte. Er wirkte abwesend, verwirrt, als sei Viktor gar nicht da. Viktor ignorierte ihn und folgte dem Geräusch.
Marita Nowak lag auf dem Küchenboden und spuckte Blut. Viktor verstand kaum, was sie sagte.
»Er soll gehen! Schicken Sie ihn weg!«
Viktor wollte ihr aufhelfen, aber Dr. Nowak zuckte vor ihm zurück. Ihr weißes Kleid war am Kragen eingerissen, auf dem Rock leuchteten helle, rote Flecken. »Geh bitte, Leander!«, sagte sie jetzt zu ihrem Mann.
Der stand an der Küchentür und sah auf sie hinab. »Steh auf! Wer soll dir das Theater abnehmen?«
Dr. Nowak rappelte sich mühsam auf die Knie und hielt sich an einer Stuhllehne fest. Mit einer Hand wischte sie sich über den Mund und betrachtete die roten Striemen. Auf ihrem linken Arm prangte der rote Abdruck einer Hand. »Bitte!«, flehte sie leise und wie zu sich selbst.
Viktor sah Leander Nowak an. »Verlassen Sie sofort den Raum!« Deeskalation hieß das Zauberwort, das man an der Akademie seit Jahren predigte.
»Sagt wer?«, fragte Leander Nowak. Er lachte auf, als habe er seit langem keinen besseren Witz gehört.
Viktor wiederholte seine Aufforderung und stellte sich zwischen Marita Nowak und ihren Mann. Aber Leander Nowak machte keine Anstalten zu gehen. Er richtete sich zu voller Größe auf. »Wer sind Sie überhaupt?«, fragte er. Abschätzig musterte er Viktor. Selbstsicher, ungeniert.

»Polizei. Sie haben zwei Warnschüsse ignoriert«, sagte Viktor ruhig.
»Was?«, fragte Leander Nowak verständnislos.
Marita Nowak sah Viktor flehend an: »Bitte nicht!« Sie bebte.
»Verlassen Sie sofort mein …!« Leander Nowak kam nicht dazu, den Satz zu beenden, denn Viktors Rechte traf seinen Kopf, der zur Seite schnellte und gegen den Türrahmen schlug. Leander Nowak stützte sich mühsam ab. Er strauchelte. »Sind Sie wahnsinnig geworden?«, stammelte er fassungslos. Jetzt blutete auch er am Mund.
»Verschwinden Sie!«, forderte Viktor ihn auf. Sein Blickfeld verengte sich. Die Nervosität, die er während der letzten Tage verspürt hatte, wich absoluter Ruhe und Konzentration. »Solange es noch geht.«
»Leck mich, du Idiot!« Nowak versuchte, seinerseits nach Viktor zu schlagen, doch Viktor wich aus. Nowak taumelte dem eigenen Schlag hinterher, Masse folgte in Richtung der Energie, und Viktor plazierte seine Linke in dessen Unterleib. Nowak klappte zusammen wie ein Schirm. Noch während Nowak fiel, hob Viktor den Ellbogen und traf seinen Gegner am Kiefergelenk. Maximaler Druck mit durchschnittlicher Geschwindigkeit. Mehr würde es nicht brauchen, und Viktor wollte nicht zu viel riskieren. Nowaks Kopf wurde herumgerissen. Er ging zu Boden wie ein nasser Wäschesack.
Marita Nowak wimmerte immer noch: »Nein. Bitte nicht.«
Viktor prüfte mit zwei Fingern Leander Nowaks Puls. Erst Martin Winter und jetzt Dr. Nowaks Mann. Nur auf einem anderen Boden in einem anderen Haus. Beruhigt wandte er sich Dr. Nowak zu, denn der Schlag hatte ihren Mann nur ausgeknockt. Am Wasserhahn befeuchtete er ein Küchentuch, um es ihr zu reichen. Er zog sie vom Boden hoch und dirigierte sie vorsichtig zu einem der gelben Schalenstühle.

»Wie geht es ihm?«, fragte sie geistesabwesend.
»Wie geht es Ihnen?«, wollte Viktor wissen. Er überhörte ihre Frage, weil ihn die Antwort nicht im Geringsten interessierte, und ging vor ihr in die Knie. Er strich ihr ein paar Strähnen aus dem Gesicht, um sie besser betrachten zu können. Ein Streifen Blut sickerte immer noch aus ihrem Mundwinkel. Viktor erkannte blaue Flecken auf ihrer hellen Haut. Dr. Nowak tastete mit den Fingerspitzen in ihrem Mund.
»Ich glaube, dass einer meiner Zähne lose ist.« Mit schreckgeweiteten Pupillen sah sie Viktor an.
»Sie stehen unter Schock. Sie brauchen einen Arzt!« Wie sich die Standpunkte doch änderten. Viktors Ärztin rief ihn um Hilfe an. Jetzt benötigte sie ärztlichen Rat. Der Rollentausch schien schicksalhaft. Vielleicht würde es nicht der letzte sein.
Dr. Nowak schüttelte den Kopf. »Es wird schon gehen.«
»Sie irren sich«, sagte Viktor nachdrücklich. »Was Sie erdulden, geht schon viel zu lang.«
Dr. Nowak lächelte gequält. »Damit kennen Sie sich wohl aus.«
»Was meinen Sie?«
Aber Dr. Nowak sah an ihm vorbei, als sei er gar nicht da. Der alte Mann betrat den Raum. Ein ergrauter Senior, der sich sehr gerade hielt. Er schaute sich suchend um und wollte wissen, wo die Marmelade sei, weil er sie nicht finden könne.
Viktor warf Dr. Nowak einen fragenden Blick zu.
»Mein Großvater«, erklärte sie. »Er ist dement. Ich bringe ihn heute noch in ein Heim.«
»Dann werde ich dort nachsehen«, sagte der alte Mann, als habe ihn die Information beruhigt. Undeutliche Worte murmelnd, verließ er den Raum.
Viktor empfand die Situation als skurril. Sie erinnerte ihn an die Erfahrungen mit seiner Babuschka. Großeltern, die sich zum Kind zurückentwickelten.

Ein Schluchzen quoll aus Dr. Nowaks Mund. »Sie haben meinen Mann geschlagen. Das hätten Sie nicht wagen dürfen. Was soll ich jetzt nur tun?«
»Sie müssen gar nichts tun.« Viktor erhob sich. Er sah in ihr geschundenes Gesicht. Sie war immer noch eine schöne Frau, auch wenn der Riss an ihrer Lippe nie zu heilen schien. Normalerweise distanziert und kühl, wirkte sie jetzt unsicher wie jemand, der auf einem Seil balancierte und abzugleiten drohte. Er dachte an seine eigene Unsicherheit und sein eigenes Erscheinungsbild, das auch vom Leben gezeichnet war. Verletzte taumelten über Kriegsschauplätze. Mehr war dieses Leben nicht. »Kommen Sie wirklich zurecht?«
Dr. Nowak nickte schwach.
»Kein Arzt? Eine Kollegin, eine Freundin vielleicht, die Ihnen hilft?«, fragte Viktor noch einmal.
Sie schüttelte den Kopf.
»Sie sollten Anzeige gegen Ihren Mann erstatten!«
»Nein.«
Viktor seufzte. Er hatte nicht mit einer anderen Antwort gerechnet. Er kannte das. »Wenn er nicht ausziehen will, dann gehen Sie!«
»Das kann ich nicht. Ich liebe ihn.«
Viktor glaubte, nicht recht zu hören.
»Wir haben doch einen gemeinsamen Sohn«, fügte sie hinzu, als könne das erklären, was nicht zu verstehen war.
Marita Nowak hatte ein Kind. Sie sich als Mutter vorzustellen, fiel Viktor schwer, weil sie ständig beschäftigt schien. Wo befand sich dieser Sohn, von dessen Existenz er bisher nicht mal etwas geahnt hatte? Wie entwickelte sich ein Kind, das einen solchen Vater hatte? Das seine Mutter immer wieder so sehen musste? Viktor schaute auf die Uhr und ging davon aus, dass ein Junge um diese Zeit noch die Schule besuchen musste. »Dann nehmen Sie ihn mit!«, schlug er das Naheliegende vor.

»Aber wo sollten wir denn hin?«, fragte Dr. Nowak.
Viktor bedrückten diese Unterhaltungen, die sich thematisch nur um sich selbst drehten. Das mochte er nicht. Weder bei Geschichten noch in Beziehungen. Misshandlung funktionierte besonders gut in einem Teufelskreis, in dem die Gegenwart zwar unerträglich schien, eine bessere Zukunft aber wie eine Unmöglichkeit.
»Es war gut, dass Sie mich angerufen haben«, ließ er Dr. Nowak wissen.
Verunsichert sah sie zwischen Viktor und ihrem Mann hin und her. »Ich weiß nicht …«, sagte sie zögerlich. »Ich weiß wirklich nicht, was ich jetzt tun soll«, wiederholte sie. Als sähe sie in die Tiefsee und müsse entscheiden, in welche Richtung sie schwimmen sollte. »Meine Schwester ist gestorben«, sagte sie unvermittelt. Ihre Hände zitterten, obwohl sie sie auf ihrem Schoß gefaltet hielt. Verzweifelt sah sie Viktor an, als wisse er, wie die Situation zu retten sei. Als kenne er die Antwort auf ihre Fragen, als läge ihr Schicksal in seiner Hand.
»Das tut mir wirklich leid.« Viktor wusste, dass seine Antwort nicht mehr als eine Worthülse darstellte, obwohl er ehrliches Mitgefühl empfand. Marita Nowak hatte eine Schwester, einen Sohn. Ungeplant hatte er ihren cholerischen Mann und ihren verwirrten Großvater kennengelernt. Ihre zerbrochene Familie hatte die Ärztin Marita Nowak mit einem Mal in einen ganz normalen Menschen verwandelt. »Kann ich noch etwas für Sie tun?«, fragte er wie ein Kellner, bevor die Gäste um die Rechnung baten.
Ihr Blick sagte: Ja; er schrie ihn förmlich an, aber sie antwortete mit einem Nein.
Viktor bückte sich und griff nach Leander Nowaks Fußgelenk. »Wenn Sie mich brauchen: Rufen Sie mich an!« Ein letztes Mal schaute er Dr. Nowak fest in die Augen. Er sah, wie Tränen ihre Wangen hinunterliefen, über ihre Lippen,

die fest verschlossen blieben, als dürfe ihnen nichts mehr entwischen. Er verstand ihr abweisendes Signal und akzeptierte es wie eine Niederlage, die es zu überwinden galt. Viktor kannte das Gefühl. Er vertraute ihm mehr als einem Sieg. Er verließ die Küche und zog Leander Nowaks schlaffen Körper hinter sich her. »Lassen Sie ihn doch los«, hörte Viktor sie noch leise sagen. »Ich liebe ihn.«
Aber sie rührte sich nicht, griff nicht in das Geschehen ein. Als könne ihr Körper diesen Wahnsinn selbst nicht verstehen. Viktor begriff schon lange nicht mehr, was viele seiner Mitmenschen unter Liebe verstanden. Oft bedeutete es Abgrund oder Perversion. Marita Nowak ließ ihren Worten keine Taten folgen. Er wusste, dass manchmal andere das tun mussten, was man selbst nicht zu tun vermochte. So redete sich Viktor sein Vorgehen schön. Leander Nowak hinter sich herziehend, ging Viktor durch den Vorraum zur Haustür hinaus, die noch offen stand, die Treppen hinunter, wobei er Nowaks Kopf davor zu bewahren suchte, auf jeder Stufe aufzuschlagen. Viktor schaute sich um: vom Gärtner keine Spur. Nur der verlassene Rasenmäher stand auf dem Grünstreifen. In der Luft hing der sommerliche Duft nach gemähtem Gras. Viktor schleifte Nowak die Einfahrt hinunter, durch das Tor bis zum Straßenrand. Dort ließ er ihn auf dem Bürgersteig einfach liegen. Mittlerweile hatten sich einige Leute eingefunden, die das Spektakel betrachteten. Zwei Nachbarn schrien auf, als sie Leander Nowak erkannten, und Viktor wies sie an, sich um den Mann zu kümmern. Er fühlte sich seltsam beruhigt, dass es auch hier noch Mitgefühl und Interesse für andere gab. Niemand wagte es, Viktor zur Rechenschaft zu ziehen. Es hatte durchaus Vorteile, auf andere Menschen abschreckend zu wirken.
Leander Nowak regte sich, hob kurz den Kopf. Viktor verstand endlich, was Nowak undeutlich sagte: »Das wird noch ein Nachspiel haben.«

Vorspiel oder Nachspiel, Viktor trat den Rückzug an. Er stieg in den Toyota ein, schaltete das Blaulicht aus und fuhr los. Er verließ die Stille Straße, in der es dank ihm erstmalig laut geworden war.

24

Viktor wartete den ganzen Nachmittag darauf, dass Gunnar ihn zu sich zitieren würde, aber nichts geschah. Er betrachtete das Foto, auf dem zwei Jungen am Strand posierten. Einer war ermordet worden, und der andere wurde schon so lange vermisst, dass mit seinem Überleben nicht zu rechnen war. Sevim Winter und ihr Kind hatten sterben müssen. Wo gab es einen Zusammenhang? Die elende Verknüpfung, nach der sie suchten. Die goldene Schnittstelle. Befanden sich jetzt Josef Bauers Eltern in Gefahr? Und wenn ja, warum? Die Fragen zermürbten ihn.

»Was treibt Petja so?«, fragte er Lopez.

»Bernhard hat ihm ein paar Sehenswürdigkeiten gezeigt. Petja hat nicht mal Fotos gemacht.« Lopez seufzte.

Viktor mochte diesen Zug an Petja. Zum ersten Mal entdeckte er so etwas wie Sympathie für dieses Kind. Er verstand es nicht, warum Menschen alles fotografierten. Sein eigenes Gehirn bewahrte Erinnerungen für ihn auf. Er verscheuchte den Gedanken, weil sein Gehirn kein sicherer Aufbewahrungsort mehr schien. »Vielleicht sollte ich mehr fotografieren«, sagte er.

»Was?«

»Das Foto«, sagte Viktor.

Lopez stand jetzt neben ihm und fasste in Worte, was ihm längst durch den Kopf gegangen war. »Ich dachte, wir hätten eine Spur. Aber welche Verbindung haben Sevim und Martin Winter zu einem Schulfreund, von dem wir nur wissen, dass er seit Jahren vermisst wird. Wir müssen damit rechnen, dass er vielleicht nicht mehr lebt.«

»Ich weiß es nicht«, sagte Viktor schlicht. Manchmal musste man sein Heil im Ungewissen suchen. Es glich einer Flucht nach vorn.

Lopez bat ihn: »Hilf mir mal!«

»Womit?«, fragte Viktor. Etwas später hatte er seinen und Lopez' Schreibtisch an die Wand geschoben. Lopez entwirrte den Kabelsalat. Der Drucker rauschte wie ein Wasserfall. Über die Jahre rückte Lopez immer mal wieder ihre wenigen Büromöbel hin und her, je nach praktischer Überzeugung und emotionaler Befindlichkeit.

Viktor erkundigte sich: »Warum?«

Aber seine Kollegin schwieg, entnahm dem Drucker Papier und breitete die Blätter auf dem Boden aus. Viktor erkannte die Gesichter von Sevim Winter, Martin Winter und Josef Bauer am Strand. Ein Foto von Martin Winters Kopf auf einem Kreuzberger Briefkasten, ein Benzinkanister, ein Bild von einer Axt. Sie malte mit Kuli auf ein Blatt. Viktor bemerkte zum ersten Mal, dass Lopez nicht gut zeichnen konnte, denn nur mit Mühe erkannte er ein Seil, eine Schnur oder einen Schal. An der Wand hing der Stadtplan von Berlin, auf dem Lopez die Tatorte rot und die Wohnungen blau markiert hatte. Eine grüne Nadel steckte neben dem Plan in der Rauhfasertapete. Lopez erklärte: »Dänemark.« Sie fragte ihn: »Was siehst du?«

Viktors Blick flog über das Mosaik auf dem Boden und an der Wand, aber er konnte nur sagen, was er nicht sah: einen Zusammenhang. »Was wissen wir nicht?«, fragte er.

Lopez setzte sich, als wöge seine Frage schwer. »Eines wird mir jetzt klar.«

Viktor sah sie fragend an.

»Einen Kopf abzuhacken, das ist aufwendig.«
»Nicht, wenn du ein Fleischer bist«, erwiderte Viktor ernst.
»Jetzt mal davon abgesehen«, tat Lopez seinen Einwand ab, »das hat etwas von einem Ritual. Signalwirkung. Als wolle der Mörder damit etwas aussagen.«
»Auf mich wirkt es psychisch gestört.«
Lopez nickte. »Genau. Aber jemanden zu verbrennen, das ist berechnender.«
»Verstehe ich nicht«, erwiderte Viktor nachdrücklich.
»Jemanden zu köpfen« – Lopez schwieg, überlegte für einen Moment –, »das ist persönlich und direkt«, fuhr sie fort. »Beide Tötungsarten wirken wie ein Signal, aber ein Streichholz zu werfen ist ein distanzierter Akt.«
»Wann hast du die Zusatzqualifikation als Profiler gemacht?«, erkundigte Viktor sich.
»Fallanalyst«, korrigierte Lopez ihn. »Als hätten wir aktuell dafür das Geld …«
»Haben wir. Sagt Groß.«
Ungeduldig winkte Lopez ab. Vielleicht auch resigniert. »Verstehst du überhaupt, was ich meine?«, fragte sie genervt.
»Nein.«
»Der Mörder breitet seine persönliche Geschichte vor uns aus. Sevim Winter befindet sich am Rand. Aber Martin Winter: Der steht im Mittelpunkt.«

Viktor versuchte, Lopez' These zu verarbeiten. Psychologische Deutung erschien ihm wie Wahrsagerei. Unzuverlässig wie ein Horoskop. Lopez nannte diese Herangehensweise, das Unwahrscheinliche zu eliminieren, bis nur noch das Wahrscheinliche übrig blieb. Das wiederum entsprach Viktors Vorstellung von Logik.
»Haben wir einen Kontakt nach Dänemark?«
Lopez ging zum Schreibtisch zurück und nahm einen Notizzettel in die Hand. »Mette Hansen.«

Lopez erklärte, dass die Kollegin zwar kein Deutsch, aber makelloses Englisch sprach, was Viktor befriedigt zur Kenntnis nahm, weil es seiner klischeehaften Vorstellung entsprach. Sie müsse allerdings erst noch Aktenstudium betreiben, da der Fall Josef Bauer vor ihrem Eintritt in den Polizeidienst aktenkundig wurde. Weil sie nicht wusste, welche Abteilung ihn bearbeitet hatte und ob man damals ein Gewaltverbrechen vermutete. Sie habe sich die Nummer des LKA Berlin notiert und würde baldmöglichst zurückrufen. Außerdem schätze sie die Stadt und habe schon mehrmals herausragende Ausstellungen in der Neuen Nationalgalerie besucht. Sie warte jedes Jahr sehnsüchtig darauf, dass der internationale Kongress der kriminalistischen Forensik in der deutschen Hauptstadt stattfände. Dies sei nämlich ihr Spezialgebiet. Sie liebe diese Stadt sogar noch mehr als ihre Heimatstadt Kopenhagen.

»Klingt nach einer netten Frau.«

Lopez nickte und winkte Viktor zu sich. »Hier!«

Auf dem Bildschirm sah Viktor das Passfoto einer blonden, hübschen jungen Frau, die bei der *Kobenhavens Politi* arbeitete.

»Sieht tatsächlich wie die Schwester von Mette Marit aus«, sagte Lopez belustigt. »Vielleicht hat sie blaues Blut.«

Viktor erwiderte mit einem Schulterzucken: »Ist ein kleines Land.«

Lopez sah ihn schief von der Seite an. »Was nicht deckungsgleich mit Inzucht ist.«

»Habe ich auch nicht gesagt.«

Lopez' Blick zeigte, dass sie an Viktors Beteuerung zweifelte.

Sie seufzte. »Noch eine Sackgasse. Was tun wir jetzt?«

»Warten, bis die Acays auftauchen.«

»Können wir uns das leisten?«

»Natürlich nicht.«

Lopez sah auf die Uhr. »Vier Uhr. Ich habe Hunger, vielleicht auch das Kind.«
Viktor griff nach dem Autoschlüssel. »Lass uns etwas essen gehen!«
Lopez erhob sich schwerfällig. »Wie lief deine Rettungsaktion?«
Viktor musste kurz überlegen. Danach antwortete er, obwohl es nur die halbe Wahrheit war: »Teilweise erfolgreich.«
Lopez klang skeptisch, als sie nachhakte: »Und das war es jetzt?«
Viktor drehte sich zu ihr um. »Nein.«

Hatice Acay prüfte den Sitz ihres Kopftuches. Danach faltete sie die Hände wieder in ihrem Schoß. Niemand hätte voraussagen können, dass sie sich einmal hier auf dem Landeskriminalamt einfinden müsste, und vor allem nicht wegen des gewaltsamen Todes ihrer Tochter. Seitdem sie ihrem Sohn Tayfun die Tür geöffnet hatte und er sie ansah mit diesem Blick, mit dem ein Sohn eine Mutter nie ansehen sollte. In diesem Moment, noch bevor er die Nachricht stockend überbrachte, hatte sie das Unheil gespürt, das an ihre Tür klopfte. Mit ihrem Sohn hielt die Tragödie Einzug in ihr Haus. Oder hatte die Tragödie schon vorher ihren Lauf genommen? Fragen, in welchen sie sich verlieren konnte. Er umarmte sie fester als sonst. Er murmelte: »Ane!« Mutter! Als käme er selbst zu ihr zurück, weil er Hilfe benötigte. Sie sollte in der Küche Platz nehmen; vorsichtig manövrierte er sie zu einem Stuhl. Weil sie ahnte, dass etwas Schlimmes auf sie zukam, wehrte sie sich nicht, bis sie sich an dem Esstisch mit der geblümten Tischdecke gegenübersaßen und ihr Sohn um Worte rang. »Sevim ist tot.«
In diesem Augenblick versank die Welt in einer Dunstwolke. Die restlichen Worte Tayfuns vernahm sie nur noch bruchstückhaft.

Ermordet, verbrannt. Samt ihrem zukünftigen Enkelkind. Hatice Acay hatte nie viel vom Leben verlangt. Sie wohnten immer noch in der viel zu kleinen Dreizimmerwohnung in Neukölln am Kottbusser Damm. Vier Kinder hatte sie dort großgezogen. Fernab der Heimat, während ihr Mann Osman bei der Gesellschaft für Boden- und Abfallverwertung der Stadt Berlin im Schichtdienst arbeitete. Sevim war ihre einzige Tochter, ihr Augenstern. Alle Geheimnisse hatte sie mit ihrer Mutter geteilt. Die erste Menstruation, den ersten Kuss, den ersten Liebesbrief. Die Süßigkeiten, die Hatice ihrer Tochter beim Zuckerfest zusteckte, bevor die Brüder kamen. Sevims Lieblingsbonbons. Nur für sie.

Der große Beamte räusperte sich. Hatices Blick saugte sich an seiner Schläfe fest. Früher hätte sie den Blick gesenkt, aber jetzt bedeutete ihr das Urteil anderer nichts mehr. Die grellen Narben auf seinem Kopf kündeten davon, dass er ein Überlebender war. Es gab Überlebende. Nur ihre Tochter gehörte nicht dazu. Sein Mund öffnete sich. Worte drangen an ihr Ohr. Ob sie von der Beziehung zu Martin Winter gewusst hätten?
Ihr Mann Osman antwortete: »Martin war ein guter Mann. Wir haben ihn geliebt wie unseren eigenen Sohn.«
Martin Winter war tot. Hatte sie die Nachricht schon von ihrem Mann gehört? Oder im Radio? Die Zeit hatte sich in einen unübersichtlichen, immer gleichen Fluss verwandelt. Martin tot. Das zumindest hatte die junge Polizistin mit dem Pferdeschwanz ihnen erklärt. Auch sie war hochschwanger, und es erschien Hatice Acay wie eine Provokation, dass ausgerechnet so eine Frau vor ihr saß. In diesem farblosen Raum, dessen Wand ein großes Loch aufwies, dessen Fensterscheibe einen Sprung hatte, der stark renovierungsbedürftig wirkte. Sogar ihr Stuhl wackelte. An dem Tisch fehlte eine Ecke, als habe jemand sie einfach abgehackt. Holzsplit-

ter standen an der Bruchkante vor. Spitz und gefährlich wie der Schmerz in ihrem Innern.
Diese Polizistin hatte das behalten dürfen, was ihrer Tochter Sevim nicht mehr vergönnt war. Sie trug das Glück in sich, das ihrer Tochter nie mehr beschieden sein würde. Hatice schwieg, weil sie der Befragung ohnehin kaum folgen konnte. Die Trauer hatte sie taub gemacht, schottete sie ab von dieser Welt.
Ob sie und ihr Mann gewusst hätten, dass Martin in einer rechtsnationalen Vereinigung Mitglied war? Nein, Osman hörte das zum ersten Mal. Ob er sie je habe spüren lassen, dass er sie oder ihre Tochter verachtete? Nein, niemals.
»Martin hat sich uns gegenüber stets respektvoll und höflich verhalten. Wir können nichts Schlechtes über ihn sagen«, antwortete Osman.
»Und Gutes?«, fragte der Riese mit den traurigen Augen.
Osman warf ihr einen Blick zu. Er hatte dunkle Schatten unter den Augen, weil er seitdem nicht mehr schlief. Mechanisch verrichtete er das tägliche Gebet fünfmal am Tag, doch sie sah, dass ihm auch das nicht half. Wie viele Tage waren nun schon seit Tayfuns Besuch vergangen? Seitdem das Grauen sich in ihr Leben eingeschlichen hatte. Die türkischen Bestattungsregularien verlangten, dass der Leichnam am Tag nach Eintreten des Todes beerdigt werden sollte. Stattdessen lag Sevim wahrscheinlich noch in einem Kühlfach in irgendeinem Institut. So stellte Hatice sich das vor. Sevim, reduziert auf Knochen und nur wenig Fleisch, auf das, was das Feuer von ihrem Körper übrig gelassen hatte. Ein kläglicher Rest. Schreckliche Bilder von dem verbrannten Fötus kreisten in Hatices Kopf, verfolgten sie und schrien in ihren Träumen ohne Ton. Sie verstand, warum ihr Mann nicht mehr schlafen konnte. Der Schlaf war zu einem unsicheren, grausamen Ort geworden. Nacht oder Tag, die Stunden, Minuten und Sekunden zogen sich quälend dahin.

Wäre Sevim eines natürlichen Todes gestorben, hätte man sie in der Moschee aufgebahrt, damit alle von ihr Abschied nehmen konnten. Aber es existierte kaum noch etwas von ihr, wovon man sich verabschieden konnte. Hatice wusste nicht, wie sie die nächsten Tage überstehen sollte. Sie ersehnte den Kontakt zu den letzten Überresten ihrer Tochter und ihres Enkelkindes genauso, wie sie ihn fürchtete.
Die Polizistin sprach sie an, ein Glas Wasser stand plötzlich vor ihr auf dem Tisch. Hatice griff danach und konzentrierte sich darauf, wie das kühle Wasser seinen Weg ihre Speiseröhre hinunter nahm. Sie wusste nicht einmal mehr, was die schwangere Frau sie überhaupt gefragt hatte. Ob ihr irgendetwas an Martin Winter aufgefallen sei, wiederholte sie. Hatice schüttelte nur den Kopf. Wann hörte das hier endlich auf?
Man erkundigte sich nach Sevims Freunden und Feinden, nach ihrer Arbeit als Erzieherin in einer Kreuzberger Kindertagesstätte. Ob sie mit Sevim viel gestritten hätten. Nein. Hätten ihre Brüder sie gemocht? Sehr. Was hielten sie von der Beziehung ihrer Schwester mit einem Mann, der kein Moslem war? Alle wollten Sevim glücklich sehen. Nicht mehr. War der Kontakt zwischen den Geschwistern gut oder schlecht? Gut und völlig normal. Der Polizist wollte wissen, ob Sevim gern auf Reisen ging, was Osman bejahte. Auch nach Dänemark? Was der Beamte zweimal wiederholen musste, weil Osman ihn nicht verstand. Schließlich verneinte Osman und erklärte, dass er nur alle vier Jahre mit der Familie in die Türkei gefahren sei. Mehr habe er sich bis heute nie leisten können. Viel mehr habe seine Tochter nicht von der Welt gesehen. Osman unterschrieb auf einem Formular und legte ihr kurz die Hand auf den Arm. Er nickte ihr zu, und sie erhob sich.
Hatice schwankte leicht, bis sie das Gleichgewicht wiederfand. Mechanisch ging sie zur Tür, die die schwangere Poli-

zistin ihr aufhielt. Dieser Nebel, der sich nicht lichten wollte. Mit den Fingern wollte sie ihn zur Seite schieben. Zum Abschied streckte die Polizistin ihr die Hand hin. Hatice nahm sie widerstrebend, denn Berührungen schreckten sie auf.
»Es tut mir unendlich leid«, sagte die Polizistin und sah sie dabei eindringlich an.
Für einen Moment verharrten sie regungslos, bis sie die Hand losließ und nur noch dem warmen Gefühl nachspürte. Dem Kontakt mit einer Frau, die neues Leben in sich trug.
»Haben Sie auch eine Tochter?«, fragte Hatice sie. Ihre Stimme musste eingerostet sein, weil sie sich selbst kaum verstand.
»Ja«, antwortete die Polizistin.
Hatice nickte und wandte sich zum Gehen. Osman wartete am Ende des Korridors, der Hatice trotz der hellen Beleuchtung wie das Ende eines dunklen Tunnels erschien. Noch einmal drehte sie sich um. »Mit Martin Winter stimmte etwas nicht«, sagte sie laut und klar.

25

Als Viktor das Haus betrat, kam Siska ihm schon auf der Treppe entgegen. Viktor fragte sich bei ihrem eilig geäußerten »Hallo und bis morgen!«, ob es für sie beide überhaupt ein Morgen geben würde. Wie viele Schichtdienste konnte eine Beziehung verkraften? Und hatte er das Wort Beziehung nicht von jeher grundsätzlich missverstanden? Viktor stapfte die Treppen hinauf, empfand die Luft im Treppenhaus als stickig, weshalb er die Fenster auf jedem Treppenabsatz öffnete, obwohl das kaum Erleichterung bringen würde. Der Aufstieg in den dritten Stock brachte ihn noch mehr ins Schwitzen, als es ein Arbeitstag im Berliner LKA und das heißeste Frühjahr seit Dekaden vermochten. Er dachte an den Augenblick, in dem er den Kühlschrank öffnen würde und sich kalte Milch in ein Glas goss. Wie sich Kindheitserinnerungen in die einzig sinnvolle Zukunft verwandelten. Er wollte nach dem Wohnungsschlüssel suchen, musste es aber nicht, weil die Tür schon offen stand. Ein paar Teenager polterten an ihm vorbei. Ein hübsches Mädchen mit offenem hellem Haar rief ihm einen Gruß zu. Ein blonder Junge, dessen Jeans, von Kettengewichten nach unten gezogen, über seine Hüften zu gleiten drohte, nickte ihm zu, sagte aber kein Wort. Als Viktor vorsichtig Siskas Wohnung betrat, zupfte sich Trixi vor dem Spiegel gerade ein paar Strähnen ins Gesicht. Ihre Augen hatte sie schwarz umrahmt. Umständlich zog sie sich den Rock gerade.

»Na? Was sagst du?«

Viktor war noch nie von irgendjemandem nach seiner Meinung in Modedingen gefragt worden. Mila hatte ihren eigenen Kopf, Lopez trug ohnehin oft Uniform, und Siska kannte er hauptsächlich professionell vermummt oder privat nackt. Trixi trug ein ärmelloses, schwarzes Top, einen ausgefransten kurzen Rock mit einem Camouflagemuster, was Viktor an seine Zeiten in der russischen Armee erinnerte, und flache Sandalen, die aus einem Minimum an Leder gefertigt waren. »Schick«, antwortete er, weil ihm kein passenderes Wort einfiel.

»Schick?«, fragte Trixi entsetzt zurück, als habe er etwas wirklich Beleidigendes gesagt.

»Cool?«, korrigierte sich Viktor unsicher.

Trixi verzog den Mund. Hatte sie Lippenstift benutzt? »Schon gut.« Sie winkte ab, als sei er ein wirklich hoffnungsloser Fall.

»Du willst jetzt noch ausgehen?« Viktor wunderte sich, handelte es sich doch um einen Wochentag.

»Ja«, antwortete Trixi schlicht.
»Was ist mit der Schule?«
»Nichts. Was soll schon damit sein?«
Viktor war sich sicher, dass Teenager eine andere Sprache sprachen. Dass sie nicht wie normale Menschen tickten. Trotzdem wollte er sich wie ein verantwortungsvoller Mensch verhalten. »Wo gehst du hin?«, fragte er direkt, obwohl er sich im gleichen Augenblick bewusst wurde, dass ihm eine Antwort nicht zustand, weil er nur ein Untermieter und nicht Trixis Vater war.
»Wir hängen ab.«
»Aha«, sagte Viktor, der auf eine konkretere Aussage gehofft hatte. »Mit wem?«, fragte er, weil verantwortungsvolle Eltern so etwas wohl fragten.
»Schulfreunde«, antwortete sie kurz, als seien sie in einen Wettbewerb eingetreten, wer die kürzeste Antwort geben konnte.
»Willst du mitkommen?«
»Ich habe heute schon genug abgehangen«, antwortete Viktor. Auch für das vergangene halbe Jahr schien das zutreffend zu sein.
»Slacker, du!«, sagte Trixi mit einem Lachen. »Es kann spät werden. Du musst nicht auf mich warten.«
»Keine Sorge!« Viktor war müde und hatte vor, in Kürze tief und traumlos zu schlafen. Das Vergessen als Zufluchtsort.
»Dann ist es ja gut!«, sagte Trixi. Sie rannte an ihm vorbei. Kurz drehte sie sich noch um. »Irgendwann müssen wir mal was zusammen unternehmen, Viktor.«
Viktor wusste auf einmal nicht mehr, wo er hinsehen sollte. Was meinte sie damit? Jogging im Park, einen Zoobesuch oder gemeinsames Kiffen in einem Hinterhof? Leicht verzögert fragte er: »Abhängen oder so?«
»Genau!« Damit rannte Trixi die Treppe hinunter, während Viktor sich kurz in Möglichkeitsszenarien verlor. Er hörte,

wie jemand lachte, bevor die Haustür zuschlug. Dann gab auch er der Wohnungstür einen Schubs und nahm noch wahr, während er den Flur hinunterging, wie diese ins Schloss fiel. Er dachte an eine kalte Dusche und ein weiches Bett. Er zog sein verschwitztes T-Shirt über den Kopf, warf es einfach auf den Boden und überlegte, ob es wohl etwas Sehenswertes im Fernsehen gab, weil er sich die Zeit vertreiben musste, während er auf Trixi wartete.

Unnatürlich verzerrte Schattenbilder wanderten über Zimmerdecke und Wände. Jemand stach mit einem Messer auf eine Frau ein, die stumm schrie. Viktor hatte den Ton heruntergeregelt, weil er die Handlung des Schwarzweißfilmes auch so verstand. Widerstrebend hatte er vor einer Stunde das Fenster geöffnet, da er hoffte, die Nacht habe sich vielleicht abgekühlt. Es blieb drückend, kein Lüftchen regte sich, nächtliche Geräusche drangen zum Fenster herein. Motoren heulten auf, ein Käuzchen schrie gelegentlich, zwei Männer grölten auf der Straße ein Lied, ein Flugzeug flog über die Stadt, eine Fledermaus verirrte sich kurz in Siskas Zimmer, zeichnete abgehackte Streifen in die Luft, bis sie wieder hinausflatterte. Viktor saß, nur mit einer Unterhose bekleidet, mit weit gespreizten Beinen auf Siskas Bett und spürte, wie sein Schweiß verdunstete. Hier ohne Siska zu sitzen, fühlte sich verboten an. Es hatte ihn nicht nur wegen des Fernsehers hierhergezogen. Jedes Kissen, die Laken, alles roch nach ihr. Ersatzbefriedigung. Gegen halb drei nickte er kurz ein und fuhr um drei Uhr wieder hoch. Keuchend sog er die Luft ein, jemand ritt sein Herz im Galopp. Noch hielt er das Handy in der Hand und versuchte, blinzelnd die Ziffern auf dem Display zu erkennen, als das Gerät plötzlich vibrierte. Derart aufgeschreckt, nahm er das Gespräch an. Wieder einmal kannte er die Nummer nicht.
»Saizew«, hörte er sich selbst sagen. Er lauschte kurz. Was er

verstand, machte ihn mit einem Schlag hellwach. »Wo bist du?«, fragte er, während er bereits seine Kleidung auf dem Boden zusammensuchte. Die Erklärung fiel länger aus als erwartet. Er überlegte kurz. »Warte da! Ich werde eine halbe Stunde brauchen.« Er fragte sich, was er Beruhigendes sagen konnte. Ihm fiel nichts ein. Also sagte er das, was er sich selbst in den vergangenen sechs Monaten mantraartig vorgebetet hatte: »Halte durch!« Als er das Zimmer verließ, sah er gerade noch, wie auf der Mattscheibe vier Buchstaben aufleuchteten: ENDE.

»Bist du verrückt?« Am anderen Ende der Leitung blieb es still. »Wie viel Uhr ist es?«
»Kurz nach drei. Kann ich jetzt die Schlüssel haben?«
Lopez fluchte leise. »Schaff dir endlich mal selbst ein Auto an!«
»Mache ich.«
Lopez glaubte ihm kein Wort.
»Bitte! Schnell.«
Lopez schlurfte in den Flur, nahm den Autoschlüssel mit dem VW-Logo vom Brett, ging zurück zum Fenster, zielte und warf den Bund Viktor zu, der zwei Stockwerke tiefer auf der Straße stand. »Steht vor der Wand mit dem Bananengraffito.«
Noch im Weglaufen rief Viktor ihr ein Danke zu. Lopez rief ihm nach: »Ist Mila wieder weggerannt?«
Aber Viktor antwortete nicht mehr. Kopfschüttelnd schloss sie das Fenster. Sie gähnte und durchquerte das Wohnzimmer, auf dessen Boden das Straßenlampenlicht schräge Lichtquader zeichnete. Beinahe im Schlafzimmer angekommen, entschied sie sich, nochmals ins Bad zurückzugehen. Im Halbdunkel hob sie ihr T-Shirt an und setzte sich auf die Toilette, um Wasser zu lassen. Der fötale Druck zwang sie in immer kürzeren Intervallen aus dem Bett. Sie hoffte, dass die

Toilettenspülung weder Tessa noch Petja wecken würde. Auch Bernhard hatte einen leichten Schlaf. Warum benötigte Viktor ihren Wagen? Was trieb ihn zu so großer Eile an? Sie wusch sich die Hände und kehrte ins Schlafzimmer zurück, in dem Bernhard schläfrig fragte: »Alles okay?«

Lopez schob Tessas heißen Körper in die Mitte des Bettes, rutschte auf ihre Seite und deckte sich mit dem noch warmen Laken zu. Trotz der Hitze fühlte sie sich unwohl, wenn sie sich nicht bedeckte. »Alles okay«, flüsterte sie und fragte sich im selben Augenblick, ob sie damit recht hatte.

Bernhard drehte sich um und atmete einmal tief ein und wieder aus. Lopez streckte sich, gähnte und wälzte sich einige Male hin und her. Unmöglich, eine bequeme Lage zu finden. Dieser Bauch war permanent im Weg. Mehrmals schob sie Tessas Arm von ihrem Gesicht herunter. Auf dem Rücken liegend, schaute sie an die Decke und gab den nagenden Gedanken endlich nach.

Etwas stimmte nicht. Viktor machte normalerweise keine unangekündigten, nächtlichen Besuche bei ihr. Siska arbeitete wahrscheinlich. Davon ging Lopez aus. Siskas Auto stand immer noch in Moskau. Weil Viktor es bisher nicht geschafft hatte, es ihr zurückzubringen. Absurd. Aber wofür benötigte er so dringend einen fahrbaren Untersatz? Lopez sah auf die Uhr. Halb vier morgens. Sie schlug das Laken zur Seite und stand auf.

Was raubt uns den Schlaf? Peter Wolf lief die Rosenthaler Straße stadteinwärts entlang, bis er die Leuchtschrift sah. Hätte irgendjemand von ihm Notiz genommen, hätte er sich gefragt, wann Wolf das letzte Mal geduscht hatte, wie alt wohl sein Hemd sein mochte und warum er um diese Zeit nicht zu Hause schlief. Aber Peter Wolf fiel niemandem auf, weil er absolut durchschnittlich wirkte. Braungraues, schütteres Haar, ein glattrasiertes, rundliches Gesicht ohne jeg-

liche Besonderheit, einen leichten Bauchansatz. Körperlich eher Mittelmaß. Sein Kleiderschrank beherbergte nur Anzüge in Erdfarben. Wolf verhielt sich unauffällig bis auf eine Eigenart: Er rauchte wie ein Schlot.
»Döner 2000« genoss in Mitte den Ruf, nur die besten Zutaten in ihre Brottaschen zu füllen, weshalb es Wolf gelegentlich hierhin verschlug. Er aß selten, weil er nicht oft Hunger verspürte. Er ernährte sich von Nikotin, das Einzige, was er als Kettenraucher wirklich brauchte. Bevor er den Imbiss betrat, drückte er seine halb abgebrannte Kippe mit einer drehenden Bewegung an der Wand aus. Glühende Ascheflocken schwebten zu Boden und verloschen. Wolf kniff die Augen zusammen, die grelle Innenbeleuchtung blendete ihn. Er bestellte das Übliche und suchte in seiner Tasche nach der angebrochenen Packung filterloser Zigaretten, die er zumindest halten, zwischen den Fingern drehen und betrachten wollte, wenn er schon nicht rauchen durfte. Er litt unter dem öffentlichen Rauchverbot. Nach einer kurzen Wartezeit zog er den wegen unzähliger Quittungen fast platzenden Geldbeutel aus der hinteren Hosentasche, die bereits fadenscheinig war. Er zahlte, nahm den Döner und die Bierflasche mit an einen der Stehtische. Dort verzehrte er seine nächtliche Mahlzeit schweigend. Nach jedem Bissen wischte er sich die Sauce vom Mund und spülte mit einigen Schlucken Bier nach. Kurz sah er auf die Uhr. Obwohl es bereits zehn Minuten nach vier war, kam seine Verabredung nicht. Wolf verglich seine Uhr mit der, die neben der Imbissspeisekarte an der Wand hing, aber die Zeit trog ihn nicht. Zehn Minuten später fing Wolf an, sich zu wundern. Noch nie war seine Verabredung zu spät erschienen. Nicht ein einziges Mal. Sie trafen sich selten, was jedem Termin eine gewisse Bedeutung verlieh. Wolf schnippte ein paar Salatfetzen vom Tisch und fragte sich, was seine Verabredung wohl am Kommen hinderte.

Er selbst hatte die vergangenen Tage auf dem Balkon seiner Wohnung verbracht. Wie in jeder Behörde war er gezwungen worden, seinen Resturlaub aus dem Vorjahr aufzubrauchen. Dabei benötigte Wolf keinen Urlaub. Er wusste nicht einmal, wofür. Er reiste nicht gern. Es gab niemanden, den er besuchen musste oder wollte. Seine Mutter begnügte sich an jedem zweiten Donnerstagabend mit einem Telefonat. Sie sprachen über das Weltgeschehen, über das Jahrhundertwetter oder das Fernsehprogramm. Nie unterhielten sie sich über seine Arbeit. Weil Wolf es nicht durfte. Für seine Mutter legte er immer noch Akten in einer Behörde ab. Sein Vater war früh an einer Lungeninfektion gestorben. Wolf erinnerte sich noch, wie er im Sessel saß und hustete. Ein Taschentuch auf den Mund gepresst, bis es sich eines Tages rot verfärbte. Wolf wusste zwar, wo sein Vater beerdigt war, besuchte aber nie sein Grab. Geschwister hatte er nicht. Selbst seine einzige und nächste Verwandte wusste nicht genau, was er tat. Andere Freund- oder Bekanntschaften pflegte er nicht. Wolf brauchte keine Erholung, weil er sich völlig ausgeglichen fühlte. Sein Zuhause langweilte ihn, weshalb er sich dort nicht gern aufhielt. Aber eine Reise zu planen, das überforderte ihn. Er kannte gern die Gegebenheiten, das, was ihn umgab. Die unerträgliche Hitze der vergangenen Wochen zwang ihn während seines Zwangsurlaubs auf den Balkon, wo er im Unterhemd saß, eine Schachtel nach der anderen rauchte und wartete, bis die Zeit verging. Er sah die Sonne aufgehen, beobachtete, wie der Mond abnahm, jede Nacht ein winziges Stück, wie Flugzeuge dessen Bahn kreuzten, und stellte fest, dass das Geräusch, das sie dabei verursachten, wie ein leises Rauschen klang. Er hörte, wie die ersten Vögel morgens sangen und wie die letzte Amsel am Tag verstummte, wenn Dunkelheit ihn umgab. Über den Innenhof hinweg hörte er eine Frau immer wieder husten, er hörte, wie ein Mann jedes Fußballtor im Fernsehen mit Ge-

brüll begleitete und wie ein paar betrunkene Studenten gegen Morgen in ihrer Küche grölten.
Manchmal dachte er an sie. An diejenige, die ihn verlassen hatte. An die Frau, die er geheiratet hätte, aber nie heiraten konnte, die aus seinem Leben wie das Milchgebiss unumkehrbar verschwunden war. Er schaute keine Nachrichten, las keine Zeitung, kein Buch, aß, trank, rauchte und schlief, bis er wieder zur Arbeit gehen konnte. Wolf mochte seinen Job. Er mochte ihn mehr als alles andere, weil es nichts und niemanden in seinem Leben gab, dem er eine besondere Bedeutung beigemessen hätte.
Mit Anfang zwanzig hatte er sich dieses eine Mal verliebt. Hals über Kopf, so tief und bedingungslos, dass er die kurze Nähe und den tiefen Fall danach bis heute nicht überwunden hatte. Es schien ihm unmöglich, ihr Bild je aus seinem Kopf zu verbannen, wo es wie ein Schreckgespenst seit Jahrzehnten herumgeisterte und einfach nicht verblassen wollte, wie es Erinnerungen doch sonst immer taten. Ihre helle Haut, das rote Haar, wie sie sich in der Hasenheide küssten, Hand in Hand durch die Stadt schlenderten, sich nachts im Kino berührten und deshalb nicht mitbekamen, worum es in dem Film überhaupt ging, den sie willkürlich ausgesucht hatten. Bis sie nach den großen Ferien heimkehrte, die ihm länger erschienen waren als Robinson seine Zeit auf einem Eiland, bevor er Freitag traf. Bis sie endlich wiederkehrte und ihn nicht wiederzuerkennen schien. Als ob er für sie nur ein flüchtiger Bekannter sei und sie die Schulschlampe war, die einen Klassenkameraden nach dem anderen fickte, bis von seinen Gefühlen, von ihm selbst, nichts mehr übrig blieb außer Asche, von der noch Rauch aufstieg. Was wohl aus ihr geworden war? Sosehr der Verlust auch an Wolf nagte, hatte er nie nach ihr gesucht. Auf den Seiten im Internet oder auf den Straßen Berlins. Zwischen Kränkung, Verletztheit und Wut verlief ein schmaler Grat, den er nie verlassen hatte. Er

hätte es vielleicht nicht überlebt, sie glücklich verheiratet mit einem anderen zu sehen. Nach ihr hatte er keine Frau mehr angeschaut. Keinen Verlust mehr riskiert. Wie hätte er jemals wieder Vertrauen fassen können? Wolf mied menschliche Beziehungen, es sei denn, sein Job verlangte es von ihm. Dann waren sie nur ein notwendiges Geschäft.
Er zerknüllte das Papier mit den letzten Gemüseresten und fuhr sich mit dem Handrücken über den Mund. Halb fünf. Man hatte ihn versetzt, was in erster Linie seltsam und in zweiter Linie ärgerlich war. Er wartete nicht gern. Sein Urteil entschied über das Wohl derjenigen, die er traf. Sie gingen Verpflichtungen ein, weshalb keiner den anderen enttäuschen durfte. Nachdenklich zündete Wolf sich eine Zigarette an und inhalierte tief. Der Türke mit dem Fleischmesser rief ihm etwas zu. Er zog noch ein Mal an dem Stengel, um die Kippe dann auf dem Teller auszudrücken. Missmutig drehte er eine zerfledderte Zeitung um und blätterte darin. Er würde noch fünf Minuten hierbleiben und danach nach Hause gehen. Es galt, die Erklärung abzuwarten, bevor er Maßnahmen erwog. Aber die Verkehrsbetriebe streikten nicht, und die nächtlichen Straßen waren frei. Menschen verschliefen, Menschen versagten. So einfach gestaltete sich diese Welt manchmal.
Peter Wolf befand sich im Begriff, seine Zigarettenschachtel einzustecken und in die heiße Nacht hinauszugehen, als er das Foto sah. Wolf griff nach der Zeitungsseite und riss sie heraus. Ganz nah beugte er sich über das Bild, obwohl er nicht kurzsichtig war. Er las die Bildunterschrift. Hektisch zündete er sich, trotz des protestierenden Türken, erneut eine Zigarette an, aß den heißen Rauch, saugte ihn ein und stieß ihn erst wieder aus, als es nicht mehr anders ging. Was raubt uns den Schlaf? Irrtum unmöglich. Seine Verabredung würde nicht mehr kommen. Sie konnte es nicht. Seine Verabredung war tot.

26

Viktor bog in die Friedenstraße ein. Mit den Augen suchte er den Straßenrand ab, bis er den richtigen Eingang des Volksparks fand. Er fuhr quer auf den Bürgersteig, ließ Lopez' Wagen einfach stehen und rannte in den Park hinein, dessen Wege von nur wenigen Straßenlampen milchig erleuchtet wurden.

Er rief ihren Namen, bis sie ihm leise antwortete. Sie saß rechts von ihm im Dunkeln in der Nähe eines Gebüschs. Ihre Arme um die Knie geschlungen.

Vorsichtig näherte sich Viktor. Unter ihrer Nase klebte Blut, ihre Augen waren weit aufgerissen, sie zitterte, und Tränen liefen ihr übers Gesicht.

Viktor reichte ihr seine Hand. »Komm!«

Trixi löste ihre Arme nur widerstrebend. Als er ihr Handgelenk ergriff, erkannte er, dass ihr Top zerrissen war. Sie zog ihren Rock, so weit es ging, über ihre zerkratzten Beine. Sie trug nur noch einen Schuh.

Viktor wollte ihr mit einem Taschentuch das Blut aus dem Gesicht tupfen, aber sie herrschte ihn nur an: »Lass!«

Viktor hätte sie auch getragen, aber er getraute sich nicht, sie anzufassen. Etwas signalisierte ihm, dass er sie besser nicht berühren sollte. Schweigend hinkte sie neben ihm durch den verlassenen Park.

Viktor hielt ihr die Autotür auf und schloss sie wieder hinter ihr.

Als er auf dem Fahrersitz saß, stellte er fest: »Du brauchst einen Arzt.«

»Nein.«

Es schmerzte Viktor fast körperlich, wie ihre Stimme bei diesem einen Wort brach. »Ich melde es der Polizei. Sie schicken jemanden, der im Krankenhaus Spuren sichern kann.«

Viktor sah im Rückspiegel, wie Trixi nur den Kopf schüttelte. Dunkle Wolken aus Wimperntusche bemalten ihre Wangen.
»Weißt du, wer es war?«, fragte er, während er den Blick aus ihren grünen Augen im Spiegel festzuhalten suchte.
»Nein«, flüsterte Trixi und sah weg.
Viktor wusste, wann er belogen wurde. Er hatte viel Übung darin, belogen zu werden und es auch zu erkennen. Seine tägliche Arbeit bestand darin, die kläglichen Überreste von Wahrheit aus der Lügensuppe des Lebens zu destillieren.
»Wo sind deine Freunde?«
»Nach Hause. Wir haben uns vor dem Park getrennt.«
»Wen hast du gesehen?«
Jetzt schaute sie ihn direkt an. »Niemanden. Weil er von hinten kam.«
»Stimme? Etwas an seiner Kleidung, in seinem Gesicht?«
Trixi schüttelte den Kopf.
Viktor gab auf. Er wusste, dass sie ihm nicht mehr erzählen würde.
»Lass dich untersuchen! Spuren sind der beste Weg, wie wir das Schwein vielleicht finden können. Wenn du es dir noch anders überlegst.«
»Nein.«
Viktor schloss seine Finger bewusst um das Lenkrad. Gern hätte er es zu Brei zerdrückt oder einfach herausgerissen. Sie schwiegen, die Uhr im Wagen zeigte zehn vor fünf, am Himmelsrand deutete sich eine helle Verfärbung an, und ein Kehrwagen rauschte langsam an ihnen vorbei. »Was willst du tun?«, fragte er.
»Ich will heim«, sagte Trixi leise.
Viktor atmete tief ein. »Wenn du diesen Typ nicht anzeigst, wenn du dich nicht untersuchen lässt …«
Plötzlich drosch Trixi mit den Fäusten auf die Kopfstütze des Beifahrersitzes ein.
Sie schrie so laut, dass Viktor zusammenzuckte. Ihre Stimme

kippte. »Ich will, dass du mich nach Hause fährst! Ich will heim. Und jetzt fahr endlich, Viktor, FAHR!«
Während Trixi noch schluchzte, startete Viktor den Wagen, auch wenn es ihn fast zerriss, dass er nichts anderes tun konnte.

SCHWEDEN

27

Sie suchte nach dem Schild. Auf dem dritten von unten rechts fand sie seinen Namen: Rasmus Madsen in schwarzen Druckbuchstaben. Sie drückte auf die Klingel des roten Backsteinbaus und wartete auf das Summen des Türöffners. Auf der Trädgardgatan gab es kaum Verkehr. Es war Vormittag und schon um diese Uhrzeit ein heißer Tag. Ein junger Mann fuhr mit einem Fahrrad an ihr vorbei. Als sie ihn ansah, betätigte er seine Fahrradklingel.
Mette Hansen lächelte. Das helle Gebimmel klang wie eine Anmache. Ystad war eine beschauliche Stadt. Sie drückte gegen die Tür und musste nur vier Stufen nehmen, weil Madsen sie schon vor seiner Wohnung erwartete. Er lächelte sie an; ein gutmütiger Gesichtsausdruck, graue Haare. Kaum durch einen Kamm zu bändigen, standen sie von seinem Kopf ab. Er trug ein hellblaues Polohemd und braune Shorts, dazu grüne Gartenclogs. Die noch feuchten Hände trocknete er sich an einem Handtuch ab, bevor er ihr seine Rechte entgegenstreckte.
»Wie war die Überfahrt, Frau Hansen?«, fragte er.
»Danke«, antwortete sie. »Ruhig und gut.« Zwei Stunden dauerte die Fahrt von Kopenhagen in einem klimatisierten Zug über den Öresund nach Malmö und im Anschluss nach Ystad. »Was hat Sie nach Schweden verschlagen?«, fragte sie.
Madsen machte eine kreisende Bewegung mit der Hand. »Die Wohnung gehörte meinem Vater. Ich habe früher die Ferien hier verbracht. Als er starb, konnte ich mich nicht durchringen, sie zu verkaufen.« Er rieb sich mit Zeigefinger und Daumen die Nase. »Es ist sozusagen meine letzte Verbindung zu ihm.«
Kurz schwiegen sie, der gedämpfte Lärm eines vorbeifahrenden Zuges drang durch das offene Fenster herein.

»Es muss etwas Wichtiges sein, wenn Sie den Weg von Kopenhagen hierher auf sich nehmen«, sagte Madsen.

»Ist es auch«, erwiderte sie und suchte in ihrer Handtasche nach dem Foto.

Rasmus Madsen bot ihr einen Platz auf einem schlichten roten Sofa mit hölzernen Armlehnen an. Vom Wohnzimmer aus konnte sie in den kleinen Garten sehen. Wildblumen blühten dort, sogar ein Zitronenbäumchen grünte in einem großen Topf.

»Mein Hobby. Wenn ich unruhig werde, topfe ich um«, beantwortete Madsen verlegen ihren Blick.

»Ihnen fehlt die Arbeit bei der Polizei?«

»Fehlt uns nicht immer das, was wir nicht mehr haben können?«

Mette Hansen lächelte. »Gilt nicht für meinen Ex-Freund.«

»Glauben Sie mir: Auch das wird sich irgendwann ändern.«

Madsen bat sie um Geduld, um ein paar Minuten später mit Gläsern, einer Wasserkaraffe, in der eine Zitronenscheibe schwamm, und einigen Keksen auf einem Tablett wiederzukommen. Nachdem er ihr eingeschenkt hatte, griff er nach dem Bild. Er betrachtete es nachdenklich. »Ist er wieder aufgetaucht?«

»Bis heute nicht. Erinnern Sie sich noch?«

»Josef Bauer. Auch wenn ich seit Jahren nicht mehr an ihn gedacht habe. Wer denkt schon gern an seine Waterloos?«

Mette Hansen zog die abgegriffene Laufakte aus ihrer Handtasche. »Ein Vermisstenfall. Gab es Anhaltspunkte für ein Gewaltverbrechen?«

Madsen deutete mit dem Finger auf die Akte. »Nein, wie Sie sicherlich bereits gelesen haben.«

Mette Hansen holte tief Luft. »In Berlin werden gerade Menschen ermordet. Einer von ihnen kannte diesen Jungen gut.«

»Berlin ist weit weg, und Menschen sterben überall auf der Welt.«

»Aber nur die wenigsten werden enthauptet.«
Madsen zog die Augenbrauen hoch.
»Können Sie sich noch an irgendetwas erinnern, was nicht in Ihrem Bericht steht. Irgendetwas Besonderes?«
Madsen lehnte sich zurück und legte die Hände aneinander. Er berichtete von den Untersuchungen, die achtundvierzig Stunden nach Verschwinden des Jungen eingeleitet worden waren. Man vermutete einen Kinderstreich. Josef Bauer war fast volljährig. Die Ferien und ein heißer Sommer neigten sich wie der August dem Ende zu. Die Eltern des Jungen hatten ihren Aufenthalt in Dänemark verlängert und saßen tagein, tagaus entweder vor oder in Madsens Büro. Madsen konnte die weit aufgerissenen Augen der Mutter bis heute nicht vergessen. Ihren nervös auf und ab wippenden Fuß. Herr Bauer verließ bei den Befragungen oft den Raum. Wenn er zurückkam, erkannten alle an seinen geröteten Augen, dass er geweint hatte. Madsen wusste noch, dass Josef Bauer sich am Vorabend seines Verschwindens wie jeden Abend mit anderen Jugendlichen getroffen hatte. Dass man am Strand gesessen und Bier getrunken habe. Dass man sich irgendwann verabschiedete und auseinanderging. Das war das letzte Mal, dass jemand Josef Bauer lebend gesehen hat. Man fand kein Blut, kein Kleidungsstück, keine noch so geringe Spur. Madsen hatte jeden, auch Josefs Freunde, befragt. Allerdings am Telefon, da alle bereits nach Deutschland zurückgekehrt waren.
»Nur am Telefon?«, fragte Hansen. »Das ist ungewöhnlich.«
»Sie wurden in Berlin noch von der Polizei befragt. Aber auch dabei ergab sich nichts Besonderes. Keine neuen Fakten, die einen Anhaltspunkt auf Bauers Aufenthaltsort geliefert hätten.«
Hansen kam sich blöd vor, aber die Frage drängte aus ihr hinaus: »Josef Bauer ist also einfach spurlos verschwunden?«
Madsen nickte. »Ein schwarzes Loch hat sich aufgetan und

ihn verschluckt.« Er nahm einen Keks, betrachtete ihn kurz und legte ihn wieder vor sich auf den Tisch. »All diese ungelösten Fälle. Auch heute noch geht es mir nach, wenn eine Pflanze unter meinen Händen stirbt.«

Mette Hansen trank einen Schluck. »Vielleicht lebt Bauer noch.«

»Vielleicht gibt es auch ein Leben nach dem Tod«, sagte Madsen, wie es Zweifler taten.

»Manchmal dauert es eben länger, bis sich die Lösung finden lässt.«

»Die Zuversicht der Jungen.« Madsen lächelte ihr schief zu.

»Der Fatalismus der Älteren«, gab Hansen mit einem Zwinkern zurück.

Madsen stand auf. »Sagen Sie mir, was ich noch tun kann.«

Hansen verstand den Hinweis und erhob sich ebenfalls. Wenn sie in einer Sackgasse feststeckte, setzte sie zurück. »Erinnern Sie sich noch an etwas Auffälliges, das vor oder nach dem Verschwinden von Josef Bauer geschehen ist?«

Madsen antwortete wie aus der Pistole geschossen: »In der besagten Nacht verunglückte ein Mädchen. Es passiert nicht oft, dass zwei fremde Kinder zeitgleich zu Schaden kommen.«

Hansen suchte nach einem Block und ihrem Stift. »Erinnern Sie sich noch an den Namen?«

Madsen dachte nach. »Leider nein. Aber Sie sollten Berichte über den Unfall in jeder Tageszeitung von damals finden.«

Hansen ließ Papier und Stift sinken. »Danke, dass Sie mich empfangen haben.«

»Es war mir ein Vergnügen. Und eine angenehme Abwechslung.«

Umständlich schüttelte er ihr die Hand. Sie suchte mit den Augen nach dem Ausgang und ging vor ihm zur Tür. »Auf Wiedersehen.«

»Auf Wiedersehen«, sagte Hansen.

»Wenn Ihnen noch etwas einfällt …«
»Natürlich«, antwortete er.
Schon nahm sie die ersten Stufen, bereitete sich auf die feuchte Hitze draußen vor. »Herr Madsen!« Sie drehte sich im Flur noch einmal um. War er noch da?
»Ja?« Noch immer. Jetzt stand er da, als wolle er sie nicht gehen lassen.
»Wie hieß der deutsche Polizist, der die Freunde von Josef Bauer befragte?«
»Den Namen werde ich nie vergessen. Er war sehr deutsch und hätte zu einem Jäger gut gepasst. Der Mann hieß Wolf.«

28

Viktor klopfte an die Tür. »Alles okay?« Er hörte, wie Trixi im Badezimmer unterdrückt schluchzte, also presste er sein Ohr an die kühle Tür. Wasser rauschte in die Badewanne. Viktors Dasein bestand mittlerweile darin, zu belauschen, warum die Frauen in seinem Leben weinten. Er wunderte sich, dass Mila ihn noch nicht angerufen und mit Vorwürfen traktiert hatte. War sie krank? Oder flüchtete sie schon wieder über Berlins Straßen vor dem drögen Leben in dem Altersheim?
Das Wasser lief nicht mehr, hinter der Tür wurde es still, ganz still. In Viktors Kopf arbeitete es fieberhaft. Er sah auf die Uhr. Zeit verging, und Viktor kam zu keinem Schluss. Es plätscherte, er hörte Schritte, die Tür öffnete sich. Trixi hatte ein Handtuch um sich geschlungen. Viktor trat einen Schritt zurück und versuchte, nur in ihr Gesicht zu sehen, weil alles andere ihm wie ein Übergriff erschien. Ihre grünen Augen schienen heute dunkler zu sein.

»Ich möchte nicht, dass du Mama etwas sagst.«
Viktor bemerkte, wie er schwankte: Warum verlangten alle von ihm, dass er die Wahrheit verheimlichte? Er hatte sich in diese WG verirrt und fand keinen Weg zurück auf sicheres Terrain. »Das kann ich nicht.«
»Du musst. Mama geht es ohnehin nicht gut. Es würde ihr den Rest geben.«
»Was meinst du damit?«
Trixi warf ihm einen unergründlichen Blick zu. »Hast du sie mal danach gefragt?«
Viktor fragte sich, wonach, schluckte und schüttelte den Kopf. Es gehörte nicht zu seinen Fähigkeiten, mit Frauen, die ihm aus dem Weg gingen, zu kommunizieren. Es überforderte ihn schlichtweg.
»Brauchst du noch etwas?«, fragte er sie.
Trixi schüttelte den Kopf. »Ich gehe heute nicht in die Schule«, sagte sie. »Ich bin krank.«
Viktor nickte. Er akzeptierte es ohne Kommentar.
Trixi lief über den Flur zu ihrem Zimmer.
»Trixi!«, rief er hinter ihr her.
»Was?« Sie drehte sich nicht einmal um.
»Es wird alles wieder gut.«
Jetzt sah sie ihn an. Verzweifelt, hoffnungslos, leer. »Nicht mal du kannst so eine Scheiße glauben.«
Einen Augenblick später hörte er, wie der Schlüssel in dem Türschloss gedreht wurde.
Viktor kam sich wie ein Dieb vor, als er ihre Kleidung mit einem Kuli einzeln aufhob und in eine Tüte steckte. Detlev aus der Kriminaltechnik schuldete ihm schon lang keinen Gefallen mehr, aber er würde ihn dennoch darum bitten.

»Was ist mit ihr los?«, fragte Siska ihn, die zum wiederholten Mal an der Tür ihrer Tochter rüttelte.
»Sie ist krank«, sagte Viktor zum dritten Mal.

»Blödsinn.«
Viktor schaute weg. All die Zeit, die er in diesem Flur verbrachte.
»Viktor. Ich muss gleich gehen.«
»Wohin?«, fragte Viktor, der wusste, dass sie eben erst nach Hause gekommen war.
Jetzt wich Siska seinem Blick aus. »Nur ein paar Tage. Ein … Außentermin.«
»Ein was?« Viktor begriff die Frauen nicht. Sie funktionierten auf eine Art und Weise, die er nie verstehen würde, obwohl ihm doch so viel daran lag.
Siska redete jetzt mit Trixis Tür. »Soll ich verschieben?«
Die Antwort ihrer Tochter erfolgte schnell. »Nein. Auf keinen Fall. Bist du verrückt?«
»Dann komm jetzt raus, Trixi, sonst rufe ich da an.«
Viktor verstand kein Wort. Als versuchte er, einem fremden Dialekt zu folgen. Manches kam ihm bekannt vor, aber das meiste machte keinen Sinn.
Die Klinke senkte sich, und im Türspalt zeigte sich Trixis Gesicht. Sie hatte gerötete Augen, aber keine Flecken mehr im Gesicht. Demonstrativ hustete sie und zog die Nase hoch. »Grippe. Ich will nur in Ruhe gelassen werden.«
»Du solltest Fieber messen«, sagte Siska.
»Hab ich schon. Ist nur erhöhte Temperatur.«
»Sagst du mir noch tschüs?«
»Na klar.« Trixi drängte sich in den Flur und umarmte ihre Mutter kurz. »Wird schon.«
Viktor fragte sich, was und warum.
»Und du kommst klar?« Siska fragte es mit der Verzweiflung einer Mutter, die hin- und hergerissen war und wusste, dass jede Entscheidung, die sie traf, nur falsch sein konnte.
Verächtlich stieß Trixi die Luft durch die Lippen. »Natürlich. Und Viktor ist ja auch noch da.« Dann verschwand sie wieder in ihrem Zimmer.

Viktor hörte sich fragen: »Wo genau musst du jetzt hin?«
»Außentermin. Sagte ich doch.«
Siska drängte sich an ihm vorbei. Ihre blauen Augen blinzelten. Ein Zucken umspielte ihren Mund. Sie log offen und banal, und Viktor bemerkte es. Als sei Lügen zu einem geheimen Volkssport geworden wie Jogging, Walken oder Komasaufen.
»Können wir reden?«, fragte er.
Siskas Lachen wirkte fast hysterisch. »Natürlich. Gern. Aber jetzt passt es gerade schlecht.«
Viktor beobachtete, wie sie durch den Flur in ihr Zimmer huschte und mit einer Reisetasche bewaffnet wieder herauskam. Wie sie durch Trixis Schlüsselloch noch einige beschwörende Worte flüsterte, nervös nach ihrem Haustürschlüssel griff und an ihm vorbeidrängte, wie sie die Tür öffnete und sich noch einmal an ihn wandte. »Pass bitte auf meine Tochter auf!«
Viktor nickte wie betäubt. Er war sich mit jeder Faser seines Seins der Unmöglichkeit dieser Aufgabe bewusst. Er hatte bereits ein Mal versagt. Doch vielleicht meinte sie gar nicht ihre Tochter. Vielleicht meinte sie sich selbst.

»Task Force.«
»Bitte, was?« Viktor artikulierte sich nur noch in Frageform.
Lopez wiederholte den Satz: »Gunnar hat eine Task Force gebildet. Hier.«
Viktor sah sich in ihrem Büro um, das ihm überfüllter als eine Messehalle bei Publikumsverkehr vorkam. Jemand hatte zwei weitere Schreibtische in den Raum gequetscht und so viele Stühle, dass das gesamte Dezernat darauf hätte Platz nehmen können.
»Wir sind ein Team. Schon vergessen?«, fragte Lopez mit einer Portion ätzendem Sarkasmus, der Löcher in jede noch so dicke Tresortür brennen konnte. Ihre Unterlagen, die sie auf

dem Boden ausgebreitet hatte, hingen jetzt an den Wänden und an der Fensterscheibe.
Viktor lehnte im Türrahmen und nickte den Kollegen zu, die sich in ihrem Büro wie festes Inventar eingefunden hatten. Die Luft war schlecht. Zwei Ventilatoren liefen in entgegengesetzten Ecken des Zimmers und bewegten den warmen Mief. Tayfun Acay hackte auf einen Laptop ein. Viktor fragte sich, ob das LKA inzwischen von seinen Angestellten privaten Materialeinsatz verlangte, weil er und Lopez auf den gleichen uralten PCs arbeiteten, die er in den meisten anderen Abteilungen auch gesehen hatte. Nur die Kriminaltechnik besaß neue Rechner, weshalb Innensenator Groß internationale Besucher gern dort herumführte.
»Detlev!« Lopez sah ihren Kollegen aus der KT auffordernd an.
»Keine Ahnung, was ich hier soll.« Detlev wischte sich ein Staubkorn von dem trotz der Hitze faltenfreien Revers.
Viktor kannte niemanden beim LKA, der so viel Mühe und Geld auf seine Kleidung verwendete. Allein Detlevs Schuhe mussten ein Vermögen gekostet haben. Sie glänzten immer wie frisch poliert. Viktor vermutete, dass Detlev auch seine Unterwäsche bügelte.
»Sieh dir die Fotos vom Tatort noch mal an! Besonders die Aufnahmen von Martin Winter, die seine Frau Sevim und Josef Bauer zeigen. Vergrößere jedes Detail! Vielleicht verrät uns das etwas.«
Detlev seufzte, als hielte er diese Aufgabe weder für besonders einfallsreich noch für erfolgversprechend. Als sei er überqualifiziert. Bedächtig, um niemanden zu berühren, schlängelte er sich aus dem Raum. Als er an Viktor vorbeikam, steckte ihm dieser die Tüte mit Trixis Kleidung zu. Detlev rollte mit den Augen.
Viktor raunte ihm zu: »Das ist privat. Sperma, DNA, alles, was du finden kannst.«

Detlev seufzte: »Spiel den Tumor-Bonus nicht zu oft aus!«
Viktor hätte fast gelächelt. Selbst Detlevs Humor artikulierte sich lässig elegant.
»Du weißt, dass ich eine Vergleichsprobe brauche, wenn ich nichts im System finden kann«, erinnerte Detlev ihn.
»Alles zu seiner Zeit«, erwiderte Viktor.
»Gunnar muss verzweifelt sein«, flüsterte Detlev Viktor, mit einem Blick auf die Kollegen, beim Rausgehen zu.
»Nicht verzweifelter als ich.«
»Ich beeile mich.«
Für Viktor klang es, als ob er es ernst meinte.
»Tarzan kümmert sich um Winters finanzielle Verhältnisse«, stellte Lopez fest, als sei der Satz allein nicht völlig verrückt.
Wer, zum Teufel, ist Tarzan?, fragte Viktor sich.
»Dauert noch«, murmelte ein dürrer Bursche mit wasserstoffblond gefärbtem Undercut. Er musste einer der neuen Technikfreaks sein, die das LKA wahrscheinlich kurz vor der Jugendvollzugsanstalt abwarb. Viktor fühlte sich zu alt, dachte an Trixi und fragte sich, ob sie wohl die gleichen Fähigkeiten wie einer der Computerexperten des LKA besaß. Er verdrängte die Gedanken an sie, weil er das Gefühl hatte, vor ihrer Zimmertür und nicht hier im LKA ausharren zu müssen.
»Bist du sicher, dass du schon wieder arbeiten willst?«, fragte Lopez Acay.
Kurz wurde es ruhig im Raum, jeder dachte an den gewaltsamen Tod von Acays Schwester Sevim.
Acays Mundwinkel zuckten. »Ich will wissen, wer das getan hat.«
»Wir alle wollen das wissen«, sagte Lopez fest.
»Ich kümmere mich um alte Fälle, die die gleiche Handschrift aufweisen«, sagte Acay, auf dessen Stirn sich feine Schweißperlen bildeten.
»Verbrennen, Erstechen, Kopf abschlagen – machen wahr-

scheinlich drei Viertel der gesamten Datenbanken aus«, warf Viktor ein.
»Das ist nicht gerade hilfreich«, sagte Lopez säuerlich.
Viktor hielt *Handschrift* für den falschen Begriff. Er selbst interessierte sich eher für das persönliche Mordmotiv. Wenn man das Warum verstand, hielt man den Schlüssel zu allen Antworten in der Hand. Aber Mitarbeiter wollten beschäftigt werden. So oder so.
Lopez zeigte auf zwei Kollegen der Bereitschaftspolizei. Viktor erinnerte sich an den Polizisten, der ihn vor ein paar Tagen am Tatort nicht passieren lassen wollte. »Ihr wertet die Hinweise aus der Bevölkerung und die Verkehrskameras aus!«, rief sie den beiden zu.
»Geht klar.« Sie griffen nach den Hörern von Telefonen, die Viktor noch nie in seinem Büro gesehen hatte. Viktor bewunderte die Aufbauarbeit, die die Techniker des LKA in Kürze geleistet hatten. Technisches Geschick beeindruckte Viktor seit jeher, weil es eine Fähigkeit war, über die auch er selbst verfügte.
»Welche Verkehrskameras?«, fragte Viktor nach.
»Große Kreuzungen in der Nähe des Tatortes. Bürger mit Äxten, Beilen, Golfbags, großen Taschen.« Lopez' Aufzählung wirkte wie aus einem Horrorfilm.
»Kümmert sich schon jemand um die Verbindungsnachweise seines Handys?«, erkundigte sich Viktor nachdenklich.
Lopez hielt ihm einen Stapel Blätter hin. »Ja. Du.«
Viktor überflog die Listen, sah, dass jemand bereits verschiedenfarbige Markierungen angebracht hatte. Orange für Sevim Winter. Andere Farben für einzelne Nummern, die häufig auftauchten. Aber Viktor interessierte sich nur für eine Ziffernfolge, nämlich für die, die Martin Winter als letzte gewählt hatte. Sie war hellblau gekennzeichnet.
Viktor überlegte, was außerdem noch zu tun blieb. »Alles über die Kameradschaft ›Vaterland‹«, sagte er zu sich, wäh-

rend er sich an die Telefonnummer erinnerte, die er noch in seiner Hosentasche aufbewahrte.

Doch Lopez hatte ihn gehört. »Gute Idee. Und ich telefoniere mit Dänemark.«

Viktor schloss die Augen kaum merklich, als bestätigendes Signal.

»Noch was!«

Viktor wartete.

»Ich hätte nachher gern mein Auto zurück.«

»Okay«, sagte Viktor, der den Schlüssel von Lopez' Touran ebenfalls in seiner Hosentasche spürte. Im Raum summte und brummte es wie in einem Bienenschlag.

»Wolltest du dich nicht um Petja kümmern?«

Lopez schnaubte verächtlich: »Zwischen wollen und können liegt ein weiter Weg.«

»Du könntest ...«, setzte Viktor an.

»Bernhard ist meine Task Force«, unterbrach Lopez ihn.

Viktor fand den Gedanken schön und erschreckend zugleich.

»Können wir uns jetzt bitte auf diesen Fall hier konzentrieren?«

Viktor nickte. Er verstand Ablehnung, wenn sie ihm entgegensprang. Ihn irritierte der Lärm im Raum, der sein inneres Zittern verstärkte, weshalb er sich mit einem Wink entschuldigte und auf den Korridor hinaustrat. Er betrachtete den zerknitterten Zettel, las die Ziffern ein Mal, dann noch einmal. Erst danach wurde ihm klar, um welche Nummer es sich handelte. Sie trug eine hellblaue Markierung und stand als letzte unter Winters telefonischen Verbindungsnachweisen.

Nervös tippte er die Zahlenfolge in sein Telefon ein und wartete. Während das Tonsignal ertönte, wanderte er durch den Flur. Viktor dachte an Trixi, an Siska und an denjenigen, der mit einer Axt durch Berlins Straßen lief. Auf der Suche nach einem Schaf, das er zur Schlachtbank führen würde.

Jemand nahm am anderen Ende der Leitung ab und meldete sich: »Wolf.«
Es raschelte und knisterte.
Danach brach die Verbindung ab.

29

Viktor wusste, was die Stunde geschlagen hatte, als er Gunnars Büro betrat. Vor seinem Schreibtisch saß Leander Nowak in einem perfekt sitzenden Sommeranzug. Er sah siegessicher aus.
Gunnar bat Viktor mit einem Wink, Platz zu nehmen, aber Viktor wollte sich nicht setzen. Also lehnte er sich an die Wand und versuchte, die Hitzewallung zu ignorieren, die sich in ihm ausbreitete.
Gunnar schaute starr auf seine Schreibtischplatte, faltete schließlich die Hände wie zum Gebet und ergriff das Wort. »Stimmt das?«, fragte er.
Gehorsam fragte Viktor: »Was?«, obwohl er das schon kannte, was jetzt kommen würde. Er dachte an Fallbeile und Fangschüsse.
Gunnars helle Haare leuchteten wie ein Warnsignal. Während er sie raufte, versuchte Viktor, die Wut wegzuatmen, die sich seiner bemächtigte. Gunnar erklärte, dass Viktor Hausfriedensbruch begangen habe, als er das Haus der Nowaks betrat. Viktor wies darauf hin, dass das Tor offen gewesen sei, dass Leander Nowak selbst ihm die Tür geöffnet habe. Woraufhin dieser mit dem Zeigefinger auf ihn deutete und ihn mit Obszönitäten bedachte, die Viktor das letzte Mal bei einigen Halbstarken auf der Straße aufgeschnappt hatte.

Gunnar begann, heftig zu gestikulieren, was er immer dann tat, wenn etwas ihn überforderte. Viktor bemerkte die Schweißflecken unter Gunnars Achseln, dunkle Kreise auf dessen hellblauem Hemd. Leander Nowak zeigte jetzt wieder auf sein eigenes Gesicht, auf das Pflaster, das die verletzte Haut verbarg. Viktor vernahm die Worte »Angriff«, »Aggression« und »Anklage«. Gunnar versuchte, Nowak zu beschwichtigen, aber der regte sich nur noch mehr auf. Strähnen seines sorgfältig gegelten Haares fielen ihm immer wieder in die Stirn. Mit einer affektierten Handbewegung wischte er sie jedes Mal wieder zur Seite. Ein endloses Spiel. Viktor wartete darauf, und als Gunnar es endlich sagte, erleichterte es ihn fast. Körperverletzung sei ein Straftatbestand. Unmöglich für einen Mitarbeiter des LKA, unmöglich in seiner, Viktors, Position. Als Nowak sich erhob, betrachtete er Viktor und Gunnar wie ein Abfallprodukt. Er verlangte Konsequenzen, und zwar sofort. Gunnar schwieg mittlerweile, weil Nowak ununterbrochen redete. Viktor versuchte, in der Zwischenzeit seine Hände unter Kontrolle zu halten, da ihn ein fast unwiderstehliches Gefühl überkam, sich an Nowak ein weiteres Mal zu verausgaben, der Zeitpunkt jedoch denkbar ungünstig erschien. Speichelbläschen sammelten sich in Leander Nowaks Mundwinkel. Er betonte seine Position, wen er alles kannte, wie wichtig diese Menschen waren und wie vernichtend sich ihr Einfluss auf Viktors und Gunnars Dasein auswirken konnte. Der Namen Henning Groß fiel ein paar Mal. Nowaks Kinn war nach oben gereckt. Wäre sein Zeigefinger ein Degen gewesen, hätte er Viktor bereits mehrmals damit durchbohrt. Viktor wollte gehen, aber Gunnar hielt ihn davon ab, was die Situation verschärfte, weil Nowak jetzt brüllte und sich Schaulustige vor Gunnars Büro einfanden.

Aus dem Augenwinkel nahm Viktor wahr, wie Lopez den Raum betrat und beruhigend auf Nowak einzuwirken versuchte. Viktor spürte, dass Nowak wie ein Vulkan kurz vor dem Ausbruch stand. Dass er bereits Lava spuckte und sich so benahm, wie er selbst sich schon seit Tagen fühlte. Noch während er an seine Medikamente dachte und sich mehrmals innerlich vergewisserte, sie auch geschluckt zu haben, spuckte Leander Nowak in hohem Bogen aus. Der Speichel landete auf Viktors Brust, wo er kleben blieb. Viktor sah wie in Trance auf das glänzende Gebilde hinab, dachte an Tonja Kusmin und wie sich diese Beleidigung damals in einem St. Petersburger Gefängnis angefühlt hatte, wie Wut die Menschen veränderte und sie zu Tieren machte, wie dieser Hass sich materialisierte und dem Verhassten anhaftete. Als er wieder zu sich kam, umklammerte seine rechte Hand bereits Nowaks Hals, umspannte ihn wie ein Schraubstock. Als habe Martin Winters Beispiel ihn inspiriert. Gewalt, die Gewalt gebar. Krankhaft und zwangsläufig ansteckend. Was stimmte nur nicht mit ihm? Er fühlte sich fremdbestimmt, als sei sein Kopf nur noch das Zuhause für einen Freak, der über ihn entschied. Nowaks Sehnen unter der weichen Haut fühlten sich ganz anders als ein Apfel an. Viktor dachte an den Effekt. Ein Bild reihte sich an das andere, bis der Apfel brach.

Gunnar brüllte etwas, Lopez' Lippen bildeten das Wort »nicht«. Nowaks Augen schienen aus ihren Höhlen hervorzutreten, sein Mund war weit aufgerissen. Wie ein Fisch auf dem Land schnappte er nach Luft. Seine Fingernägel gruben sich in Viktors Arme, Viktor bemerkte es kaum. Bis sich jemand von hinten auf ihn warf und ihn zurückriss. Bis ein anderer seine Hände von Nowaks Hals zu lösen versuchte, bis etwas ihm einfach die Beine wegzog und ihn zu Fall brachte, was ihn zwang, seinen Griff zu lockern. Jemand bohrte sein Knie zwischen seine Schulterblätter, ein anderer zog seine Hände schmerzhaft hinter seinen Rücken. Menschen knieten auf seinen Beinen und drückten seinen Kopf zu Boden. Ein ungleicher Kampf, den er verlor, bevor er überhaupt begonnen hatte. Kabelbinder schloss sich um seine Handgelenke. Obwohl ihm noch nie jemand die Hände gefesselt hatte, kannte Viktor das Gefühl. Es war ihm vertraut. Der Lärm ebbte ab, und klare Laute bildeten sich heraus.

Er hörte, wie Gunnar sagte: »Hebt ihn hoch!«, was mehreren Kollegen kaum gelang. Als Viktor stand, sah er, wie Leander Nowak in einer Ecke des Raumes kauerte, sein Jackett unvorteilhaft verrutscht. Wie er ihn hass- und angsterfüllt anstarrte, wie er mit den Händen seinen Hals zu schützen suchte, wie er abwechselnd hustete und Luft einsog. Gunnars Gesicht sah wie versteinert aus. Mehrere Kollegen standen um ihn herum. Sie betrachteten Viktor abschätzend wie ein wildes Tier, das es zu bändigen galt.

Gunnar sagte: »Führt ihn ab!«, und Viktor folgte dem Druck der Hände, die ihn aus dem Raum schoben.

Langsam sah sich Viktor um, suchte Blickkontakt mit Lopez. Als er ihn endlich fand, schüttelte sie langsam den Kopf.

Gunnar saß Viktor gegenüber. Diesmal ein anderer Verhörraum in einem anderen Gang. Drei Stühle und ein Tisch. Diesmal kein Fenster, dafür eine Spiegelwand. Man beobachtete ihn. So weit hatte es kommen müssen. Viktor wurde klar, dass er noch nie auf dieser Seite des Tisches gesessen hatte. Er musste sich auf dem Stuhl unnatürlich nach vorn beugen, weil der Kabelbinder seine Hände immer noch hinter seinem Rücken festhielt. Gunnar hatte es abgelehnt, die Fesseln aufzuschneiden. Wahrscheinlich genoss er den Moment.

»Es ist aus«, sagte er wie in einem schlechten Ganovenfilm. Viktor hatte den Satz schon so oft gehört – das letzte Mal in seinem eigenen komatösen Delirium –, es fiel ihm schwer, ihn noch ernst zu nehmen.

Gunnar schüttelte den Kopf, als könne er es nicht fassen, hier zu sein. Viktor fasste es selbst nicht. Gunnars Gesicht sprach jeden Vorwurf einzeln aus, ohne dass er ein weiteres Wort darüber verlieren musste: Es gab wichtige Ermittlungen, ein Mörder lief frei herum und würde vielleicht weiter töten, während Viktor in seiner eigenen Polizeibehörde Amok lief und zu einem Sicherheitsrisiko wurde, wann immer er sich in der Öffentlichkeit zeigte. Gunnars Gesichtsausdruck zeugte von enttäuschtem Vertrauen, von unzähligen Kränkungen, die Viktor nie mehr gutmachen konnte. Gunnar sah aus wie ein beleidigter Liebhaber. Viktor wollte seinen Platz in dieser Gleichung nicht akzeptieren.
»Er schlägt seine Frau«, wiederholte Viktor zum x-ten Mal.
»Nein«, antwortete Gunnar stumpf.
»Befrage sie selbst dazu!«, forderte Viktor ihn auf.
Gunnar schaute ihn an, als habe er die Pointe eines wirklich simplen Witzes nicht kapiert. »Steh auf!«
Viktor erhob sich und folgte Gunnars Fingerzeig. Mit einer Handbewegung Gunnars wurde die Glasscheibe transparent. Im grünlich gedimmten Licht erkannte Viktor seine Ärztin, die im Nebenzimmer Platz genommen hatte. Marita Nowak saß an einem Tisch, Lopez befragte sie. Wie immer trug sie ein weißes Kleid. Trotz der hochsommerlichen Hitze war es langärmelig. Die blonden Haare waren zu einem Pferdeschwanz zusammengebunden. Sie wirkte elegant und jugendlich, so erfrischend wie ein Tag am Meer. Gunnar drehte an einem Knopf, und glasklar hörte Viktor nun, was nebenan gesprochen wurde.
Marita Nowak schüttelte den Kopf.
»Sind Sie sich ganz sicher?«, hörte Viktor Lopez fragen.
»Verstehen Sie? Ich bin einfach nicht besonders geschickt.« Mit dem Finger berührte sie die Verletzung an ihrem Mund. »Ich bin gestolpert und habe mich im Badezimmer an der Kante des Spiegelschrankes verletzt.«

»Wir wissen, dass viele Opfer häuslicher Gewalt sich nicht getrauen, ihre Peiniger anzuzeigen«, sagte Lopez weich. »Hier handelt es sich um Ihren Mann.«

Fast gequält verzog Marita Nowak die Lippen. Viktor zerrte unwillkürlich an seinen Handfesseln. Kaum konnte er erwarten, was sie antworten würde, jetzt, da sich die Chance bot, Hilfe zu erhalten. Für die meisten eine willkommene Gelegenheit.

»Sie irren sich.« Marita Nowak lächelte. »Leander ist ständig verreist. Er arbeitet viel. Er ist so gut wie nie zu Hause anzutreffen«, wiegelte sie ab.

»Er war aber zu Hause, als Viktor Saizew ihn und Sie dort aufsuchte.«

»Leander mag aufbrausend sein, aber er hat mir noch nie etwas getan. Sehen Sie«, fügte sie hinzu, »wir haben auch ein Kind. Misshandlungen. Meinen Sie, dass niemand das bemerkt hätte?«

»Ja«, sagte Lopez, »das glaube ich, weil es genau so funktioniert.«

Marita Nowak lachte leise auf. »Aber nicht bei uns. Was kann ich tun, um Sie zu überzeugen?«

Lopez zuckte mit den Schultern. »Ich weiß nicht. Vielleicht die Wahrheit sagen?«

»Wer hat Ihnen das erzählt?«

Lopez antwortete scharf: »Viktor Saizew. Sie haben verlangt, dass er Sie vor Ihrem Mann schützt.«

»Was meinen Sie damit?«

Lopez holte bewusst tief Luft. »Kennen Sie Viktor Saizew?«

»Ja.«

»Kam er nicht zu Ihrem Haus?«

»Doch.«

»Dann erklären Sie mir, was dort passierte.«

»Das möchte ich nicht.«

Viktor horchte auf. Auch Gunnar versteifte sich neben ihm.

Marita Nowak strich sich über das weiße Kleid, nachdenklich senkte sie den Blick. »Weil ich seine Ärztin bin und er mein Patient.«
»Haben Sie ihn nicht angerufen und um Hilfe gebeten?«
Marita Nowak schwieg, und Lopez wirkte angespannt. Die Pause schien eine Ewigkeit zu dauern. Viktor entspannte sich, weil er mit einem Geständnis rechnete. Längst überfällig, was die Wahrheit immer war.
»Nein«, sagte Marita Nowak und sah auf. »Ich rief ihn an, weil er sich selbst eigenmächtig aus dem Krankenhaus entließ. Es ging bei dem Telefonat um ihn.«
Viktor riss an dem Kabelbinder, als zwänge ihn etwas, jeden noch so aussichtslosen Befreiungsversuch zu unternehmen.
»Ihr Mann hat Sie nicht geschlagen?«
»Nein.«
»Und Viktor Saizew hat Sie nicht verteidigt?«
»Nein.«
Lopez ließ sich nicht aus der Ruhe bringen und formulierte jedes Wort genau: »Was ist dann passiert?«
»Viktor Saizew ist unerlaubt in unser Haus eingedrungen. Er hat randaliert. Warum er meinen Mann angegriffen hat, weiß ich nicht.«
»Warum haben Sie ihn nicht sofort angezeigt?«
Viktor spürte, wie der Boden unter ihm nachgab, wie seine Füße in dem Brei aus Beton zu versinken drohten. Nur mühsam hielt er sein Gleichgewicht. Marita Nowak schaute nun direkt auf den Einwegspiegel. Viktor schien es, als baue sie eine Verbindung zu ihm auf, als sehe sie direkt in sein Herz hinein. Als sie die Worte sagte, kam es ihm vor, als habe er mit einem Mal den Glauben verloren. An die Menschen, an das Gute, an irgendeinen Lebenssinn.
Marita Nowak sah ihn direkt an. Betroffen und ernst sagte sie: »Weil er ein kranker Mann ist. Weil ich ihn mag.«
Viktor zerrte an den Handfesseln, doch sie rissen nur die

Haut an seinen Handgelenken ein. Das Atmen fiel ihm schwer.

»Wie Sie wissen«, fuhr sie fort, »leidet er unter den Spätfolgen eines Hirntumors. Ich fürchte, dass er nicht mehr zurechnungsfähig ist.«

Es schien Viktor wie eine Wohltat, als Gunnar den Ton abschaltete und die Scheibe wieder verdunkelte. Das deckte sich mit der Finsternis, die sich in Viktor ausbreitete. Erst jetzt schnitt Gunnar den Kabelbinder durch. Betreten schaute er auf Viktors abgeschürfte Handgelenke. Er nahm Viktor die Marke und den Ausweis ab. Wieder einmal. Das Prozedere erfolgte lautlos und still. All diese Fehlentscheidungen, die er zu bereuen hatte. Unschlüssig standen sie sich gegenüber.

»Ich habe das nicht richtig eingeschätzt«, gab Gunnar zu. Mit der Hand rieb er sich die Stirn, als könne das die Kopfschmerzen vertreiben, die Viktor ihm bereitete. Er sprach das Wort »Dienstaufsichtsbeschwerde« wie eine Umweltkatastrophe aus. »Du musst gehen. Es tut mir leid.«

Viktor nickte. In diesem Moment glaubte er sogar, was sein Chef beteuerte.

»Lass dich behandeln. Geh zurück ins Krankenhaus!«

Oder in die Geschlossene, vollendete Viktor wortlos die unausgesprochene Aufforderung seines Vorgesetzten. Falls Unwahrheit eine Krankheit war, hatte Viktor sich mittlerweile angesteckt. Ruhig antwortete er: »Ja«, und versuchte, kontrolliert und mit festen Schritten den Raum zu verlassen. Das grelle Licht, das durch ein Fenster am Ende des Korridors hereinschien, ließ alle Konturen unnatürlich scharf hervortreten. Wieder standen Kollegen Spalier. Auch diesmal starrten sie ihn an. Hatte in ihren Blicken noch vor kurzem Bewunderung gelegen, waren es jetzt Abscheu und Angst.

30

Als Viktor später auf diese Stunden zurückblickte, erschienen sie ihm wie ein böser Traum. Immer, wenn er glaubte, am Tiefpunkt angelangt zu sein, fiel er noch weiter hinab. Er nahm Lopez' Auto, da er sich nicht in der Lage fühlte, ihr den Schlüssel persönlich zurückzubringen oder ihn beim Pförtner für sie abzugeben. Der Fluchtinstinkt zwang ihm kurze Wege auf. Nachdem er nur ein wenig von dem gekostet hatte, was ihm am wertvollsten erschien – sein alter Job –, fand er sich nun ohne Marke, ohne dienstliche Legitimation auf der Straße wieder. Die Perspektive entbehrte jeder Hoffnung: zurück ins Krankenhaus. Er würde diesen Schritt nicht tun. Er war nicht verrückt. *Nicht verrückt,* dachte er. *Nicht verrückt.* Er ignorierte es, dass seine Hände zitterten, schluckte seine Tabletten und lenkte den Wagen Richtung Friedrichshain. Kurz bevor er in die Rigaer Straße einbog, erkannte er Bernhard, der an einer Ampel auf Grün wartete. Obwohl die Sonne senkrecht über der Stadt stand, trug Lopez' Mann schwarze lange Hosen und sogar einen dunklen Pullunder über dem schwarzen Shirt. Als lache er das Wetter einfach aus. Bernhard wirkte im Gegensatz zu Viktor frisch und animiert. Viktor stoppte und betätigte den Fensterheber.

»Habe mich schon gewundert, wo der Wagen ist«, sagte Bernhard leicht verwirrt.

»Nur ausgeliehen. Bringe ihn jetzt zurück.«

»Wo ist Rosa?«

»Arbeitet noch.«

»Was sonst?«, erwiderte Bernhard mit einem leisen Seufzer. »Was ist mit dir? Wie war dein Tag?«

Viktor wusste nicht, wie er darauf reagieren sollte. Keine Antwort wurde dem, was er gerade fühlte, gerecht. Also ent-

schied er sich für seine Standardantwort: »Normal.« Wenn er sein Leben in den letzten Monaten betrachtete, stimmte das sogar. Aber Bernhard sprach bereits weiter; er schien aufgeregt. »Heute Abend gehen wir aus. Du, Rosa, Siska und ich.«
Für Viktor war das neu. »Was ist mit den Kindern?«
»Meine Eltern passen auf sie auf.«
»Wo gehen wir hin?«
»Eine Kunstveranstaltung. Sehr exklusiv, nur wenige Vorstellungen. Grandiose Kritiken. Es wird phantastisch, das verspreche ich dir.«
Viktor interessierte sich nicht für Kunst. Egal, wie gut die Kritiker darüber sprachen. Er wollte sich vergraben. Aber Lopez zu treffen, das klang erstrebenswert und notwendig. Wahrscheinlich wusste sie noch nichts von Bernhards Plänen. Siska würde ihre Zeit definitiv nicht mit ihm verbringen, so viel war Viktor klar. Er wollte nichts Organisatorisches mit ihr besprechen oder regeln, also antwortete er einfach mit einem »Okay«.
»Prima«, sagte Bernhard. »Wir holen euch nachher gegen sieben ab. Ist alles in Laufweite.«
»Was ist …?«
Aber Bernhard wusste schon, was Viktor fragen wollte. »Behalte das Auto ruhig. Ich bin ohnehin noch unterwegs.« Bernhard winkte ihm zu und stürzte, obwohl die Ampel noch Rot zeigte, einfach los. Ein blauer Opel Corsa streifte ihn fast. Viktor glaubte, leise einen Abschiedsgruß zu vernehmen. Danach sah er, wie Bernhards schwarze Gestalt in einer Einbahnstraße verschwand. Erst dann bemerkte er, dass das wütende Hupen ihm galt. Dieser Tag hasste ihn. An diesem grausamen Tag ergab alles einen Sinn.

Und so schien es nicht verwunderlich, dass er die Wohnung still vorfand. Das Unheil näherte sich lautlos wie ein substanzloses Gespenst. Viktor kannte das Gefühl: Die Vorahnung. Er klopfte an Trixis Tür. Nichts rührte sich, bis sie »Hau ab!« sagte. Er fragte, wie es ihr gehe. Sie antwortete nicht. Er fragte, ob sie etwas brauchte. Sie sagte »nein«. Als er sich abwenden wollte, hörte er Schritte hinter der Tür, die entriegelt wurde und sich schließlich öffnete. Trixis dunkle Haare waren zerzaust. Ihr Gesicht leuchtete blass und leer. Sie trug ein altes, langes T-Shirt mit einer Rolling-Stones-Zunge, das Viktor an ihre Mutter erinnerte. Sie rieb sich die Augen und fragte dann: »Wie war dein Tag?«

Viktor, den das Interesse an der Gestaltung seines Alltags verwirrte, überlegte, ob er seine Standardantwort wählen sollte, also »normal«, entschied sich aber für etwas, das völlig aus der Mode gekommen war und das sich Wahrheit nannte. Er erzählte ihr, er sei rausgeflogen. Eine Dienstaufsichtsbeschwerde habe er auch am Hals. Warum er sein Schicksal mit diesem traumatisierten Teenager teilte, war ihm selbst nicht klar.

»Ist doch super«, sagte Trixi. »Dann bist du endlich frei.« Aus ihrem Mund klang es, als habe er einen Lottogewinn mit nach Hause gebracht.

Viktor sagte, dass er etwas kochen würde, nur falls sie auch etwas essen wolle. Als er den Flur hinunterging, rief Trixi ihn zurück.

»Ich glaube, Mama würde sich über Besuch freuen. Ich kann da heute so nicht hin.«

Viktor schaute sie nur ausdruckslos an.

»Sie hat es dir also nicht erzählt?«

Viktor schüttelte den Kopf, wartete ab, was der Tag noch bringen würde. Etwas in ihm wurde durchlässig wie Wasser, das in einen Abfluss rann.

Trixi verschwand kurz in ihrem Zimmer, während Viktor wieder mal in einem Berliner Hausflur auf etwas wartete. Sie kam mit einem Zettel zurück, den sie Viktor reichte. »Sag ihr, ich hab sie lieb.«

Viktor starrte auf den Zettel und versuchte, Trixis Schrift zu entziffern. Als es ihm gelang, suchte er, ohne zu zögern, Lopez' Autoschlüssel, vertagte das Kochen und das Essen und verließ das Haus.

Er holte mit der Axt aus und traf mit der Schneide den richtigen Punkt. Holz splitterte, er ruckelte an dem Griff, bis der Stamm abknickte. Er zog die Axt heraus und gab dem oberen Teil des Busches einen Tritt. Er hörte, wie der Flieder schrie, wie er sich zu wehren suchte. Er wimmerte im Todeskampf. Seltsam, dass niemand außer ihm es zu hören schien. Dieser Flieder war alt, er blühte kaum noch. Er nahm den Rosen das Licht. Das Alte, Schlechte, Schwache musste weichen, damit das Schöne sich frei entfalten konnte. So lautete das Gesetz.

»Warum hast du das getan?«

Er hatte nicht einmal bemerkt, wie sie sich näherte. Wie jedes Mal nahm ihm ihre ätherische Schönheit fast den Atem. Er roch ihr dezentes Parfum, das ihn an seine Blumen erinnerte. Sie war seine Rose. Doch niemand konnte eine Rose berühren, ohne den Stich einer Dorne zu riskieren. Rosen wehrten sich.

»Krank. Mehltau«, antwortete er knapp. Eine Nervosität überkam ihn, die es für ihn unmöglich machte, ganze Sätze zu bilden.

»Wirklich?« Sie bemerkte sofort, dass er log. »Nimm die Brille ab!«, befahl sie ihm. Er gehorchte ihr aufs Wort, auch wenn das Licht ihm Stiche versetzte und seine Augen schmerzten. Er blinzelte.

»Ich mochte diesen Flieder sehr«, sagte sie nachdenklich.

»Die Rosen brauchen Licht«, verteidigte er sich schwach.

Ihre Hand lag auf seinem Arm. Fast hätte er vor Überraschung aufgeschrien.

»Du und deine Rosen«, sagte sie. Ein Lächeln umspielte ihre

Lippen. Er hätte alles für dieses Lächeln gegeben, alles dafür getan. Dass sie ihn berührte, erregte ihn fast sexuell. Aber diese Lust gelang ihm nicht mehr, ein fremdes Universum, das er nie mehr verstehen oder kennenlernen würde. Er vermochte es nicht mehr, weil man es ihm genommen hatte. Als sie ihre Hand einfach sinken ließ, hinterließ sie ein Feuermal auf seiner Haut. Er wusste, dass nur er es sehen konnte. Es würde tagelang schmerzen wie eine Wunde, die nicht verschorfen wollte. Wie ein unstillbares Verlangen, das keine Nahrung fand.

»Bevor du etwas hier im Garten fällst, möchte ich Bescheid wissen. Hast du das verstanden?«, fragte sie jetzt scharf.

»Ja«, erwiderte er mit gesenktem Kopf. Sofort meldete sich der Hunger. Seine Finger vibrierten und die Axt mit ihnen, weil er den Hunger kaum ertrug. Weil er etwas zu sich nehmen musste, jetzt sofort.

»Gut.« Leicht tätschelte sie ihm die Schulter. Ein weiteres Feuermal, das seine Haut verbrannte. Mit einer fließenden Bewegung wandte sie sich ab, so dass ihr Kleid sich mit ihr wie ein Karussell drehte. Die Abendsonne beleuchtete sie, ein übernatürliches Wesen, das durch den Garten schritt. Eine Königin in ihrem Park. Schemenhaft erinnerte er sich an eine Herrscherin aus »Alice im Wunderland«. In seiner Vorstellung trug sie ein rotes Kleid.

»Und mein Mann ist wieder mal verreist.« Sie sagte es, wie andere eine kurze Fußnote unter eine Arbeit schrieben. »Ein Glück. Für uns beide ein Glück«, wiederholte sie. »So bleibst du für ihn unsichtbar.« Ihr Lachen klang wie eine kleine Glocke, hell und unbeschwert.

All die Jahre hatte das genauso funktioniert. Die seltenen Male, wenn ihr Mann zu Hause war, musste er im Keller bleiben. Geschützt, versteckt. Leander Nowak stieg nicht dort hinab. Er schickte seine Frau, wenn er etwas brauchte. Er rief sie, wenn er sich abreagieren musste. Dass sie ihren

Mann ertrug und ihn dennoch liebte, darin spiegelte sich Caliban. An dieser Stelle deckte sich ihr Schicksal passgenau. Wenn Caliban die Schreie hörte, fiel ihm das Verharren im Keller schwer. Doch sie verlangte es von ihm, und er gehorchte. Aus diesem Glauben errichtete er seine Welt. Caliban dachte: *Ja, für immer unsichtbar.*

Er wusste, dass ihr Sohn das Haus verlassen hatte. Er hatte es gehört. Dieser Junge, der auf den Fotos im Haus aussah wie eine getreue Kopie seines Vaters. Nur mit hellem Haar, das er von der Mutter geerbt hatte. Mit nervösen Fingern setzte Caliban die Sonnenbrille wieder auf und zwang sich, seine Aufgabe zu vollenden. Er holte aus, um den Stamm weiter zu zerteilen. Er bewunderte, wie widerstandslos die Klinge in das harte Holz eindrang. Er hielt die Klinge scharf, weil sie gute Arbeit verrichten sollte.

Obwohl er zu Boden sah, wusste er, dass sie jetzt die Haustür erreicht haben musste. Jetzt schloss sie auf. Jetzt betrat sie den Flur. Die Tür fiel hinter ihr ins Schloss. Jetzt ließ sie ihre Tasche auf einen der Jugendstilsessel fallen. Jetzt würde sie in die …

Da hörte er den Schrei aus ihrem Mund. Er klang laut und verzerrt. Er klang nach der Verzweiflung, die er schon so unendlich lange verspürte. Die in ihm wuchs wie ein schwarzer, lebendiger Baum, dessen Wurzeln sich von seinem Herz ernährten. Es aus ihrem Mund zu hören, rückte die Dinge für einen Augenblick wieder gerade. Weil das Schlechte, Schwache dem Schönen weichen musste.

31

»Ich soll dir ausrichten, sie hat dich lieb.«

Sie hatte den Kopf weggedreht und schwieg beharrlich, seitdem er das Zimmer betreten hatte. Viktor quetschte sich in einen der Besucherstühle. Er schwitzte, obwohl eine Klimaanlage die Raumtemperatur regulierte. Er rieb seine feuchten Handflächen aneinander, spürte dem Flimmern in seinem Inneren wie einer bösen Erscheinung nach. Er kannte das Setting – Bett, Nachttisch und Stuhl. Auf das Nötigste reduziert und dennoch der ultimative Luxus, den ein Einzelzimmer bot. Im Halbdunkel machte sich Siskas Körper wie eine Leiche unter der weißen Decke aus. Ihre nackten, dünnen Arme ruhten bewegungslos auf dem Laken. Für einen Augenblick fand sich Viktor in die Rechtsmedizin versetzt, wo Siska auf einem der Edelstahltische lag, an denen sie normalerweise arbeitete. Aber ihr Brustkorb hob und senkte sich unter dem bedruckten Krankenhemd. Ein paar Geräte piepsten, etwas ratterte über den Korridor. Viktor erschien es wie schlechtes Karma, schon wieder an diesem Ort zu verweilen, den er doch zu meiden suchte wie andere Kloaken oder Friedhöfe. Er glaubte nicht an Gott, aber wenn es ihn gab, musste er noch eine Rechnung mit ihm offen haben. Oder ihn prüfen, so wie er es mit Hiob tat. Viktor wollte nicht geprüft werden. Er wollte dieses Leben loswerden, das an ihm hing wie ein Blutsauger an seinem Wirt.

»Wie geht es dir?«

Siska antwortete nicht. Viktor verlagerte sein Gewicht und spürte, wie die Zeit verging.

»Ich möchte nicht, dass du mich so siehst«, sagte sie schläfrig, weil die Narkose noch nachwirkte. Jetzt drehte sie den Kopf und sah ihn an. Fast fielen ihr die Augen wieder zu, aber sie kämpfte gegen die Müdigkeit an.

»Es macht für mich keinen Unterschied«, sagte Viktor und berührte vorsichtig ihre Hand.

»Aber für mich.« Siska schlug die Bettdecke zurück, zog mühsam den dünnen Stoff des Hemdes nach unten, das über ihre Schultern rutschte, und zwang Viktor so, auf den Verband zu sehen, der ihre flache Brust bedeckte. Ein Schlauch kroch aus der Gaze hinaus und schlängelte sich zu einer Plastikflasche neben ihr, in der Siskas Blut kleine Blasen warf.

Viktor hörte sie murmeln: »Darüber komme ich niemals weg.«

»Was haben sie gemacht?« Viktor wusste nicht, wie er fragen sollte. Der Satz klang falsch, und dennoch musste er wissen und hören, was er sich zusammenreimte. Auf Trixis Zettel stand »Onkologie«, dazu eine Zimmernummer in der Charité. Er hatte von Brustamputationen gehört und in einem Frauenjournal darüber gelesen, dass Prominente sich sogar präventiv dafür entschieden. Aber dass Menschen Brustkrebs tatsächlich passierte, erlebte er zum ersten Mal. Als Siska das Wort aussprach, traf es ihn wie ein Nadelstich.

Er deckte Siska wieder zu.

»Ich bin nur noch ein Ding«, flüsterte sie. Sie blinzelte, ihre Augen ertranken in Flüssigkeit.

Viktor hätte gern etwas gesagt. Dass er sie immer noch wunderschön fand, dass der Verlust ihrer Brüste nur ein Fehlen des Fleisches war. Dass sie alle verzichteten und verloren, dass er wusste, was Tumore anrichteten. Dass er sie verstand und wollte, dass sie gesund würde und all das vergaß, dass es ihr endlich wieder besserging, dass sie zurückkehrte als die Franziska Mohn, die er kannte und begehrte. Aber er fand die richtigen Worte nicht. Was er formulierte, erschien ihm banal. Er hätte sich selbst nicht gern gehört. Er wusste, dass in manchen Momenten Schweigen besser war.

»Geh weg!«, sagte sie schleppend. »Lass mich allein!«

Viktor glaubte, das Echo ihrer Tochter zu vernehmen.

Eigensinnig und gewohnt, für sich selbst einzustehen. Sie gab der Müdigkeit nach und schloss die Augen.
»Nein«, sagte er und versuchte, sich in dem engen Stuhl häuslich einzurichten. So einfach würde er es ihr nicht machen, ihn zu verlassen.

Das *Fern und Weh* in Friedrichshain hatte seine besten Zeiten hinter sich. Die Stadt hatte die Schließung anberaumt. Das Gebäude schien baufällig. Mehrere Glasscheiben wiesen Sprünge auf, die mit Paketband daran gehindert wurden, größer zu werden. Die einst weißgetünchte Wand war laut getagged, Ableger aus Bucheckern und Ahornsamen schossen an den Wänden zu schiefen Büschen in die Höhe. Niemand hatte sich je die Mühe gemacht, ein Beet oder einen Rasen anzulegen. Aber das Grün suchte sich seinen Weg zwischen Beton und Stein. In der Ecke lag neben einem zerbrochenen Waschbecken ein alter Stuhl, dessen Sitzpolster fehlte, gnädig von spärlichem Pflanzenwuchs überdeckt, der unter der Hitze wie alle Kreaturen litt und bräunlich welkte. Aus einem der umliegenden Häuser ertönte Gitarrenmusik. Ein Dylan-Song, dessen Titel Gunnar vielleicht gekannt hätte. Er mochte diese Art von Musik. Viktor folgte Bernhard und seiner Kollegin. Bernhard redete ohne Unterlass, um ihnen schmackhaft zu machen, was sie heute erwartete.
Viktor hatte Siska entschuldigt. Ein Außentermin. Er selbst hatte Trixi belegte Brote vor die verschlossene Tür gestellt und eine Tasse Tee, die er wahrscheinlich kalt und unberührt vorfinden würde, wenn er wieder nach Hause kam. Die heiße Abendluft glich einer sirupartigen Substanz. Kondensstreifen plusterten sich über Kreuz zu breiten Wolkenstrichen auf. Danach zerfielen sie. Ein rosafarbener Schimmer überzog den Himmel von Westen her. Ein wenig später würde das helle Blau von roter Lohe verbrannt werden, bis nur noch der Ruß der Nacht verblieb.

Aber noch bewegten sie sich im letzten Tageslicht. Viktor hörte Bernhard nicht genau zu, schnappte aber die Worte »Superlativ« und »megaloman« auf. Er sah an der offenen Tür des Clubs ein blutrotes Plakat, das sofort eine Erinnerung in ihm weckte. Das Wort Performance bildete sich in seinem Kopf. Zusammen mit den Fetzen, die er von Bernhards Ausführungen aufgeschnappt hatte, ergab das einen Sinn.

Lopez schwieg wie er selbst. Seitdem man ihn aus Siskas Krankenhauszimmer genauso wie aus dem LKA hinausgeworfen hatte, verbrachte er die Zeit mit Nachdenken. Ohne Erfolg, ohne jeglichen Gewinn. Lopez hatte ihn mit ihren Blicken fast verbrannt, als sie sich vor ihrem Haus trafen. Sprechen wollte sie nicht mit ihm. Aber Bernhard redete, plauderte über den Wert der Kunst, Freiheit, das ungewohnte Gefühl, ohne Kinder unterwegs zu sein, und über seine Eltern, die in diesem Moment wahrscheinlich erfolglos um Petjas Aufmerksamkeit buhlen würden. Und die Normalität, die Bernhard damit verbreitete, fühlte sich heilend an.

Ein paar Leute standen vor dem Club an, der von bulligen Türstehern in Bomberjacken bewacht wurde. Sie reihten sich ein, und Viktor stellte sich darauf ein, dass er abgewiesen würde. Wieder einmal erfüllte er nicht die Anforderungen, die an die Garderobe der Gäste gestellt wurden. Er sah an sich hinab. Viktor erfüllte nie irgendwelche Anforderungen. Er wollte lediglich Bernhard den Abend nicht verderben.

Mitten im Satz brach Bernhard ab. »Was ist eigentlich mit euch los?«

Viktor schwieg, und Lopez starrte stur zu Boden.

»Ärger bei der Arbeit?« Bernhard schaute zwischen den beiden hin und her.

»Wie konntest du das tun?«, zischte Lopez Viktor an.

Viktor wusste, dass es sinnlos war, Lopez seine Gründe zu

erklären. Er wusste selbst nicht mehr genau, warum all das geschehen war. »Gibt es etwas Neues?«, fragte er zurück.
Sie rückten vor.
»Als ob ich dir noch etwas mitteilen dürfte! Du bist schon wieder suspendiert«, spuckte Lopez. Unter dem unförmigen, hellbraunen Sommerkleid bebte sie.
Bernhard schaute Viktor erstaunt an.
»Was sagt Dänemark?«, fragte Viktor ungerührt. Er verstand, dass Lopez ihn verachtete, aber er durfte sich davon nicht aus der Ruhe bringen lassen.
»Unzurechnungsfähig. Das hat sie dir attestiert!«
»Wer hat was?«, ließ sich Bernhard vernehmen. Sie hatten die Kasse fast erreicht. Das Plakat, darauf rotes, gelocktes Haar.
»Was hat Dänemark gesagt?«, wiederholte Viktor, als habe er sie nicht gehört.
Lopez seufzte. »Du bist unerträglich stur.« Ihre Gesichtszüge wurden zusehends weicher. »In der Nacht, als Josef Bauer verschwand, verunglückte noch ein Kind: Evelyn Möller, die nach einem Autounfall ins Koma fiel.«
Viktor speicherte den Namen ab.
»Außerdem hat ein deutscher Polizist nach den Ferien die Jungen in Berlin befragt, die Josef Bauer als Letzte gesehen haben. Sogar seinen Namen haben wir.«
Viktor erwartete das Ende der dramatischen Pause wie eine lang ersehnte Warenbestellung, die monatelang verschwunden war.
»Er heißt Wolf.«
Viktor zuckte zusammen, weil ihn die Erkenntnis geradezu körperlich traf und weil er nicht an Zufälle glaubte. Nervös suchte er in seiner Hosentasche nach dem Fetzen Papier. Ein Mädchen, das eine glitzernde Baseballkappe und eine überdimensionierte Brille trug, konnte den Blick nicht von Viktors vernarbtem Kopf abwenden, bis jemand sie anstieß. Stotternd nannte sie Viktor einen Betrag. Versteckt gab sie

den Türstehern einen Wink, aber Viktor verstand nicht, was sie sagte. Nur ein Gedanke kreiste in seinem Kopf, den er mit Lopez teilen musste. »Das ist seine Telefonnummer«, erklärte er und reichte ihr den Zettel mit den Ziffern.
Lopez riss überrascht die Augen auf. »Woher?«, fragte sie schnell.
Und Viktor antwortete mit nur einem Wort: »Vaterland.«
»Das könnte die Verbindung sein, nach der wir die ganze Zeit gesucht haben«, sagte sie atemlos. Sie sah jetzt nicht mehr wütend aus. Als habe sie ihre Differenzen einfach ad acta gelegt.
»Wolf war auch der Letzte, mit dem Winter telefonierte.«
»Das gibt's doch nicht.« Lopez rührte sich nicht mehr. Jemand prallte von hinten gegen sie.
Bernhard, der das Gespräch irritiert verfolgte, bedeutete ihnen, weiterzugehen. »Du verschwindest jetzt nicht!«, sagte er zu seiner Frau, als könne er Gedanken lesen. Vorwurfsvoll sah er sie an.
Lopez zögerte. »Na gut. Aber ich rufe Gunnar an.«
Hinter ihnen murrten andere Gäste, warum sich nichts bewegte. Bernhard zahlte und lotste seine telefonierende Frau und Viktor ins Innere des Clubs. Jemand forderte Viktor auf, stehen zu bleiben. Ein Türsteher mit schwarzem Vollbart, der ungefähr das gleiche Kampfgewicht wie Viktor auf die Waage brachte, schüttelte bedauernd den Kopf. Er zeigte auf den Ausgang. Sein Blick sagte unerbittlich und deutlich: nein. Mit zusammengekniffenen Augen schaute er Viktor an, als habe er dessen Gefahrenpotenzial sofort erkannt. Lopez beendete ihr Telefonat.
Viktor winkte das Schwergewicht ganz nah zu sich heran. Tief holte er Luft: »Ich habe heute einen Mann fast erwürgt, der größer war als du. Ich habe meinen Job verloren, meine Freundin hat Krebs, und mein eigenes Leben ist mir scheißegal. Aber ich nehme regelmäßig meine Medikamente ein

und werde jetzt meine Freunde begleiten, die sich nur einen schönen Abend machen wollen.«
Aus dem Augenwinkel sah Viktor, wie Bernhards Mund vor Überraschung aufklappte. Der Hüne beugte sich zurück, betrachtete Viktor und seine Begleiter. Langsam nickte er. Als Viktor sich durch den engen, dunklen Gang ins Innere des Clubs drängte, während Bernhard und Lopez ihm folgten, bemerkte er, dass wieder einmal alle Augen auf ihn gerichtet waren. Wie auf eine Zeitbombe, die laut hörbar tickte.

32

Viktor und Lopez tauschten flüsternd Informationen aus, während Bernhard schweigend danebensaß. Interessiert sah er sich um.
»Winter hat jeden Monat fünftausend Euro erhalten. Nicht für seine Arbeit als Staplerfahrer.«
»Von wem?«, fragte Viktor gehorsam.
»Die Überweisung tätigte eine Firma mit dem Namen Trans-IT.«
Viktor sagte der Name nichts.
»Tarzan konnte die Überweisung über drei Stationen zurückverfolgen, aber danach verliert sich die Spur bei einer Offshore-Bank.«
Tarzan verdiente seinen Namen nicht, stellte Viktor fest. Der Spur des Geldes zu folgen, erwies sich immer als ein guter Schachzug. Vorausgesetzt, er gelang. Wer hatte Martin Winters Extravaganzen finanziert? Ausgerechnet hier festzustecken, wurmte Viktor.
Scheinwerfer beleuchteten eine leere Bühne und Teile der türkisfarbenen Wand, auf denen unzählige Lilien abgebildet

waren. Lopez benutzte das Programmheft, um sich Luft zuzufächeln. Irgendwann bemerkte sie Bernhards enttäuschtes Gesicht. »Entschuldige.«

Auch Viktor sagte: »Ich habe vorhin nicht richtig zugehört.« Tatsache war, dass er nicht mehr richtig hören konnte.

Bernhard lenkte sofort ein. Mit strahlendem Gesicht teilte er ihnen mit, dass er endlich eine neue Figur für seinen Roman gefunden habe. Dank ihr. Er deutete mit dem Zeigefinger auf das Programm. Viktor las das Wort »Salome«. Lopez strich Bernhard kurz durch das Haar. Danach nahm sie seine Hand und hielt sie fest. »Wurde aber auch Zeit«, sagte sie mit spürbarer Erleichterung. »Das feiern wir!« Vergnügt kniff sie ihn in den Oberschenkel. Mit gespielter Empörung wehrte Bernhard ab.

Viktor erinnerte sich, als er die beiden das erste Mal auf dem Flur der Polizeiakademie angetroffen hatte. Wie Lopez stolz auf Bernhards ersten historischen Roman, auf die Leistung ihres Mannes reagiert hatte. Wie sie mit Sekt anstießen und Viktor sich fragte, was an diesem Halbstarken nur dran sein konnte, der seine beste Schülerin so glücklich machte. Wie die beiden unterschiedliche Rollen besetzten und sich doch perfekt ergänzten. Wie dieser intime Moment, den sie damals teilten, sie bis heute aneinanderband.

Doch etwas irritierte Viktor. »Salome. Ist das nicht die Frau, die …?«

Doch jemand hinter ihm machte »psst«. Das Licht ging aus, und im Saal wurde es still.

Marita Nowak erhob sich und tastete nach einem der gelben Schalenstühle. Als sie einen berührte und heranzog, hinterließen ihre Finger rote Abdrücke darauf. Sie betrachtete ihre Hände. Blut klebte daran. Sie rieb sie aneinander, aber das Blut haftete an. Sie versuchte, es an ihrem Kleid abzuwischen, doch die rote Farbe schien bereits eingesickert oder auf ihrer Haut getrocknet zu sein. Die Leere, die sich in ihr ausbreitete, war ein stiller Ort, ein verlassenes Amphitheater, verfallen und groß, über dem eine gespenstische Ruhe lag. Ihre vertraute Küche wollte so gar nicht in das Szenario passen, auch der Mensch nicht, der hier am Boden lag. Sie hatte geschrien und geweint, bis sie darüber müde wurde. Dass dieser Bastard es gewagt hatte, konnte nicht sein. Aber er hatte es getan, auch wenn sie die Gewissheit nicht akzeptieren wollte. Dass er sie so treffen würde, hatte sie nicht geglaubt. Sie kontrollierte ihn und nicht umgekehrt. Doch mit ihm war es etwas anderes als mit Caliban. Er widersetzte sich. Nun hatte er sie an ihrer empfindlichsten Stelle getroffen. Zwischen ihren Schultern, das Lindenblatt. Wie hatte sie sich nur so täuschen können? Draußen war es Nacht. Sie stand auf und suchte im Halbdunkel nach dem Lichtschalter. Es gehörte zum Wesen verlassener Orte, dass niemand da war, der ihr helfen konnte. Sie vermisste ihren Sohn. Wo hielt er sich gerade auf, wieso war er nicht da? Ihr liebster Sohn. Als Licht das Szenario erleuchtete, erkannte sie das reißende Tier, das schon immer auf sie lauerte. Es würde sie zur Strecke bringen, wenn sie nicht schnell flüchten konnte. Früher oder später würde es sie einholen, so wie es alle Menschen riss, die ihr etwas bedeuteten. Sie lief durch den dunklen Flur in den Garten hinaus, den Weg hinunter bis zur Straße. Unter dem weichen Licht der Straßenlampen stolperte sie durch die Stille Straße, vorbei an den Häusern, die ihr völlig neu vorkamen. An einer Bushaltestelle warteten Menschen, die sie anstarrten. Sie taumelte über die Straße. Autos bremsten. Jemand telefonierte. Ein Rosenverkäufer bot ihr eine Rose an, die er hastig zurückzog, als er ihr rot beflecktes Kleid erkannte. Überall Augen, die auf sie gerichtet waren. Aus Fenstern, Autos, U-Bahn-Schächten. Ein Schlafsack, der auf einem Lüftungsgitter lag, erwachte zum Leben. Die bärtige Leiche darin zeigte mit dem Finger auf sie und rief ihr etwas nach. Sie verlor einen Schuh. Weil das Biest sie nicht kriegen durfte, zog sie den anderen Schuh einfach aus, um schneller rennen zu können. Auf einer mehrspurigen Straße hielt ein Auto neben ihr. Das Blaulicht kreiste, und jemand sprach sie an. Sie durfte nicht mit den Untoten reden, weshalb sie weitereilte. Doch das Fahrzeug blieb neben ihr. Jemand stieg aus und griff nach ihrem Arm. Sie versuchte, sich in einem letzten verzweifelten Versuch loszureißen, strauchelte und fiel. Jemand half ihr hoch, aber er hinderte sie daran, wegzulaufen. Man schob sie einfach auf den Rücksitz des Wagens und zog einen Gurt über ihre Brust. Eine Frau in Uniform sprach sie von vorn an. Das Biest hatte gesiegt, weshalb sie ganz ruhig auf die ihr gestellte Frage antwortete: »Mein Mann ist tot.«

Menschen verließen fluchtartig den Saal. Lopez war wie Bernhard aufgesprungen. Lopez sah alarmiert, Bernhard hingegen begeistert aus. Viktor saß nach wie vor auf seinem Platz, schaute auf das Szenario, das sich ihm auf der Bühne bot, und dachte nur: *Das gibt's doch nicht.*

Auf der Bühne stand mittlerweile ein überlebensgroßes Kreuz. Daran hing ein nackter Mann. Verzerrte Rhythmen schrillten durch den Saal. Klassische Harmonien waberten darüber, die Viktor nur gedimmt wahrnahm. Die Künstlerin hatte die Bühne betreten. Salome trug ein wallendes weißes Kleid und wild gelocktes, rotes Haar, das ihr bis auf den Rücken reichte. In der Hand hielt sie eine Axt. Mit einer Videokamera zeichnete ein Mann jede ihrer Bewegungen auf. Verzerrte Bilder glitten unmäßig vergrößert über die Wand. Ein unsichtbarer Chor sang immer wieder einen Refrain. Viktor kam es typisch vor, dass er nur das Wort Tod verstehen konnte. Beim ersten Mal zuckte er zusammen, als die Axt in das Kreuz hineinfuhr und es bedenklich wackelte. Noch zwei gezielte Schläge der wütenden Salome, und es stürzte

um. Als es auf den Boden donnerte, wirbelte Staub in bunten Wolken auf. Eine Lichtorgel verwandelte die Hinrichtung in einen Karneval.
Viktor hatte schon viele Leichen gesehen. Weniger als Siska, aber mehr als Ronny, sein Barkeeper. Was dort an dem Kreuz hing, sah aus wie ein Mensch aus Fleisch und Blut. Wie ein ohnmächtiger oder toter Mann. Viktor erinnerte sich an seine Zeit in der Abteilung »Organisiertes Verbrechen«. Er dachte: *Die Organmafia. Großartig. Das hatten wir in diesem Fall noch nicht.* Und fragte sich, ob die Künstlerin wohl eine Genehmigung für die Verwendung echter Leichen besaß. Gedanken theoretischer Natur, da ihm die Ermittlungen nicht mehr oblagen. Nur Lopez konnte handeln, wenn sie es für notwendig erachtete.
Salome schrie etwas, das Viktor nicht verstand. Es erinnerte ihn an Tonja Kusmin, deren Gesang er zwar nie gehört hatte, deren eindrückliche Stimme ihn aber immer noch verfolgte. Es verwunderte ihn, wie wütend diese Frauen sich benahmen, und gleichzeitig verstand er es, seitdem er selbst diese Aggression verspürte. Das Spektakel verwirrte Viktor, das einer griechischen Tragödie glich. Aber Bernhard sah begeistert aus. Als habe die Muse ihn endlich geküsst. Sein blonder Schopf leuchtete genauso wie sein glücklicher Gesichtsausdruck. Erst als die Axt auf den Körper niedersauste, beschlich Viktor ein mulmiges Gefühl. Lopez warf ihm einen besorgten Blick zu. Er beugte sich nach vorn, nur um zu sehen, wie Salome ein weiteres Mal ausholte, um dem Mann den Kopf abzuschlagen. Ein Raunen ging durch den Saal. Jemand rief empört etwas, das sogar Viktor verstand. Er selbst hatte ein Déjà-vu-Erlebnis. Neuerdings standen Köpfe auf Berliner Briefkästen. Jetzt rollte hier ein Kopf. Noch mehr Besucher erhoben sich und schauten sich verständnislos oder aufgebracht an. Die Musik hob zu einem Crescendo an, bis sie plötzlich erstarb. Salome lag neben dem Körper, jetzt richte-

te sie sich auf. In der rechten Hand hielt sie an den Haaren den Kopf. Aus dem Hals lief kaum Blut. Viktor dachte an Siskas Erläuterungen. An die Legende Salomes. Und wieder an Briefkästen.
»Das ist doch keine Kunst!« Lopez schüttelte unwillig den Kopf.
Bernhard sah von seinem Notizbuch auf. »Was denn sonst?«
»Ein Axtmörder läuft durch Berlin, und diese Frau köpft einen Mann.«
»Der war nicht echt«, wagte Bernhard einzuwerfen, »oder schon tot.« Obwohl Lopez nicht aussah, als ob ihr das besser gefallen würde. »Was willst du jetzt machen? Alle Stücke vom Spielplan streichen, in denen gemordet wird?«, fragte Bernhard mit unüberhörbarer Ironie.
»Wie naiv kann man eigentlich sein?« Lopez funkelte ihren Mann an. »Was siehst du?«, fragte sie Viktor.
»Dass eine Enthauptung nur bedingt zur Unterhaltung taugt«, antwortete Viktor.
Verächtlich schürzte sie die Lippen. »Das Gleiche gilt für Mord.« Sie befahl ihm: »Du bleibst hier!«
Sie telefonierte, während er gern eingegriffen hätte, aber sich bewusst wurde, dass er dazu kein Recht mehr hatte. Viktor verstand nicht, was er sah. Da es keinen Vorhang gab, der fallen konnte, ging Salome mit dem Kopf einfach ab. Der Mann mit der Kamera stoppte die Aufnahme. Im Hintergrund liefen keine Bilder mehr. Die Wand wirkte nur noch industriell und kahl.
Viktor fragte sich, ob es noch einen zweiten Akt geben würde. Ihm erschien die Geschichte auserzählt.
Die verbliebenen Besucher buhten und schrien, andere lachten Tränen, wieder andere saßen wie betäubt auf ihren wackeligen Klappstühlen. Nur Bernhard schien abgelenkt: Aufgeregt schrieb er etwas in ein Notizbuch. Vielleicht den Anfang eines neuen historischen Romans. Zwei uniformier-

te Kollegen betraten den Saal. Sie berieten sich mit Lopez. Lopez verschwand hinter der Bühne. Die Beamten räumten den Saal. Viktor erklärte seine Anwesenheit, was ein Kollege sich von Lopez bestätigen lassen wollte. Lopez kehrte zurück. Im Schlepptau folgte Salome. Zu Viktors Erleichterung hielt sie keinen Kopf mehr in der Hand. Bedeutungsvoll schaute Lopez Viktor an. »Du glaubst nicht, wer das ist«, raunte sie ihm zu. Sie ignorierte Viktors fragenden Blick. Gemeinsam mit den Kollegen untersuchte sie den Körper, der immer noch neben dem Kreuz am Boden lag. Luminol kam zum Einsatz. Viktor beobachtete von weitem, wie Teile des Körpers blau leuchteten. Er hörte, wie Lopez laut sagte: »Ich brauche den Kopf. Und das Video.« Ein Polizist begleitete Salome. Viktor betrachtete das Kommen und Gehen. Er fragte sich, wie lange es das *Fern und Weh* wohl noch geben würde. Der Club war dem Untergang geweiht, so oder so. Lopez gab ihm einen Wink, nickte ihm ernst zu. Jetzt erhob auch Viktor sich. Der Nachweis war erbracht: Hier hatte nicht eine Puppe den Kopf verloren, sondern ein Mensch.

33

Lopez bedeutete ihr, die Treppe hinaufzugehen. Die Verhörräume befanden sich im zweiten Stock. Lopez atmete schwer. Das ungeborene Kind zwang sie zur Entschleunigung.

»Wie lange haben Sie noch?«

»Ein paar Wochen.«

»Bei mir hat es leider nie geklappt.«

Überrascht schaute Lopez sie an. »Das tut mir leid.«

»Warum arbeiten Sie noch so spät?«, fragte Salome sie.

Lopez seufzte. »Ich arbeite durchgehend, wenn wir in einem Mord ermitteln.«

»An einem Leichnam kann man keinen Mord begehen«, stellte Salome belustigt fest.

»Bitte warten Sie, bis wir im Verhörraum sind«, bat Lopez ihre neueste Verdächtige. *Warten Sie auf eine schwangere Frau, bevor Sie einen Mord gestehen,* dachte Lopez mit bitterem Humor.

Salomes Kleidung befand sich auf dem Weg in die KT, ebenso der Kopf, der Körper und das Kreuz. Salome hatte die roten Locken jetzt hochgesteckt. Sie umrahmten ein helles Gesicht mit unzähligen Sommersprossen. Sie trug schwarze, weite helle Hosen und ein graues hautenges Top. Sie wirkte unnahbar und dennoch höchst attraktiv. Lopez fühlte sich neben dieser Exotin wie die Bürokratin, die sie nachweislich auch war.

Sie richteten sich auf den Stühlen ein. Lopez gähnte unterdrückt. Sie vermisste Viktor. Aber sie konnte sich momentan ohnehin nicht auf ihn verlassen. Irgendetwas stimmte nicht mit ihm. Der Tumor beeinflusste Viktors Benehmen immer noch, obwohl er gar nicht mehr vorhanden war. Salomes schlanke, helle Finger lagen auf dem Tisch. Lopez schaltete das Aufnahmegerät ein. Sie sprach die einleitenden Worte, die das Protokoll verlangte, und stellte sich vor.

»Danke, dass Sie mich direkt begleitet haben. Bitte nennen Sie Ihren vollständigen Namen und Ihr Geburtsdatum.«

»Rotraut Möller, dritter April 1982.«

Lopez erstaunte immer noch der Zusammenhang. Dass er sich nach ihrem Gespräch hinter der Bühne im Club so schnell gezeigt hatte, erfüllte sie mit Befriedigung. »Alias Salome?«

»Mein Künstlername.«

»Möller ist Ihr Mädchenname.« Lopez stellte es fest, weil sie es bereits wusste. »Eltern?«

»Verstorben.«
»Geschwister?«
»Zwei.«
Lopez würde später darauf zurückkommen. »Ihr Beruf?«
»Regisseurin, Performance-Künstlerin. Suchen Sie sich was aus!«
»Frau Möller, wir haben bei Ihrer Vorstellung« – Lopez sah kurz auf die Uhr – »heute im ›Fern und Weh‹ einen Leichnam sichergestellt. Wie erklären Sie das?«
»Der Leichnam gehörte zur Performance«, sagte sie überdeutlich. Wasser war nass, die Nacht dunkel und Dummheit unheilbar. Das deutete sie damit an.
»Wurde Ihnen das erlaubt?«, fragte Lopez unbeeindruckt.
»Natürlich habe ich eine Genehmigung.« Rotraut Möller suchte nach dem Dokument in ihrer Handtasche, schien aber nicht fündig zu werden. Sie sah auf. »Ich hatte mal eine Kopie. Gern reiche ich Ihnen diese nach.«
Lopez wollte wissen, woher sie die Leichen bezog. Wer genau dieser Mann gewesen sei? Salome erklärte, dass sie nachts nicht heimlich Beerdigungsinstitute um ihre Toten erleichterte. Lopez erklärte, dass das auch gern die Organmafia übernahm. Nur dass Künstler sich daran bereicherten, das sei ihr neu. Weit gefehlt, wiegelte Salome ab. Sie überfalle nachts keine Obdachlosen, um diese umzubringen, und bezahle auch niemanden dafür, das zu tun. Weder in Russland noch in Deutschland oder Indien. Sie erhalte die Leichname von Menschen, die ihre Körper der Kunst vermachten.
»Der Wissenschaft«, korrigierte Lopez sie.
»Der Kunst«, betonte Salome. Manche böten ihr sogar Geld dafür, was sie aber ablehne. »Das geht ganz offiziell. Per Formular, Erklärung und mit Unterschrift.« Gern gewähre sie Lopez Einblick in ihre Unterlagen. Es sei ja nicht das erste Mal. Seufzend. Als sei sie es gewohnt, dass ein knurrender Hund ständig an ihrem Hosenbein zerrte.

»Wie läuft das ab?«

Salome berichtete, dass Menschen bei rechtsmedizinischen Instituten anriefen. Der Andrang wäre groß, weil man bei den Beerdigungskosten sparen könne, was wichtig für die Angehörigen sei. Es gäbe unzählige Interessenten. Viele würden abgelehnt, einige verweise man an sie. Sie spende großzügig an die Institute der Universitäten, die für sie die Leichen lagerten. Sie käme für alle damit verbundenen Kosten auf.

Ob man mit Kunst heute tatsächlich so viel Geld verdienen könne, wollte Lopez wissen. Salome lachte auf. Wenn Lopez Interesse an einer ihrer Installationen habe, müsse sie einen sechsstelligen Betrag auf den Tisch legen.

»Was wäre jetzt mit dem Geköpften passiert?«

»Hätten Sie ihn nicht beschlagnahmt, wären seine Überreste abgeholt, morgen verbrannt und unter seinem Namen in einem Urnengrab beerdigt worden. Aber ich denke mal, der Termin fällt aus.«

Lopez machte ein ungläubiges Gesicht.

»Hören Sie. Schon vor Jahren wurde Leichenwasser in Museen zerstäubt, das Publikum saß auf Bänken, deren Material aus Leichenwasser und Beton angerührt worden war. Die Beschäftigung mit dem Tod war schon immer integraler Bestandteil der Kunst.«

»Sie wissen, dass in Berlin einem Mann der Kopf abgehackt wurde? Genauso wie in Ihrem Bühnenprogramm.«

Möller nickte, aber sie antwortete fest: »Weiß ich, aber mein Programm läuft schon seit Monaten. Und wie gesagt: Ich bringe nur Leichen, keine Menschen um.« Hätte ihr Sarkasmus sich materialisiert, er wäre von ihren Worten auf den Boden hinabgetropft.

»Ihre Vorstellung wirkt gewaltverherrlichend.«

»Ist sie aber nicht, weil sie sich genau dagegen wendet«, antwortete Möller kühl.

Lopez zählte innerlich bis zehn, suchte nach einer Haltung. Manchmal verleiteten genau diese Pausen Menschen dazu, etwas preiszugeben.
»Ich habe für meine Arbeit Auszeichnungen erhalten, Deutschland auf Festivals und auf der Biennale in Venedig vertreten.«
Lopez beeindruckte das nur bedingt.
»Hat die Presse von Ihrer Beschlagnahmung Wind bekommen?«
»Möglich«, antwortete Lopez. Es fand sich immer jemand von der schreibenden Zunft unter den Schaulustigen, der sich nicht zu erkennen gab.
»Gut«, sagte Salome und lächelte. Als sei es das, was immer passierte. Als sei das Ziel und Plan.
»Klingt zynisch«, gab Lopez offen zu.
Salome schüttelte den Kopf. »Das ist kein Zynismus, sondern das Geschäft.«
»Als ob es darum nicht immer ginge. Unterm Strich«, stichelte Lopez.
»Was wollen Sie? Mitleid für das Unausweichliche?«
Lopez brauchte weder Mitleid noch eine Leichenfledderin, die ihr die Welt erklärte.
»Öffentlichkeit ist alles. Und Reichweite. Auch meine Videos werden millionenfach geklickt«, erklärte Salome selbstbewusst.
Lopez erinnerte sich an ein anderes blutiges Video, das gerade von Tausenden angeschaut wurde. Darin sah man die verbrannten Leichen einer Frau und ihres Kindes. Wahrscheinlich kursierte es immer noch irgendwo, auch wenn das LKA seine Verbreitung auf YouTube längst unterbunden hatte. Gewalt. Wann konnte sie als Kunst durchgehen? Lopez erkundigte sich nach Möllers familiärem Hintergrund. Sie war ledig und kinderlos. Ob sie irgendeinen Hinweis zu dem Mord auf Martin Winter geben konnte?

»Zu wem?« Hatte Möller vorher entspannt auf dem Stuhl gesessen, fast nachlässig, fuhr sie jetzt hoch.
Lopez wiederholte den Namen.
»Martin Winter ist tot?«, fragte Möller überrascht.
Lopez runzelte die Stirn. »Sie sagten doch, dass Ihnen bekannt war, dass ein Mann vor zwei Tagen geköpft wurde. Das war er.«
»Mein Assistent hat es mir erzählt. Ich habe viel um die Ohren. Aber einen Namen hat er nicht erwähnt.«
»Es erschien in allen großen Berliner Tageszeitungen.«
»Wer liest heute schon noch auf Papier?«, fragte Möller, als wundere sie das mehr als alles andere.
Lopez wollte sich nicht vorschnell Hoffnungen machen. »Winter. Der Name kommt häufig vor.«
»Haben Sie ein Foto?«
Lopez bat sie zu warten, um die Zeitung zu holen, die ein Foto von Martin Winter gebracht hatte. Sie dachte an Viktor, an einen Wolf und Vaterland. Dass sich so oft lange gar nichts tat, bis auf einmal die entscheidenden Dinge alle auf einmal passierten. Nervös legte sie das Blatt Rotraut Möller vor.
Diese betrachtete das schwarzweiße Foto genau. »Das ist er«, sagte sie, als sie aufschaute.
Lopez spürte, wie ihr Blutdruck augenblicklich stieg. Wie die Müdigkeit einer neonhellen Wachheit wich. Wie eine Hitze sich ihrer bemächtigte, die nichts mit ihrer Schwangerschaft oder den unerträglichen Temperaturen zu tun hatte.
Aber Rotraut Möller fuhr bereits fort: »Wir haben uns im Urlaub kennengelernt. Das hier neben Martin ist Josef.« Aufgeregt stieß sie hervor: »Ist er etwa wieder aufgetaucht?«
Lopez schüttelte den Kopf, weil ihr klarwurde, dass sich vielleicht alles an diesem Fall um Josef Bauer drehte. Ausgerechnet um einen Menschen, der eigentlich schon vergessen war.
»Das war damals eine schlimme Nacht«, berichtete Möller.

»Wieso?«
»Eine meiner Schwestern verunglückte bei einem Autounfall schwer, und Josef verschwand.«
Lopez blinzelte. »Ihre Schwester?« Der Stift in Lopez' Hand zitterte leicht. »Wie heißen Ihre Schwestern?«
»Diese hieß Evelyn, aber sie ist tot.«
Lopez zog die Augenbrauen zusammen. »Ich dachte, dass sie im Koma liegt.« Sie hasste sich für diese verbale Grausamkeit.
»Sie starb vorgestern.«
»Mein Beileid«, sagte Lopez formelhaft. Angesichts all dieser Katastrophen wirkten Worte unzureichend.
Rotraut Möller stockte. »Aber meine andere Schwester lebt.«
Lopez zwang sich, nur auf den Block zu sehen.
»Sie heißt Marita.«
Lopez hielt inne, bevor sie den Namen notierte. »Nowak?«, fragte sie ganz ruhig.
Möller runzelte die Stirn. »Ja, so wie ihr Mann. Aber das habe ich Ihnen hinter der Bühne ja bereits gesagt.«

»Sag das noch mal.«
»Ihm wurde der Kopf abgehackt.«
»Wir sind erledigt«, stellte Gunnar resigniert fest.
»Nicht wir. Aber Viktor vielleicht.«
»Scheiße!«
»Warst du etwa schon im Bett?«, fragte Lopez ihren Chef. Als sei Schlaf für sie nur noch etwas für Privilegierte. Für Menschen aus der Oberschicht.
Gunnar hob seinen Kopf von der Tischplatte und fuhr sich mit den Händen über das unrasierte Gesicht. Dann versuchte er, seine Haare zu glätten. »Noch mal von vorn«, sagte er.
Lopez erklärte, dass eine Künstlerin im Nebenzimmer saß, die Leichen köpfte und sowohl Martin Winter als auch den

vermissten Josef Bauer kannte. Dass sie alle ehemalige Schulkameraden waren. Dass ihre Schwester Evelyn in derselben Nacht schwer verunglückt war. Dass sie bei der Performance dieser Künstlerin Menschenblut gefunden hatten. Dass die Ergebnisse erst am nächsten Morgen vorliegen würden. Dass ein Polizist namens Wolf damals im Fall Bauer ermittelt hatte, der jetzt als ein Kontaktmann des Verfassungsschutzes bei »Vaterland« fungierte. Dass er der Letzte war, mit dem Winter telefoniert hatte. Dass Viktor dessen Nummer bei sich trug. Dass sich ein Team der Kriminaltechnik gerade in Marita Nowaks Haus befand, weil jemand ihren Mann ermordet hatte. Nein, diesmal keine Puppe. Der Kopf Leander Nowaks stand noch auf dem Küchentisch. Sein Körper lag enthauptet im Flur. Man habe Marita Nowak auf der Straße aufgegriffen. Sie sei desorientiert, stehe völlig neben sich. Außerdem habe man Blut an ihren Händen und am Kleid gefunden. Auch sie säße in einem der Verhörzimmer, sei aber kaum vernehmungsfähig. Doch das Beste käme noch: Rotraut Möller, Evelyn Möller und Marita Nowak seien Schwestern. Winter, die Möllers, Bauer und Nowak: Alle hätten sich gekannt.

»Wenn das alles zusammenhängt«, fragte Gunnar verwirrt, »warum verstehe ich es dann nicht?«

Es war die Frage aller Fragen. Man konnte darüber verrückt werden oder auch nicht. »Ich weiß es nicht. Aber wir sind zumindest ganz nah dran.«

»Könnte diese Künstlerin es gewesen sein?«

»Für Leander Nowak hat sie ein Alibi. Für die Winters überprüfen wir das noch.«

»Mir ist das zu plakativ. Erst auf der Bühne und danach in echt.«

»Vielleicht ahmt ein anderer sie nach.«

»Aber warum erst jetzt?«

Lopez seufzte. »Morgen, Gunnar. Morgen kümmere ich

mich um ihren Hintergrund und um ihr Alibi. Bliebe ohnehin noch die Frage nach dem Motiv.«
»Was ist, wenn einer die jüngste Schwester rächt?«
»Aber was hatte Sevim Winter mit ihr zu tun?«
Gunnar dachte nach. Er rieb sich die Augen. »Okay. Schick sie heim. Lade sie für morgen wieder vor. Die Stadt verlassen sollte sie lieber nicht.«
Lopez nickte. »Was ist mit Marita Nowak?«
»Wir brauchen sie noch«, stellte Gunnar fest.
»Ich glaube, was sie braucht, ist ein Arzt.«
»Was hältst du von ihr?«
»Das Land bezahlt mich nicht, damit ich voreilige Einschätzungen abgebe«, sagte Lopez. »Sie ist völlig durch den Wind.«
Gunnar seufzte. »Die Frage ist: Tötete sie ihren Mann?«
»Dann wäre sie und nicht ihre Schwester die herausragende Schauspielerin«, gab Lopez zu bedenken.
»Okay«, sagte Gunnar. »Kleidung eintüten, Spuren sichern. Danach lass sie nach Hause bringen und besorg ihr einen Arzt! Weitere Befragung, sobald es geht.«
»Was ist mit diesem Wolf?«, fragte Lopez.
Gunnar überlegte. »Mir ist nicht wohl dabei. Am besten gleich verhören, aber auch wir müssen irgendwann mal schlafen.« Er verstummte kurz. »So viele Verdächtige hatten wir noch nie.«
»Gleichzeitig. Der Mörder erhöht seinen Takt. Wir kommen einfach nicht mehr nach.«
»Der Mörder«, murmelte Gunnar nachdenklich. »Warum nicht eine Frau?«
»Im Gutachten stand, dass der Mörder bei Winter nur ein Mal zuschlug. Große Wucht mit großer Kraft. Spricht eher für einen Mann.«
»Oder eine sehr starke Frau«, ergänzte Gunnar nachdenklich.

Beide dachten an Salome.
»Sag mal, Gunnar, in welchem Zimmer kommen die meisten Menschen gewaltsam um?«
»Was?«, fragte Gunnar irritiert.
»In welchem Raum werden die meisten Menschen umgebracht?«
»Gehört das zu diesem Fall?«, wollte er wissen.
»Irgendwie schon. Schlafzimmer, Wohnzimmer, Bad?«, zählte Lopez auf.
»Zählt Selbstmord auch?«
»Ist auch ein gewaltsamer Tod. Ich denke schon.« Lopez nickte.
»Garagen. Gott, all die Leichen, die ich damals bei der Streife erstickt in Garagen fand.«
»Garagen«, wiederholte Lopez nachdenklich, als habe das nicht in ihren Plan gepasst. Sie stand auf und streckte sich. »Ich kann nicht mehr sitzen und nicht mehr stehen.«
»Willst du lieber nach Hause gehen?«
Lopez wusste, dass Gunnar die Frage stellte, weil er sich um sie sorgte. Dennoch durfte sie auf keinen Fall mit »ja« antworten. Weil Gunnar sich genauso hilflos fühlte wie sie selbst. »Geht schon«, sagte sie eine Spur zu laut.
»Ich will nicht, dass deine Arbeit für das LKA vielleicht das Kind gefährdet.«
»Es geht jetzt nicht um mich«, wischte Lopez den Einwand beiseite. »Wir müssen über Viktor sprechen.«
Gunnar verbarg seinen Kopf in den Händen und stöhnte.
»Hör auf, Gunnar!«
Gunnar richtete sich auf und sah Lopez einfach nur an.
»Du fragst mich jetzt nicht, ob er es war«, wehrte Lopez ab.
»War er es?«, fragte Gunnar prompt.
»Viktor würde bei klarem Kopf nie jemanden umbringen.« Lopez bemerkte erst jetzt, welche Formulierung sie gewählt hatte.

»Wann hatte Viktor das letzte Mal einen klaren Kopf?«, fragte Gunnar.
Lopez wusste nicht, was sie darauf antworten sollte.
»Er dreht durch, Lopez. Machen wir uns nichts vor.«
»Lass das, Gunnar!«
Sie sahen sich betreten an.
»Leander Nowak. Wann ist das passiert?«
Lopez überlegte kurz. »Nach vorläufiger Schätzung der Rechtsmedizin heute Abend zwischen fünf und sechs.«
»Wo war Viktor da?«
»Weiß ich nicht.«
»Dann frag ihn endlich danach!«, brüllte Gunnar und streckte ihr den Telefonhörer hin.
Lopez ergriff ihn wie eine kontaminierte Blutprobe. »Scheiße!«, sagte sie leise, als sie Viktors Nummer wählte.

34

Viktor telefonierte. Hatte seine Babuschka gerade »heiraten« gesagt? Jemand versuchte, ihn zu erreichen. Aber dieses Gespräch zu unterbrechen gelang ihm nicht. Er durfte es einfach nicht. Sie reagierte überhaupt nicht auf sein Was, Wie und Warum.
Das ist ein schlechter Witz, dachte er. »Wer ist der Typ?«, hörte er sich fragen.
»Er ist kein Typ, sondern ein sehr netter Mensch.«
»Wer?« Viktor war nicht mehr nach Freundlichkeit zumute.
»Komm vorbei und lerne ihn kennen.«
»Das ist jetzt nicht dein Ernst! Dass du heiraten willst, meine ich.«
Mila schwieg kurz. »Ich bin verliebt.«

Viktor wollte etwas sagen, aber er vermochte es nicht. Diese Worte jemals wieder aus dem Mund seiner Großmutter zu hören, verschlug ihm die Sprache. Es klang völlig verboten und wunderbar zugleich. Ihre Hormone spielten verrückt, falls das in ihrem Alter überhaupt noch möglich war. Jetzt verstand er auch, warum sie in den vergangenen Tagen nicht mehr ausgerissen war. Allerdings hatte er die Vorzeichen nicht erkannt.

»Was sagst du?«

»Ich weiß nicht ...«, stotterte Viktor.

»Freust du dich für mich?«

Wie sich die Rollen doch verkehren konnten.

Viktor hätte diese Frage eigentlich seiner Babuschka stellen sollen. Aber es kam nie dazu. Er hatte sich nie mit Heiratsabsichten getragen. Er hatte sich gerade zum ersten Mal überhaupt verliebt. In eine Frau, die vielleicht bald sterben würde.

»Viktor? Bist du noch da?«

Er wusste es nicht mehr. Es wurde ihm zusehends egal. »Ja«, sagte er zu seiner Großmutter, »ich freue mich für dich.«

»Danke«, sagte sie. »Komm uns besuchen!«

Uns. Viktor traf das Pronomen wie ein elektrischer Schlag. Ein anderer und seine Babuschka. Sie, deren Nähe er kaum noch gesucht hatte, als er noch die Gelegenheit dazu sah, entfernte sich von ihm. »Mache ich. Bis bald.«

»Viktor? ... Viktor?«

Er beendete das Gespräch.

Viktor sah in den Abendhimmel hinauf, an dem sogar über dem nächtlich erhellten Berlin noch ein paar Sterne glänzten. Er stand vor Siskas Wohnung in Friedrichshain. Ein Windhauch bewegte sein T-Shirt.

Viktor breitete die Arme aus. Er umarmte das Haus, sein Viertel und diese Welt, die ihn immer wieder bei Laune hielt.

Wie ein Kind, das entweder zu früh aufwachte oder zu spät schlafen ging. Das Leben in dieser Stadt erstickte den Wunsch, einfach alle kleinen Pillen aus der Plastikverpackung herauszudrücken. Sie zu schlucken. Und Schluss zu machen mit diesen sinnlosen Anstrengungen. Er atmete die warme Nachtluft ein, die ihn wie eine Entschuldigung umschmeichelte. Das Leuchten der Laterne malte den Asphalt golden an, aus einem offenen Fenster drang leise Musik, ein paar Leute auf einem Balkon lachten, Flaschen klirrten, Falter umschwirrten Viktor auf dem Weg zur nächsten Lichtquelle, an der sie verbrennen konnten. Viktor mochte diese Stadt so sehr, dass es ihn vergessen ließ, wie viele Verrückte hier auf engem Raum lebten, arbeiteten, liebten und mordeten. Und dass er einer von ihnen war. Berlin bestand nur noch aus Geruch und Gefühl. Besser als Marihuana, als Blumen, als Parfum. In diesem Augenblick brauchte er nicht mehr als diese Stadt.
Er suchte in seiner Tasche nach der Packung und drückte zwei Tabletten heraus. Er schluckte sie trocken, würgte sie hinab. Er trug Verantwortung. Für Lopez, für Siska und Trixi, für seine Babuschka. Dieser Tumor konnte ihn mal!

Als er auf sein Handy sah, war es bereits Mittwoch und wieder ein neuer Tag. Lopez' nächtlichen Anruf hatte er verpasst, weshalb er sich verwundert fragte, wer ihn am ersten Tag seiner offiziellen Arbeitslosigkeit belästigte. Er stützte sich im Bett auf einen Ellbogen auf. »Saizew.«
»Ich bin es.«
Kein Name, nur ihre Stimme, die verändert klang. Hohl und leer. Vor einigen Stunden erst hatte sie ihn verraten. Auf seinem eigenen Revier. Wegen ihr hatte er seinen Job eingebüßt.
»Was wollen Sie noch von mir?«
»Er ist tot.«
»Wer?«

»Leander. Mein Mann.«
Viktors Gedanken überschlugen sich. Unwohlsein kroch in ihm hoch. Ein Bild formte sich in seinem Geist. Salome.
»Wie ist das passiert?«, fragte er.
»Ich kam nach Hause. Sein Kopf lag auf dem Küchentisch.«
Für einen Augenblick wurde es still in der Leitung. Es knisterte, dann räusperte sie sich. »Ich konnte nicht in Berlin bleiben. Ich musste weg.«
»Wo sind Sie jetzt?«, fragte Viktor wie ein Automat.
»In Dänemark.« Sie nannte ihm eine Adresse und erklärte ihm, dass sich diese in der Nähe von Kopenhagen befand.
Viktor stellte fest, dass sie den ersten Flug genommen haben musste, was der ermittelnden Behörde nicht gefallen durfte. Was würde Lopez tun, wenn sie davon erfuhr? Er saß nicht mehr mit im Boot.
»Ich habe Sie denunziert, Viktor.«
Er schwieg und wartete.
»Es tut mir leid. Aber Jimmy, mein Sohn, und ich. Wir hätten das nicht überlebt.«
»Sie haben mich als unzurechnungsfähig bezeichnet.«
»Es tut mir wirklich leid. Ich wusste mir keinen anderen Rat. Sie hätten nie in mein Haus kommen dürfen.«
»Warum haben Sie mich dann angerufen?«
Er konnte sie kaum verstehen, sie sprach sehr leise. »Weil ich wollte, dass es jemand sieht.«
Es. Dieses Leben, das sie führte. Die Schläge, die sie einsteckte. In diesem großen, dunklen Haus. »Vier Menschen sind tot. Was haben Sie damit zu tun?«
»Finden Sie es heraus, Viktor!«
Dass sie wieder seinen Vornamen benutzte, wirkte wie eine verbotene Intimität. Er bemerkte zudem, dass sie die Zahl Vier ohne Einwände akzeptierte. Er fragte sich, warum. »Ich bin suspendiert.«
»Als hätte Sie das je gestört.«

Viktor ließ den Satz so stehen. Er erkannte, wie erschreckend vertraut sie während seines Krankenhausaufenthaltes miteinander geworden waren. Auf eine fast intuitive Art.

»Ich brauche Sie, Viktor.«

»Das haben Sie schon einmal gesagt, bevor Sie mich verrieten.«

»Sie haben nur noch diesen Fall.«

»Ich brauche weder Sie noch diesen Fall!« Er legte auf, aber seine Finger zitterten. Er schwitzte, sein Herz schlug hart gegen seine Brust, sein Kreislauf spielte verrückt. Er lehnte sich zurück, wischte sich mit der Hand über die Stirn und versuchte, seine Atmung zu normalisieren. Warum ging es ihm schlechter, wenn es ihm eigentlich allmählich bessergehen sollte?

Er spürte, wie das Schicksal unerbittlich seine spitzen Finger nach ihm ausstreckte. Es erfüllte ihn mit Wut, die er willkommen hieß, da er sie mittlerweile so gut kannte. Sie besuchte ihn wie einen alten Freund. Die Wut erregte ihn genauso wie die Tatsache, dass Marita Nowak recht behielt. Sie zog ihn an wie ein Verbot. Sie brauchte ihn. Dieser Fall brauchte ihn auch. Trotz der Todesnähe machte er seinen Job, auch wenn andere nach ihm kommen würden. Er hatte nur noch diese Aufgabe.

35

Lopez klingelte im Wedding an einer Tür. Etwa zehn Nummern weiter hatten sie vor einem halben Jahr in einem Haus auf der anderen Straßenseite zwei Leichen entdeckt. Dieses Gebäude sah ähnlich heruntergekommen aus. Die Klingelschilder waren mit einer ausgeblichenen Schreibma-

schinenschrift bedruckt. Auf einem las Lopez den Namen »Wolf« in vier schief gesetzten Buchstaben.
Im Hausflur roch es nach Zigarettenrauch. Als die Tür sich langsam hinter ihr schloss, wirkte der Straßenlärm wie ausgeblendet. Das Kind bewegte sich in ihrem Bauch. Sie ertastete einen Ellbogen oder ein Knie, stieg die Treppen bis zu einer offenen Tür hinauf. Der Gestank nach Zigaretten war überwältigend. Ein Mann stand im Flur und wurde von einer Wolke aus Qualm eingehüllt. Die graue Strickjacke war aus der Mode und aus der Form geraten, die Bundfalten seiner Hose an den ausgebeulten Knien waren nicht mehr zu erkennen. Lopez sah einen alternden Mann vor sich, der offensichtlich allein lebte. Aus wässrigen Augen sah er sie an.
Die Wände um ihn herum wirkten vergilbt.
Auf dem Boden lag ein Perserteppich, dessen Farben und Muster nicht mehr zu erkennen waren. Wortlos winkte Peter Wolf sie hinein.
Lopez folgte Wolf in das Wohnzimmer, wo ein Fliesentisch und eine braunkarierte Sofagarnitur das triste Bild vervollständigten. An der Wand hingen Fotos von Fußballmannschaften, die in einem anderen Jahrzehnt Erfolge gefeiert hatten. Auf dem Balkon standen ein weißer Metalltisch und ein mit Gummibändern bespannter Stuhl. Nur eine Sitzgelegenheit, als gäbe es keine Besucher. Bierkästen stapelten sich in einer Ecke am Geländer.
Peter Wolf musterte erst Lopez, dann ihren Ausweis und drückte danach seine Zigarette in einem übervollen Aschenbecher aus. Seine Fingerkuppen waren gelb eingefärbt. »Danke, dass Sie zu mir gekommen sind.« Er sprach leise und betont.
Lopez setzte sich.
»Wissen Sie schon, was es wird?« Ein trockener Husten begleitete seine Frage.

Lopez schüttelte den Kopf. »Nein.«
»Hätte selbst gern welche gehabt«, sagte Wolf nachdenklich. Zu privat, weshalb Lopez seine Anspielung einfach überging. »Ich wollte mit Ihnen über Martin Winter sprechen.«
Wolf nickte. »Habe es erst vergangene Nacht erfahren.« Aus der Hemdtasche zog er eine Schachtel Zigaretten, die er in seinen Händen drehte.
»Da war Winter bereits einen Tag lang tot«, erinnerte Lopez sich. »Warum erst so spät?«
»Auch ich muss mal Urlaub machen.«
Lopez bemerkte, dass er – ähnlich wie Viktor – von Freizeit wie von einer Verpflichtung sprach.
»Waren Sie verreist?«
»Nein. Ich saß hier auf dem Balkon.«
»Die ganze Zeit?«, fragte Lopez skeptisch.
»Hatte nichts Besseres zu tun.« Wolf ließ die Zigarettenschachtel kurz unter seiner Nase kreisen, als beruhige ihn bereits der Geruch. »Habe auf ihn gewartet, aber er kam nicht. Ungewöhnlich für ihn.«
»Dann haben Sie kein Alibi.«
Unergründlich lächelte Wolf, wobei er gelbe, kleine Zähne entblößte. »Brauche ich denn eines?«
»Das frage ich mich auch. Woher kannten Sie ihn?«
Wolf erzählte, wie er den jungen Martin Winter vor fünfzehn Jahren verhört hatte, weil Josef Bauer als vermisst gemeldet worden war. Er erzählte von Urlaubern in Dänemark. Von einer Party am Strand, der letzten vor dem Ende der Ferien. Davon, dass dort viel getrunken worden war und die Jungen spät nach Hause kamen. Davon, dass weder Martin Winter noch seine Eltern etwas Wesentliches zu der Suche nach dem verschwundenen Klassenkameraden beigetragen hatten.
»Liebäugelte Martin Winter damals schon mit rechtem Gedankengut?«

Wolf schüttelte eine Zigarette aus der Schachtel und klopfte sich damit auf die Hand. »Was meinen Sie?«
»Er war Mitglied bei ›Vaterland‹.«
»Schrecklicher Verein«, sagte Wolf gedehnt.
»Der Ihre Telefonnummer verteilt.«
»Nur so erfahre ich direkt, wer sich dafür interessiert.«
Lopez runzelte die Augenbrauen.
Wolf sah sich um, als habe er etwas Interessantes in der Zimmerecke entdeckt. »Was auch immer Sie denken, Sie irren sich«, sagte er nur.
Lopez wurde ungeduldig und rutschte auf dem Sofa nach vorn. »Vier Menschen wurden ermordet, darunter ein ungeborenes Kind. Was hat ›Vaterland‹ damit zu tun?«
»Gar nichts.«
Wolfs Gelassenheit irritierte Lopez. »Können wir das Fenster öffnen?«
»Selbstverständlich«, antwortete Wolf und ließ die warme Luft in das Zimmer herein.
Lopez atmete tief durch. »Frau Acay, die Mutter der verbrannten Türkin, sagte, dass Winter irgendetwas verbarg. Was war das?«
Wolf steckte sich die Zigarette in den Mund, zündete sie aber nicht an. Er erzählte, dass er Winter schon damals als geeignet empfand. Willensstark und klug. Vor sechs Jahren habe er Winter angesprochen. Sie, Lopez, glaube doch nicht, dass der Staat die braunen Brandstifter unbeobachtet ließe. Nicht nach den terroristischen Anschlägen der NSU. Lopez wandte ein, dass ausgerechnet ein V-Mann in einem Café gesessen habe, in dem eines der Opfer erschossen worden war. Wolf sprach von Zufällen. Lopez nannte das einen schlechten Witz. Wolf betonte, dass der Staat nicht auf dem rechten Auge erblindet sei, nur verhielte er sich leider oft zu naiv. Lopez verzog spöttisch den Mund. Zu diesem Zeitpunkt sei Martin Winter schon mit Sevim Acay liiert gewesen. Schwie-

rige Situation. Die Geheimnistuerei. Aber Verbindungsmänner standen nicht Schlange in Berlin. Martin Winter wollte ein Weltverbesserer sein.

»So wie Sie?«

Wolf zuckte müde mit den Schultern. »Sieht so ein Weltverbesserer aus?«, fragte er.

Lopez wusste, dass er keine Antwort auf diese Frage erwartete. Aber etwas machte in ihrem Kopf klick, eine Idee fiel an die richtige Stelle. Die Rekrutierung. Ein Dienst, den man nicht umsonst angeboten bekam. »Trans-IT. Sie haben ihn bezahlt.«

»Wir schaffen Anreize«, sagte Wolf rätselhaft.

Fünftausend Euro im Monat schienen für Lopez ein attraktiver Anreiz zu sein. »Sie finanzieren so den rechten Block.«

Wolf seufzte, als strenge ihn ihre Sturheit allmählich an, und sagte: »Nein. Wir unterwandern ihn.«

Lopez spürte, wie ihr das Blut in die Fingerspitzen lief, wie sie auf einmal schwitzte.

»Geht es Ihnen gut?«, fragte Wolf, dessen Zigarette schlaff in seinem Mundwinkel hing.

»Geruchsempfindlich«, versuchte Lopez zu erklären. Speichel sammelte sich in ihrem Mund. »Für welche Behörde arbeiten Sie?«

Wolf lächelte schüchtern. »Ich dachte schon, Sie würden mich nie danach fragen.«

Aus der hinteren Hosentasche zog er einen Geldbeutel, den er aufklappte. Mit zittrigen Fingern griff Lopez danach und las das, was auf dem Ausweis stand: Bundesamt für Verfassungsschutz.

Hastig sprang sie auf, stieß nur noch ein schwaches »Wo?« hervor.

Wolf lehnte sich zurück. Mit dem Finger zeigte er auf eine Tür rechts auf dem Flur. »Da!«

Lopez taumelte darauf zu, riss die Tür auf, stolperte mit letz-

ter Kraft zur Toilette und erbrach. Dann erhob sie sich keuchend und wischte sich mit der Hand über den Mund. Wolf stand in der Tür und sah ihr dabei zu.
»Warum beschäftigen Sie sich mit dem braunen Dreck?«, fragte Lopez ihn.
»Damit wir ihn daran hindern können, unserer Gesellschaft Schaden zuzufügen.«
»Warum glaube ich Ihnen nicht?«, fragte Lopez.
Wolf reichte ihr ein Handtuch. »Keiner vertraut dem Verfassungsschutz. Das ist völlig normal.«

DÄNEMARK

36

Viktor lenkte den Wagen pünktlich von der Fünfzehn-Uhr-Fähre herab. Die Reifen machten auf dem ausfahrbaren Metallsteg ein polterndes Geräusch. Viktor folgte den Autos vor ihm und suchte nach der richtigen Beschilderung, bis er den Schriftzug »Kobenhavn« fand. Kurz danach ließ er das Ufer hinter sich und fuhr über den Gedser Landevej in Richtung der Hauptstadt Dänemarks. Die Klimaanlage blies kühle Luft in sein Gesicht. Die Temperaturanzeige zeigte fünfunddreißig Grad. Viktor zählte drei winzige Schleierwolken. Er klappte die Sonnenblende herunter. Sein Handy klingelte: Lopez, aber er drückte sie weg. Sie hätten ohnehin nur das gleiche Gespräch geführt wie schon vor einem halben Jahr, als er sich auf dem Weg nach St. Petersburg befand. Er hätte versucht, ihr etwas zu verheimlichen. Sie hätte ihm Vorwürfe gemacht, eine Kehrtwende verlangt. Sie hätte ihn nicht umgestimmt. Er beschleunigte auf die zulässigen hundertzehn Stundenkilometer. Er hatte in Rostock Benzin nachgefüllt, die Nadel auf dem Armaturenbrett zeigte einen fast vollen Tank. Viktors feuchte Hände rutschten auf dem Steuerrad hin und her. Der verdammte Tumor! Noch zwei Stunden auf der Autobahn. Er dachte an seinen Besuch im Krankenhaus, an Siska, die heute zwar wach war, aber noch depressiver als am Vortag zu sein schien.

Sie hatte Schmerzen, lehnte Schmerzmittel jedoch ab. Das erfuhr er vom Personal. Sie komme nicht gut mit der Situation klar. Auch das sagte man ihm vorsichtig. Sie lag wie am Tag zuvor im Bett und sah nicht einmal auf, als Viktor das Zimmer betrat.

»Ich soll dich grüßen«, sagte Viktor und ließ offen, wer ihn damit beauftragt hatte.

»Wie geht es Trixi?«, fragte sie und schaute weiter auf die Wand.
»Gut«, antwortete Viktor einsilbig. Er war nervös. Hinter jeder Ecke wähnte er Kollegen, die ihn verhaften würden. Seine Stunden in Berlin waren gezählt. Die Zeitungen hatten über den Mord an Leander Nowak berichtet. Überall sah Viktor seinen Namen, obwohl er nirgendwo genannt wurde. Der Rachemörder, der Kopfabschneider, die Russische Axt. Alle möglichen Überschriften beschrieben ihn. Viktor hielt es in dieser Stadt, die er so sehr liebte, nicht mehr aus. Niemand sollte ihn in einer Zelle auf ein Urteil warten lassen.
»Warum besucht sie mich nicht?«
»Das musst du sie selbst fragen.« Er erklärte ihr, dass ihre Tochter gut allein zurechtkäme. Dass sie mit Essen versorgt sei, dass es ihr schon besserginge.
»Was willst du noch hier?«, fragte sie gequält.
Viktor wollte bei ihr sein. Er wollte an ihrer Seite sitzen, wenn der Mut sie verließ. Viktor hielt nichts von der Ehe, aber das Konzept »in guten wie in schlechten Zeiten« sagte ihm zu. Er wollte Siska unterstützen, wie sie selbst es bei ihm nicht vermocht hatte. Viktor hatte Menschen überleben und Menschen sterben sehen. Er wollte, dass seine Freundin zu den Überlebenden gehörte. Aber wenn Siska es nicht schaffen würde, wollte er als Letzter ihre Hand halten. Normalerweise kam er dafür in seinem Job zu spät. Es war das, was er sich von ihr gewünscht hatte. Das, was sich jeder von dem Menschen wünschte, den er liebte. Der Tod glich einem launischen Kind. Warum sollte sie es nicht schaffen? Sogar er hatte überlebt. Niemand hätte vor ein paar Monaten auch nur fünf Cent auf ihn gesetzt. Und doch saß er hier.
»Ich muss für ein paar Tage weg«, erklärte er. Er wollte es nicht sagen, und dennoch hingen seine Worte wie eine Drohung in der Luft.
Siska rührte sich nicht. »Ich wusste, dass du gehst.«

»Ich komme wieder. Und dann hole ich dich hier raus.«
Es kam wie ein Beben über sie. Sie fing leise zu weinen an, dann schluchzte sie. Viktor fühlte sich hilflos. Sie wischte mit einer flüchtigen Handbewegung eine Wasserflasche und ein Glas vom Nachttisch. Beides zerschellte auf dem Boden in unzählige Scherben. Sie schlug um sich, ein Infusionsständer fiel mit lautem Poltern um. Als Viktor sie festzuhalten versuchte, rutschte das Hemd über ihre Schultern. Sie trat um sich und hörte nicht auf Viktors beschwichtigende Worte. Ein Pfleger und eine Krankenschwester stürzten in das Zimmer, ein Arzt kam dazu. In dem Handgemenge verschob sich Siskas Verband. Es war der Moment, in dem Viktor sich abwandte, weil er ihren von Blutergüssen lila verfärbten Brustkorb mit den zwei schwarzen Nähten nicht ansehen konnte. Der Schriftzug »Love Vision«, auf ihrer Brust eintätowiert, wurde durch eine Narbe in der Mitte zerteilt. Die Buchstaben waren bis zur Unlesbarkeit verzerrt. Während man seine schreiende Freundin noch festhielt, verließ Viktor das Zimmer, auf dessen Boden Glassplitter glitzerten.

»Drück mich nicht noch einmal weg!«, befahl Lopez ihm. Viktor hatte sein Handy ans Ohr gepresst und überholte einen Skoda mit zu hoher Geschwindigkeit. Nervös überprüfte er im Rückspiegel, ob jemand ihm folgte. Ob jemand ihn dabei beobachtete. »Was gibt es?«, fragte er.
»Du sollst dich hier im LKA einfinden. Die Interne. Wo warst du den ganzen Tag?«
»Unterwegs«, antwortete Viktor wahrheitsgemäß. Manchmal war es ganz leicht.
Lopez' Stimme senkte sich. »Wie geht es Siska?«
»Schlecht.« Auch das stimmte.
Lopez' Reaktion ließ auf sich warten. »Wenn ich irgendetwas tun kann …«
»Hast du Neuigkeiten?«, unterbrach Viktor sie. Er war sich

jetzt sicher, dass sie ihn verfolgten. Aber hinter ihm fuhren ständig wechselnde Autos. Sie verhielten sich sehr diskret. Profis taten das. Er sah auf die Uhr. Nur noch eine Stunde, bis er alles klären würde.

Lopez schwieg, und Viktor begriff, dass sie taktierte.

»Ich darf keine Ermittlungsdetails mehr mit dir teilen.«

Viktor presste seine Zähne zusammen. So weit hatte es erst kommen müssen. Siska, Mila und jetzt Lopez. Er war allein.

»Wo bist du, Viktor?«

Er antwortete nicht.

»Was ist das für ein Geräusch? Bist du im Auto unterwegs?«

Es war ihr Wagen, den er fuhr.

»Benutzt du den Touran? Viktor? Verdammt. Rede mit mir!«

Auch sie hatte sich mit den anderen gegen ihn verbündet. Der letzte Schlag.

»Nimmst du deine Medikamente?«

Regelmäßig. Aber das ging sie nichts mehr an.

»Bitte mach keinen Scheiß! Keine Alleingänge mehr. Nicht so wie im vergangenen Jahr.«

Er hatte damals eine Frau befreit und einen Mörder und Kinderhändler gestellt. Warum? Weil kein anderer es getan hatte.

»Was ist mit dir los?« Jetzt klang Lopez' Stimme verzweifelt.

Er kannte die Antwort selbst nicht mehr.

»Du ruinierst unsere letzte, gemeinsame Ermittlung«, klagte sie ihn an.

Nein. Es handelte sich um *seine* letzte Ermittlung, und er hatte schon viel zu viel Zeit damit verschwendet, Lopez zuzuhören, die ihn im Stich gelassen hatte. War das Blaulichtzucken, das er im Rückspiegel sah?

Er hörte noch, wie sie seinen Namen rief.

37

Viktor verglich die Szenerie mit St. Petersburg, das er nur bei Nacht gesehen hatte, und mit Moskau bei Tag. Damals Winter und jetzt Sommer. Auch dadurch stimmte nichts mehr überein. Dänemark erinnerte ihn an die Astrid-Lindgren-Bücher, die Lopez' Tochter Tessa gern las. Bilder von Lattenzäunen vor bunten Villen. Das Gras unnatürlich grün wie in der Werbung für ein Milchprodukt. Aber der Himmel spannte sich tatsächlich weit über das Land. Dänemark schien nur aus Himmel zu bestehen. Als er gegen sechs Uhr am Abend Kopenhagen hinter sich ließ und einige Kilometer nördlich in den Strandvejen einbog, kam es ihm wie ein Wunder vor, dass keiner der Polizeiwagen, die ihm begegneten, ihn stoppten. Vor einer Stunde noch hatten Hungergefühle ihn gequält, aber er fürchtete, dass die Videokamera eines Rasthofes vielleicht sein Gesicht aufzeichnen könnte. Kurz vor Schluss wollte er kein Risiko mehr eingehen. Er musste etwas trinken, aber als er die Wasserflasche schüttelte, war sie leer. Ein Zittern überfiel ihn wie ein Wellenschlag. Nur noch ein schmales Band Rasen trennte ihn vom Öresund, über dem zu Viktors Überraschung dunkle Wolken aufzogen. Ihr Regenversprechen wirkte wie eine Halluzination. Halluzinationen prägten mittlerweile seine Realität. Viktor fand es mühsam, sich noch dagegen aufzulehnen. Die weißen Mittelstreifen verzerrten sich ab und an, liefen auseinander, danach wieder zusammen zu einem dünnen Bleistiftstrich. Trotzdem fand Viktor immer wieder in die Spur zurück. In seinem Kopf dudelte ein Lied. Verzerrt, wie ein nur teilweise übertragenes Fernsehbild. Die Melodie erinnerte ihn an ein Kinderlied, gespielt von einem Irren auf einer Mundharmonika. Die Villen mit den Holzveranden zogen an Viktor vorbei, mit den Augen suchte er nach der Adresse, die sie ihm genannt hatte. Die Oberflächen wirkten ausgewaschen wie ein alter Stoff. Der Touran besaß ein Navigationssystem, aber Viktor vertraute der GPS-Ortung nicht, weshalb er sie gar nicht erst einschaltete. Kurz hielt er an einer menschenleeren Stelle am Straßenrand. Er ließ das Fenster auf der Beifahrerseite hinunter und zog sein Handy aus der Hosentasche. Er erwog dessen Nutzen, dann warf er es, so weit er konnte, über den Öresund. Als es auf die Wasseroberfläche traf, spritzten Tropfen in die Höhe. Wie ein Glitzerregen fielen sie ins Meer zurück. Aus dem Augenwinkel beobachtete er die unregelmäßigen Kreise, die sich auf der unruhigen Wasseroberfläche ausbreiteten. Die Musik in seinem Kopf verklang, wofür Viktor dankbar war. Seine tote Mutter redete ihm jetzt gut zu. Sie flüsterte etwas Schmeichelndes. Vielleicht verwechselte er es auch mit dem Säuseln des Sunds. Schnell fädelte er sich mit dem Wagen wieder auf den Strandvejen ein. Der Streifen Strand verbreiterte sich, schwarze Algengebilde schwappten an der Wasserkante auf und ab. Viktor glaubte, eine dunkle Hand aus dem Meer herausragen zu sehen. Verbrannt oder verwest, das blieb unklar. Zum ersten Mal auf dieser Fahrt klappte Viktor die Sonnenblende hoch. Er brauchte sie nicht mehr, weil der Himmel sich zusehends verdunkelte. Ein ungesundes Gelb umgab Wolkenfetzen. Wie eine Krankheit, wie ein fortschreitender Entzündungsprozess. Er erkannte einige helle Strandkabinen vor einer Wand aus Stein. Die Straße machte hier eine Kurve. Nur ein paar Meter weiter hielt Viktor vor einem stattlichen, gusseisernen Tor. Wie ein Fremdkörper hob es sich von den unzähligen Holzzäunen ab. Eine Auffahrt führte im Halbkreis auf einen Hügel hinauf. Oben thronte ein weißes Haus. Kühl, formschön und funktional. Viktors Erinnerung versetzte seinen Synapsen einen Schlag, doch der Funke zündete nicht. Er wollte klingeln, aber das Tor öffnete sich von selbst. Viktor fiel das Denken schwer.

Sein Kopf wog Zentner, sein Hals schien nur noch ein Ästchen zu sein. Seine Nackenmuskulatur verkrampfte sich wie eine geballte Faust, die eine Bowlingkugel nicht mehr halten konnte. Kaum wusste er, wie er noch aufrecht laufen sollte. Er stellte den Motor ab und stieg aus. Die feuchte Luft schloss ihn ein. Das Gewitter lauerte im Hintergrund, wie ein wildes Tier zum Sprung bereit. Viktor versuchte, sich zu konzentrieren, sich zu sammeln, weil er das Schlüsselloch des Tourans mehrmals verfehlte. Es entzog sich ihm wie durch Geisterhand. Über allem lag ein Schleier, der die Dinge weich und unscharf zeichnete. Er ließ den Autoschlüssel einfach auf den Boden fallen und taumelte den Weg hinauf. Der weiße Palast schien ihm wie ein Sehnsuchtsort. Eine Unterströmung, die ihn anzog, der er nichts entgegensetzen konnte. Wie ein Versprechen, auf dessen Einlösung er schon lange wartete.
Vor dem Haus stand sie und winkte ihm zu.

»Ich habe gerade ein Déjà-vu«, sagte Gunnar mit seltsam starrem Blick.
»Ich auch«, flüsterte Lopez.
Wieder einmal saß sie vor dem ordentlichen Schreibtisch ihres Chefs. Um Gunnars Augen hatten sich dunkle Schatten gelegt.
Lopez scheute den Blick in den Spiegel. Seitdem Sevim Winter und ihr Kind im Wald verbrannt waren, waren sechs Tage vergangen. Gunnar und Lopez sahen bleich aus wie Untote. Obwohl alle Erkenntnisse, einem gemusterten Teppich gleich, vor ihnen lagen, fielen dennoch nur die Löcher auf. Ihre Arbeit zu vollenden, das wollte ihnen nicht gelingen. Immer neue Entwicklungen hielten sie davon ab, offene Fragen zu klären.
»Was heißt das: Er ist nicht da?«
»Viktor ist nicht zu Hause.« Lopez wusste nicht, wie sie es

ihrem Chef beibringen sollte. »Und mein Auto ist auch weg.«
Gunnar verzog ungläubig das Gesicht.
»Er nimmt keine Anrufe mehr an.«
»Und wieder einmal müsste ich meinen ehemals besten Mann zur Fahndung ausschreiben lassen?« Gunnar klang genuin enttäuscht. Wie jemand, der zum x-ten Mal verlassen worden war.
Lopez schaute auf ihre Schuhspitzen. Ihr gingen die Argumente aus, Gunnar noch davon abzuhalten.
»Hast du ihn orten lassen?«
Lopez nickte.
»Und?«
»Wenn die Auswertung stimmt, nimmt er gerade die Fähre nach Dänemark.«
Gunnar fuhr hoch. »Warum sollte er das tun?«
Unwillkürlich rieb Lopez ihre Fingerspitzen aneinander. »Weil alles dort begann. Wahrscheinlich in der Nacht, als Josef Bauer dort verschwand.« Die Zeitung lag noch auf Gunnars Schreibtisch. Sie deutete mit dem Zeigefinger auf das Strandfoto, das zwei glückliche Jungen zeigte.
»Aber was, verdammt noch mal, will Viktor dort?«
»Das finde ich heraus. Lass mich noch mal mit dieser Künstlerin sprechen. Sie ist noch in Berlin.«
»Dänemark ist weit weg«, sagte Gunnar resigniert.
»Näher als Russland. Immerhin«, erwiderte Lopez, als ob das ein Hoffnungsschimmer sei und das Glas halbvoll und nicht halbleer.
»Und Viktor?«, fragte er.
»Irgendetwas stimmt nicht mit ihm«, gab Lopez zu.
Gunnar lachte auf. Verzweiflung mischte sich mit einem Hauch Hysterie.
»Ich kenne ihn so nicht«, fuhr Lopez fort, ohne sich durch Gunnars überraschenden Heiterkeitsausbruch irritieren zu

lassen. »Selbst kurz vor der Operation benahm er sich nicht so … so paranoid.«
Gunnar sah weg, als könne auch er den Gedanken nicht ertragen. Als habe er es aufgegeben, nach Erklärungen zu suchen, die es schon lange nicht mehr gab.
»Noch etwas.«
»Bitte nicht«, seufzte Gunnar leise.
»Marita Nowak ist auch verschwunden.«
Gunnar ließ den Kopf in die Hände sinken. »Der Innensenator wird Amok laufen. Ich bin meinen Job eigentlich jetzt schon los.«
»Gunnar, jetzt konzentrier dich bitte mal!«
»Du hast leicht reden. In ein paar Tagen bist du hier weg.«
Lopez presste die Lippen zusammen. Enttäuscht betrachtete sie ihren Chef. »Und im Vergleich zu dir will ich das nicht einmal.«
Sie lauschten den typischen Geräuschen ihrer Behörde. Druckersurren, leise Schritte, das Klingeln eines Telefons.
»Tut mir leid«, lenkte Gunnar ein. Er sah ratlos aus. »Haben wir vielleicht jemanden vor Ort?«
»Mette Hansen von der Kobenhavn Politi. Sie hat uns bei den Ermittlungen geholfen.«
»Ruf sie an!«
Lopez reagierte resigniert. »Habe ich schon.«
»Und?«
»Auf die Mailbox gesprochen. Auf der Wache eine Nachricht hinterlassen. Bisher keine Reaktion.«

38

Marita Nowak schüttelte seine bebende Hand. Besorgt sah sie ihn an und geleitete ihn zu einem Stuhl. Viktors Beine wollten sich kaum noch von allein bewegen. Sein Herz schlug ausschließlich in seinem Hals, so dass er kein Wort der Begrüßung herausbrachte. In seiner Brust befand sich ein Vakuum. Marita Nowak wirkte überlebensgroß und schön. Ihr blondes Haar leuchtete wie ein Strahlenkranz um ihren Kopf. Viktor glaubte, einen Engel vor sich zu sehen. So sahen sie in Milas Erzählungen aus. Überirdisch und märchenhaft. Ihre Hand lag kühl und beruhigend in der seinen, die er kaum noch zu kontrollieren wusste. Lediglich die Farbe ihrer Kleidung irritierte ihn: Sie trug Schwarz.

Das Inventar des Hauses nahm er nur wie durch einen Tunnel wahr. Viel Stahl und helles Holz und teures Mobiliar, die Decke wie in einem Altbau hoch, der Raum kubisch, weit und klar. Das fahle Licht, das durch große Fensterscheiben hereinfiel, erhellte jedes Detail, aber Viktor fiel es schwer, auf etwas zu fokussieren. Sein Geist hetzte rastlos im Takt seines unregelmäßig schlagenden Herzens herum. Durch die offenen, bodentiefen Fenster wehten weiße Vorhänge herein. Wie Hochzeitsschleier vor einer Beerdigung. Der Himmel dräute schwarz im Hintergrund. Weißer Schaum bildete sich auf dem Öresund, wo sich die Wellen überschlugen. Kein Schiff mehr weit und breit. Wetterleuchten überstrahlte kurz die Szenerie. Vielleicht Gott, der große Fotograf.

Ein Glas stand vor Viktor, der Inhalt weiß wie die Kleidung, die Marita Nowak üblicherweise trug. Wie auf einem Negativ bedeckte ihre Haut zum ersten Mal, seit Viktor sie kannte, ein schwarzes, enges Kleid. »Warum?«, wollte er fragen, aber das Wort gelangte nicht zu seinem Mund. Auf halbem Weg versandete es, eine seichte Welle, die von der Ebbe kün-

dete. Viktor suchte nach Worten, Gedanken und nach Luft. Er atmete nur noch wie durch einen dünnen Halm.
Marita Nowak strich kurz über seine Hand und bekundete, wie glücklich sie sei, ihn zu sehen. Wie sehr sie seine Hilfe brauchte. Viktor schaute sie fragend an. Marita zeigte auf den einzigen Fremdkörper im Raum: ein Krankenbett aus Metall. Das Bettzeug abgezogen, die Matratze gestreift und leer.
»Fast alle, die ich liebte, sind tot«, sagte sie resigniert. Sie sprach besonders laut, damit er sie verstand. In Viktors Ohren dröhnte es. »Das war das Bett von Evelyn. Und gestern starb mein Mann.«
Ihr Mann. Viktor überlegte, suchte in seiner Erinnerung, aber ihm wollte nicht mehr einfallen, von wem genau sie redete. Er vermisste seine Marke. Er vermisste seine Sicherheit. Lopez. Wo war sie? Hatte es etwas mit seinem Besuch zu tun? Bestand überhaupt noch irgendein Zusammenhang? Draußen grollte es.
Über dem Bett hing ein Bild. Ein Foto, das Viktors Aufmerksamkeit fesselte. Er zwang seinen Blick dorthin und wusste schlagartig, dass er es kannte. Zwei Jungen am Strand. Er hatte es bereits gesehen. Bei einem Körper, der ohne Kopf in einer Küche lag, in einer Zeitung oder vor vielen Jahrhunderten auf seinem Revier. Aber welche Variation erwies sich als die richtige? Welche … Variation.
»Verstehen Sie?«, fragte sie ihn. Als hinge alles davon ab. Mit großen, schönen Augen sah sie ihn erwartungsvoll an.
Zum ersten Mal fand er ihren Mund rot angemalt. Rot. Kirschrot wie frisches Blut. Er wollte sie verstehen, begreifen, was sie von ihm erwartete. Ein Wunsch, ein Verlangen, das ihn erbeben ließ. Begriffe und Bilder fluteten sein Gehirn wie eine rasante Diashow. Die Jungen, ihre Schwester, die Enthaupteten und der Strand. Ein Blitz erleuchtete das Zimmer wie ein Feuerwerk.

»Sie zittern ja. Haben Sie Ihre Medikamente mitgebracht?«, fragte sie ihn. Es klang fürsorglich.

Viktors linker Arm schmerzte zu sehr. Schlaff fiel seine rechte Hand auf seine Hosentasche, doch es gelang ihm nicht, die Pillen hervorzuziehen. Sie setzte sich neben ihn und half ihm dabei. Sie lächelte und legte ihm zwei längliche Tabletten in den Mund. Weil er das Glas nicht halten konnte, führte sie seine Hand. Er schluckte krampfhaft. Milch lief an seinem Kinn hinab. Sie setzte das Glas erst ab, als nur noch weiße Schlieren darin zu sehen waren.

»Gleich geht es Ihnen wieder gut.« Seine Ärztin wusste, was ihm helfen würde.

An den Rändern von Viktors Gesichtsfeld wirkte jetzt alles wie verwischt. Auch Marita Nowak sah er nicht mehr scharf. Sie löste sich in Schlieren auf. Donner brandete an sein Ohr, so dass er zusammenzuckte. Ein bitterer Nachgeschmack ließ ihn würgen, aber seine Zunge klebte am Gaumen fest. Sand oder Mehl trockneten in seinem Mund. Er spürte, wie sein Atem raste, wie sein Herz rebellierte. Sie musste, sie hatte … Was hatte sie getan? Langsam bekam die Umwelt Schieflage. Sein Kopf schlug auf dem Boden auf, sein Körper zuckte unkontrolliert. War das Schaum, der über seine Lippen quoll?

Ihre Stimme drang wie ein Flüstern an sein Ohr. »Verstehen Sie jetzt?«, fragte sie ihn.

Sein Arm. Der unerträgliche Schmerz in seinem Arm und seiner Brust. Ein Stöhnen drang aus seinem Mund. Er sah Bilder von Stieren, die im Staub der Arena zu Boden gingen, weil Lanzen in ihrer Seite steckten. Weil der Blutverlust sie in die Knie zwang. Stiere mussten dem roten Tuch folgen, weil Bewegung sie animierte. Der Stier keuchte im Todeskampf.

»Schade«, hörte er sie schmeichelnd und ruhig. »Sie waren so nah dran.« Es schien sie ernsthaft zu betrüben.

Bevor das Herz in seiner Brust explodierte, erhaschte er noch einen Blick auf das Gesicht des Matadors: Seine Ärztin schwang das seidene Tuch. Wie ein schwarzer Vorhang fiel es über ihn.

»Was machen Sie denn hier?«, hörte Lopez sich fragen.
»Jimmy ist doch ganz allein.«
»Ihr Neffe?«
Rotraut Möller nickte. Rote Locken kringelten sich um ihr Gesicht. Nach zwei Fehlversuchen gelang es ihr endlich, die Tür der Nowakschen Villa zu öffnen, die beim Aufmachen klemmte und sich auch kaum schließen ließ. Rotraut Möller wirkte angespannt.
Lopez sah, wie das Taxi wegfuhr, das Möller genommen haben musste. Sie begrüßte es, ein Dach über dem Kopf zu haben. Der Himmel zog sich zu, brachte heftige Luftbewegungen mit. Nach der sengenden Hitze der vergangenen Wochen würde das Gewitter verheerend ausfallen. Sie erwartete es mit Angst und Erleichterung. Sie hatte die Unwetterwarnungen in den Medien registriert. »Darf ich Sie Salome nennen?«, fragte Lopez, weil »Frau Möller« einfach nicht zu dieser umwerfenden Frau zu passen schien.
»Wenn Ihnen das hilft«, antwortete Möller sarkastisch. Und dann: »Hey, Jimmy! Na? Noch nicht das Haus abgebrannt?«
»Konnte mich gerade noch beherrschen«, sagte ein pickeliger Teenager. Er kam aus dem oberen Stockwerk in den düsteren Flur herunter, und Lopez wunderte sich, dass er nicht über seine tiefsitzende, weite Hose stolperte. Im Vergleich dazu passte sich sein Nobelshirt hauteng seinem muskulösen Oberkörper an. Er war groß und schlank. Die Haare hatte er sich mittels massivem Einsatz von Haarpflegemitteln in eine windschnittige Form gekämmt. »Mama ist nicht da«, erklärte er so, wie andere sagten, »Du kannst mich mal«.
»Deshalb wollte ich auch nach dir sehen.« Seine Tante schien

sich nicht an seinem Ton zu stören. Ihre Worte klangen besorgt und warmherzig.
»Brauchst du nicht. Ich komm schon klar.«
Als er vor ihnen stand, umarmte Salome ihn kurzentschlossen. »Das mit deinem Vater tut mir wahnsinnig leid.«
Jimmy bewegte sich kaum. Etwas verfinsterte seinen Blick. Er schob sie von sich weg. »Du weißt, dass er ein Arschloch war«, sagte er.
Lopez konnte sich nur immer wieder über Teenager wundern. Benahmen sie sich nur hormonell verwirrt, oder lag heutzutage bereits in ihrer Sprache eine natürliche Grausamkeit?
»Bis Marita wieder da ist, kommst du mit zu mir.«
Er zuckte mit den Schultern, als wäre es ihm egal. »Und wer sind Sie?«, fügte er hinzu. Schon die Frage provozierte in ihrem fordernden Ton.
»Lopez. Landeskriminalamt Berlin. Ich ermittele im Fall Ihres Vaters.«
Er sah sie nur ausdruckslos an. »Ja, und?« Jimmy strahlte eine emotionale Kälte aus, die sie regelrecht frieren ließ. Ob seine Klassenkameraden ihn bewunderten oder verachteten? Lopez erschauderte. »Ich suche Ihre Mutter. Wissen Sie, wo sie ist?«, fragte sie kühl.
Jimmy schüttelte den Kopf.
Lopez zog ein Foto aus ihrer Handtasche. »Kennen Sie das?«
Jimmy warf nur einen kurzen Blick darauf. »Nein.«
»Zeigen Sie mal!«, forderte Salome. Sie betrachtete es genau. »Moment. Das hängt doch über ihrem Schreibtisch. Kommen Sie mal mit!« Damit bedeutete sie Lopez, hinter ihr herzugehen.
Lopez bewunderte jedes Detail des handverlesenen Mobiliars. Die gesamte Villa atmete altes Geld. Eine Dekadenz, die Lopez sonst nur aus dem Leben russischer Oligarchen kannte. Jimmy schlurfte hinter ihnen her. Fühlte er sich dazu verpflichtet, oder wollte er sich nur nichts entgehen lassen?

Lopez warf ihm verstohlen einen Blick zu und fragte sich, ob es sich bei ihm um die übliche Verstocktheit junger Burschen handelte oder ob er ihr absichtlich etwas verschwieg. Auf einem antiken Schreibtisch von immensen Ausmaßen zog etwas ihren Blick magisch an: ein Medikament, dessen Verpackung sie kannte. Wo hatte sie diesen Schriftzug zuletzt gesehen? Endlich fiel es ihr ein: auf einer Schachtel in Viktors Hand.

»Da!« Salome zeigte auf das gerahmte Bild und lenkte sie so von ihren Überlegungen ab. Ein Duplikat dessen, was Lopez festhielt. Schwarzweiß mit dem Charme alter Zeiten, die längst vergangen waren. »Ich habe nie verstanden, warum es ihr so wichtig war. Sie sagte, es erinnerte sie immer an Evelyn.«

»Ihre jüngste Schwester? Warum?«

»Das hat sie mir nie gesagt.«

»Aber was haben diese beiden Jungen mit Ihrer Schwester Evelyn zu tun?« Eine Schlüsselfrage, wie es Lopez schien.

»Mit Martin haben wir damals nur rumgespielt, aber Josef war Evelyns Freund.«

Lopez versuchte, ruhig zu bleiben, auch wenn es ihr kaum gelang. »Erzählen Sie mir mehr«, bat sie schnell.

Salome schilderte, dass Josef Bauer unter den deutschen Ferienbekanntschaften als Außenseiter galt. Ein schüchterner Kerl, der nie richtig dazugehören wollte oder sollte. Also schloss er sich Machern wie Leander und Martin an, die bei den Mädchen landen konnten. Ein schwaches Schaf, das einen Leitwolf suchte.

»Sie kannten den Mann Ihrer Schwester damals schon?«

»Leander? Natürlich. Marita und er haben sich doch in diesem Urlaub in Dänemark kennengelernt.«

In Lopez' Kopf liefen wie in einem Hochleistungsrechner mehrere Kalkulationen gleichzeitig ab. »Was genau passierte mit Evelyn?«, fragte sie mechanisch und hochkonzentriert.

»Evelyn war geistig und körperlich zurückgeblieben. Die anderen behandelten sie als Spielball. Willkürlich und gemein. Zuerst lockte man sie, danach ließ man sie sitzen. Evelyn verstand diese Enttäuschungen nicht. Wir konnten sie nicht immer schützen. Josef behandelte sie als Einziger fair. Aber er wollte nicht damit aufgezogen werden, dass er es mit einer Behinderten trieb.«

Lopez sah unwillkürlich auf. »Kinder können grausam sein.« Sie warf Jimmy einen bedeutungsvollen Blick zu. Aber der ignorierte sie und vergrub seine Hände nur noch tiefer in den Hosentaschen.

»Und dann?«

»Dann wurde Evelyn bei einem Autounfall schwer verletzt. Wachkoma. Wir hätten nie gedacht, wie schlimm es kommen könnte. Wir kannten das ja schon von Mama und Papa. Aber Marita bestand darauf, dass wir sie nach Hause holten. Sie selbst machte gerade ihren Abschluss in Medizin, weil sie Chirurgin werden wollte.«

»Aber warum nicht nach Berlin?«

»Evelyn liebte die Urlaube in Dänemark. Marita fand, dass wir ihr das schuldeten. Ich habe nie verstanden, warum ihr das so wichtig war.«

Lopez überlegte, ob es vielleicht dabei noch um etwas ganz anderes gegangen war. »Das klingt nicht so, als wären Sie mit der Entscheidung Ihrer Schwester einverstanden gewesen.«

Salome lachte auf. »Milde ausgedrückt.« Schlagartig wurde sie wieder ernst. »Sie müssen aber auch verstehen, dass Marita sich seit dem Tod unserer Eltern wie eine Mutter um uns kümmerte. Sie ist die Älteste, verhielt sich stets verantwortungsvoll und fürsorglich. Sie wusste immer, was sie will. Wir brauchten sie. Sie ist sehr gradlinig.«

»Was Ihnen nie gefallen hat.«

»Ich ticke völlig anders«, erklärte Salome schlicht. »Meine Eltern haben uns mehr Geld hinterlassen, als wir je ausgeben

können«, fuhr sie fort. »Wir hatten alle Möglichkeiten, obwohl uns das Wichtigste genommen worden war.« Sie stockte, als verlangsamte die Erinnerung ihren Redefluss.
Durch die Fenster sah man Blitze zucken. Gelb erleuchteten sie die polierten Oberflächen. Lopez forderte Salome mit einem Blick zum Weitersprechen auf.
»Unsere Eltern starben früh. Auch ein Autounfall. Unsere halbe Familie wurde durch den Straßenverkehr dezimiert. Ich fahre deshalb nicht mehr Auto, wenn ich es vermeiden kann.«
»Wer übernahm die Vormundschaft für Ihre jüngste Schwester?«
»Unser Großvater. Er sorgte auch für Evelyn, wenn wir in Berlin arbeiteten oder studierten. Wir wechselten uns ab, unterstützt von einem Pflegedienst.«
Sie schwiegen.
»Josef war ein Freund. Er verschwand.« Sie deutete auf sein Konterfei. »Mehr ist da nicht, mehr war da nie«, fügte sie hinzu.
Donner rollte heran, erst leise, danach krachte es, als ob etwas Großes zerbrochen sei. Alle zuckten zusammen wie nach einem Pistolenschuss. Lopez zog ihr Handy hervor und suchte in den Aufnahmen nach der Vergrößerung, die Detlev aus der KT ihr geschickt hatte. »Das ist im Hintergrund auf dem Foto zu sehen«, sagte sie. Jetzt wandte sie sich Jimmy zu. »Erkennst du das?«
Jimmys Blick huschte zu seiner Tante und wieder zurück. Betont gelangweilt schaute er auf das Display. Lopez hätte ihn gern geschüttelt, wusste aber, dass sie das nicht weiterbringen würde. Regen prasselte gegen die Scheiben. Wind peitschte schwere Tropfen gegen das Haus. Das Rauschen großer Wassermengen lag in der Luft. »Und?«, fragte Lopez voller Ungeduld.
»Das ist unser Haus«, gab Jimmy widerstrebend zu. »Opas Haus am Öresund.«

39

Jemand griff ihm unter die Achseln und versuchte, ihn hochzuziehen. Aber er konnte sich nicht abstützen. Etwas hinderte ihn daran. Er fror. Als er etwas sagen wollte, hörte er nur einen gedämpften Laut. Jemand wuchtete ihn schließlich hoch, er strauchelte, bis er zum Stehen kam. Jemand hielt ihn fest, damit er nicht wieder fiel. Viktor keuchte, bei jedem Einatmen presste sich Stoff auf sein Gesicht. Nur langsam kam das Gefühl zurück. Der kalte Boden, dessen Unebenheiten er unter seinen Sohlen spürte. Dass er seine Hände nicht bewegen konnte, weil sie hinter seinem Rücken zusammengebunden waren. Ein Tuch bedeckte sein Gesicht, unter dem er nicht den geringsten Lichtschimmer erkennen konnte, selbst als er die Augen öffnete. Erst zum Schluss kam die Erkenntnis: Er war völlig nackt.

Er schwankte hin und her, fing sich nur knapp vor dem Fallen ab. Er schüttelte sich. Doch die Kapuze ließ sich nicht abwerfen. Er zerrte an dem Seil, das in seine Handgelenke schnitt. Es gab keinen Millimeter nach. Er schlotterte und schwitzte gleichzeitig. Der Stoff drohte ihn zu ersticken. Ein nie gekanntes Grauen breitete sich in ihm aus, weil er gefangen war. Wie ein angeschossenes Tier hinkte er in eine Richtung, bis er an ein Gitter prallte. Er wankte an den Wänden entlang. Ein winziger Raum. Stein und Gitter. Beides kalt. Alles schmerzte. Seine Handgelenke, sein linker Arm, seine Brust, sein Kopf. Unerträglicher Durst quälte ihn. Er hielt inne, das Bewusstsein für seine aussichtslose Situation zwang ihn zum Stillstand. Je mehr die Kälte ihm zusetzte, desto mehr zitterte er. Wie viel Zeit mochte vergangen sein? Viktor konnte nicht mehr stehen. Als ein Finger kurz über seinen Rücken glitt, glich es einem Schuss, der ihn traf. Sein Körper zuckte, und seine Knie gaben nach. Halb lag er auf dem

Bauch, eine Schulter schrecklich verdreht. Später spürte er, wie die Wärme zurückkehrte, wie sich das Zittern in ein gleichmäßiges Summen verwandelte. Wie oft würde er noch sterben? Dem Tod gingen die Ideen aus. Den Mund aufgerissen, den Stoff darüber gespannt, so dass kaum Luft in seine Lungen gelangte. Er schaffte es einfach nicht mehr, aufzustehen. Ziellos schob er sich über den Beton. Wie ein wirbelloses Tier.

Er hörte ihre Stimme wie aus weiter Entfernung. »Ich weiß, dass du ihn verachtet hast. Aber du hättest ihn nicht töten dürfen«, sagte sie.

Er hätte gern geantwortet, dass er es nicht gewesen sei. Auch wenn er nicht wusste, von wem sie sprach. Dass sie sich irrte. Dass er ihr nur helfen wollte. Aber er konnte es nicht, weil es ihn zu sehr anstrengte.

»So wolltest du dich an mir rächen? Weil du wegen mir deine Arbeit verloren hast?«

Nur unverständliche Laute verließen Viktors Mund.

»Du wolltest mich bestrafen«, stellte sie fest. »Aber jetzt«, flüsterte sie, »bestrafe ich dich!«

Noch während seine Zehen über den rissigen Boden schabten, hörte er das leise Einschnappen eines Schlosses und das Schlagen einer Tür. Die Stille wurde nur noch von seinen eigenen Atemversuchen durchbrochen sowie durch das Reiben seiner Haut auf dem Beton. Seine Mutter flüsterte leise Koseworte. Vor seinem inneren Auge sah er, wie sie ihm eine Hand reichte. Wie sie ihn willkommen hieß. Bevor die Panik des Sterbens der Ruhe des Todes wich, unterbrach ein Prasseln und Knistern ihr leises Zwiegespräch. Es roch nach Rauch.

Mette Hansen hatte sich Urlaub genommen. Ihre Mutter feierte einen runden Geburtstag, und nur wenige Kilometer in der Nähe ihres Elternhauses gab es ein herausragendes Spa.

Man imitierte dort japanische Reduktion. Die Ruheinseln waren mit weichen Bodenmatten und schlichten Steingebilden bestückt. Alles atmete Zen. Überall plätscherte Wasser, aus den Lautsprechern drang gedämpfte Musik. In der finnischen Sauna hörte Mette Hansen davon jedoch nichts. Ein durchtrainierter Sportstudent verteilte nach dem Aufguss über dem Ofen mit einem Handtuch den Dampf. Jedes Mal, wenn er mit der Kelle Wasser auf die heißen Steine goss, zischte es. Fichtenaroma verbreitete sich. Mette Hansen hatte den Studenten zum ersten Mal am Ende des letzten Winters in der Dampfsauna gesehen. Schemenhaft wandelte er durch den Dunst. Pure Faszination. Seitdem nutzte sie jeden freien Tag, um dort zu saunieren. Das Raumklima spiegelte die Außenwelt. Dort herrschten tropische Temperaturen, weil Europa einen Jahrhundertfrühling erlebte. Ihre Freundinnen machten lieber Ausflüge zum Meer, Mette Hansen besuchte dieses Spa. Sie hielt sich fit, aber für Wellness interessierte sie sich erst so intensiv, seitdem sie sehen wollte, wie sich ein ganz bestimmter Mann bewegte. Tjorben trug nur ein Wickeltuch, das seine Geschlechtsteile verdeckte. Die Berufskleidung des Spa, Pflicht für jeden, der hier arbeitete. Mette Hansen hatte sich oft gefragt, ob diese Geschäftsidee nicht eher indonesischen als japanischen Ursprungs war. Aber sie störte sich nicht an den folkloristischen Fehlgriffen der Wellness-Industrie.

Tjorben warf sich das Handtuch über die Schulter, bedankte sich bei seiner transpirierenden Kundschaft für die Aufmerksamkeit und verabschiedete sich. Er atmete nicht einmal schwer, während alle anderen vor Erschöpfung seufzten. Feine Schweißtropfen perlten über seine perfekte Brust. Den Holzeimer und die Kelle balancierte er auf einer Hand. Lässig, wie Mette Hansen fand. Eilig griff sie nach ihrem Handtuch, um ihm zu folgen. Rote Flecken breiteten sich auf ihrem Körper aus. Normalerweise hielt sie es nie so lange in

der feuchten Hitze aus. Wie aus einer Tube unter Druck strömten die schwitzenden Gäste aus dem Holzhaus hinaus. Dampf stieg über ihnen auf.
Tjorben schöpfte jetzt mit der Kelle aus einem Eimer Crushed Ice, das er den Besuchern reichte. Mette Hansen bewunderte seine glatte, schwarze Haut, unter der die Muskeln spielten. Er musste deutlich jünger sein als sie, was sie erregend fand. Die kleinen Eissplitter fielen in ihre Handflächen, ganz direkt sah er sie dabei aus dunklen Augen an. Sie rieb ihre Arme und Beine mit dem Eis ab und achtete darauf, dass er sie dabei beobachtete. Als auch die letzten Gäste im Pool schwammen oder in den Duschen verschwunden waren, wickelte sie sich das Handtuch um die Brust und folgte ihm.
»Entschuldigen Sie!«, suchte sie das Gespräch. Sie fragte ihn etwas Triviales über den Effekt extremer Temperaturen auf die menschliche Natur. Er stellte den Eimer ab und lächelte ihr zu. Danach erläuterte er ihr die körperlichen Auswirkungen aus sportmedizinischer Sicht. Mette Hansen bemerkte, dass er lange Wimpern hatte und dass er mit den Händen sprach. Seine Finger waren lang und seine Nägel wohlgeformt. Die krausen Haare standen in einem wilden Afro von seinem Kopf ab. Er strotzte vor jugendlicher Energie.
Als er seine Ausführungen beendet hatte, schauten sie sich kurz schweigend an. Er fragte, ob sie mitkommen wolle. Sie nickte und folgte ihm nervös. Sie hatte bereits ein Vermögen in dieses Spa investiert, nur um diesen Moment zu provozieren. Vor dem Privatbereich für Mitarbeiter stellte er den Eimer ab. Ob sie wisse, wo die Umkleidekabinen zu finden seien. Mette Hansen schüttelte den Kopf. Nein, sie habe keinen blassen Schimmer, log sie ihn an, weil es das war, was er hören wollte.
Er schloss einen Schrank auf und wühlte in einer Tasche. Mette Hansen sah ihm dabei zu. Deutlich sichtbar hielt er ein Kondom in der Hand. Mit einem Wink lenkte er sie zu

einer der Kabinen. Sie verriegelten die Tür, lauschten, danach ließen sie gleichzeitig die Handtücher fallen. Sie betasteten und betrachteten sich gegenseitig, berührten mit den Zungen ihre prickelnde Haut. Er forderte sie auf, sich umzudrehen.

Unter der Dusche stellte Mette Hansen fest, dass sie noch nicht mal seinen Nachnamen kannte. Noch einmal ließ die Erregung sie zittern. Die Ausläufer des Orgasmus verebbten. Sie trocknete sich ab und zog sich an. Als sie ihre nasse Wäsche in ein Handtuch wickelte, setzte sie sich neben ihre Tasche auf die Bank. Sie schaltete ihr Handy ein, sah die entgangenen Anrufe durch und stellte erstaunt fest, dass eine Nummer über zwanzig Mal dort auftauchte. Danach hörte sie ihre Mailbox ab.

Sie verließ zügig die Anlage und bemerkte, dass es zum ersten Mal seit Wochen regnete. Die Wolken hingen tief. Mette Hansen glaubte, in eine andere Klimazone teleportiert worden zu sein. Der Wetterumschwung überraschte und befriedigte sie gleichzeitig. Er kam ersehnt wie eben noch der Geschlechtsverkehr, wie ein verspätetes Geschenk. Durch den Platzregen rannte sie zum Parkplatz. Im Auto wischte sie sich die Tropfen aus dem Gesicht. Das Prasseln auf Autodach und Windschutzscheibe klang wie ein Trommelwirbel. Der Auftakt zu etwas Größerem. Erst jetzt wählte sie die Nummer mit der deutschen Vorwahl, die sie schon kannte. Obwohl es spät war, meldete die Polizistin sich. Deren Aufregung konnte Mette Hansen sogar über Hunderte Kilometer hinweg noch spüren.

»Sie haben Glück«, antwortete Mette Hansen, »weil ich ganz in der Nähe bin.«

Sie ließ den Motor an und schaltete die Freisprecheinrichtung ein: »Bleiben Sie einfach dran!« Sie raste über den Strandvejen, so schnell es ging, ohne andere Verkehrsteilnehmer zu gefährden. Die Polizistin am anderen Ende der Leitung trieb sie zur Eile an. Die Panik in ihrer Stimme wirkte ansteckend. Als ginge es um Leben oder Tod.

Mette Hansen sah die Flammen schon von weitem. Sie schlugen aus dem Dachstuhl heraus. Per Notruf alarmierte sie die Feuerwehr. Auf die Frage, wo genau es brenne, antwortete sie: »Das Arne-Jacobsen-Haus am Strand.« Jeder kannte das Gebäude; es war weltbekannt. Eine Einheit sei schon unterwegs. Die Nachbarschaft reagierte schnell. Jeder fürchtete ein Übergreifen des Feuers auf die alten Holzkonstruktionen, die wie Streichhölzer brennen würden. Sie fuhr bis zu einer Absperrung, die mit gestreiftem Band Schaulustige fernzuhalten suchte. Mette Hansen stieg aus, das Telefon ans Ohr gepresst. Sie zeigte ihren Ausweis vor und lief zur Einfahrt, die offen stand. »Sind Sie noch dran?«, erkundigte sie sich.

Weinte die deutsche Kollegin jetzt? »Sind Sie sicher, dass die beiden sich dort aufhalten?«, fragte sie.

»Zu neunundneunzig Prozent«, sagte die Polizistin, die Rosa Lopez hieß. »Und jetzt gehen Sie da rein«, schrie sie Mette Hansen mit überschnappender Stimme an, »bevor mein Kollege dort verbrennt.«

Der scharfe Brandgeruch war überwältigend, genauso wie die Hitze, die das Feuer abstrahlte. Flammen züngelten meterhoch in die Nacht. Funken stoben durch die Luft. Die Antwort kostete sie Überwindung. Aber hier gab es für sie nichts mehr zu tun. »Ich kann nicht reingehen«, sagte sie leise, »weil von dem Haus so gut wie nichts mehr übrig ist.«

BERLIN

40

Lopez starrte auf das Telefon. Seit Stunden oder Jahren? Sie wusste es nicht mehr. Draußen hatte es aufgehört zu regnen. Das Dunkel des Himmels wich einem Schimmer Blau. Sie wusste nicht, wie sie sich von ihrem Schreibtischstuhl erheben sollte. Wie sie jemals wieder einen Schritt gehen sollte. Im Büro war es nächtlich still. Nur das Summen technischer Geräte lag in der Luft. Es roch nach Schweiß, Arbeit und Staub. Nach alten Büromöbeln, nach Materialien aus einer anderen Zeit. Eine Putzfrau schaute in das Büro herein. Als sie Lopez sah, grüßte sie nur kurz und zog mit ihrem Wagen weiter. Lopez wischte sich die Tränen aus dem Gesicht und überlegte, wen sie jetzt anrufen musste. Mila und Siska. Gunnar zuerst. Sie fühlte sich ausgehöhlt und leer. Unmöglich, diese letzten Aufgaben zu bewältigen. Sie hatte Todesnachrichten nie gern überbracht. Aber etwas in ihr weigerte sich, Viktors Ableben zu akzeptieren. Nur weil sein Telefon in der Nähe eines brennenden Hauses auf dem Grund des Öresunds lag. Nur weil sich vielleicht bis vor kurzem dort noch eine Verdächtige aufgehalten hatte. Marita Nowak, Ärztin. Zu klein, zu leicht für eine Axt. Aber Lopez wusste auch, dass die natürliche Reaktion auf Todesnachrichten aus dem Leugnen der Tatsachen bestand. Sie würde einfach hier verharren, bis es neue Erkenntnisse gab. Bis jemand ihr die Entscheidung abnahm. Donnerstag. Ein neuer Tag. Viktor war wahrscheinlich tot.

Die Buchhalterin des Todes besann sich auf ihre eigentlichen Fähigkeiten: Informationen zu sammeln und sie auszuwerten. Sie rief ihre Mails ab und fand den Bericht der Kriminaltechnik. Das Blut auf Marita Nowaks Kleidung stammte wie erwartet von ihrem Mann. Lopez rieb sich die Schläfen. Salome hatte einen Toten geköpft. Alle Indizien deuteten auf die Familie Möller-Nowak hin. In Lopez' Kopf drehten sich die Fakten, wirbelten durcheinander. Wolfs Zigarettenkonsum durchzog all ihre Überlegungen und damit der abgestandene Geruch nach Rauch.

Lopez überprüfte alle bekannten Angehörigen auf Vorstrafen. Nichts. Selbst Leander Nowak hatte bisher nichts anderes als Strafzettel erhalten, auch wenn Lopez das mehr als unerklärlich fand.

Sie öffnete eine Nachricht von Tayfun Acay. Die Liste vergleichbarer Verbrechen las sich länger als die Wunschliste kleiner Kinder an den Weihnachtsmann. Seine Auswertung: kein anderer Fall, der ins Auge stach. Viktor sollte recht behalten. Sie brauchten vernünftige Kriterien, um die Parameter einzugrenzen. Viktor. Viktor. Der Name hallte in ihr nach. Obwohl ihr die Augen zufielen, zwang sie sich zur Konzentration.

Zehn neue Hinweise aus der Bevölkerung. Darunter nichts Brauchbares. Eine Hausfrau, die beobachtet hatte, wie ein Gärtner sich die Fingernägel mit der Schneide einer Axt reinigte. Ein Metzger, der sich selbst bezichtigte, weil er schon seit Jahren gern mehr als Tierkadaver kurz und klein gehackt hätte. Eine Fremdsprachensekretärin, die es verdächtig fand, dass ihr Mann Äxte sammelte. Als sie den Namen bei Google eingab, posierte ein schmächtiger älterer Herr vor einem Eimer Äpfel auf dem Fachkongress der Pomologie. Wenn diese Menschen verdächtig waren, war es jeder Bürger in Berlin.

Wie in Trance wählte sie die Nummer einer Fluggesellschaft und wies sich aus. Eine Stunde später hatte sie eine offizielle Anfrage des LKA gemailt. Draußen schien die Sonne, und als sie das Fenster öffnete, drang Vogelgezwitscher herein. Die Temperaturen fühlten sich zum ersten Mal seit Wochen angenehm an. Vielleicht zwanzig Grad. Eine halbe Stunde später erhielt sie die Antwort auf ihre Anfrage. Marita Nowak habe den ersten Flug um fünf Uhr dreißig von Kopenhagen nach Berlin genommen. Erste Klasse, Lufthansa. Lopez sah auf die Uhr: kurz nach neun. Sie rief Mette Hansen an. Nein, neue Nachrichten gäbe es noch nicht. Die Feuerwehrmänner seien noch im Haus. Sie wühlten sich gerade durch den Schutt, aber gefunden habe man noch nichts.

Oder niemanden, dachte Lopez. Viktor lebte noch so lange, bis ihn jemand für tot erklärte. Die Wahrscheinlichkeit grenzte an Unmöglichkeit. Aus dem Unmöglichen bestand ihr Job.

Die Büros füllten sich. Lopez wollte Gunnar nicht über den Weg laufen. Das Telefon klingelte, ihre eigene Nummer stand auf dem Display.

»Es passt gerade nicht, Bernhard«, antwortete sie schroff.

Jemand schwieg, bis sie endlich die Stimme ihres Mannes hörte. »Ist mir egal, ob es dir passt.« Seine Stimme klang kalt.

»Wie bitte?«, fragte sie.

»Was hast du dir eigentlich dabei gedacht?«, begann er das Verhör.

»Ich …«

Aber er unterbrach sie sofort. »Nein. Du hörst *mir* jetzt zu!« Lopez wollte etwas einwerfen, aber Bernhard ließ sie nicht zu Wort kommen. »Ich habe ihn unten abgesetzt, er kommt jetzt hoch.«

»Wer?«, hörte sie sich hilflos fragen.

»Warum hast du ihn eingeladen, wenn du keine Zeit mit ihm verbringst? Selbst Viktor hat sich seiner angenommen. Und ich. Natürlich ich und immer wieder ich. Dich kümmert diese Familie einen Dreck!« Er betonte jedes Wort. Als stanze er jeden Buchstaben aus einem Pappkarton heraus.

»Bernhard …«

»Wo warst du gestern Nacht eigentlich? Und vor zwei Tagen? Vergiss es!«, fügte er hinzu, ohne ihr Zeit für eine Antwort zu lassen. »Es interessiert mich nicht mehr.«

Lopez schwieg, weil sie nichts sagen konnte, was Bernhards Ärger lindern würde.
»Kümmere dich endlich mal um deinen Sohn! Du hast heute den ganzen Tag dafür. Es ist das mindeste! Es ist deine verdammte Pflicht!« Er formulierte nur noch Befehle. Wenn Bernhard wütend war, fiel die Raumtemperatur. Er brüllte nie, er sprach leise, präzise, grausam und eindringlich.
»Aber ich kann jetzt nicht …«, erwiderte sie schwach.
»Hör auf, Rosa! Du bist jetzt dran. Versuche zur Abwechslung mal, dich wie eine Mutter zu benehmen. Tessa ist mit meinen Eltern unterwegs. Dein Fußabtreter hat jetzt frei.«
Es knackte in der Leitung. Lopez lauschte dem Besetztzeichen. Bernhard hatte einfach aufgelegt. Sein Anruf überzog Lopez' Herz mit Frost.
Als sie hochschaute, stand Petja in der Tür. Dunkel, gutaussehend, arrogant. Ihr wunderschöner, wiedergefundener Sohn. Ihr Ebenbild.
Lopez spürte kurz, wie alles an ihr weich wurde, wie sie der Mut verließ. Wie Einsamkeit sich in ihr breitmachte. Und Hoffnungslosigkeit. Sie wollte weinen. *Nicht jetzt*, dachte sie. *Nicht hier, nicht jetzt.*
Petja lehnte sich an den Türrahmen und schaute sie unverwandt an.
Lopez dachte an Viktor, spürte, wie ihre Gedanken sich verselbständigten, wie sie panisch kreisten. Ausweglos seine, ihre Situation.
Noch nicht offiziell für tot erklärt. Solange das für Viktor galt, würde sie die Fassade aufrechterhalten. Lopez besann sich, atmete tief durch. Wenn nichts mehr möglich schien, ging immer noch etwas. Das hatte sie gelernt. Sie kontrollierte ihr Leben, diese Situation. Sie allein. Es lag an ihr, das Richtige zu tun. Sie war auf sich selbst angewiesen. Das konnte auch ein Vorteil sein. Mit ein paar Handgriffen vergewisserte sie sich, dass sie ihre Waffe bei sich trug und dass

sie auch geladen war. Petja richtete sich auf, überrascht zog er die Augenbrauen hoch.
»Du bleibst hier.« Nachdrücklich deutete Lopez mit dem Zeigefinger auf einen Stuhl.
Petja schüttelte den Kopf. Er wich einen Schritt zurück.
Lopez dachte nach. Sie konnten den Dienstwagen nehmen. Wenn Marita Nowak tatsächlich nach Hause ging, würde sie sie antreffen. Eilig strebte sie zur Tür. »Komm mit!«, rief sie Petja zu. Es war genau in diesem Moment, dass sie ein Ziehen im Unterleib verspürte.

Auf dem Küchentisch konnte man noch einen roten Schimmer erkennen. Wie eine Erinnerung an Leanders Kopf. Leander. Sie vermisste ihren Mann auf eine sehnsüchtige Art und Weise, die sie selbst erschreckte. Die alle anderen Gefühle überlagerte. Sie drückte Tabletten aus zwei Packungen. Eins, zwei, fünf, zwanzig weiße Pillen lagen vor ihr. Das Haus war verlassen, so wie sie gehofft hatte. Jimmy war in der Schule. Vor sechzehn Uhr erwartete sie ihn nicht zurück. Er war der Einzige, der sie hier noch halten konnte. Ihr Sohn. Ihr wunderbarer, loyaler Sohn. Ihr unschuldiges Kind. Der Einzige in ihrer Familie, der noch unschuldig war.
»Nein. Bitte nicht!«, hörte sie hinter sich.
Dass Caliban sich anschlich, kannte sie nicht von ihm. Normalerweise war es umgekehrt. Sie erschreckte ihn. Wie immer trug er seine Sonnenbrille, weil seine Augen sich nie mehr an Licht gewöhnen konnten. In der Hand hielt er die Axt.
»Du sollst deine Gartengeräte nicht mit ins Haus bringen!«, sagte sie müde wie zu einem ungehorsamen Kind.
Demütig neigte er wie immer den Kopf. Er wiegte sich hin und her, als müsse er Anlauf nehmen. Er murmelte etwas, zweimal, bis sie ihn aufforderte, deutlicher zu sprechen. »Er hat es nicht getan«, sagte er und schaute dabei den Fußboden

an. Die grüne Arbeitshose spannte über seinem Bauch. Sein teigiges Gesicht wirkte betrübt.

»Was meinst du damit?«

»Der Polizist.«

Jetzt hörte sie ihm ganz genau zu.

»Er hat Ihren Mann nicht umgebracht.«

Marita Nowak wunderte sich, dass er so freimütig mit ihr redete. Normalerweise benahm er sich verstockt. In sich gekehrt wie ein Autist. Niemals sah er sie direkt an, weil sie es ihm verboten hatte. Sie runzelte die Stirn. Er störte ihre Selbstzerstörungswut. »Woher willst du das wissen?«, fragte sie überrascht.

Er kam herein und setzte sich ohne Aufforderung auf einen der gelben Schalenstühle, die Hand auf seine Axt gestützt. Dass er sich im Haus herumtrieb, wenn sie im Krankenhaus arbeitete, hatte sie nie gestört. Für andere Menschen existierte er nicht mehr. Er war ein Kellerkind, das sich verbarg. Und gelegentlich ein Gärtner, den keiner wahrnahm, weil er niedere Dienste verrichtete. Obwohl er noch existierte, war er unsichtbar. Er mied Jimmy und ihren Mann, um sein Überleben zu sichern, kam nur aus dem Keller, wenn das Haus verlassen war, wenn sie es ihm gestattete. Bis zu diesem Moment. Sein Blick wanderte über den Tisch. Er erkannte die Tabletten. Wischte sich die feiste Hand an der Hose ab; er schwitzte.

»Was?«, herrschte sie ihn an, weil er so leise sprach. Bis sie ihn endlich verstand.

»Weil ich es war.«

Es gab in Marita Nowaks Leben nicht mehr viele Dinge, die sie durcheinanderbrachten. Jetzt rauschte es in ihrem Kopf. Das gedankliche Chaos, das seine Worte auslösten, zu bezwingen, gelang ihr nicht. Heiß und kalt überlief es sie. Ein Schock wie damals nach dem Telefonat mit Evelyn. »Aber warum?«, stotterte sie.

Es klingelte. Mit dem Wahrnehmen dieser bekannten Tonfolge wusste sie, dass sie die Dinge wieder sortieren musste. Dass ihr die Situation zu entgleiten drohte. Dass jetzt die Stunde der Abrechnung kam. Auf eine völlig unerwartete Art. »Versteck dich im Keller!«, befahl sie ihm. Herrisch, weil er ihren Anweisungen stets Folge leistete. Weil er es musste, nicht anders konnte. Er war ein kranker, gebrochener Mann. Danach erhob sie sich wie in Zeitlupe und zwang sich, zur Tür zu gehen. Eine hochschwangere Frau in Uniform stand davor und wies sich als Polizistin aus. LKA. Wie Viktor Saizew, von dem nur noch Asche übrig war. Sie warf einen Blick auf die Straße, sah den Dienstwagen, aber einen weiteren Polizisten sah sie nicht. »Sind Sie allein?«
Die Beamtin nickte. Nichts und niemand regte sich. »Kommen Sie doch rein«, sagte sie mit gespielter Freundlichkeit. »Und schließen Sie die Tür!« Gelassen ging sie vor und wartete vergeblich darauf, die Tür ins Schloss fallen zu hören. Aber die Polizistin folgte ihr. Marita Nowak erwartete, die Küche leer vorzufinden, doch Caliban saß noch am selben Platz. Es schockierte sie, dass er sich widersetzte. Es traf sie wie ein Richterspruch.
Mit der Axt bot er ein seltsames Bild.

Lopez entdeckte die Tabletten auf dem Tisch.
Wie ein Kurzfilm liefen die letzten fünf Minuten vor ihrem inneren Auge ab. »Warte hier!«, hatte sie Petja befohlen, der auf dem Rücksitz des Toyotas saß. »Wenn ich in zwanzig Minuten nicht wiederkomme, rufst du diese Nummer an! Verstehst du mich?!« Ihr Sohn nickte zögerlich.
Sie stieg aus und wusste, dass es ein Fehler war. Ein fatales Versäumnis, das sie niemals würde korrigieren können. Petja, ihr schutzbefohlen, ein weiteres Mal. Wieder ließ sie ihn allein. Diesmal konnte es keine Entschuldigung für sie geben. Sie entschied sich ganz bewusst. Sie hatte nur die Wahl

zwischen Pest und Cholera. Was sollte ihrem Sohn im Wagen schon passieren? Nichts. *Ich wähle*, dachte sie. *Ich muss Viktor wählen.* Und diese Ermittlungen, ihre letzte, wie ein Gnadenakt. Oder eine Obsession.

Sie starrte den Dicken an, der sich auf eine Axt stützte. Obwohl sie sich im Haus befanden, trug er eine Sonnenbrille. Um seine Hüften wand sich ein dünnes Seil, was Lopez nur von Mönchen kannte. *Wenn diese Menschen verdächtig waren, war es jeder Bürger in Berlin.* Wie stand es mit diesem hier? Er hatte kaum Augenbrauen, keinen Bartwuchs. Sein Gesicht glatt und haarlos wie Kinderhaut. Den Kopf hielt er gesenkt, als könne er sie nicht anschauen. Woher kannte sie dieses alterslose Gesicht? Es gab so gut wie keine Übereinstimmung. Hätte er sich ihr gegenüber nicht auf ein großes Beil gestützt, hätte das Seil nicht wie eine Initialzündung gewirkt, hätte sie nicht um das Foto in ihrer Tasche gewusst, das sie so oft betrachtet hatte, ohne es zu verstehen, hätte sie ihn vielleicht nicht erkannt. Doch sie erinnerte sich daran: das Bild. Ein Gesicht, das damals noch jünger, froher und schmaler war. Es war kaum zu glauben, aber *er* musste es sein. Er lebte noch. Marita Nowak und dieser dickliche Mann mit dem Beil. Zwei Monster befanden sich mit ihr in einem Raum. Lopez dachte über Verstärkung nach. Über das SEK, ganze Hundertschaften, und dass sie sich hier allein befand. Ruhig sagte sie: »Sie müssen Josef Bauer sein.«

Als er seinen Namen hörte, zuckte Bauer zusammen wie nach einem Stich. Hatte er seinen Körper vorher nur leicht gewiegt, wippte er nun aufgeregt vor und zurück. Wie unter einem inneren Zwang.

Marita Nowak sagte: »Nein. Das muss ein Irrtum sein.«

»Sehen Sie«, sagte Lopez, der nun alles ganz klar zu sein schien, »Sie sind nicht stark genug, einen Kopf mit einer Axt abzuhacken. Aber er, er konnte das.«

Marita Nowak schnaubte. »Das ist lächerlich. Nichts als

Vermutungen. Er ist nur unser Gärtner. Warum sollte er das tun?«, fragte sie selbstbewusst.
Etwas in Lopez' Unterleib zog sich zusammen. Sie kannte das Gefühl. Die Wehen setzten ein. Noch kamen sie in großen Abständen. Es erinnerte sie daran, dass sie nicht allein hier saß. Dass nicht nur ihr Leben in Gefahr war. Es erschien ihr mit einem Mal wie purer Wahnsinn, dass Petja sie begleitet hatte. Ausgerechnet heute hatte Bernhard sie im Stich gelassen. Früher oder später musste es passieren. Sie schob die Angst beiseite, weil diese Angst sie lähmte und sie aber funktionieren musste, ausgerechnet jetzt. Normalität: das fremde Land. Als sei dies eine völlig gewöhnliche Situation für alle Beteiligten, fuhr sie fort: »Sie haben diese Männer bestraft, nicht wahr? Aber warum?«
»Sie sind verrückt. Ich habe meinen Mann geliebt. Ich hätte ihm nie etwas antun können.« Es klang hysterisch. Und es klang wahr.
»Was geschah, bevor Ihre Schwester Evelyn ins Koma fiel?«, fragte Lopez.
Marita Nowak presste die Lippen aufeinander, bis sie blutleer, fast weiß erschienen. Josef Bauer schaukelte vor und zurück, vor und zurück. »Wir haben ...«, stammelte er, »wir haben sie ... genommen«, murmelte er gehetzt. Als gelte es, schnell zu gestehen, was ausgesprochen werden musste, bevor die Gelegenheit dazu vorbei war. Lopez benötigte einen Augenblick, um zu verstehen. Eine Vergewaltigung.
»Hör auf!« Mit Marita Nowaks Stimme hätte man Glas schneiden können. Bauer duckte sich regelrecht.
»Wen?«, erkundigte sich Lopez.
»Lyn«, sagte Bauer. »Lyn. Lyn, Lyn.« Beim dritten Mal verstand sie ihn.
»Nenn sie nie wieder so!«, fuhr Marita Nowak ihn an.
Bauer wich auf seinem Stuhl zurück. Lopez versuchte, das Verhältnis zu verstehen, das diese beiden verband.

»Was meinen Sie mit ›wir‹?« Eine Weile sahen sie nur zu, wie Bauer vor- und zurückschaukelte. Eine Hand auf dem Griff der Axt, deren Bewegung auf dem Boden quietschende Geräusche verursachte. »Martin Winter, ich und …« Es dauerte ewig, bis er leise sprach.
»Moment.« Lopez legte das Foto auf den Tisch. »Sie sind auch auf dem Bild, aber Sie leben noch.«
»Nein«, sagte er mindestens sechs Mal wie eine verkratzte Platte, die hängengeblieben war. »Nein, nein, nein …« Einen Moment lang hielt er inne, bewegte sich nicht mehr. Überdeutlich betonte er jedes Wort, als meißele er sie in die Luft. Als handele es sich um eine Erkenntnis, die jeder verstehen musste, um ein Wissen aus alter Zeit: »Ich lebe nicht. Ich vegetiere nur.« Traurig schüttelte er den Kopf.
Schweigen breitete sich zwischen ihnen aus, bis Lopez es unterbrach. »Aber wo waren Sie die ganze Zeit?«
»Schluss jetzt! Verlassen Sie mein Haus!« Marita Nowak stand auf. Sie wirkte weniger selbstbewusst.
»In ihrem Keller in Dänemark.« Jetzt nahm er die Sonnenbrille ab und legte sie auf den Tisch. Über seinen Augen lag ein milchiger Schleier. Wenn das, was er behauptete, stimmte, hatte er Jahre in Dunkelheit verbracht. Bauer bedachte Marita Nowak mit einem langen Blick, als breche er allein mit diesem Blick einen Bann. Seine Peinigerin setzte sich langsam wieder auf ihren Stuhl. Bauers Worte klangen ungeübt wie bei jemandem, der das Sprechen erst wieder erlernen musste. Dass er flüsterte, verlieh seinen Worten eine unheimliche Qualität. »Jahrelang«, hörte Lopez heraus und »dort unten« und »ohne Licht«. Die Intensität seines Schaukelns nahm mit jedem Detail zu. »Ich hatte Hunger und Durst. Ich friere heute noch.«
Lopez wagte kaum zu atmen. Alles entrollte sich vor ihr. Viktor sollte bei ihr sein. Aber er war tot. Obwohl sie die Wehe kommen spürte, verzog sie nicht das Gesicht. Nur ein

Ziel im Kopf. Gespannt schaute sie Josef Bauer an. Es war, als sei Marita Nowak gar nicht mehr anwesend. »Warum sind Sie überhaupt noch hier, bei ihr?«, fragte Lopez verständnislos.

Vor, zurück, vor, zurück – wie ein Uhrwerk, nur in einem verrückten Takt. Dazu sein heiseres Raunen, das Quietschen der Axt. »Weil ich meine Schuld abtrage. Tag für Tag und Stück für Stück.«

Lopez merkte dieser Antwort an, wie krank Josef Bauer nach diesen Misshandlungen war. Unheilbar krank, wie es ihr erschien. Konnte sie die nächste Frage wagen? »Warum haben Sie Ihrer Freundin Evelyn das angetan?«

Die Axt zitterte kurz unter seiner Hand. Aus wässrigen Augen schaute er sie an. Seine Worte ein heiserer, unruhiger Fluss, dem sie aufmerksam lauschen musste. »Die anderen haben sich über mich lustig gemacht. Und über Evelyn. Sie nannten mich Schlappschwanz und sie eine Behinderte. Wir hatten getrunken in dieser Nacht. Als Evelyn zu uns kam, habe ich es einfach getan. Rein, raus. Rein, raus.« Er wiederholte sich, bis seine Stimme kippte und Lopez beruhigend auf ihn einsprach: »Okay. Okay. Und was passierte dann?«

»Und danach die anderen auch.«

Aus Marita Nowaks Augen liefen Tränen. Aber sie weinte tonlos. Als seien diese Tropfen nur noch ein Symptom.

»Wann wurde dieses Foto aufgenommen?«, fragte Lopez jetzt.

»Am letzten Tag vor dem Ferienende.« Es schien, als habe Bauer nur auf den Tag gewartet, an dem er alles beichten konnte. »Sie behielt das Bild als Erinnerung an die Vergewaltiger von Lyn. Als Erinnerung an uns.«

Mit seiner bebenden Hand zeigte er auf Marita Nowak, die sich nicht rührte. Schweiß lief über seine Stirn. Sein Mund stand offen, er atmete schwer. Ein säuerlicher Geruch lag in der Luft.

Etwas ergab für Lopez dennoch keinen Sinn: »Aber warum musste dann Leander Nowak sterben?«
Bauer schwieg. Nur die monotonen Bewegungen seines Körpers sprachen noch. Es schien die Frage zu sein, die auch Marita Nowak sich gestellt hatte. Die einzige Frage, die noch offen war. Marita Nowaks Augen weiteten sich.
»Wer hat das Foto aufgenommen?«, fragte Lopez scharf.
Und weil Marita Nowak weiterhin schwieg und Bauer nur mit einem langen, harten Blick bedachte, lud die Situation sich weiter auf.
Lopez fragte sich, ob Bauer diesen Blick mit seinen trüben Augen überhaupt wahrnehmen konnte. Er spürte ihn aber sicherlich so wie eine unsichtbare Hand, die sich um seine Kehle legte. Er nickte zu seiner Peinigerin hin. »Ihr Mann«, flüsterte er. »Er hat mich dazu angestiftet«, stieß er hervor. »Er hat mitgemacht. Er hatte Spaß dabei.«
Lopez musste verarbeiten, was damals in dieser Nacht geschehen war. Was Jugendliche anderen Kindern antaten und wie die Katastrophe weiter Wellen schlug. Sogar noch aus der Zukunft zurück in die Vergangenheit, bis sich die Kreise überlagerten. Lopez schluckte.
»Du lügst«, spuckte Marita Nowak hasserfüllt.
»Nein«, sagte Bauer, »nein, nein, nein …«
Lopez schien es, als wolle er niemals damit aufhören. In Endlosschleife nein.
Aber er fand den Weg zurück, weil er sich von dem Vergangenen befreien musste: »Dann wäre ich in dieser Nacht nicht zu dir gekommen, um mich zu entschuldigen. Um ausgerechnet dir zu erzählen, was wir verbrochen hatten.«
Lopez bemerkte, dass er seine Herrin zum ersten Mal duzte. Wie er wieder und wieder um Verzeihung bat. Und dass jetzt ein weiterer Damm brach. Ein Pinselstrich fehlte noch, um das Bild zu vervollständigen. »Wie gelangten Sie danach zu Ihrem Haus in Dänemark?«, fragte Lopez ihn.

Schweißtropfen liefen ihm über das Gesicht. Ob es Tränen waren? Dunkle Stellen zeichneten sich auf seiner Kleidung ab. Lopez sah, wie Bauers Kiefer unter der Haut mahlten. Wie seine haarlose, helle Hand sich fester um den Axtgriff schloss. Ein harmloser, übergewichtiger, weicher Mann. Vor und zurück, vor und zurück.

»Jemand hat Sie gefahren, nicht wahr?«

»Leander fuhr mich. Bahnhof. Den Rest zu Fuß.« Schnell, heiser, abgehackt.

Man konnte ewig suchen und nie finden, aber jetzt stellte sich die Erkenntnis ein.

»Sie alle sahen, wie sie an dem Münzapparat telefonierte. Aber sie durfte sie nicht verraten. Auf keinen Fall. Da überfuhren sie Evelyn. Und begingen Fahrerflucht.«

»Leander fuhr«, schluchzte er.

»Aber Martin und Sie haben stillschweigend mitgemacht.«

Marita Nowak wirkte fast gleichgültig. Ihr Gesichtsausdruck schien jeglicher Emotion beraubt.

Lopez zeigte auf sie. »Wie konnte diese schmale Frau Sie damals überwältigen? Einen Jungen, größer und stärker als sie.«

Hilflos zuckte er mit den Schultern. Als verstehe er es bis heute nicht.

»Vielleicht hat sie Sie betäubt.«

»Milch. Ein Glas Milch.«

Hatte Marita Nowak Bauer etwas in sein Glas gemischt? Manche Details erfuhr man nie genau. Man konnte sie nur erraten. Dennoch schloss sich für Lopez hier ein Kreis. »Haben Sie das auch mit Viktor Saizew gemacht?«, fragte sie die Ärztin. In diesem Moment dachte sie selbst ganz bewusst über Rache nach. Und darüber, ob sie den Tag mit zwei geistig verwirrten Menschen in einem Raum überleben würde. Beides Mörder, die sich irrational und unberechenbar verhielten. Wo blieb die Verstärkung, die sie nicht gerufen hatte?

Nicht mehr rufen konnte. Viktor, der ihr bisher den Rücken stärkte, fehlte mehr denn je. Sie fühlte sich allein und exponiert. Wie viel Zeit war vergangen, seitdem sie aus dem Dienstwagen gestiegen war? Hatte Petja die Nummer schon gewählt?

Aber Marita Nowak reagierte kaum. »Leander hat Evelyn …?«, stotterte sie, als ob sie die Frage überhaupt nicht gehört hätte. »Und danach hat er mich geheiratet?« Als könne sie nur noch in Fragmenten sprechen. Fassungslos, aller Illusionen beraubt.

Bauer nickte. Ein paar Millimeter hob er die Axt und ließ sie auf den Boden zurückprallen. »Bring mir seinen Kopf, hast du gesagt!«

»Aber«, fiel sie ihm ins Wort, »ich meinte Martin damit. Das Schwein!«

Bauer schüttelte träge den Kopf. »Nein.«

Lopez hoffte inständig, dass er das Wort nicht unzählige Male wiederholen würde. Mord als Missverständnis, als Lapsus in der Kommunikation. Aber er sagte nur – und es klang fast normal: »Das war der Auftrag, den du mir gegeben hast, als Lyn im Sterben lag: Alle Schuldigen sollten sterben. Schuldig war auch dein Mann.«

Marita Nowak murmelte: »Ich wusste doch nicht, dass auch er …«

Bauer ergriff mit beiden Händen den Stiel der Axt. »Bei deiner Schwester hat er angefangen, und bei dir hat er damit weitergemacht.« Zu vergewaltigen. Er sagte es nicht, und dennoch schien jeder Buchstabe deutlich sichtbar im Raum zu stehen. Was hatte Bauer in den vergangenen Jahren alles gesehen und gehört? Vor, zurück, vor, zurück. Sein Körper spiegelte die aussichtslose Situation.

Marita Nowak war eine starke und gequälte Frau. Lopez stellte fest, dass sie sich jedoch in puncto Grausamkeit nicht grundlegend von ihrem Ehemann unterschied.

41

Sie haben den Mörder immer noch nicht gefasst?!«
Groß' Anklage in Frageform stand immer noch im Raum, als Gunnar endlich auf das Klingeln seines Telefons reagierte. Es schien eine glückliche Fügung zu sein, dass es sich ausgerechnet in dem Moment meldete, als er kurz vor der Kündigung wegen Inkompetenz stand. Gunnar lauschte, dann sprang er auf. Nichts mehr hielt ihn auf seinem Platz. »Gott sei Dank!«, rief er in den Hörer hinein. »Danke, Frau Hansen. Und halten Sie uns auf dem Laufenden!« Er verabschiedete sich und legte auf. Kurz fuhr er sich mit den Fingern durch das Haar. Wenn Henning Groß nicht da gewesen wäre, hätte er vielleicht vor Erleichterung geweint. »Sie haben ihn gefunden«, sagte er.
Groß runzelte die Stirn. »Wen?«
»Viktor Saizew.« Gunnar erklärte die Situation, weil Groß ihn nicht zu verstehen schien. Dass er unbefugt eine Verdächtige befragen wollte. Dass er ihr nachgereist sei bis nach Dänemark. Dass diese ihn betäubt, gefesselt und danach das Haus angezündet habe, in dem Saizew gefangen war. In Groß' Blick lag mehr als Fassungslosigkeit.
»Wie hat er das nur wieder überlebt?«, fragte Groß gespannt. Als sei Viktor ein Seriencharakter, der nicht totzukriegen war.
»Weil er im Keller lag. Über ihm ist alles bis auf die Grundmauern abgebrannt.«
»Und wer ist Ihr Verdächtiger?«
»Marita Nowak.«
Groß' Blick schnellte zu Gunnar. »Leander Nowaks Frau?«
Gunnar nickte. Er wappnete sich gegen das, was jetzt kommen würde. Er hatte gelernt, Krisen zu überstehen. Ausgerechnet jetzt verlor er seinen Job.

Doch Groß schien nachdenklich. »Sie wissen, dass wir uns kennen?«, erkundigte er sich vorsichtig.
Gunnar antwortete: »Jeder weiß das hier.«
»Wir trafen uns oft in den Urlauben in Dänemark. Sie wirkten wie nette Leute. Ganz normal.«
Gunnar hatte in seinem Beruf gelernt, dass die wenigsten Dinge, die normal wirkten, es auch tatsächlich waren.
»Es wäre mir recht«, sagte Groß, »wenn wir meine lose Verbindung zu diesen Leuten nicht an die große Glocke hängen würden.«
Gunnar dachte über lose Verbindungen nach. Groß bot ihm im Tausch gegen diese Gefälligkeit Strafmilderung an. Weil er die Katastrophe nicht aufgehalten hatte. Ein Tadel, aber kein Verlust seiner Position. Er nickte knapp. »Wenn es bei einer losen Verbindung bleibt«, pokerte er und hoffte im gleichen Atemzug, nicht zu viel gesetzt zu haben. Doch ein Ass behielt er im Ärmel. Die Verbindungen seines Amtschefs zum Verfassungsschutz. Alles hing davon ab, wie sich die Situation entwickelte.
»Natürlich!«, antwortete Groß etwas zu schnell.
Gunnar wusste wie Groß selbst, dass er log.
»Wo ist Marita Nowak jetzt?«, fragte der Innensenator interessiert und schnell.
Gunnar fühlte sich unwohl. Wie jemand, der am kürzeren Hebel saß. Groß' Fragen drängten ihn in eine Ecke, in der er nicht gern stand. »Das wissen wir leider nicht.« Kaum tauchte ein Verschollener wieder auf, verschwanden andere. Er verschwieg Groß, dass es vieles gab, das er nicht wusste. Zum Beispiel, wo Lopez sich gerade aufhielt. Seine einzige Mitarbeiterin, die in dieser Angelegenheit noch etwas auszurichten vermochte.

»Was ist mit Sevim Winter und ihrem Kind?«, fragte Lopez in den Raum hinein.

»Ich habe Martin alles genommen. Zuerst die Sicherheit, danach seine Frau und dann das Kind«, erklärte Marita Nowak. Sie gab es freimütig preis. Jede einzelne, sadistische Idee. Als komme es jetzt nicht mehr darauf an.
»Nicht sie. Ich habe es getan«, wandte Bauer ein. Noch immer schaute er einen Punkt auf dem Fußboden an. Lopez dachte an die verschwundenen Briefe, an einen Verfolger in einem Wagen, der ständig wechselte, an eine Katze, die ihr Leben dafür ließ. Daran, dass niemand Martin Winter glauben wollte, als er sich verfolgt fühlte. Danach dachte sie an Sevim und ihr Kind, zwei weitere Kollateralschäden in einem perfiden Plan.
»Aber warum haben Sie all das für sie getan?«, hörte Lopez sich fragen. Wie tief musste ein Mensch erniedrigt werden, um so zu funktionieren?
Er wischte sich unsicher eine Hand an der Hose ab. Verzog den Mund zu einem schmalen Lächeln und wirkte danach wieder ernst. Das Wippen ebbte ab. Ganz ruhig saß er vor ihr. »Darin bestand meine Buße«, sagte er deutlich und klar. »Als sie mich freiließ, hätte ich alles für sie getan. Sie war gut zu mir, hat mich gepflegt.« Eine ferne Erinnerung.
Lopez seufzte unterdrückt, weil ihre Bauchmuskulatur sich zusammenzog und weil sie das Ausmaß von Josef Bauers Trauma kaum begreifen konnte.
»Ich habe sie geliebt«, sagte er leise und meinte damit die Frau, die ihn jahrelang misshandelt hatte. Lopez fragte sich, was für eine Frau die Schwester seiner Mutter wohl gewesen sein mochte. Die Frau, die ihn großgezogen hatte. Die ein Kind brauchte so wie er eine Mutter, die nur ihm gehörte. Marita Nowaks Vorgängerin. Vielleicht vergleichbar in Überlegenheit und Grausamkeit? Josef Bauer hatte von der Pike auf gelernt, dominanten Frauen gefällig zu sein.
»Liebe. Du weißt gar nicht, was das ist, Caliban«, fuhr Nowak ihn jetzt an.

Unsicher zuckte Bauers Blick auf dem Boden hin und her. Prompt nahm er seine monotonen Bewegungen wieder auf. Lopez fragte sich, ob sie sich verhört hatte. Hatte Marita Nowak ihr Spielzeug tatsächlich nach dem Wilden aus Shakespeares »Der Sturm« benannt? Selbst Bernhard würde ihr das nicht abnehmen. Falls er überhaupt noch mit ihr sprach. Falls sie ihn noch wiedersehen würde. Niemand kam, und niemand klingelte. Vielleicht hatte Petja nicht verstanden, was sie von ihm forderte. Und dass ihr Leben davon abhing, wenn er es vergaß oder versäumte. »Sie haben *ihn* für Ihre eigene Rache benutzt?« Lopez stellte fest, wie schön und einnehmend Marita Nowak schien. Wie leicht jeder einer Ärztin vertraute, die den Menschen helfen sollte.
»Rache ist das falsche Wort«, korrigierte sie Lopez, als handele es sich nur um ein semantisches Problem. »Ich habe es aus Liebe getan. Aus Liebe zu Evelyn.«
Lopez hatte bisher nur geahnt, wie viele falsche Konzepte von Liebe es geben konnte. Wie austauschbar Liebe und Hass wurden, wenn Menschen verzweifelten. Wenn sie sich hilflos fühlten. Lopez stöhnte hörbar.
Marita Nowak warf ihr einen wissenden Blick zu. »Die Wehen setzen ein«, stellte sie zufrieden fest. Als wisse sie, dass Lopez schwächer würde. Als habe sie bereits einen neuen Plan. Als warte sie nur auf die passende Gelegenheit. Als sei es nur eine Frage der Zeit, bis der nächste Bauer fiel. In diesem mörderischen Spiel.
Aber Lopez würde sich nicht hinreißen lassen, ihr zu antworten. Noch beherrschte sie die Situation. Sie zwang sich, genau das zu glauben. Lopez äußerte den Satz, der überfällig war: »Ich nehme Sie beide fest. Wegen Mordes und Anstiftung zum Mord. Wegen Entführung und Geiselnahme, wegen Falschaussage und …« Der Haftrichter würde seinen Ohren nicht trauen, wenn er das hörte. Sie musste konzentriert ausatmen, da die Schmerzen stärker wurden. Das

schlechte Timing ließ darauf schließen, dass diesem Kind die Gerechtigkeit egal war. Hatte sie zu lange gebraucht, um die Zusammenhänge im Wannsee-Fall zu erkennen, kam dieses Kind zu früh. Es musste Bernhards Ungeduld geerbt haben. Aber Bernhard war nicht da. Kein SEK, kein Held. Nichts. Auch Petja hatte sie im Stich gelassen, erkannte sie mit einer Klarheit, die sich wie eine finale Ruhe über sie legte.

»Nein«, sagte Bauer und schüttelte seinen rundlichen Kopf. »Nein, nein, nein.«

»Denken Sie an Ihre Eltern!«, warnte Lopez ihn. »Sie vermissen Sie. Nach all den Jahren haben sie die Hoffnung noch nicht aufgegeben.« Sie wusste, was das bedeutete. Sie kannte jede Facette dieser Gefühle ganz genau.

»Die Plakate«, flüsterte Bauer nachdenklich. »Meine Eltern haben mir so sehr gefehlt, dass ich mir nicht vorstellen kann, dass es sie wirklich gibt.«

Marita Nowak sah Josef Bauer seltsam an. »Wieso?«, fragte sie, als ob das alles sei, was am Schluss noch geblieben war. »Wieso wendest du dich ausgerechnet jetzt gegen mich?«

Vor, zurück. Vor, zurück. Bauer antwortete abgehackt und wie verwischt: »Weil ich deinen Auftrag noch beenden muss.« Er wog die Axt in seiner Hand. Eine Axt, die Köpfe von Körpern trennte. Ein dicklicher Mann mit dünnem Haar und wasserblauen Augen. Ein Mann mit einem Seil, das er um Hälse legte. Mehr war da nicht.

»Legen Sie die Axt weg! Jetzt sofort!«, befahl Lopez ihm. Wasser lief ihr die Beine hinab und sammelte sich in einer Pfütze auf dem Boden unter ihr.

Bauer ignorierte sie völlig. Er erhob sich schwerfällig und, obwohl er immer noch zu Boden sah, ging auf Marita Nowak zu.

Die saß still und schaute ihm ins Gesicht. »Das tust du nicht«, sagte sie verächtlich. Ihre Hände lagen ruhig vor ihr auf dem Tisch.

Lopez wollte ihre Dienstwaffe ziehen, aber eine Wehe zwang sie, sich ausgerechnet jetzt zu krümmen. Ein Stöhnen entrang sich ihrer Kehle. Unkontrolliert. Sie hörte ein Geräusch. Es klang nach einer Bohle im Parkett, die knarrte. »Bauer. Lassen Sie das! Dafür haben Sie all das nicht überlebt«, rief sie ihm zu. *Einatmen, ausatmen!,* befahl sie sich. Ein Krampf bog sie wie einen Zweig, der zerbrechen sollte. Sie ging zu Boden, ihre Finger rutschten durch das Fruchtwasser. Wie in Zeitlupe suchte ihre rechte Hand nach dem schweren Ledergürtel unter ihrem Bauch. Aber da lag schon eine Hand. Sie erahnte mehr, als dass sie wusste, dass jemand ihr die Pistole aus dem Hüftholster riss. Lopez verstand nicht, Sekundenbruchteile spielten sich wie bei einem alten Projektor Bild für Bild einzeln ab, der Augenblick dehnte sich. Sie wollte sich vergewissern, aber Josef Bauer zog ihre Aufmerksamkeit völlig auf sich. Er hielt die Axt über den Kopf. Freiheitsstatue oder Jeanne d'Arc? Auf dem Standbild hatte der Mann die Frau und das Beil Flamme und Schwert ersetzt. Lopez sah auf und begriff: In dieser Flugbahn würde das Beil Marita Nowak spalten. Der Henker und sein Opfer in bestem Einvernehmen. Weil beide nichts mehr zu verlieren hatten. Auch dieses Gefühl war Lopez bekannt.
Sie schrie laut »Nein!«, aber Marita Nowak betrachtete ganz ruhig ihren Scharfrichter, der das Beil fallen ließ. Mit einem scharfen Zischen teilte es die Luft. Ein Schuss ertönte, und die Axt änderte ihre Richtung. Sie sauste an Nowaks Kopf vorbei, bis die Tischplatte das Werkzeug stoppte. Nur Zentimeter neben ihren rotlackierten Fingernägeln. Die Schneide grub sich in das Holz. Josef Bauer lag auf den Küchenfliesen und sah die Zimmerdecke an. Auf dem Latz von Bauers grüner Arbeitshose bildete sich ein tiefroter Fleck. Lopez kroch auf ihn zu und presste ihre Hand auf seine Brust, wo die Kugel ihn getroffen hatte. Noch hallte der Knall in der Küche nach. Lauter als der Donner des Gewitters, der wie

eine Fußnote des Schicksals klang. Petja stand breitbeinig dort, wo Lopez noch Sekunden vorher gekauert hatte. Seine Lippen zu einem schmalen Strich zusammengepresst, die Augen kalt und konzentriert. Ihre Dienstwaffe hielt er mit beiden Händen vor sich. Seine Haltung glich der ihren, wenn sie am Schießstand übte.

»Nein!«, keuchte Lopez, weil das hier nicht passieren durfte. Weil es dennoch geschehen war. Als sie sich umsah, schluckte Marita Nowak gerade die Pillen, die noch auf der Tischplatte lagen.

»Wer ist das?«, fragte Marita Nowak erstaunt.

»Sag nichts«, stieß Lopez hervor, und Petja schwieg.

»Ein Kind!«, rief Marita Nowak mit einem Lachen aus.

Lopez bemerkte, dass sie selbst verhalten schluchzte.

»Sie sind zu bemitleiden«, sagte Marita Nowak leise. »Der Junge hat ihm einen Gefallen getan.«

Hilflos schaute Lopez auf das Blut, das warm zwischen ihren Fingern hervorquoll. »Luis«, murmelte sie unhörbar seinen Namen, den sie ihm bei der Geburt gegeben hatte. Trauer überkam sie wie eine haushohe Woge, die den Schwimmer mit sich riss. Dann lauter, weil es nicht zu fassen war: »Wieso …? Woher kannst du das?«

Er senkte die Waffe, kam zu ihr, fast vertraulich, das erste Mal, und flüsterte deutlich in nahezu akzentfreiem Deutsch in ihr Ohr: »Ich habe meinem Vater in Moskau schon häufig dabei zugesehen. Er hat es mir beigebracht.«

Vor Lopez tat sich ein Abgrund auf. Zitternd beobachtete sie, wie sich Bauers Blut und ihr Fruchtwasser auf dem Boden miteinander mischten.

»Ein Junge hält das Schicksal auf«, sagte Marita Nowak verwundert. »Oder er jongliert damit. Und Sie« – sie funkelte Lopez an – »haben Bauer geholfen, seinen Auftrag zu beenden. Der Dummkopf wollte sich selbst richten. Aber das haben Sie beide jetzt für ihn getan.« Enttäuscht schüttelte

Marita Nowak den Kopf. Nichts schien sie noch zu überraschen. Nicht einmal ein Kind, das Gott spielte. Als könne sie nicht glauben, wie durchschaubar alles war. Als enttäusche es sie, dass sie nicht durch Bauers Axthieb hatte sterben dürfen und dass die Polizei sich derart vorhersehbar verhielt.

Eine Wehe ließ Lopez zusammenklappen, unterdrückt schrie sie den Schmerz hinaus. Um sie herum nur klebrige Feuchtigkeit. Verzerrt hörte sie Bauers Stimme: »Ich hätte niemals Kinder zeugen können.«

»Warum mussten Sie uns dazu zwingen?«, stieß sie gepresst hervor. Ihre Familie war verdammt. Ihr Sohn ein Scharfrichter so wie sie noch vor einem halben Jahr. Im Resultat unterschied sie nicht mehr viel von Marita Nowaks Grausamkeit. Auf diese Art äußerte sich das Schicksal, dem nicht zu entkommen war. Diesem Glücksspieler, dessen System unfehlbar funktionierte, obwohl es niemand begriff. Lopez folgte nur einer Partitur, die ein Irrer dirigierte. Warum, weshalb? Aber sie redeten aneinander vorbei. Kommunikation als Unmöglichkeit. Die Zeit zog sich wie ein unendlich dehnbares Gummiband, in dem sich ein Haarriss weitete. Lopez hörte Bauer das Wort »Erlösung« hauchen, das wie eine Frage klang. Petja setzte sich wachsam auf einen der gelben Schalenstühle. Aus seiner hinteren Hosentasche zog er sein Handy.

Lopez starrte auf seine Finger, die über die glatte Oberfläche wischten.

Es knackte kurz, dann hörte sie Bauers Stimme: »Das war der Auftrag, den du mir gegeben hast, als Lyn im Sterben lag: Alle Schuldigen sollten sterben.«

Petja legte das Handy vorsichtig auf den Tisch. Lopez lauschte der Aufnahme und stellte fest, dass ihr Sohn alle Geschehnisse aufgezeichnet hatte. Er musste ihr unauffällig gefolgt sein, kaum dass sie das Haus betreten hatte. Weil er das Richtige tun wollte. Berechnend und klug. Die abgefeu-

erte P6 hielt er wieder in der Hand. Sie lag wie eine Drohung ruhig auf seinem Knie.
Marita Nowak hockte daneben, horchte und wartete. Rote Spritzer zierten die helle Haut ihres Gesichts.

42

Vier Wochen später hockte Viktor auf dem nachlässig gemachten Krankenhausbett und kam sich vor wie ein Gefangener, der endlich offiziell entlassen wurde.
Detlev aus der Kriminaltechnik lehnte an der Wand. Eine teure Ledertasche stand neben seinen Füßen. »Hinterhältig, dir die falschen Medikamente zu verschreiben«, sagte er.
Das fand Viktor auch. Diese Tabletten hatten ihn krank gemacht. Eine klinische Studie dafür existierte nicht und hatte auch nie existiert. Wie früh diese Frau ihn bereits manipuliert hatte. Sobald sie wusste, dass ausgerechnet er in einem Verbrechen ermitteln würde, das sie selbst betraf. Und als er an seine ehemalige Ärztin dachte, stand sie nicht nackt vor ihm, sondern behielt ihre körperlichen Proportionen, verzerrte sich nicht, trug keinen Heiligenschein und streichelte ihn auch nicht. Auch seine Mutter tauchte nicht aus dem Grab wieder auf. Vor seinem inneren Auge sah er einfach nur eine blonde Frau. Die einzige Verbindung zu seinen Halluzinationen bestand darin, dass sie noch immer weiße Kleidung trug. Viktor hatte auf dem viel zu kleinen Fernseher in seinem Krankenzimmer die Berichterstattung über diesen Fall verfolgt und erfahren, dass Marita Nowak mit lebenslanger Haft zu rechnen hatte.
Dank ihr stand auf seiner eigenen Krankenakte die Diagnose medikamenteninduzierte paranoide Schizophrenie gleich

neben Verbrennungen, Rauchvergiftung, Hirntumor und Herzinfarkt.

»Was macht das Herz?«, erkundigte sich Detlev ohne Umschweife.

Viktor ging davon aus, dass er nicht seine schicksalhafte Verstrickung mit einer Mörderin meinte. »Schlägt wieder«, antwortete Viktor kurz.

»Und? Gibt Gunnar dir deine Marke zurück?«

»Sag du es mir!« Viktor wusste es noch nicht.

»Ich kenne nicht viele, die diesen Scheißjob überhaupt noch machen würden«, antwortete Detlev ausweichend.

»So wie du und ich?«, fragte Viktor.

Detlev nickte. »Genau so.«

Viktor schnürte sich seine Schuhe. »Was willst du eigentlich hier?«, fragte er, weil sein Kollege normalerweise keine Krankenbesuche machte.

Detlev hob seine Tasche hoch, um sie neben Viktor auf dem Bett abzustellen. Er entnahm ihr eine Laufakte. »Du hattest mich da was gefragt. Die Kleidung, die ich überprüfen sollte.«

Viktor dachte an Trixi, die ihn täglich besucht hatte. Er akzeptierte, dass sein Kollege die dramatische Pause auskostete. »Du hast noch keine Vergleichsprobe von mir«, bemerkte er.

»Nicht von dir. Aber eine Übereinstimmung fand ich trotzdem. In unserem eigenen System.«

Viktor sah Detlev fragend an.

»Die DNA beweist einen Verwandtschaftsgrad zu Leander Nowak. Von dem hatten wir ja jede Menge Blut.«

Viktor rieb sich kurz die Stirn, weil er nicht begriff, was das zu bedeuten hatte.

Detlev reichte ihm ein Zeitungsbild, das er akkurat ausgeschnitten hatte. »Kennst du den?«

Viktor musste einen Augenblick überlegen, bis es ihm wie-

der einfiel. Der Junge, den er mal im Treppenhaus getroffen hatte. Damals trug er eine Hose, die tief auf der Hüfte saß. Noch wehrte er sich gegen den Zusammenhang. Er dachte an Trixis Privatschule in Pankow. An neureiche Kids, die kreativ gestalten sollten. An Chinesisch, das dort unterrichtet wurde. An Schulfreunde.
»Das ist Jimmy Nowak.«
Viktor fiel es schwer, zu glauben, dass die gesamte Familie aus Vergewaltigern bestand. Und doch machte es Sinn. Zwangsläufig wie die Vollstreckung eines Todesurteils. Wie der Vater, so der Sohn. Wenn Söhne Mütter liebten. Eine Erkenntnis flammte in Viktor auf, die in eine Frage mündete: Was machte das aus ihm selbst?
Jimmy hatte Trixi damals in den Park begleitet. Ob Trixi den Freund mit ihrem Schweigen schützen wollte? Oder hatte sie tatsächlich nicht gewusst, dass er es war? Vielleicht fürchtete sie sich, was Viktor mehr als alles andere verstanden hätte. Viktor nahm die Akte entgegen. »Danke«, sagte er. Die DNA spiegelte wider, dass Vater und Sohn sich eine Art des Verbrechens teilten. Wie diese Schuld zwei Generationen prägte. »Du hast was gut«, fügte er hinzu.
»Tumorbonus«, sagte Detlev kurz und, »schon gut«, womit er seine Tasche zuklappte.
»Eine Frage noch.«
»Schieß los!«, forderte Detlev Viktor auf.
»In welchem Zimmer sterben wohl die meisten Menschen einen gewaltsamen Tod?«
Detlev runzelte im Unverständnis die Stirn. »Ist das eine Umfrage?«
»Küche, Wohnzimmer, Bad?«, ergänzte Viktor.
Detlev überlegte kurz. Seine Antwort fiel ebenso kurz aus.
»Dachböden.«
»Dachböden?«, wiederholte Viktor wie ein begriffsstutziges Kind.

»Weil man sich da gut erhängen kann.« Kurz überprüfte Detlev den Sitz seines dunkelblauen Anzuges. »Bis morgen dann!«, rief er Viktor zu und lachte.
»Bestimmt«, antwortete Viktor mit einem Wink. Dachböden. Keller konnten es nicht sein. In Kellern überlebte man. Zumindest bis auf weiteres. Er sah auf die Uhr. Noch eine halbe Stunde. Dann würde sie ihn abholen.

43

Das ist er«, sagte Mila glücklich. Damit schob sie den Alten an den Schultern zu Viktor hin.
Viktor betrachtete den Mann. Einen Augenblick zuvor hatte er noch geglaubt, seinen Augen nicht zu trauen. An einem Tisch saß ein anderer älterer Herr mit dichtem, grauem Haar. Er brütete über einem Kreuzworträtsel. Ein Zug um seinen Mund erinnerte ihn sofort an sie. Marita Nowaks Großvater wirkte fit und gesund. Er besaß eine natürliche Eleganz, an der Viktor seine Ärztin immer erkannt hatte. Viktor fragte sich, ob die Gewalt – ebenso wie familiäre Ähnlichkeiten – vielleicht eine Generation übersprang. Kurz streifte sein Blick Viktor.
Freundlich nickte Sigurd Möller ihm zu. Wie einem Fremden, nicht wie einem Mann, dem er schon einmal begegnet war. Und Viktor dachte nur: *Bitte nicht er! Lass es nicht Marita Nowaks Großvater sein, für den Babuschka schwärmt!* Dass er von allen Altersheimen ausgerechnet im St. Kamillus gelandet war, konnte kein Zufall sein, sondern nur das Schicksal, das Viktor stets verfolgte wie ein hungriges Tier. Dieser Fall stellte ihm nach. Manche Verfolger wurde man niemals los.

Der Aufenthaltsraum in St. Kamillus wurde rege genutzt. Senioren spielten Mühle und Kartenspiele, und einige diskutierten Artikel aus der »ZEIT«. Ein Fernseher lief, darauf ein Nachrichtensprecher von n-tv. Es roch nach Mittagessen, das kurz bevorstehen musste. Zahlreiche Geräusche umbrandeten Viktor, was es für ihn mühsam machte, sich auf seine Großmutter zu konzentrieren.
»Guten Tag, mein Herr!«, sagte der alte Mann und schüttelte Viktor die Hand. Seine grauen Haare waren kurz gehalten. Die sportliche Kleidung betonte seinen aufrechten Gang. Dass er schon fast neunzig Jahre alt war, sah man ihm nicht an.
Mila beobachtete Viktors Gesicht: »Kennt ihr euch?«
Ihr Freund schüttelte den Kopf: »Nein, mein Schatz! Woher?«
Viktor verneinte ebenfalls und verspürte zum ersten Mal seit Tagen unbändiges Glück. Manchmal streifte man das Unheil nur, manchmal ging es vorbei und traf einen anderen.
»Wirklich?«, fragte Mila skeptisch nach. »Bei dir wundert es mich nicht«, sagte sie zu dem alten Herrn, der an ihren Lippen hing. Konspirativ beugte sie sich zu Viktor hin. »Er ist dement. Manchmal weiß er überhaupt nicht, wer ich bin«, flüsterte sie. »Mich stört das nicht«, ergänzte sie, »weil er sich immer wieder neu begeistern kann.«
Viktor fand eine fehlende Erinnerung mittlerweile gnädig. Fast beneidete er den Freund seiner Babuschka darum.
Mila schwärmte schon von der Hochzeit. Viktor lächelte bemüht. »Wir wissen nur noch nicht, wo die Hochzeitsreise hingehen soll«, sagte sie aufgeregt.
Viktor überlegte kurz. Er freut sich für seine Großmutter, die er noch nie so glücklich erlebt hatte. »Wie wäre es mit Moskau?«, schlug er vor.
Milas Augen strahlten. »Das wäre spektakulär!«

Für den Monat Juni gab sich das Wetter kühl und ungemütlich, als sei das Klima darauf bedacht, frühere Exzesse wieder auszugleichen. Ein scharfer Wind wehte, und die Bäume bogen sich und knackten. Unter Viktors Schuhen knirschte der Kies. Eine kleine Gruppe zog ihn magisch an. Vielleicht zehn Leute, die sich um ein offenes Grab versammelt hatten. Als Viktor näher kam, hörte er, wie der Pfarrer tröstliche Worte sprach. Kurz nickte Viktor Josef Bauers Eltern zu, bevor er sich dazustellte. Mit der Belohnung von zwanzigtausend Euro hatten sie eine Stiftung ins Leben gerufen, die bei der Suche Vermisster half. Tayfun Acay hatte Viktor berichtet, wie sehr ihn das in seiner Arbeit unterstützte. In Zeiten, in denen es nur geringe offizielle Mittel für diejenigen, die vermisst wurden, gab. Obwohl Viktor religiöse Bräuche überflüssig fand, faltete auch er die Hände, als die anderen beteten.

Nur er wusste, was die Obduktion Josef Bauers ergeben hatte. Man hatte ihm die Hoden abgetrennt. Marita Nowak hatte ihn kastriert. Als Chirurgin verfügte sie über die nötigen Kenntnisse. Erst jetzt fragte sich Viktor, was die Schwester von Frau Bauer wohl mit ihrem Neffen angestellt hatte. Wie viel noch im Dunkel lag und dort auch weiter lauern würde. Der Junge hatte die dominante Tante gegen eine grausame andere Frau eingetauscht. Bis ihm alles genommen worden war. Auch seine Potenz. Als habe sich sein Schicksal alternativlos bis zur Katastrophe zugespitzt. Für manche musste der Tod eine Erlösung sein.

Siska erläuterte Viktor, dass Bauer deshalb unter Fettsucht und Depressionen gelitten hatte und dass sein Körper aus diesem Grund kaum Körperbehaarung aufwies, dass Marita Nowak ihn wegen der Depressionen zu den Morden zwingen konnte, die er aus eigenem Antrieb nicht begangen haben würde. Viktor wusste, dass circa fünfhundert Kilometer weiter nördlich Evelyn Möller in der Nähe von Kopenhagen beerdigt worden war. Als Junge hatte Josef Bauer sie geliebt. In einer Nacht war beiden die Zukunft genommen worden. Beide lebten danach in einer Parallelwelt weiter, die das Prädikat Leben nur bedingt verdiente. Heimlich beobachtete Viktor die blonde Frau, die an seiner Seite stand. Erdklumpen prasselten auf den Sarg, wo sie sich mit ein paar Rosen mischten.

Die blonde Frau drehte sich ihm zu und schüttelte ihm die Hand. »Sie müssen Viktor Saizew sein«, flüsterte sie und lächelte. Sie trug eine große Hornbrille. Ein Windstoß blies ihr die blonden Haare ins Gesicht. »Mette Hansen heiße ich. Ich bin die Amtshilfe.«

Ihr Deutsch war makellos, ihre Zähne gerade und von einem strahlenden Weiß.

Zum Glück drehte ihr Viktor sein funktionierendes Ohr zu. Er verstand sie gut. »Freut mich«, sagte er und meinte es auch so.

»Und das ist Rasmus Madsen, der damals den Fall Bauer bearbeitete«, stellte Hansen ihren Begleiter vor. Viktor nickte dem älteren Mann zu, der aufgeweckt und fit wirkte.

»I wonder: Is it good to know, that Josef Bauer was finally found?«, fragte Madsen.

Viktor verstand Englisch nur schlecht, weshalb er mit den Schultern zuckte.

»It brings this investigation to an end«, antwortete Hansen.

Diesmal begriff Viktor das Gesagte sofort. Ende. Aus. Jede Geschichte brauchte einen Schluss.

Am Kopf des offenen Grabes steckte ein provisorisches Holzkreuz. Josef Bauer, dessen Existenz jahrelang als unwahrscheinlich galt, Kellerkind, Kellermann, der nicht einmal mehr irgendwo gemeldet war, der das Grundstück der Nowaks nur noch in der Dunkelheit verlassen hatte, erhielt wenigstens jetzt seinen Namen zurück. Josef Bauer. Nicht Caliban.

Höflich erkundigte Viktor sich bei Mette Hansen, was sie jetzt noch in Berlin zu tun gedachte.
»Ich werde Herrn Madsen die Neue Nationalgalerie zeigen. Die Ausstellung soll großartig sein.«
»Was wird dort gezeigt?«, fragte Viktor, obwohl es ihn nur wenig interessierte.
»Radikale Performance-Kunst«, klärte Mette Hansen ihn auf.
»Nicht mein Ding«, sagte Viktor und wünschte noch viel Spaß.

44

Die Tür von Siskas Wohnung stand offen, weshalb Viktor laut grüßend den Flur betrat. In der Küche fand er Trixi vor, die konzentriert auf ihren Laptop starrte. »Na? Mal wieder ausgerissen aus dem Knast?«, fragte sie ihn, ohne aufzusehen.
»Nur auf Bewährung raus«, antwortete er.
»Milch ist im Kühlschrank. Frische«, sagte sie.
Viktor hatte keinen Durst, begriff aber die Zuneigung, die hinter dem Hinweis steckte.
»Das Video wurde gelöscht.« Trixi drehte ihm den Bildschirm zu. »Das mit der verbrannten Frau.«
Viktor las: »Dieses Video ist möglicherweise für einige Nutzer unangemessen«. Viktor erstaunten die Worte »einige« und »unangemessen«. Wie unzureichend Worte manche Sachverhalte beschrieben.
»Zumindest auf YouTube«, fuhr Trixi fort.
Viktor sah sie fragend an.
»Ich habe es mir gestern noch einmal angeschaut.«
»Wo?«, fragte Viktor mit trockenem Mund.

»Im Deep Web.«
Viktor wusste nicht, worum es sich dabei handelte. Es klang nach einem magischen, verbotenen Ort. Nach einer Unterwelt, wo die Toten vielleicht ein Zuhause fanden. Er wunderte sich bei Siskas Tochter über gar nichts mehr. »Der Fall ist abgeschlossen«, erklärte er.
»Glückwunsch!«, sagte Trixi, als ob das ein Grund zum Feiern sei. Viktor suchte nach der Ironie. Weil er zu keinem eindeutigen Ergebnis kam, wedelte er mit der Laufakte. »Ich weiß jetzt, wer es war.«
Trixis Kopf ruckte hoch. Sie verstand sofort, wovon er sprach.
»Wir haben DNA gefunden.«
»Ich habe mich schon gewundert, wo meine Klamotten geblieben sind.«
»Eine Vergleichsprobe gibt es auch.«
»Na und?«, sagte Trixi tonlos.
»Ich will, dass du ihn anzeigst«, verlangte Viktor.
»Hier geht es doch nur um dein Ego«, erwiderte sie.
»Nein«, korrigierte er, »hier geht es um dich! Und ums Prinzip.« Er reichte ihr die Akte, und sie nahm sie zögerlich entgegen.
»Allein schaffe ich das nicht.«
»Du bist nicht allein«, sagte Viktor fest.
»Er war ein Freund«, sagte sie. »Der Pisser hasst Chinesisch genauso wie ich.«
»Es sind oft diejenigen, die wir gut kennen«, erklärte er.
Als Siska die Küche betrat, schwiegen sie. Siska trug eine Einkaufstasche in der Hand und wuchtete sie auf den Tisch.
»Viktor«, sagte sie, so wie andere die Existenz von Luft feststellten.
Viktor erhob sich und betrachtete sie eingehend. Sie trug immer noch enge Jeans, darüber ein weites grünes Shirt. Sie hatte eine neue Frisur und ließ den wuchtigen Kopfhörer

über die Haare in den Nacken gleiten, so dass er sich wie ein Halbring um ihren Hals legte. »Du siehst gut aus«, sagte er.
»Du auch«, sagte sie. Sie sah ihn aus ihren blauen Augen mit einem angedeuteten Lächeln an.
Viktor meinte, das alte Glitzern darin zu erkennen. »Zu Fuß zum Supermarkt?«, fragte er.
»Ich vermisse mein Auto leider seit geraumer Zeit.« Siska seufzte, als betrübe sie das mehr als alles andere.
Trixi sah gespannt zwischen ihnen beiden hin und her.
»Bist du noch krankgeschrieben?«, fragte er.
Ganz leicht verzog sie ihren Mund, sagte aber nichts und nickte nur.
»Ich auch.« Er legte zwei Flugtickets auf den Tisch. »Schau rein!«, forderte er Siska auf.
Ungläubig betrachtete sie das Reiseziel. Moskau.
»Nur One Way?«, fragte sie überrascht.
»Auf dem Rückweg nehmen wir dein Auto wieder mit.«
»Wurde aber auch Zeit«, sagte Siska, drehte sich um und summte ein Lied, während sie das Gekaufte einräumte.

45

Wolf lehnte neben einer Litfaßsäule an der Wand. Der Imbiss, den er in Mitte gern besuchte, lag nur dreihundert Meter weiter stadteinwärts. Er würde erst gegen Abend öffnen. Aber Wolf kam heute nicht wegen des Essens hierher. In der Buchecker-Schule ertönte der Schulgong. Busse parkten in zweiter Reihe vor dem Zaun. Schüler und Schülerinnen strömten aus dem Gebäude. Am Tor drängten viele in Rollstühlen durch den Engpass. Einige Schüler liefen in raumgreifenden Schritten auf die Straße zu, Gliedmaßen wie abgeknickt. Manche wirkten merkwürdig steif, die Köpfe verdreht. Andere wurden geführt oder vor dem Tor abgeholt. In der Buchecker-Schule an der Rosenthaler Straße wurden geistig behinderte Kinder unterrichtet. Wolf sah auf die Uhr: Viertel vor fünf. Busse fuhren ab, der Verkehr vor dem Tor lichtete sich.

Gegen fünf wartete nur noch eine Frau vor dem Tor. Sie lehnte am Zaun und rauchte. Wolf hatte noch nie eine Frau eleganter rauchen sehen als sie. Jeder Zug an ihr wirkte wie gemalt. Als sich der Schulhof leerte, sammelte der Hausmeister mit einer Zange Abfälle in einen Sack.

Kurz verschwand die Sonne hinter einer dunklen Wolke. Wolf schlug den Kragen seines neuen, blauen Sakkos hoch. Unwillkürlich prüfte er den Sitz seiner Krawatte. Eine zu tragen, das irritierte ihn immer noch. Seit Jahren hatte er sich an die Freiheit offener Hemdkragen gewöhnt. Etwas anderes hatte nie jemand von ihm verlangt.

Er wollte kündigen, doch eine Anfrage des LKA hatte ihm Aufschub verschafft. Er entschloss sich, auszusagen. Nur wenige Details. Das, was sich die schwangere Polizistin ohnehin zusammenreimen konnte. Ihr Chef, ein Gockel, aber klug, hatte ihn vor die Wahl gestellt: er oder ein anderer. Die Nowaks hatten großzügig gespendet. Und Henning Groß, der Innensenator, hatte großzügig genommen und verteilt. Auch an Martin Winter. Obwohl das schon fast eine Tradition beim Verfassungsschutz war, missfiel es dem Ministerium, dass »Vaterland« offenkundig Geld von einer mordenden Familie erhalten hatte, mit der der Innensenator freundlichen Umgang pflegte. Wenn es erst an die Öffentlichkeit gelangte, machte sich Mord nicht gut. Also mussten Köpfe rollen. Manchmal unterschied sich Politik nur unwesentlich von Mord.

Seitdem waren die Wahlplakate mit Groß' Konterfei abgehängt worden. Jedes einzelne, Stück für Stück. Groß kandidierte nicht mehr. Gesundheitliche Probleme, berichtete die Presse, die es nicht besser wusste. Die Informationen flossen nicht nur den Fluss hinunter, sondern auch hinauf. Information. Nur ein anderes Wort für Macht.

Die Frau sog ein letztes Mal an der Zigarette. Dann ließ sie den Stummel fallen und drückte ihn mit einer Drehung ihres Fußes unter der Sohle aus. Der Schulhof war wie leergefegt. Wolf hörte eine Amsel zwitschern. Zwei Mädchen mit rosagefärbten Haaren fuhren auf ihren Skateboards in Schlangenlinien über das Kopfsteinpflaster. Wenn er es wagen wollte, musste er sich einen Ruck geben und jetzt diese Straße überqueren. Wie schwer es ihm fiel, nach Jahren den ersten Schritt zu tun. Doch die Gelegenheit verstrich.

Er sah zu, wie der Junge das Schulgebäude verließ. Suchend schaute dieser sich um. Fast so, als ob er etwas zu verbergen hätte. Erst überquerte er den Platz. Wolf wusste, dass er hier seine Sozialstunden ableistete, zu denen das Gericht ihn verurteilt hatte. Das echte Leben hatte Jimmy Nowak eingeholt. Wolf hatte einen Mann verloren, doch ein anderer Winter würde kommen. Aber das hier sollte keine Rekrutierung werden. Das hier war privat.

Die Frau drehte sich jetzt um. Mit ihren schlanken Händen umklammerte sie zwei Gitterstäbe des Zauns. Sie rief dem Jungen etwas zu. Die Sonne kam wieder hinter den Wolken hervor. Es wurde schlagartig hell und warm. Ein blumiger Duft lag in der Luft. Als sich die beiden vor der Schule trafen, umarmte sie den Burschen, der es steif über sich ergehen ließ. Sie hakte ihn unter und raunte ihm etwas zu. Der Junge verzog keine Miene, aber sie lachte laut. Dabei warf sie den Kopf in den Nacken, dass ihre rotgelockten Haare flogen und noch mehr leuchteten.

Wolf beobachtete, wie sie ihm die Beifahrertür aufhielt und selbst hinter dem Steuer eines roten Cabrios Platz nahm. Musik ertönte aus den Lautsprechern. Mit aufheulendem

Motor fuhr sie aus der Parklücke hinaus. Wolf umrundete die Litfaßsäule und sah noch, wie der Wagen mit quietschenden Reifen um die Ecke bog.

Er hatte nie damit gerechnet, sie noch einmal wiederzusehen. Hätte er seinen V-Mann nicht verloren, hätte er die Bilder im Fernsehen wahrscheinlich ignoriert. Sie zeigten Aufnahmen von ihrer Schwester, aber er sah nur sie: Rotraut. Aus ihr war tatsächlich eine Künstlerin geworden. Sie nannte sich jetzt Salome, was Wolf auf eine verzweifelte Art und Weise passend fand. Sie trat sogar in der Neuen Nationalgalerie auf. Radikale Performance-Kunst.

Obwohl er nie gewagt hätte, nach ihr zu suchen, war sie plötzlich wieder aufgetaucht. Es musste Wunder geben, vielleicht sogar einen Sinn. Sie existierte noch, die Frau, die er mehr als alles andere geliebt hatte, tatsächlich hier in seiner Stadt. Rotraut Möller. Sie sah so viel jünger aus als er. Als habe ihr die Zeit nichts anhaben können. Etwas Vitales haftete ihr immer noch an, etwas, das die Zeit überdauert hatte. Dass sie wieder Auto fuhr, galt als Zeichen einer neuen Zeit. Wolf beschloss, einen Teil des Weges zu Fuß nach Hause zu gehen. Er würde morgen wiederkommen, so wie er es täglich tat. Vielleicht würde er sie irgendwann ansprechen.

Wolf wusste nicht, dass auch er beobachtet wurde. Von einer Frau mit braunem Pferdeschwanz, die einen Kinderwagen vor- und zurückschob, um das neugeborene Kind darin zu wiegen. Weil jemand nach denjenigen sehen musste, die übrig blieben, nachdem eine Fallakte geschlossen war. Weil Fälle vielleicht ein Ende fanden, aber alle Beteiligten danach weiterleben mussten. Irgendwie. Weil sie Zeit hatte, und weil ihr die Arbeit fehlte. Das Kind regte sich, atmete tief die kühle Luft ein, dann schrie es laut und ohne Übergang. Lopez sprach ihrem Sohn gut zu, strich ihm mit der Hand über die Stirn. Als er sich endlich beruhigte, stellte Lopez fest, dass Wolf verschwunden war.

46

Lopez hörte, wie zum Boarding aufgerufen wurde. Das Personenaufkommen in der Abflughalle glich einem Familientreffen. »Moment!«, bedeutete sie Viktor mit einem Wink. Sie reichte ihm das Kind, das an ihrer Schulter schlief. Eine Schlagzeile zog ihren Blick magisch an. Sie drehte den anderen den Rücken zu. Der Mann, der in der Zeitung las, sah erstaunt auf, als sie ihn um das Blatt bat. Danach reichte er es ihr zögerlich. Lopez zog die Zeitung mit einem Ruck glatt und las. Eine Woche zuvor war Jimmy Nowak wegen Vergewaltigung nach dem Jugendstrafrecht zu fünfhundert Sozialstunden verurteilt worden. Lopez überschlug, dass er bei drei Stunden am Tag mehr als hundertfünfzig Tage Zeit bekam, über seine Taten nachzudenken und anderen damit einen Dienst zu erweisen. Ob das etwas ändern würde? Wie sah Jimmys Zukunft aus? Wer würde den Jungen im Auge behalten, nachdem er straffällig geworden war?
Die Schlagzeile in Rot lautete: »Mörderin entgeht nur knapp dem Tod«. Marita Nowak habe am Vortag in der Frauenvollzugsanstalt Lichtenberg erneut versucht, sich das Leben zu nehmen. Sie habe sich mit einer Strumpfhose zu erhängen versucht. Mithäftlinge hätten sie noch rechtzeitig gefunden. Sie habe überlebt. Lopez überflog den Rest des Artikels, gab die Zeitung zurück und bedankte sich.
»Schlimme Geschichte«, sagte der Geschäftsreisende.
Lopez nickte. »Kommt darauf an, wie man es sieht«, sagte sie. Marita Nowak hatte so viele Menschenleben auf dem Gewissen. Es schien nur ausgleichende Gerechtigkeit zu sein, dass ausgerechnet sie sich den Tod wünschte, ihn aber nicht bekam. Lopez ging zu den anderen zurück.
Viktor stand etwas abseits und beobachtete ebenfalls das Treiben.

»Marita Nowak hat einen weiteren Selbstmordversuch überlebt«, teilte Lopez Viktor leise mit.
»Hab's schon gehört«, sagte er. Es schien ihn völlig kaltzulassen.
»Dem Tod ein Schnippchen zu schlagen ist doch eigentlich deine Spezialdisziplin.«
»Nur aus Versehen«, antwortete Viktor säuerlich und ergänzte: »Keiner sucht sich sein Schicksal aus.«
Vielleicht hatte er recht. Wer hatte dieses Leben so gewollt?
»Wusstest du, dass sie das Geld der Firma ihres Mannes verwaltete? Dass die Firma praktisch ihr gehört?«
»Überrascht mich nicht. Sie überließ nichts dem Zufall und schon gar nicht einem Mann.«
»Josef Bauer schon, was ihr das Genick gebrochen hat.«
»Nein.« Viktor schüttelte den Kopf. »Sie bekam immer, was sie wollte.«
Unwillig schüttelte jetzt Lopez den Kopf.
»Wer wird erben?«, lenkte Viktor ab, der nicht gern mit Lopez stritt.
»Ihr Sohn.«
Viktor hätte fast ob der Ironie gelacht. Diesen Reichtum auf dem Konto eines Vergewaltigers zu wissen, das schloss den Kreis. »So werden wir wenigstens nie arbeitslos.«
Lopez verkniff sich eine schnippische Bemerkung, da sie beide zur Zeit nicht arbeiteten. »Groß dankt ab.«
»Ob Wolf das Schaf gerissen hat?«, dachte Viktor laut nach.
»Oder der eine Wolf einen anderen Wolf?«, fragte Lopez unschuldig.
»Ich frage mich, wie Gunnar diese politischen Grabenkriege jedes Mal überlebt.«
»Wundert sich ein Überlebender über den anderen …«, säuselte Lopez mit gespielter Ironie.
Für einen Augenblick schwiegen sie.
»Hätte nie gedacht, dass es tatsächlich der Gärtner ist«, sagte

Lopez abrupt. Bauer hatte Rasenmäher-Benzin benutzt, um die verblutende Sevim Winter anzuzünden. Im Nachhinein verstand jeder das Detail.

»Bernhard hätte es gewusst«, merkte Viktor an.

»Unterstellst du mir, ich hätte zu wenig Phantasie für diesen Job?«

»Aktuell bist du in Elternzeit«, erinnerte Viktor sie, ohne ihre Frage zu beantworten.

»Ist schade, dass mein bester Babysitter ausgerechnet jetzt verreist.« Lopez schaute Viktor schmollend an.

»Mir tut's auch leid. Aber du weißt ja: Ein Stück von mir bleibt immer hier.« Damit reichte er ihr den kleinen Viktor zurück, der einen Milchfleck auf der Schulter seines Namensvetters hinterlassen hatte. Lopez küsste ihr jüngstes Kind auf den Kopf, inhalierte sein göttliches Aroma und dachte: *Genau das war der Plan.*

Die weibliche Stimme aus dem Lautsprecher trieb sie zur Eile an. Aufregung ergriff die Wartenden. Man umarmte einander. Fast sahen sie wie eine Familie aus, wenn auch eine seltsame: Mila und ihr neuer Freund, Siska, Trixi, Petja und Viktor. »Moskau« leuchtete in eckigen Buchstaben auf der Anzeigetafel auf.

Bernhard, der seinen Streit mit Lopez vergessen zu haben schien, kitzelte Tessa, die giggelte und sich in seinen Armen wand. Eine Familie. Beinahe gaben sie ein normales Bild ab. Lopez stand unschlüssig da und schaute Petja verstohlen an. Verstockt stand er inmitten der anderen wie ein Meteor aus dem All, der auf der Erde eingeschlagen war. Vorsichtig hob Lopez die Hand. Ihr Herz geriet völlig aus dem Takt. Dass ihr Sohn wieder zu seinen Adoptiveltern nach Moskau zurückkehrte, war, als würde sie ihn ein zweites Mal verlieren. Er hatte kaum mit ihr gesprochen, sie völlig ignoriert. Ihr eigenes Kind hatte es ihr nie leichtgemacht. Bis er sich vor sie gestellt hatte, so wie sie es nicht vermocht hatte, als er ihr genommen worden war. Damals auf diesem Spielplatz in Friedrichshain.

»Wie geht es ihm?«, hatte Gunnar sie schroff gefragt. Sie befanden sich mit dem Neugeborenen allein in seinem Büro.
»Der Psychologe meint, er hat noch nie ein entspannteres Kind gesehen.« Es stimmte. Petja wirkte völlig normal, als Lopez ihn im Krankenhaus wiedersah. Sie hielt ihr drittes Kind, seinen Bruder, auf dem Arm. Petja schien sich zum ersten Mal sichtlich über etwas zu freuen.
»Unglaublich, dass er alle Geständnisse auf seinem Smartphone aufgenommen hat.«
Lopez fand, dass Gunnar untertrieb, unterließ es aber tunlichst, das anzumerken. Das LKA befand sich mit Petjas Aufnahme in einer luxuriösen Situation. Lopez bemerkte, dass ihr Chef schon weitersprach. Die Worte »verantwortungslos« und »in großer Gefahr« kamen darin vor. Lopez schwieg schuldbewusst.
Es schien Gunnar nicht leicht über die Lippen zu kommen: »Gute Arbeit, Lopez! Trotzdem.«
»Danke, Gunnar«, sagte Lopez leise.
»Ohne dich könnten wir den Laden dichtmachen.«
Lopez hatte mit einer Suspendierung gerechnet, mit einem Tadel oder mindestens mit Gebrüll. Die Belobigung kam unerwartet wie ein spätes Geschenk und klang ehrlich und warmherzig. Für einen Moment schwiegen sie.
Gunnar schüttelte nachdenklich den Kopf. »Wie konnte das alles geschehen?«
»In Notwehr«, sagte sie vorsichtig.
»Notwehr?«, fragte Gunnar ungläubig.
»Er sollte im Auto warten.«
Ihr Chef beobachtete sie ausdruckslos.
»Den Notruf verständigen«, ergänzte sie.

»Und warum hat er das, verdammt noch mal, nicht getan?!«, donnerte Gunnar.
Das schlafende Baby in ihren Armen zuckte nicht einmal.
Lopez getraute sich kaum, zu antworten. Sie kannte die Antwort selbst nicht, also sagte sie das, was sie glauben wollte: »Weil er mich beschützen wollte.«
Gunnar schnaubte wie ein wilder Stier, der in der Arena nach einem Opfer suchte.
Lopez fühlte sich klein, sie wusste, dass sie im Unrecht war.
»Wie konnte er überhaupt so perfekt treffen?«, wütete Gunnar weiter. »Mit einer Dienstwaffe des LKA. Das ist doch kein Spielzeug. Wie hat er das gemacht?«

Lopez kannte die Antwort auf diese Fragen ganz genau. Aber sie würde ihrem Boss nicht erzählen, was Petja ihr erklärt hatte. Sie hatte dieses offene Grab einfach wieder zugeschaufelt, um das zu verdecken, was sie dort finden würde: einen Adoptivvater, der regelmäßig schoss, der seinen – ihren! – Sohn trainierte. Dass Petjas russischer Vater kein Sportschütze war, konnte sie sich ausrechnen. Nicht in Oleg Sukovs Position. Aber an diesen Dingen würde sie nicht rühren. Zumindest jetzt noch nicht.
Als sie Petja fragte, wie er es seinem Vater sagen wolle, wiegelte er ab. Sein Vater interessiere sich womöglich nicht dafür. Er habe wichtigere Dinge zu bedenken. Import, Export, international.
»Ich muss es ihm sagen!«, erklärte Lopez ihm. Es zu verschweigen, war undenkbar, eine Unmöglichkeit.
Petja sagte laut und deutlich: »Nein.«
Aber er habe, gab Lopez zu bedenken, wenn auch um ein anderes Leben zu schützen, einen tödlichen Schuss abgegeben, auf einen fremden Mann. Petja schaute sie lang an, als überlege er gründlich, wie er ihre Bedenken zerstreuen könne. Als er sich endlich zu einer Antwort durchrang, verschlug

das, was er sagte, Lopez fast den Atem. Konnte es noch schlimmer kommen? Petja formulierte sanft, dass die Nachricht seinen Vater nicht überraschen würde.
Weil es nicht das erste Mal gewesen sei.
Lopez blinzelte. Sie addierte jedes einzelne Detail. Unter dem Strich entstand ein schwarzes Loch. Ihr Sohn, der schoss, präzise wie ein Scharfschütze. Kein Zufall. Er hatte es schon ein Mal getan. Jetzt erst fiel ihr auf, dass er nie wie ein Kind gewirkt hatte. Dass seine gelangweilte Haltung vielleicht nur eine Fassade war. Als Lopez wie betäubt nach seiner Mutter fragte, lächelte ihr Sohn schief. Solange »Prada« nicht abbrenne, ließe Tatjana alles andere kalt. Genau das sagte er.
Als Lopez mit Oleg Sukov am Tag vor Petjas Rückkehr nach Moskau telefonierte, ein Gespräch, das sie mehr fürchtete als ein Verhör vor der Inneren, wartete Bernhard mit den Kindern in einem anderen Raum. Lopez hatte sich gewappnet. Sie lauschte Oleg Sukovs ruhigen Fragen, die er in akzentfreiem Englisch stellte. Sie antwortete nervös und wartete auf seinen Zorn, dem sie nichts entgegensetzen konnte. Das Schweigen in der Leitung zog sich, und Lopez schwitzte. Oleg Sukov beendete das Gespräch mit fünf präzisen Worten. Lopez wusste nicht, womit sie gerechnet hatte. Mit allem, aber nicht damit: »Tomorrow. Just send him back!« Er legte auf. Wahrscheinlich hörte er ihr verunsichertes »Okay« nicht mehr.
Lopez stellte fest, dass nicht nur ihre eigene Familie sich sonderbar verhielt. Dass man ein Grab finden konnte und danach in einen Abgrund fiel.
Wie hatte Petja das also gemacht, hatte Gunnar sie gefragt. »Ich weiß es nicht«, antwortete sie leise. »Ein Zufall? Vielleicht Glück?«
Gunnar stand auf und warf einen Kugelschreiber durch das Büro, der von der Wand abprallte. Lopez zuckte zusammen

und beobachtete, wie ihr Chef zur Tür lief. »Erklär das doch der Inneren!«, zischte Gunnar. »Vielleicht werden die dir glauben! Aber ich nicht!« Fensterglas schepperte, als Gunnar den Raum verließ und die Tür hinter sich zuknallte.

Das war vor drei Tagen. Jetzt kam Petja auf Lopez zu.
»Darf ich wiederkommen?«, fragte er.
Lopez bemerkte, wie ihre Augen überliefen. Es traf sie immer noch, dass er vor ihr verborgen hatte, wie gut er die deutsche Sprache beherrschte. Die Geräusche des Flughafens knackten und plätscherten in ihren Ohren wie ein Sender, der zu stark rauschte. Menschen drifteten an ihr vorbei. Hinaus in diese Welt. Einige kehrten wieder zurück. »Natürlich«, antwortete sie erstickt.
»Okay.« Petja lächelte verhalten.
Lopez fühlte sich glücklich und verzweifelt zugleich. Etwas versöhnte sie mit diesem Leben, mit dem neuen und dem alten, mit diesen acht Jahren Folter in der Vergangenheit.
Sie wollte ihn umarmen, die Wärme ihres eignen Kindes spüren, aber sie getraute sich nicht. Er verhielt sich so unnahbar, hielt sie auf Distanz. Nähe benötigte Zeit.
Petja reichte ihr förmlich die Hand. »Auf Wiedersehen, Mama.« Als er mit den anderen zur Sicherheitskontrolle ging, sah er sich noch einmal nach ihr um.

ICH DANKE

Viktor Saizew und Rosa Lopez, die mir erlaubt haben, sie ins Leben zu rufen und ihre Geschichte aufzuschreiben.
meinem Vater für Vertrauen und Geduld.
Conny Fuchs für Wahrheit und Zeit.
Stef für Felsen in Brandungen.
Nr. 1, 2 und 3 für ihre Existenz.
Annette Conrad für eine Homepage.
Erik Lins für Unterstützung bei technischen Zusammenbrüchen.
Michael und Malgorzata Fabricius für einen Schauplatz.
Anne Kuhlmeier für eine professionelle Einschätzung.
Petra Hermanns für die Wiederkunft.
Zoë Beck für Rat und Tat.
Alexej Prokaev für Hilfe in der Not.
Dr. Manfred Karhoff für drei Bücher und einen Besuch.
Miriam Knapp, Hauptkommissarin beim LKA Wiesbaden, für den richtigen Dreh.
der Bayrischen Akademie des Schreibens für eine Diskussion.
einem nächtlichen Filmausschnitt, mit dem alles begann.
Peter Hammans und Patricia Keßler für den Kampf durch die Instanzen.
Ilse Wagner für ihre Akribie.
dem unbekannten Leser für seine Begeisterung.
der Realität, die durch nichts zu übertreffen ist.
der Phantasie für ihre Renitenz.
Großstädten und Museen, die Heimat und Zuflucht sind.
Daisy, die in Frieden ruhen möge.